U0899069

THE GONE WORLD

消失的世界

[美] 汤姆·斯维特里奇 著　　张乐 译

果麦文化 出品

倘若我没有听错，

你们似乎能预知未来的时间，

却对眼前的事无力卜算。

—— 但丁，《神曲 · 地狱》第十首

PROLOGUE

序言

2199

她曾被警告，未来会目睹一些不可理解的事情。这片死朽的森林里正是严冬——永无止境的严冬——树木被大火烧焦，结着一层冰壳，树干摇摇欲坠，焦炭似的树枝凌乱地下垂。她在这松木林里匍匐了几个钟头，身上的宇航服能帮助保持温度，薄薄的材质让她行动自如。宇航服是橘黄色的，是正在培训阶段的宇航员的专属：这是她第一次穿越到地球遥远的未来。目之所及，四面八方，浓雾把天空漂得灰白，地面大雪覆盖，树枝横七竖八地散落在地。这里有两个太阳，一个是她所熟悉的苍白的圆盘，另一个是一团耀眼的白光，她的教练称之为“白洞”。这片死林，曾经是美国的西弗吉尼亚州。

她已经离大本营很远了，愈发担心不能及时赶回着陆器，耽误了撤离的时间。一台剂量仪监控着她的辐射量，几个小时之内，指示灯已从浅绿色变成苔藻般的褐绿色。她在这里受了感染，空气和土壤被金属蒸汽污染，细小的蒸汽粒子穿过宇航服进入体内，教练说它们是QTN——量子隧穿纳米颗粒。她曾经问过教练，QTN是不是就像一大群机器人，教练却说不妨把它们想成癌细胞：寄居在她的细胞微管中，一旦积累到足够的数量，她就会从此消失。不是死，教练特意强调，不是真的死亡——她会眼睁睁地目睹QTN对人体的影响，而她的本能将抵触她所看见的一切，甚至充满厌恶，绝望而迫切地选择无视。

有几棵烧焦了的树还勉强站着，其中一棵光秃秃的松木蒙了层白色的灰尘。当她经过这棵树时，周围的一切忽然变了样。还是同样的森林、同样的严冬，但倒在地上烧黑了的树，此时却郁郁葱葱，即使白雪覆盖也难掩绿意。大雪的幕布后，远处被冰压弯的枒枝一片朦胧。*这是哪儿？*她朝后看看：没有脚印，连她自己的都没有。*我迷路了*。她跌跌撞撞地走过树丛，雪地跋涉耗尽了她所有的力气。她经过一棵和先前一模一样的白色大树——枯死的树，树干像灰白色的骨架。也许这就是刚才经过的那棵？*我又绕回来了*。她爬上树根和石头，沿着雪堆滑下来，想寻找一些眼熟的东西，或似曾相识的地方。她推开层层树枝，来到黑色河水边上的一处空地，忍不住一声尖叫：眼前是一个被钉在半空中的女人。

这个女人头朝下，样子令人想起受难的耶稣，但没有十字架，就那样悬空在黑色的河水上，腰部和脚踝着了火，胸腔向外凸着，身体单薄得仿佛即将要饿死，双腿上还有条状的坏疽。女人的脸色铅灰泛紫，布满鲜血，淡金色的头发垂得很低，扫着水面。她认出来了，眼前的这个女人就是她自己！于是吓得跪倒在河岸边上。

是QTN的把戏。这场面实在太荒唐了，让人难以接受。*是QTN进入了我的身体，才让我看到这些——*

她想到体内的QTN在细胞里、大脑里越积越多，心里一阵恐慌。可即便这样，她自己清楚，这不是幻觉。那个被钉在空中的女人是真实的，就像她自己一样真实，像河流、冰雪、森林一样真实。她想把那个女人救下来，却又不敢碰她。

计量仪上的绿灯已经变成了芥末黄色，她打开求救信号灯跑起来，拼命回忆着撤离点的位置。但沿河的林区看上去如此陌生，她迷路了。她沿着记忆中那条来时的路往回跑，寒风如刀，她在雪地里深一脚浅一脚。又经过一棵白色的树，和前面的长得一样——*不，就是刚才那棵*……烧焦了的松木，糊着一层灰尘的树干。计量仪上的指示灯从黄色变深，变成黏土一般的暗红。*不，不，不！*她逃也似的狂奔，钻进一丛树枝。指示灯开始闪烁起鲜红的颜色。一阵恶心袭来，浑身的血液变得又稠又厚，她撑不住了。朝着树林里的空地慢慢爬，但结果又回到了黑色的河边，那个女人所在的地方。只是现在，被钉在空中的人更多了，多得数不清，沿河有成千上万的人头朝下悬在空中。两个太阳的强光下，赤裸的男男女女惊声惨叫。

“发生了什么？”她大喊，却没有可以询问的对象。

目之所及渐渐昏暗，她大口喘着粗气，看到天空中闪起的亮光时，她觉得自己可能是神志不清了，但实际上，那是其中一艘着陆器的灯光，一艘叫“忒修斯号”的飞船。*求救信号灯*，她心想，*我得救了*。着陆器颠簸了几下，在冰面降落。

“这里！”她想大喊，可是声音那样虚弱，“我在这里！”

两个穿着贴身橄榄色海军宇航服的男人冲出舱外，她看着他们往河边跑。“我在这里！”她喊道，但他们离得太远，听不到。她试着爬出树林，想朝他们跑过去，但她连站起来的力气都没有了。他们走进河里，河水刚到臀部，把钉在空中的女人解了下来，抱在怀里，裹上了厚厚的毯子。

“不，我在这里！”她一边喊，一边看他们抱着那个女人——

另一个自己，登上了飞船。

“我在这里啊，求求你们。”指示灯变成了土褐色，即将到来的，将是致命的漆黑。她合上眼，等待着。

她在推进器剧烈的震动中醒来，发现自己正在着陆器的一个分离舱里，手腕和脚踝被绑在床柱上，头颈被固定在软垫上。她浑身僵硬，不停颤抖，身上盖的毯子四角被压得严严实实。随着着陆器上升，重力减弱，她有一种失重的感觉。

“求你了，”她说道，“回去，我还在地面上呢，求求你们回去，别丢下我——”

“放心，我们已经找到你了，”教练从隔舱一侧飘到床边。他年纪要大得多，满头银发，但两颗蓝眼珠依然很显年轻。一双如上好皮革般柔软的手为她试了脉搏。“你的手腕和脚踝很疼吧？”他说，“不知道你怎么被绑了起来。你被光灼伤了，同时还有大面积冻伤，低体温症。”

“你们救错人了。”她说。她还记得自己亲眼看见那个穿着橘色训练服的自己沿着一排排树木爬行。“相信我，我还在地面上呢，别丢下我——”

“不，你在‘忒修斯号’上，我们从树林里找到你的。”教练穿着蓝色的运动短裤，白袜子提到膝盖，上身是一件海军犯罪调查局（NCIS）的灰色T恤。“你糊涂了，”他说，“QTN把你变糊涂了，你血液中的QTN含量已经相当危险了。”

“我听不懂，”她试图回忆，脑子却如一摊糨糊，“我体内的什么？什么QTN？”她的牙齿上下打架，身子抖成一团。难忍的疼痛掠过四肢，神经阵阵抽疼，手指和脚趾坏死一般麻木。她记得自己在河边，从宇航服中走出来，脱光了衣服。她记得冰冻伤了她的肩膀，冻出一层水疱。她记得自己的手腕和脚踝着了火。她记得自己头朝下吊在黑色的河水上，好几个小时，也许是好几天。她一直在祈祷死亡快快降临，然后突然看到她自己出现在了松木林中。“我不明白！”她哭喊着，全身上下剧痛不已。

“我们现在最担心的就是你的低体温症和冻伤。”教练飘到她的脚边，揭开毯子一角查看伤情，忍不住惊呼：“哦，夏依，天啊——”

她把头抬起来，看见双脚已变成了紫黑色，肿了起来，周围的皮肤发黄，鳞片似的剥落。“天哪，哦，天哪。”她被吓得几乎要认为这双脚不是自己的了，这怎么可能是她的脚啊？脚趾间塞了棉花，左腿上布满了紫色的血管。教练用湿润的毛巾帮她擦洗双脚，毛巾上的水流到脚趾上，像玻璃珠一样滚到空中，但她却毫无感觉。

“你的记忆出了问题，应该是低体温症的原因，”教练说，“史迪威中尉和亚历克西斯士官救了你，把你安顿在这儿。你已经离开那儿了，你在这儿，现在你安全了。”

“我不认识他们，”她从没听过这两个名字。着陆器的飞行员明明是鲁迪克中尉和李士官——她不认识什么史迪威中尉。船舱的凸窗框出远方地球的样子，冰霜和浓雾凝结成大理石一样的花纹。她想象着自己的身体在下面的荒野中慢慢死去，穿着那身宇航服；但是又清楚地看到那件宇航服就锁在分离舱的一个柜子里，鲜艳的橘黄色很像猎人穿的烈焰迷彩服。*我到底经历了什么？*缠在手腕和脚踝上的绷带散发出药膏的气味，她的皮肤依然灼痛，如同浸在强酸里一样。

“痛，”她喊道，“真的好痛。”

“我们已经通知了救援人员，”教练说，“等我们和飞船对接上，他们就立刻开始治疗。”

“地……地面上发生了什么？我经历了什么？我悬在空中，周围全是——”

“你看到沿河有很多人被钉在空中，”他说，“我也见过，为了研究‘末界’，我经常穿越到未来，见过他们太多次了——我们管这些人叫‘倒吊人’。他们被QTN钉在了那儿，你也是被QTN钉在那儿的。”

“你刚才说QTN在我的血液里？把它们弄走，从我身体里弄出去——”

“夏依，我之前说过了——我们拿它们没办法。训练的时候就告诉过你，我以为你准备好了，我提醒过你啊。”

“没有，从来没有。”她说着，试图从手腕火烧火燎般的剧痛中集中精力。她的记忆混沌无序……还记得自己随“威廉·麦金莱号”飞船穿越到了深度时间——2199年，或者说是将近两百年以后、无数个可能的2199当中的某一年。他们抵达那里时，地球正笼罩在苍白的光辉之下，那光很耀眼，就像天上出现了第二个太阳。整个乘员组都惊呆了，没有人知道这束白光来自哪里。没有任何人提醒过她要小心QTN和倒吊人。“你说你要带我回家，你只说过这个。”

“夏依，”教练无奈地说，又用湿布擦了擦她的脚，“我不知道说什么好了。低体温症……会引起失忆。说不定等你恢复——”

*即将与“威廉·麦金莱号”汇合，请做好对接准备。*扩音器里响起的声音，她并不觉得熟悉。她只记得黑色的河水在身下冲刷。

又看了一眼自己的脚，右脚已经有了些血色，但左脚的脚趾依然发黑，左腿上的血管颜色更深了。她觉得一阵恶心。

“它们是什么？QTN——我体内的东西，到底是什么？”她极力地想要理清思路，“我才不管你之前有没有说过。”

“我们并不知道QTN从哪里来、为何而来，”教练说，“也许它们没有什么目的。量子隧穿纳米颗粒，我们认为它们来自异次元——以‘白洞’为入口，‘白洞’就是你看到的第二个太阳。未来某时，它们将引发我们所谓的‘末界’。”

“将人钉在空中。”

“一旦失去了人性，”教练说，“人也就不存在了，任何情况下都是如此。有人被钉死，也有人逃跑。数百万人结伴而逃，有的最终身体四分五裂，有的跑进海里溺水而亡。有些人在地上挖洞，躺进去等死。有些人仰面站着，嘴里盛满银色的液体，在海滩上站成排，像做体操一样晃动手脚。”

“为什么？”

“我们也不知道为什么，不知道它们有什么目的，也许没有目的。”

“但这只是未来的一种情况，”她说，一边想象她能感觉到QTN的存在，就像血液里的寄生虫，“这只是无数可能之一，还有其他可能、其他未来。末界并不一定会到来。”

“末界是笼罩在人类头顶上的阴影，”教练说，“我们穿越到的每条时间线，最终都以末界终结。末界正在向我们靠近，第一次遇到它是在2666年，但之后的旅行者发现它更近了，挪到了2456年。现在又近了些，变成了2121年。你看，末界就像断头台上的刀刃，向我们逼近。海军及其舰队受命寻找末界的出口，而我们的使命就是为海军效力。你即将从我这儿学到的，和你即将看见的一切，都是为了帮助人类躲避末界。我们必须找到出口，逃离末界的阴影。”

“我将会看见什么？”

“一切的终结。”

PART ONE

第一部分

1 9 9 7

01

“喂？”

“是特工夏依·莫斯吗？”

一个陌生的声音，但她听出了话语里拉长的元音，他应该是在这一带长大的，西弗吉尼亚州，或宾夕法尼亚州的乡村。

“是的。”她说。

“发生了一桩灭门案。”男人的声音有些颤抖，“华盛顿郡分局半夜十二点多报的案，有个女孩失踪了。”

正是半夜两点，突如其来的消息像冷水澡，使她彻底清醒过来。

“请问您是？”

“特工菲利普·奈斯特，FBI。”

她打开床头灯，卧室的奶白色墙纸上印着花藤和浅蓝色的玫瑰。她看着图案里的线条，陷入了沉思。

“为什么找到我？”她问。

“据我所知，空军司令联系了总部，总部让他找到你，”奈斯特说，“总部需要NCIS的协助，而首选就是请一个海军部员帮助调查。”

“案发现场在哪儿？”

“坎农斯堡，在克利特伍德法院街，亨特河附近。”

“亨特河。”

亨特河和克利特伍德法院街，多么熟悉的地方——她最好的朋友考特妮·吉姆就在这条街上长大。考特妮的脸慢慢映现在她的记忆里，像一块冰浮出了水面。

“有几人遇害？”

“三重凶杀案，”奈斯特说，“太恐怖了我从没——”

“慢慢说。”

“之前我见过几个小孩被火车撞死，这次的现场比那次还要恐怖。”

“嗯，”莫斯说，“你刚才说报警电话是半夜十二点之后打来的？”

“刚过十二点，”奈斯特回答，“一个邻居听见动静，打电话报的警。”

“和这个邻居谈过话了吗？”

“一位同事现在正在问话。”他说。

“我这就过去，大约一小时后到。”

夏依稳了稳身子，才从床上站起来——她的右腿依然健壮，还是那条属于运动员的长满了肌肉的腿，但左腿的大腿中部形成了圆锥形的残端，尾端的肌肉上缠着绷带，层层叠叠的像个面包卷。末界的深冬，当她被钉在半空中时，就已经失去了那条腿——她做了单侧股骨截肢手术，海军医生截去了生疽坏死的部分。她单脚站着，像一只长腿的海鸟，脚趾紧紧地抠住地面以保持平衡。她的拐杖就在手边，一直放在床和床头柜中间。她把小臂伸进皮套，抓紧把手，一步一步地移出卧室。卧室的地上堆满了衣服、杂志、碟片和空的珠宝盒子，理疗师曾警告她，房间这么乱很容易害她摔倒。

克利特伍德法院街……

一想到要回那里，莫斯不禁一阵颤抖。高中时，她和考特妮形影不离，像亲姐妹一样要好。和考特妮一起度过的夏日是莫斯最甜蜜的少年回忆——在泳池旁消磨时光，在肯尼伍德游乐园坐过山车，在夏缇尔河岸抽同一根香烟。大二那年，考特妮不幸遇害，尸体在停车场被发现，谋杀动机仅仅是为抢走她钱包里的几块钱。

莫斯开始穿衣服，一份《头条新闻》报搁在卧室的桌子上。她在残肢上涂了些止汗剂，把聚氨酯的内衬套在肢端，像穿长筒袜那样卷到大腿根部。她把橡胶套里的气泡挨个挤出来，好让它光滑地覆在皮肤上。假肢是奥托博克公司的智能仿生假肢，最初是为受伤的士兵专门设计的。莫斯把大腿滑进底座，起身站好，大腿的重量压下去，把碳质底座内的空气挤了出来，形成真空的环境，假肢就固定住了。她觉得自己的骨架露在了外面——这骨架是一段钢柄而不是骨头。她穿上长裤和珍珠白的上衣，把手枪放进枪套，又加了件修身的绒面革夹克。出门前最后扫了一眼电视：多莉藏在填满干草的羊圈里，克林顿大谈刚刚签署的人类克隆禁令，NBC要播NBA大赛，乔丹对尤因。

克利特伍德法院街是一条死巷，成排的房屋和草坪此刻警笛声响彻。凌晨三点一刻，邻居知道这里出事了，但恐怕他们并不知道出了什么事——如果有人从窗户里看，就会看到场面一团混乱，很多巡逻车和警车开了过来，坎农斯堡地方警员、州警巡逻队在展开调查，最后连联邦特工都来了，辖区内上上下下都到齐了。此前，莫斯负责的都是关于海军太空司令部士兵的案子，其中有些人曾参与过海军的“深水”行动，即向深度空间和深度时间穿越的黑暗行动。这些案子包括在酒吧里斗殴、家庭暴力、涉毒、自杀，还有一些士兵把自己的女朋友或妻子打到半死——悲剧频发，他们目睹了末界的恐怖和太阳诡异的光之后，就变得愈发暴力。莫斯不知道会在这件案子里有什么发现。验尸官的车来了，救护车和消防车也来了。FBI的移动化验车停在昔日好友房前的草坪边。

“上帝啊……”

眼前这栋房子，和莫斯回忆里的样子重叠起来——两幅画面同时放映着，一出是回忆，一出是罪案。考特妮一家早就搬走了，而莫斯从没想过会再踏进这栋房子一步，尤其是在今天这样的情况下。房子有上下两层，街上的其他房子也都一模一样，镜像似的，都带着一条私人车道、一个小车库，门口亮着一样的灯，砖墙都涂了白色的漆。莫斯小时候在这儿待的时间似乎比在自己家都长，她甚至还记得考特妮家的电话号码。从一种现实渗透到另一种现实的混沌感，就像蛋黄从蛋壳的缝隙间忽然涌出。她拧开保温杯，灌下几口咖啡，揉了揉眼睛让自己清醒一些，巧合是真的，这一切都不是在做梦。*巧合*，她这样告诉自己。曾经这栋房子前盛开的山茱萸，很久以前就被锄掉了。

莫斯把车停在了警长封锁的区域，一名警官走到车窗旁。这是个腆着肚子的中年男人，卓别林式的小胡子在写满疲惫的眼神下失去了原有的幽默。他想让莫斯的车掉个头，莫斯摇下车窗，出示了证件。

“这是什么？”他问。

“海军犯罪调查局，”她习惯性地解释了一下NCIS的含义，

“联邦调查员。我们怀疑此案和军方有关。现场情况怎么样？”

“我同事刚才在那儿，他跟我说从来没见过那么惨的现场，太他妈惨了，”他呼出的口气里有咖啡的酸味，“说是尸体都不全了。”

“记者在附近？”

“还没到呢，”他说，“听说匹兹堡来了几辆新闻车，他们大概还不知道现场是这副样子。嘘，别弄出动静，跟我来。”

警戒线封锁了草坪和车道，从门口的路灯开始，绕着房前的铁栏杆围了一圈。一些法医技术人员站在车库门口抽烟休息。他们看着莫斯走来，眼神里仍留有惊恐。莫斯有时会在案发现场遭遇无意识的大男子主义或直愣愣的凝视，而今晚的目光则更像是在同情她，同情她马上就要面对一片惨象。

房子门口覆盖了一层塑料防水布，但莫斯经过时还是闻到了味道，血液的腥气，粪便和腐烂物的刺鼻气味，还有调查人员使用的化学试剂和酒精的味道，杂糅在一起钻进了她的鼻腔，她的唾液都有了血腥气里的那股铜味，嘴里好像含着一堆便士。和屋外的懒散景象不同，这里人人忙得不可开交——好几个穿着特卫强[1]防护服的专家挤在门厅，正忙着拍照和保护证据。莫斯心中既紧张又期待，直到她走过拐角，目睹了这起凶案的现场。这一眼，所有的紧张都消散了，取而代之的是焦急、痛苦，和想要将破碎的尸体重新拼好的冲动。

地上躺着一个男孩和一个女人的尸体。男孩穿着法兰绒短裤，上身是一件大T恤，莫斯猜测他大概十岁左右。女人的睡袍沾满了血

1　杜邦公司生产的无纺布产品，质地坚韧，保护性强，常被作为防护服的材料。

污，裸露的双腿已经变成铁青色，又被血迹染得猩红。

莫斯很久之前就学着用不同的视角观察尸体，尽可能地把眼前残缺的尸块和死者生前的身份分离开来看——她以平常人的视角观察周围的同事，而以法医的视角观察尸体。莫斯大概分析了一下这两具尸体。女人死于头部的两处致命伤，一处在左侧颧骨，另一处在同侧的颅顶骨，左瞳孔放大。莫斯发现男孩的手指甲和脚指甲都被拔除了。她又检查了女人的尸体，发现指甲也都不见了。凶手——毫无疑问，是个男人——杀害了母子之后，跪在血污里拔下了他们的指甲，还是先拔了指甲再把他们杀死？他为什么要这么做？一名技术人员根据溅在天花板和墙上的血迹，推断血液是从一个点喷溅而出的，也许死者被害时跪在地上，像在接受处决。发生凶案的这间屋子的装饰看起来很平淡，毫无审美可言——一点也不像莫斯记忆里朋友家的客厅，舒适又惬意宛如一个秘密洞穴。现在屋子被粉刷成淡淡的燕麦色，装着几盏轨道灯。墙上光秃秃的，没有装饰画，也没有照片。整间屋子毫无生活气息，如同待转售的旧屋。

“夏依·莫斯？”

一个穿着防护服的男人停下了手头的工作。他发红的双眼布满血丝，黝黑的皮肤毫无血色，鼻孔下面抹了两道薄荷油膏。

“NCIS特工。”夏依答道。

男人踩着地上的不锈钢水管从血汪里走过来，好比踩着垫脚石渡过一条小河。他边嚼口香糖边说：“我是负责本案的特工，威廉·布洛克。我们谈谈吧。”

他带夏依穿过狭小的厨房，那儿有几个脱了防护服的男人正在休息。数小时的工作下来，他们的衬衫和领带皱成一团，脸上透着精疲力竭的困意。但布洛克却显得挺有精神，一副不抓到凶手不罢休的架势。他走向莫斯时眉头紧锁，神情愤怒，好像这场惨剧对他而言是一种冒犯。他的块头很大，沉沉的男中音在安静的房间里回响。

“就在这儿，这个小屋。”他一边说一边拉开厨房里的一扇折叠式小隔门。

这些年来，房子的其他角落已经被改造得毫无灵魂，只有这间小屋还是当年的样子，和莫斯印象里的一模一样。这反而让人不安，似乎在万物的演变中，时间偏偏遗忘了它。仿木镶板、浮夸的吊灯把整个屋子照成了琥珀色。不知复合板桌和金属文件柜还是不是以前的那套，就算不是，样子也非常相似了。考特妮曾在文件柜里翻出她父母闹离婚时来往的一沓书信。她和莫斯坐在门廊，大声读出这些信。莫斯觉得不可思议，因为一个成年男子写给老婆的信，竟然像高中生的分手信一样幼稚，简直毫无差别，她心想。一切照旧，人心不老。

“有受害者的照片吗？”莫斯问，“最近的照片有吗？已经没法从尸体辨认他们的长相了。”

“找到几本相册。”布洛克说，“还有冲印店的收据和底片，等照片洗出来我们就去取。楼上的罪案现场你去看了吗？”

“我一会儿得上楼看看。”莫斯说。

布洛克合上折叠门。“我想和你谈谈，有些事情得说清楚。”他走到桌后，坐下来，说，“FBI的副局长半夜给我打电话，把我叫过来的。他平时不常给我打电话。这次说是在坎农斯堡发生了联邦谋杀案，让我来调查。”

“他告诉你的应该不止这些吧。”莫斯说。

布洛克咧开嘴，龇着牙，本意是想一笑，却只露出一个痛苦的表情。他把口香糖吐进包装纸，嘴里又塞了一根甘草棒。甘草的味道很快弥漫开来。莫斯注意到他的铅笔上有牙印，也许他正在戒烟，或者试图戒烟吧。她猜他大概四十岁出头，至多四十五岁左右，看上去经常锻炼。她仿佛看到他在健身房打拳，或在跑步机上一跑就是很久。

“我不太能理解副局长的话。”布洛克说，“他让我好好研究在现场的发现。他告诉我一起特工行动，代号为‘深水’。”布洛克的嘴里吐出这两个字，好像在念什么咒语，一瞬间，恐怖的阴云笼罩了他的眼睛。“这是海军的任务，算是黑暗行动。我们首要的怀疑对象是一个名叫派特里克·莫索特的海豹突击队士官，他是海军太空指挥部（NSC）的一员，和深水行动密切相关。副局长让我们找夏侬·莫斯来协助调查。”

莫斯心想，眼前这个男人才刚刚发现世界的另一面，难怪他觉得一切都不可思议。他被卷入深水的秘密之中，但上头真的信任他吗？莫斯还记得她第一次看见阳光照在NSC飞船的船体上，那如梦似幻的光彩，就像黑色天鹅绒上闪耀的钻石，有幸目睹这美景的人只是极少数。布洛克应该是在家里接到了上级的电话，他坐在床上拿着听筒，仿佛在听一个不可思议的神话。

“莫索特曾经……是个宇航员。”布洛克嚼着甘草糖说，“深度空间——我倒是听说过这个词，也知道我们生存的空间远比太阳系要大，但并不知道能大多少。还有量子泡沫——”

莫斯暗自心想，原来他只听说了深度空间，还不知道深度时间。NSC公开的行动有限，包括参与里根的“星球大战”计划，和空军太空部、美国宇航局一起出现在美国国防预算项目表上等，但大部分行动都是绝对保密的。莫斯曾穿越深度时间，也曾去过深度空间，穿越至未来，不仅是为了见证末界，还为了调查罪案的真相。未来世界又被称作“IFT”，即“不可追踪的未来轨迹”。之所以不可追踪，是因为未来变幻莫测，NSC特工穿越到的未来也只是从现实推断而出的几种可能之一。组织禁止她根据从未来搜集到的证据立案，因为她到达的未来，也许永远也不会到来。

“你可以把我当成你的资源，”莫斯说，“这就是我来这儿的目的，上头让你找到我，也是因为这个原因。我在NCIS接到的任务就是调查和深水行动有关的案件。”

“我不知道该相信什么了，”布洛克说，“派特里克·莫索特到底是谁，太空的黑暗行动到底是什么——这些听上去……我都不知道自己听懂了多少。”

“有个女孩失踪了，”莫斯说，“首先要做的是找到她。”

布洛克一下回过神来，至少这件事让他有些头绪。“女孩叫玛丽安·莫索特。十七岁……”

“玛丽安，”莫斯说，“一定要找到她。就从今晚开始吧。”

“当地警官先到的现场，”布洛克脸上疑云消散，他接着说：“他们立刻把目标锁定在派特里克·莫索特身上，怀疑是他杀害了自己的家人。等坎农斯堡警局找到了证明莫索特曾是海军士兵的文件后，就立刻通知预备中心，并和海军部保持联系。他们调查了莫索特的身份，发现他曾随海军参与越南战争，那时候他应该还很年轻。”

“你还知道些什么？”

“你的上级从圣路易斯档案记录中心给我发来传真，是关于莫索特的资料。”莫索特，七十年代末出任海军特种兵。八十年代初开始效力于海军太空指挥部，军衔为一级海军士官。关于他的记录到1983年就结束了。原来他从那时起，开始隐姓埋名，改用了妻子的姓氏。因此档案中的“职位”一栏，填写的是：在任务中失踪。

莫斯暗自琢磨，*隐姓埋名的士兵*——在任务中失踪的海军太空指挥部士兵。在深水行动里失踪的确是悲剧无疑，但若是一个长久以来被认为失踪了的士兵，忽然以这种方式重回大众视野，对国家安全无疑是重大威胁。“我们需要立即确定他的位置。”

“还有关于这个人的更多确定信息吗？”布洛克问。

“我等会儿再问一下上级，但NCIS不算官方机构。”莫斯说，“咱们俩都有调查最高机密的权限，但关于深水的信息需要特定的权限才能获取。现在只好先从海军告诉我们的信息着手。”

布洛克把包着口香糖的锡纸扔进垃圾筐。“那就先从已知的信息入手吧，”他说，“凶手把受害者叫醒，把他们带到客厅杀害。”

“凶器是什么？”莫斯问。

“一把斧头。”

莫斯想象着女人和男孩跪在地上，斧头湿淋淋的沾满鲜血，男人劈下去，拔出来，再接着一挥。灭门的杀戮竟然像挥斧劈柴一样简单。

“为什么怀疑派特里克·莫索特？”莫斯问。

“没有理由，”布洛克说，“他也许不是一人作案。报警的邻居说他身边还有个朋友，一个开着红色卡车的男人，车牌是西弗吉尼亚的。我们在追踪这辆卡车，看能不能找到人。邻居说这个人很招人烦，经常堵着她家的车道。卡车上还贴了贴纸。咱们去楼上看看吧。”

莫斯跟着布洛克走出小隔间。他用手拨开警戒线，好让莫斯上楼，这段楼梯她曾经和考特妮走过无数次，还记得考特妮的房间是二楼右手边的第一间。纽结设计的金属扶手似乎在她的手掌中打转，一种熟悉的感觉油然而生。她爬楼梯的动作不太自在，装了假肢的腿只能一下一下机械地往上抬。布洛克在最顶上的一阶停住了，他回头看着莫斯，几乎目不转睛，随时做好了要冲下去扶住她的准备。莫斯已经对这种尴尬的场面见怪不怪了，每当首次见面的同事发现她装了假肢时，他们总是小心翼翼的不知道该怎么对待她才好。

“楼上什么情况？”她问。

“十七岁的女儿杰西卡逃过了第一次攻击，”布洛克说，“跑到这儿来了。”

正是考特妮的房间。布洛克按住门把手，“我有两个女儿，她们是那么漂亮……”

他随即拧开了门，请莫斯进来。再次回到这间屋子，仿佛重新蜷回了茧中。她还记得六年级的那个暑假，她和考特妮挥舞着滚轮，把整个房间刷成了泡泡糖一样的粉色。每当有油漆从天花板滴到考特妮的黑色卷发上，她都要大叫一声。炎热的夏天里，她们隔着纱窗抽烟，唱盘放着AC／DC乐队的歌，记得那张专辑叫《权力时代》，一遍一遍地重放，直到碟片都花了，最后只能放出《下一步到月球》这首歌的前几秒。这间屋子现在被刷成了淡紫色，屋里有一个白色的梳妆台和一张双人床——看来这是莫索特家的两个女儿共用的房间。莱昂纳多·迪卡普里奥的《罗密欧与朱丽叶》电影海报，替代了过去齐柏林乐队和范·海伦乐队的位置，但这间房却还是感觉如此熟悉。角落里，是杰西卡·莫索特的尸体，背部和肩胛骨中间被砍出一道深深的伤口，像一张半张着的嘴。

可怜的女孩，可怜的女孩……

“你还好吗？”布洛克问道。

“他们的指甲找到了吗？”莫斯的眼眶含着泪，但她发现这个女孩的手脚指甲也全被拔掉了。

“你的脸色太差了，”布洛克说，“要坐一会儿吗？”

“我没事——”

她身子一晃，布洛克伸手扶住了她的后背。“多谢。”眩晕感还没有消失，又涌来一阵尴尬。**挺住**，她告诉自己。“我有点……我也不知道这是怎么了，真抱歉。”

布洛克把她扶到走廊站稳。“听着，”他关上卧室的门，“谁看到这种画面都会很难受，更别说你这样没见惯谋杀现场的人了。如果你觉得有点腿软，很正常。”

“我有话要对你说，”莫斯说，“这里……我今晚真的很难受，太可怕了。我来过这栋房子。”

“是吗？”

“我从小在这附近长大。”莫斯说，“小时候，我几乎就住在这房子里。这是我最好的朋友的家。她叫考特妮，考特妮·吉姆。这是她的房间。我以前整天待在这儿。她的床以前就放在那儿。”

“他妈的。”布洛克脱口而出。

“我心里很乱，但别担心。”莫斯说，“奈斯特通知我罪案现场在克利特伍德法院街时……”

她背靠在墙上，手指触碰着墙壁，感到似乎可以从现实世界中抽离，再回到过去看一眼自己的朋友，就像时间未曾流逝，就像她还可以踏进过去那间卧室，那个消失的世界。卷尺手镯、果冻凉鞋、考特妮的背带上的彩色布条。

“我们以前经常在这房子后面的树林里玩，”莫斯说，“在那儿抽同一根烟。”

两个女孩在草坪的凉椅上晒太阳，聊着学校发生的事。考特妮父母离异后，母亲和男朋友住在匹兹堡，父亲要上夜班，所以家里只有她们两个。除去考特妮和男生约会的那些个晚上，她俩大多数时间都熬夜看电视，第二天眼睛通红地去上学。有时，她们和田径队的女孩开派对。有时，和附近的男孩厮混。还有几个晚上，考特妮和莫斯会把从商场认识的陌生男孩领到家里来，电视上放着《大卫喜剧秀》，他们就一边喝酒一边调情。

“天啊，我的初夜就在走廊那头的屋子。”莫斯说。考特妮的哥哥戴维·吉姆——他的脸那么清晰，仿佛初夜只是昨天的事。她上高二时，戴维正读高三。他撩开她的头发，吻着她……“抱歉，不该跟你说这些。”

“走，咱们去外面呼吸点儿新鲜空气吧。”布洛克说，“你能下楼梯吗？”

“我没事，等一下就下去。”莫斯说。

她和戴维的初夜就发生在走廊尽头的小卧室里，与其说是卧室，倒更像是个步入式的衣橱或育儿房。房间里摆着戴维从跳蚤市场买来收藏的刀具，她隐约记得，还有一张《体育海报》里附赠的克里斯蒂·布林克利的海报。躺在那张咯吱作响的单人床上，戴维的手指急切地伸进她的短裤，湿热的气息喷在她的脖颈上。她能想起他熟睡的声音，而她清醒无眠，一直看着月光照进窗户，照亮墙上贴的穿泳衣的模特儿。

莫斯一直等布洛克下了楼，才打开戴维旧卧室的门。她走进这间卧室，仿佛一脚踏进了宇宙，眼前无限的漆黑中忽然迸发出无数星团。她打开灯——暗暗希望墙上还贴着那幅泳衣模特的海报，柜子上还摆着戴维收藏的刀具。但实际上，这间房已经变成了一个小男孩的卧室，墙上贴满了夜光的星星贴纸。愚蠢！莫斯开始后悔把自己的故事告诉了布洛克，她不该胡说八道，甚至不该告诉他自己来过这栋房子。所谓的不专业，就是一瞬间的软弱罢了。这间房不再是原来的样子，却依然延续着原来的身份——一间孩子的卧室。

她在房子外面找到布洛克。克利特伍德法院街的草坪结了一层薄霜，停在路边的车的挡风玻璃上也盖了一层烁烁冰晶。隔壁住家二楼的灯已经亮了。

“案件发生时玛丽安在哪儿？”莫斯问，“有人见到她吗？”

“所有邻居都认识她，没人见到她。”布洛克回答说：“她从周五开始就不在这儿了。我们在给她的朋友和家人打电话，想找到她在哪儿。”

“你提到莫索特有一个开着红色卡车的朋友，没有人知道他吗？”

“没有。”布洛克说，“邻居之所以认识那辆卡车是因为它经常停在这条街上，但莫索特和他那个朋友并不和其他人来往。”

“咱们先启动安珀警报[1]吧。”莫斯说。

“万一她很快出现了呢？”布洛克说，“她可能就在朋友家。我们在到处找她。”

安珀警报在当时才刚刚出现，莫斯心想，并没有像在未来世界那样被广泛运用。“安珀警报能帮我们，”她说，“也许有人见

1　一项由执法机构和广播业人士自愿合作实施的通告行动。在发生儿童被绑架事件后，通过启动安珀警报，可动员案发地所在社区协助找寻失踪儿童。

过她。”

布洛克看了看手表的发光表盘，“莫斯，你的办公室在FBI的刑事司法信息服务部（CJIS）大楼，对吗？”他说CJIS的时候，听起来像“耶稣（Jesus）”。CJIS大楼相当于FBI的中枢神经，是个新近建成的园区，类似于一个透明的空间站，坐落于西弗吉尼亚的克拉克斯堡山区。这座大楼属于FBI，但周围没有部署海军或海军陆战队，莫斯所在的NCIS的办公室在那儿。“你平时就在那里生活？”布洛克问，“克拉克斯堡附近？”

“嗯。”

“我妻子拉什达就在CJIS的实验室工作。说不定你们遇见过。”

“你是拉什达·布洛克的丈夫？”莫斯问道。CJIS大楼的办公室容纳了几千人，但拉什达·布洛克算是为人熟知的了。她是实验室部门的助理副部长。莫斯的办公室在大楼日托中心附近，虽然她不认识布洛克的妻子，但很多个早晨，她看见拉什达开车把女儿送到日托中心，在门口抱了又抱，亲了又亲。“我可能还看过你孩子画的画呢，”莫斯说，“是布里安娜和贾丝明，对吧？她俩的名牌就钉在我办公室旁边的软木板上。画上是几只紫色的小鸟——”

“葡萄金丝雀，”布洛克笑了起来，“她俩就喜欢葡萄金丝雀——布里安娜的房间里都画满了。”莫斯能看出布洛克和拉什达很配，拉什达一直笑呵呵的，体型丰满，个子很高。每次当她把这个严肃的男人逗笑了的时候，想必都很幸福吧。

“所以你是从克拉克斯堡开车过来的？那大概要……一个小时，一个半小时？”布洛克说着，从外套口袋掏出的信封里摸出一张房卡，递给莫斯，“我们在附近订了几间房。今晚就别回克拉克斯堡了，不然明天一早还得赶回来。”

“好，我在附近住一宿。”莫斯暗暗打量着布洛克的态度。继他发现了她的假肢，提到自己的妻子之后，他的态度明显柔软下来。

“深水，”布洛克边说边仰起头看着夜空，密布的阴云让人看不见一颗星星，“我小时候就想当个宇航员。我祖父母还带我去卡纳维拉尔角[1]看火箭发射，我再也没见过那么美的景象，直到我的女儿诞生。”

莫斯也曾见过那闪耀火光划破黎明的天空，火箭腾空而起，消失在视野中。“每一次发射都是那么美啊。”她说。

“去睡会儿吧，”布洛克说，“我的团队今晚要通宵了。早上九点大家集合，到时候再接待记者吧。”

莫斯离开克利特伍德法院街和亨特河的时候，脑中只有一个念头——逃离这栋房子，这渴望像一根针，往双肩和脊柱里扎。布洛克订的贝斯特韦斯酒店在华盛顿附近，但开去酒店之前，她先去了一趟夏缇尔河旁那家必胜客的停车场。高二那年的十一月，考特妮就是在这儿被害的。这家必胜客还是多年前的样子，和莫斯上次光顾时别无两样——一间砖砌的半圆拱形小屋，后院的两个蓝色垃圾桶，刚好被莫斯的车灯照亮。考特妮的尸体被发现时，就躺在这两个垃圾桶中间。莫斯算了下时间，离玛丽安·莫索特最后一次被人发现已经过去了将近三十三个小时。玛丽安今年十七岁，考特妮遇害时刚满十六岁。莫斯开到了酒店，一路上想的都是她死去的朋友和失踪的女孩，还有那几具没了手指甲和脚指甲的尸体。是派特里

1 美国著名的航空海岸，附近有肯尼迪航天中心和卡纳维拉尔角空军基地。

克·莫索特杀了自己的家人吗？他现在在哪儿？

莫斯的后备厢放着两套衣服和一个洗漱包，专为临时的出差做准备。她到了房间，脱下衣服，摘了假肢和衬垫。皮套里涌出的潮湿气息和刺鼻的汗味让她清醒了一瞬。在没有扶栏的浴室洗澡并不容易。等水热了，她坐在浴盆边上，用腿试了试温度，慢慢滑进热水，坐在防滑垫上。热气蒸腾开来。她把小瓶里的洗发水全挤在头发上，想洗掉那种腐烂物和鲜血的气味。没有拐杖和轮椅，她只能单腿跳过酒店的地毯，倒在离她最近的单人床上，裹紧被子。合上百叶窗，关上灯，整个房间黑暗得不可思议。好冷。她翻过身想尽快入睡，但闭上眼就能看到女人和男孩的尸体，身下是一片血泊，身上是张牙咧嘴的伤口。她的喉咙被一阵恶心和绝望烧得酸酸的。她想起玛丽安——*活下去，请一定要活下去*——，但她从未见过玛丽安，便只能脑补出考特妮·吉姆的样子。她的思绪追着斧头的刃，砍向骨和肉，砍出一道道张牙咧嘴的伤口。又湿又冷。她辗转反侧，把身下的被单扭成麻花，假肢衬垫的味道从房间那头飘过来，一阵酸臭。她坐起身，在黑暗里摸到了电视遥控器。当地频道正在报道华盛顿郡坎农斯堡发生的灭门惨案。屏幕的亮光刺眼，莫斯眯起眼睛，看着附近房屋的航拍画面，黄色的警戒封锁带，和长着卓别林式小胡子的警方代表在锯木架旁提了提裤腰。

将近凌晨五点，安珀警报第一次启动。*玛丽安·特里西娅·莫索特，十七岁，宾夕法尼亚坎农斯堡人*。照片里是一个小麦肤色、一脸雀斑的女孩，穿着毛边牛仔裤和背心，炭黑色的长直发。她和死去的朋友如此相像——莫斯倒吸一口凉气——普通而美丽，留着一头深色长发。莫斯接受过时空穿越的专业训练，早已习惯了在现实世界面对未来可能发生的事。但这次这种似曾相识的感觉却不一样，整个世界仿佛在自我复制：同一个房子，同样的女孩，循环时间的重复经历。也许两个女孩的相似只是偶然吧，这种概率小得像有了一个从头再来的机会。她已经失去了考特妮，但她还有机会救玛丽安。莫斯在床上躺着，一想到人们正在找那个女孩，心里就掠过一丝安慰：也许已经有人见到她，或知道她身在何处，一定要平安啊，一定——莫斯陷入短短几小时的小睡，梦里，她似乎看到那个女孩的尸体已经冰凉……

02

考特妮死后，莫斯一直沮丧不振，害怕十六岁生日的到来。吉姆一家请她参加考特妮的葬礼，让她和家里人站在一起——既是荣幸，也让人疲惫。她和戴维一起接待来客。考特妮的遗体化了妆，皮肤雪白，躺在那儿就像睡着了。她一直说将来想穿着牛仔裤下葬，但此刻她的身上却是一件带着蕾丝高领的天鹅绒连衣裙，颈部的伤口再多的粉底也遮盖不住。她的身体一动不动，安静得很不现实，莫斯甚至希望她能忽然坐起来，至少稍微动一下，喘一口气。

葬礼结束，莫斯回到家，想象着如果自己也死了，就会和考特妮埋在一起。而她还活着，活得毫无兴致、孤独无援。家里只有她和母亲，父亲在她五岁时就抛下了她们娘俩。莫斯和母亲的相处非常客气，但母亲几乎从不着家，要么外出工作，要么在麦格酒馆减价供应饮料的“快乐时间”一直喝到深夜。莫斯变得越来越内向，收藏的唱片越来越多，每天晚上她躲回自己的房间，关着灯躺在床上，耳机里传来怪异乐队、碰撞乐队、性手枪和皮克西乐队的歌——这些她从音像店的黑胶唱片盒里淘到的朋克专辑——她在音乐里渐渐放空。她放肆地挥霍着剩余不多的中学时光，在午休时的停车场上喝樱桃可乐和杰克啤酒，和所有能买到的酒精饮料。她成了只剩一副皮囊的行尸走肉，差一点就退了学，甚至做好了回家待着的准备，或者和母亲一样，在同一家公司做电话促销员。所幸田径教练发现了莫斯的困难，找了找关系，帮她申请到西弗吉尼亚大学的半额奖学金。

失去考特妮的第三年，莫斯被传唤指认杀害朋友的凶手。那天，她穿了一身母亲的工作服，坐在华盛顿郡法庭上，回忆考特妮去世那晚发生的事——听着她的证词，考特妮的母亲啜泣不停，而凶手面无表情。莫斯很清楚她对那个杀了自己好友的男人毫无同情——他是个瘾君子，一个流浪汉。她想让他去死，或终生服刑，不得假释；一部分是为了复仇，另一部分则是为了*正义*。她后来才得知最后的审判结果，凶手被判了二十八年，但这似乎远远不够。这个男人竟然还活着，甚至将来有可能重获自由——愤怒如利刃划开了迷雾似的伤痛，抵住了莫斯的喉咙。等到大二的上半学期，课业的压力让周末和休息时间不再被酒精和大麻填满。她报了犯罪学和罪案调查专业，根据课程要求，找到了一份在华盛顿郡法医办公室的实习。

初看有些吓人，但实际上在法医办公室度过的下午却非常令人愉快——那里的女同事都很喜欢莫斯，在她忙忙碌碌地跪着整理文件柜时，总是不停和她聊起避孕和音乐的话题。验尸官拉多夫斯基博士每天早上都和她打招呼，但一直保持着礼貌的距离。一些同事告诉莫斯，大家都知道博士是个酒鬼，还是个同性恋；即使偶尔午餐时间过去很久他才面红耳赤地回到办公室，但总的来说，他依然算是个善良友好的人。莫斯的几个室友对她找的实习惊讶不已，和尸体打交道的工作让她们觉得恶心反胃。而莫斯主意已定，每周四中午十二点二十分，她都开上黄色的庞蒂克太阳鸟轿车，沿七十九号公路去华盛顿，下午一点准时到达法医办公室。

拉多夫斯基第一次让莫斯帮忙解剖尸体时，她有些紧张却并不害怕。她穿上实验室工作服，戴着护目镜和手套，像“过家家”里扮演医生的小孩，站在几英尺外看拉多夫斯基博士处理尸体。死者是一个六十四岁的独居女人，直到邻居家抱怨闻到了一股臭味，她的尸体才被人发现。

拉多夫斯基让莫斯把女人的心脏放在盛液盘里控干。

“你看，”过了一会儿，拉多夫斯基举起一块组织，“这就是她的死因了。肝脏。你看这个深紫色，这块组织像一块碎炭。健康的肝脏应该和超市里卖的肉一样，粉红色，质地柔软。这是肝硬化，她是饮酒过量而死的……”

死亡是一种不可分享的亲密关系，莫斯有时会这样想。她在验尸过程中竟然找到了片刻的宁静。于她而言，生离和死别总是互相纠缠——她最好的朋友死了，她的亲生父亲离她而去。解剖尸体的时候，她渐渐放下了对死亡的心结——死亡也许仍是个谜，但生命的终结却被分解成档案夹里的资料，重量几何，长宽多少。

莫斯的宿舍在摩根敦，但她暑假租了一间位于多尔蒙的复式公寓的二楼，方便去匹兹堡实习。她在位于匹兹堡钢铁大厦的布坎南·英格索尔律师事务所工作，是办公室几十个秘书助理中的一员。她的桌子上有一台四四方方的电脑显示器和一台电动打字机，身后的铁架上堆满了按字母顺序排列的文件夹。二十一岁的莫斯是个很时髦的女孩，喜欢穿饰有肩章的军装夹克，夸张的金色大耳环，涂亮晶晶的红色唇彩和豹纹图案的指甲油。稍微年长一些的女人都喊她“麦当娜”——也许对她们来说，这就是一种夸赞了。她每天早晨要在洗手间梳妆打扮一个钟头，整个下午要往化妆室跑好几趟，往头发上喷点发胶，把头顶的头发弄成蓬松的小卷，再扎起来。几个抽烟的同事看见她都躲得远远的，生怕一不小心点着她那一头的化学产品。

莫斯的午餐在市集广场解决，她一边吃饭一边看法医和犯罪学课本。午餐是油纸包着的炸生蚝和薯条。一天下午，一个身穿运动外套，打着佩斯利领带的男人拉开对面的椅子，问也没问，直接坐了下来。他拿起莫斯的书，看了看封面：《犯罪学入门：理论、方法和犯罪行为》（第二版）。

“你学到为什么人会犯罪了吗？”男人问。

从格兰特街来的商人和律师经常溜进她的公司，这些人总把公司里的女秘书当成调戏对象，莫斯对此早已见怪不怪。她根本没想搭理这个男人，直到他展示出衣服上的徽章——“海军情报局”（NIS）。莫斯从没听说过这个部门，但她忽然害怕也许是母亲喝醉了酒，惹了什么事。

“我们正在找一批最优秀、最聪明的人。”男人说。

莫斯心想这和自己有何干系？“哦，所以呢？”

男人说他是奥康纳特工。“你的一个教授把你推荐为联邦执法局的候选人。教授对你的成绩非常满意。”

“嗯……”莫斯不知道是哪位教授推荐了她，这会不会是一场骗局？“您没带宣传册之类的东西吗？”

“我把你列入NIS一个特殊分部的候选人名单了。”奥康纳说，“正式下通知前，我想先来见见你。我们一般不是这样招人的，但我有理由相信你会成为一名非常出色的特工。当然了，我们得先把你招进来。”

可能是什么营销骗局吧——告诉他姓名、地址后，就会收到无数垃圾邮件和上门推销。估计下一步就要我先掏二十块钱“留个位”，或者让我捐点什么东西。

“我的履历并没有多优秀吧，”莫斯想揭开男人虚张声势的面具，“我差点连高中都毕不了业。”

“你的过去是有一定影响。但我感兴趣的是你现在的专业，你现在的工作。一些人高中并不起眼，到了大学反而出色起来——我想找的就是这种人，我不想要那些短短几年就江郎才尽的‘聪明人’。我读了一篇你的论文，主题是保护弱势群体的社会责任感，你认为暴力案件的受害者是最弱势群体。这个论点是你从哪里抄来的吗？还是你自己的原创？”

“我从不抄袭。”

“我觉得你的论文让人感动，”奥康纳说，“充满了热情，这种条理清晰的热情让我很感兴趣，夏侬。有了它，你应该可以胜任我为你安排的职务。”

“我有一个朋友，”莫斯说，“因为她，我才开始学习刑法。”

“夏侬，我真有一份宣传册要给你。”奥康纳说，“你还有一年才毕业，对吧？等你申请入职时，我们估计已经从‘海军情报局’（NIS）重组为‘海军犯罪调查局’（NCIS）了。如果到时候你还和现在一样充满热情，并且你决定加入我们，就直接把简历发给我吧。”

他在一张广告页的背面草草写下地址：华盛顿海军造船厂，二百号楼。广告的正面，是一对男女穿着风衣，站在航母的甲板上放哨。六十年代时，莫斯的生父曾是新泽西军舰的一名海军士兵。但莫斯对他服役的经历所知甚少。

毕业前的一个月，莫斯把NCIS的申请表和自己的简历一并发给当地警局和西弗吉尼亚州、宾夕法尼亚州的地方检察署。奥康纳一周之内就回了电话，让莫斯去弗吉尼亚州的奥西阿纳报到，准备面试——“安排好时间啊！”奥康纳嘱咐道。莫斯沉迷于对未来的想象和憧憬：巨大的船舰划开钢铁一般的海水，父亲曾经的海军之魂此刻流淌在她的血液中。

然而，报到那天，莫斯惊呆了。她竟然来到了阿波罗苏塞克机场，F18黄蜂战斗机中队正从头顶呼啸而过。

奥康纳招募了十二个成员，莫斯是其中的三名女性之一。没过几天，两名男性就因为无法完成教官要求的体能训练而退出了。莫斯方才意识到，这根本就不是面试，而是想淘汰掉不合适的申请者。他们在游泳衣外面套上潜水服，水池里一游就是好几个钟头。在压力逐渐增大的重力模拟器中不停旋转，直到眼珠子向后翻，整个人失去意识，清醒后还要继续翻滚。他们吃不饱，六个人挤在一间宿舍，共用一个洗手间，不能洗澡，只有一箱湿巾能用来擦擦身子。这种原始的斯巴达式生活让人精神紧张，但莫斯适应得很好。之前的田径训练磨炼了她的耐力，她的意志比身体更强大。五周的训练结束后，只有七位申请者留了下来，而莫斯是唯一一名女性。结业仪式在教室里举行，奥康纳给每个人出了道选择题：“你可以去二百号楼的海军造船厂报到，成为联邦执法局的一员，迎来光明的前景。或者，放弃这个机会。”其中一位男性起身离开了，剩下的人留了下来。奥康纳很兴奋但也有点纳闷，他给留下来的人每人发了一件绿色T恤和印有他们名字的纸质证书。

海军造船厂的接待处位于大楼走廊，同时还提供咖啡和切片蛋糕。所有人需按照指示在一小时内换好飞行服。夜幕降临后，他们登上一艘名为“奥古普古”[1]的喷气机，如黑曜石一般的头锥上喷绘了一条蜿蜒的海蛇。这种类型的喷气机被称为“鸬鹚”，黑色漆面，长而细，看上去接近SR71黑鸟战机，但体型稍大，和一架小型客机差不多。奥康纳和他的队员在座位上固定好，“奥古普古”准备起飞了。当飞机进入急速上升阶段，冲破引力时，莫斯完全陷入了昏迷。来自地球的光缩小成一轮新月的形状，遥远星球上，城市的璀璨宛如散落天际的宝石。胸腔内的失重感让莫斯晕眩不已，她的头发飘起来，像一朵金色的蒲公英，莫斯把它拢成了一个发髻。奥康纳最先解开安全带，飘浮起来，已经上了年纪的他此刻看起来竟然充满童趣。其他人也照做了，他们像蹦床上的小孩一样，自由地跳来跳去。莫斯也从座位上飘了起来，她欣喜若狂，忽然便热泪盈眶，但泪水黏在眼球上流不下来，她用袖子擦了擦，破涕为笑。

月球表面像一片黑色的湖泊。他们抵达黑谷站，这个月球前哨站就像位于代达罗斯火山口内的秘密城市。火山口直径六十英里，在月球背面的中心位置。火山口下凸起的梯形山脊，如巨大的楼梯一直延伸到两英里下宽阔的盆地。月球发射点赫然眼前，大家都沉默了。几线灯光勾勒出黑谷的样子，这里的大楼和跑道，陈列和布局，无一不让莫斯想起西弗吉尼亚和宾夕法尼亚的石油钻塔。亮着灯的铁质飞行塔像油井的脚手架。黑谷里停泊着七艘船，都是俄亥

1　相传为加拿大湖中的水怪。

俄级潜艇[1]大小的船舰——舱面光滑，棱角分明，像黑曜石一样发光，又像一件折纸作品。

“这些是特恩飞船。”奥康纳指着这些船说，“看这里——”

船舰的引擎是勃兰特—罗莫纳克量子泡沫宏场发生器，这种军用科技可以帮助人们进入深度时间和深度空间，奥康纳解释道。

飞行塔周围是交叉式的起降场，和公路与滑行道相连，通往机库和几幢覆以白色屋顶的小楼，那里是宿舍区、机械修理厂、办公室和实验室。奥康纳说，这些海军空间指挥舰——伯劳鸟、鸬鹚、特恩的设计都源于六百年后的未来，又根据二十世纪七八十年代的初期工业技术做了一些修改。七八十年代是造船的鼎盛时期，此时臭鼬工厂[2]的工程项目主要由波音公司、麦道飞机公司、洛克希德·马丁和诺斯罗普·格鲁门公司承包。鸬鹚使用升级版鹞式发动机作为其反应控制系统推动器，为船舰的横摇、纵摇、升沉状态提供短脉冲调整。停在第四起降场的“奥古普古”就像一只落在叶子上的小虫。不管从哪个门看进去，都是大片被探照灯照亮的灰尘。月球上，一切物体的下降都异常缓慢，减弱的重力感让莫斯觉得仿佛身在水中。这一年，她二十二岁，正被军队和武装力量的神秘奇迹震惊到不知所措，海军太空指挥部的复杂远远超过了大众的认知。

一切如同一场梦——最开始几个礼拜的不停训练，在阳光刺眼的暖房上课，睡在集体宿舍，无数次穿梭在教室和宿舍间，学到很

1　一种核动力潜艇等级。美国海军1976年开始建造该潜艇，全长一百七十米，全宽十三米。

2　最早是洛克希德·马丁公司的高级开发项目代号。臭鼬工厂以担任秘密研究计划为主，此项目研制出许多著名的飞行器产品。

多关于船舰的知识。莫斯被分配到奥康纳的海上特恩战组，乘坐美国军舰“威廉·麦金莱号”，前往深水。返回维珍尼亚滩不到两个月，莫斯又穿越到人类的末界，航行至仙女座星系的最远处。她沐浴在星河之中，而这星辰的光，也许二百五十万年后才能照耀到地球。

记者都堵在坎农斯堡市政大楼的中央大厅，可怜巴巴地求着一点关于灭门案和失踪女孩的官方消息。市长办公室就在市政大楼，坎农斯堡警局也位于此，但莫斯不禁怀疑他们似乎对蜂拥而至的新闻媒体并没有防备，因为她此刻正在一堆摄影师中间挤身而过。莫斯向一位警官出示了证件，在授权进入办公区的人员名单上签好字，才被放进会议室。一个年纪稍大的男人，应该是市政厅的工作人员，发现她戴着假肢，有意让开了道。她经过时，男人伸手放在她的后背，莫斯一下浑身僵硬，这种感觉太熟悉了，男人的手指就按在她内衣的带子上。他笑了笑，示意莫斯往前走——他也许想表现得绅士些吧，或者像个照顾晚辈的慈祥父亲，但他的手一直放在莫斯的肩胛骨上，直到她挣脱开来，往会议室的另一边走。还差几分钟就到九点了。几位联合特遣兵已经在摆成马蹄铁形状的六张会议桌前坐好。莫斯认出几张昨晚刚刚见过的熟悉面孔，大部分都是FBI的人，但他们的神色和昨晚截然不同——莫索特灭门案带给他们的悲痛，已经被刚刚喷上的发胶、新换的衣服、几杯咖啡和几个甜甜圈一扫而光了。

一个淡金色头发的男子朝莫斯挥手示意，他的下巴上似乎有一层阴影，那是新长出的胡茬。他笑起来很温暖，莫斯心想，原本有点粗犷的五官，一笑就柔软下来了。他的眼珠是淡淡的浅蓝色，非常明亮，内双的眼睛看上去像在沉思。

“你是特工莫斯？”他问，“我叫菲利普·奈斯特。我们昨晚通过电话……”

“哦，是的，我是夏侬。”

“我给你留了个位子，布洛克让我多照顾你。”

莫斯非常抵触被人“照顾”，也不愿意走过密密麻麻的椅子腿。“我不想到前排去，太麻烦……”

“哦，好的，好的。”奈斯特站在她旁边，靠着墙说，“我不是这个意思，不是真的‘照顾你’，我是来联系你的。”他很快就听懂了莫斯的意思。他在昨晚那通电话里，声音颤抖，充满了痛苦和不安。现在倒是平静下来了。挺好听的声音，莫斯心想。“布洛克说你应该知道所有信息，但他手头要忙的太多，”他停下来，朝某个人挥了挥手，“所以让我来联系你。”

他应该喜欢户外运动，莫斯猜测，他身上的运动气息不像经常去健身房的人那么刻意。巧克力色的灯芯绒裤子和其他同事灰色或米色的长裤形成了对比，衬衫的袖子卷到了前臂，外面套了针织背心，打着领带。要是不看胸前挂着的FBI工作牌，还以为他是哪个大学的教授。

“我昨晚好像没看见你。”莫斯说。

“我在现场，我看见你来了。但当时——”他比了个手势，示意自己当时穿着厚重的防护服，“我在拍照。你可能没注意到我。布洛克跟我说了些事，我得问问你是不是真的。”

妈的。莫斯心里骂了一句。“这要看他跟你说的是什么事了。”

“他说你认识克利特伍德法院街的人。”

“对，我认识的那家人原来住在那儿，”莫斯说，“好多年前了，我最好的朋友就在那里。当时我几乎每天都去找她。”

奈斯特叹了口气。“太遗憾了，你一定很难受吧？”

“布洛克还和你说什么了？”

奈斯特抬了抬手，做了一个安慰的手势。“他很尊敬你，说你挺不容易的。”

布洛克走上讲台，台下谈话的嘈杂声渐渐安静了。布洛克还穿着昨晚那身衣服，皱巴巴的——可能开会前他刚洗了把脸，喷了点古龙水，但没来得及洗澡，也没捞着休息。他浑身透着疲惫，眼睛下两道紫红色的眼圈，在黝黑的皮肤上特别显眼。他把房间的灯光调到微亮。

“各位早上好。”他打开头顶的投影仪，一束强光照在身后的白板上。“我简单讲两句。我是FBI的负责人，威廉·布洛克特工。我的团队将与坎农斯堡警局和宾夕法尼亚法证局密切合作，共同调查莫索特一家的谋杀案，并负责搜寻玛丽安·莫索特。我们的首席调查员是菲利普·奈斯特特工。”

布洛克的第一张幻灯片是在安珀警报中发布的照片。

“这是玛丽安·莫索特，”布洛克说，“已经失踪了三十八小时。”

布洛克拿起水瓶，润了润口，在场所有人的眼睛都盯着屏幕上的照片。全场安静，只有投影仪里的风扇在“呜呜”转动。

“这个失踪的女孩已经引起了全国范围内的媒体关注。人们最后一次见到她，是周五晚上她在华盛顿的凯马特商场下班回家，她在那儿做收银员。当天晚上七点，她打卡下班，之后便下落不明。我们在停车场找到了她的车，看来她是和别人一起离开，或者被挟持带走了。根据凯马特商场主管和同事的回忆，当天下午并没有发生任何异常。她没有固定男友——据我们所知。州警正在调查她在网络上接触了哪些人。”

布洛克换了一张幻灯片。一个穿着蓝色拉链衫，头发灰白的男子照片出现在屏幕上。他面带微笑，在阳光里眯着眼。

“这是父亲派特里克·莫索特，是我们能找到的最近的照片。他是美国海军一级士官。1949年8月3日出生。派特里克·莫索特是目前玛丽安·莫索特绑架案和这起灭门案的第一嫌疑人。我们已经下发了拘捕令，但派特里克到底身在何方，目前没有任何可靠消息。”

布洛克换到下一张幻灯片。一张宝丽来照片，整体是森林绿的色调，莫索特黝黑的皮肤有种皮革的质感——他看上去像个孩子，莫斯想，尽管肩上背着一把M16步枪，嘴里叼着烟。

“三重凶杀案，三人遇害。”布洛克说。屏幕上是满脸是血的女人尸体。

还有一张血泊中的手的特写。

“罪犯拔去了女人和孩子的手脚指甲。”布洛克说，“目前还没有向媒体披露这一信息。大家明白我的意思吗？如果莫索特是被冤枉的，那他的供词里应该不会提到这个细节，我们可以就此判断他是否在说谎。”

一种压抑沉闷的情绪在房间里弥漫开。那些被拔去的指甲成了一个谜，让本案从普通的谋杀案变得更扑朔迷离，案件背后的动机更深不可测。

“你还好吗？”奈斯特担心地看着莫斯。

“你呢？”莫斯反问。

布洛克把新闻发布会安排在半小时后，会议室的白板上投影了FBI的标志。他主要介绍的是目前具有实质性的证据和邻居关于莫索特那位身份不明的朋友的证词——一个白人男子，络腮胡，开着西弗吉尼亚牌照的红色“道奇公羊”皮卡。布洛克说这辆皮卡上贴了很多车尾贴，其中包括一面南方邦旗。莫斯和一些警察在休息室看了会儿电视。她去接杯咖啡的工夫，布洛克身边就围满了从匹兹堡和斯托本维尔—威灵赶来的记者，询问关于玛丽安·莫索特和灭门案的更多信息。

莫斯从休息室出来，下楼找到一间没有人的办公室。她躲进去和NCIS总部的主管打了通电话。那个吃着油炸生蚝的下午，奥康纳找到了莫斯，并负责在后来的体能训练中为她提供指导，带她前往深水，练习第一次太空漫步。他们飘浮在离飞船很远的地方，像悬在线上的蜘蛛一样，用一根绳子拴住飞船。奥康纳只比莫斯大十岁，但他已经可以熟练穿越到深水和末界，在地球世界的时间停止时，他却不停地衰老着。一头灰白的鬈发，一脸深深的皱纹，但他笑起来的调皮样子很快就打破了那副死气沉沉的表情。

“我是奥康纳。”电话那头说。

“我是莫斯。我需要莫索特的信息，能帮我找到吗？已知信息都是被人修改过的。他档案上显示在任务中失踪。”

“有件事要告诉你，”奥康纳说，“我和NSC谈了整宿，要找到莫索特确实是个大问题，夏侬。”

“你要告诉我什么？”

“NSC参与星球大战计划时，派特里克·莫索特是关键成员之一，由于里根的政策支持，派特里克在当时大赚了一笔，”奥康纳说，“早些时候，在‘挑战者号’项目之前，他还是国防部太空项目的一员。他参与了洛杉矶的空军‘载人航天工程师项目’，在约翰逊空间中心的军事部也有一席之地。但是，夏侬，他最后一项工作记录显示为‘十二宫’任务。你听说过吗？”

“十二艘飞船，七十年代末期出发，任务一直执行到1989年，当时我还没开始服役。现在有三艘飞船还在执行任务。”

“‘白羊号’‘巨蟹号’‘金牛号’，”奥康纳说，“其他九艘飞船没有回来，几百个人下落不明，真是一场灾难。至于‘金牛号’——”

“‘金牛号’发现了末界，”莫斯补充道，“他们是第一批发现末界的人。”她曾研究过美国军舰“金牛号”返航时的现场照片。这艘飞船于1986年年尾发射，后从遥远未来的末界返回，船员失踪了大半，仅剩几名幸存者。飞船内舱满地都是死者尸体的素描，和用血迹涂抹的警告。

“派特里克·莫索特之所以显示在任务中失踪，是因为他曾经是‘天秤号’军舰的士兵，”奥康纳说，“‘天秤号’被定义为失踪了，夏依。”

这艘军舰曾在深水失踪，现在又忽然出现了。“怎么回事？”莫斯问道。她曾经目睹NSC飞船发射，飞往深水，又在一秒钟之内返回，几乎就是一瞬间的事。即使就这一瞬间，船员已经穿越星河，在外飘荡了数年，但飞船却几乎还是全新的。看着一个年轻男人在上一秒登上了飞船，眨眼间下飞船时已经到了要退休的年纪，这实在是太诡异了。但有时，一艘NSC的飞船可能发射后就再也回不来了，连带所有船员，消失得无影无踪。这些飞船将被定义为失踪，再也没有返回的可能性。他们或被太空残骸撕成碎片，或被卷入炽热的太阳，被黑洞所吞噬，更可能的是机器故障导致了灾难发生。总之，这些飞船再也不能返航了，在世界的所有角落从此销声匿迹。飞船消失后，船员一般没有生还的可能，档案上之所以写着“在任务中失踪”，只是因为无法找到他们的尸体。“如果‘天秤号’失踪了，派特里克·莫索特不该还活着啊。”莫斯说，“难道他不在‘天秤号’上？是个逃兵？还是从来没有执行过任务？”

“我们得找到‘天秤号’和派特里克·莫索特的下落，”奥康纳说，“所以我们需要你。我们要找到派特里克·莫索特，看看到底发生了什么。”

“布洛克说那家伙一直不愿和别人接触，所有财产都在他老婆名下，他只有几张伪造的身份证件和一本假驾驶证，”莫斯说，“但是我们找到了几个认识莫索特的证人，看起来他不像是用假身份生活的人啊。他一直生活在坎农斯堡，就活在我们眼皮底下。”

“这么长时间以来，没有人找过他，”奥康纳说，“大家都知道，派特里克·莫索特和‘天秤号’飞船上的人一起失踪了。只要没有人找，就能藏很久。”

“我们现在派了大量人在找他。”

“夏侬，”奥康纳说，“特工布洛克说你和命案发生的那栋房子有什么关系——”

“没事——我没事，”莫斯说，“小时候的一个朋友住在那儿。昨晚的罪案现场太恐怖了，但放心，我没事。”

“如果有什么需要，我可以给你多派几个助理。”奥康纳提议道。

“我能处理。”莫斯想起杰西卡·莫索特被劈成两半的头，和被挖空了的躯体。就在考特妮·吉姆的卧室。莫斯曾经在这里暗暗梦想着离开坎农斯堡，但没有人能离开那间卧室。“我没事。”她又说了一遍，“我只想找到派特里克·莫索特。”

“你有什么看法？”奥康纳问道。

莫斯想到血泊里那个女人的双手，所有指甲都被拔掉了。这是布洛克要求对外保密的重要信息。“现在我们怀疑是家庭问题，”她说，“必须尽快找到派特里克，新闻里到处都是他的照片。不管他在军队里是什么身份，也不管‘天秤号’军舰上到底发生了什么，你我都知道，这很有可能就是钱的问题，或者某一方有了婚外恋。这种惨剧总是发生得又快又残忍，但并不算罕见。他把受害者的指甲都拔下来了，我也不知道动机是什么。等抓到他后，多找几个特工来审审吧。你知道，那个失踪的女孩长得很漂亮。”

“我看到安珀警报了。”奥康纳说。

“只希望等玛丽安的照片传开后，能引起媒体的兴趣，”莫斯清楚媒体的审查制度一向是NSC的宿敌，“相信过不了多久就有人来打听莫索特是谁了。”

“我们准备好了，”奥康纳说，“FBI一直很合作。我们的上级见过面，而且之前就签订了针对类似调查的协议书。他们人力充足，能对付媒体记者，帮助寻找玛丽安。”

“他们正在开新闻发布会，”莫斯说，她的母亲也许正在看电视。*妈的*，她暗骂一句——那个女人对街坊邻里八卦丑闻的兴趣，不亚于秃鹫搜寻着一块腐肉。从关于残疾动物的新闻，到房子着火、全家灭门，全都逃不过她的打听。*我该给她打个电话*。她应该还记得克利特伍德法院街发生了什么——多少个下午，她把女儿送到那栋房子，她最好的朋友家。结束和奥康纳的通话后，莫斯立刻拨通了母亲的号码。电话响了两声，转到自动回复。

“妈妈，我是夏依。”莫斯说，“如果你在旁边，就拿起话筒。我今晚过去一趟。新闻里发生的事，你别太担心。我们晚上再聊。”

一阵敲门声后，奈斯特推门进来。

“走。”

莫斯合上手机。“走去哪儿？”

“我们找到那辆卡车了。”他说，“西弗吉尼亚巡逻队刚刚来了电话。跟我走。”

那辆红色的公羊卡车属于埃里克·弗里斯。驾照已过期，车牌已过期，车辆登记地址是曼宁顿附近的巴托洛夫·弗可布朗奇。当地警方似乎对这个人有印象，他是个爱挑事儿的酒鬼，警方经常去酒吧赶走他，但从不逮捕他。他是一个上过越南战场的退役老兵，现在是个没有执照的电工，靠做零活来糊口。奈斯特开着一辆FBI的越野车，行驶在州际公路的缓缓车流中，宾夕法尼亚的平缓山丘蔓延到西弗吉尼亚州，变得陡峭了许多。一个多钟头的路程，两人的聊天从派特里克·莫索特开始，一直聊到彼此的生活。奈斯特是西弗吉尼亚人，家里很穷。几年前还是个自由摄影师，后来为了生活的稳定，进入亚利桑那州凤凰城警局，开始和指纹、罪案现场打交道。他再次回到西弗吉尼亚，是因为父亲要去世了。莫斯对一切的自我坦白都很谨慎，而奈斯特则是个很好的倾听者。她不由自主地说起了自己的故事，把生活和工作分隔开的那层保护罩，很快就消失了。

“我觉得我不太擅长聊天。”莫斯说。

“你有设防，”奈斯特说，“我能理解。”

他们来到巴托洛夫·弗可布朗奇交界口，似乎要被一片密林吞噬，把整个世界抛到身后。路越走越窄，公路两边就是森林，树干丛生，密密麻麻的树枝遮蔽了日光。莫斯透过树林看见远处几座孤零零的房子。他们驶过一排建在煤渣堆上的小房，浅色外墙褪了色，漏水的生锈水管让墙上灰一道、白一道。院子像旧货小卖铺。

莫斯想象着这些树被风吹动时，会发出怎样的声音。当他们经过一条干涸小溪上的木板桥后，眼前的小路终于不再泥泞。在两条经过灌木丛的小道里，奈斯特选了一条往深处走的路。

“我也不知道这是在往哪儿走。”他说。莫斯感觉到越野车的轮胎正在巨大的石块和盘结的树根上碾过，一阵颠簸后终于回到正轨。两侧的树枝伸到路中间，拍打着车窗。

“等一下，等一下，”奈斯特说，“我们到了。”

他把车开进空地，一道红色从眼前闪过——是那辆红色公羊的后舱门。这是辆旧款车，大概是八十年代的车型，和新闻里描述的一样，樱桃红，车门四周有积灰，车上几十张撕烂的贴纸，其中就有同盟国的旗子。还贴了一句“南方即将崛起”、一张卡尔文往福特车标上撒尿的漫画和一把手枪，旁边写着“本车装配了史密斯·韦森[1]”。手工木制的枪架里并没有枪，但已经磨损得够呛了。

“看，”奈斯特说，“那是什么？”

莫斯往他手指的方向看了一眼。“什么玩意儿？”她爬上车顶，看见了树林里的骨架。那是几座雕塑。雄鹿的骨头被拆开，再用金属丝固定，看上去像一个长了鹿角的男人，浑身布满黄铜色的血管。四具骨架的脚踝固定在树上，手臂张开——像那些头朝下倒吊着的人。*末界，这个男人知道末界*。房子摇摇欲坠，屋顶塌了下来，好像快要融化一样。莫斯跟在奈斯特身后往前走，一路经过不少陷在泥巴里的石板。前门旁边有大量啮齿动物的骨头——大部分来自土拨鼠和松鼠。草地上还晾着一些鹿的骨头。

1　美国最大的手枪军械制造商。

"你觉得他在这儿吗？"莫斯问。

"不知道。他的车在这儿，"奈斯特说，"他可能走了。"

"那些骨头是怎么回事？"

奈斯特苦笑一声，说："我怎么知道……"

一股刺鼻的腐臭朝他们翻滚而来，这是死亡的气味。莫斯心里喊了一句：**玛丽安**。她掏出手枪，奈斯特紧跟其后。屋子的前门是一扇罩着纱窗的复合板，周围变形翘起，门上爬满了苍蝇，随着莫斯推门进入，嗡嗡地团团散开了。房间里气味浓重，近乎钻进了莫斯的身体——裹住她的舌头、堵住她的鼻孔，像海绵一样在她的口腔慢慢膨胀。死尸、毛皮、粪便。她的眼睛湿润了。

"玛丽安？"她大喊。

空气似乎是活的，发出嗡嗡的声音。苍蝇撞在身上，奈斯特站在旁边。前门光线昏暗。墙上挂满了兽皮，长着条纹的浣熊皮，石灰色的松鼠皮和褐色的土拨鼠皮——莫斯恍然意识到眼前是一幅兽皮拼成的壁画，深深浅浅的颜色是山峦起伏，白色的兔子皮是积雪的山顶。**山景——一幅由皮草拼出的山景壁画**。

"玛丽安？"她喊着女孩的名字，那股腐烂的气体跟随每一次呼吸涌进肺里。一只苍蝇落在她的嘴唇上，她吓得后退一步，吹走了苍蝇。她一向害怕这种飞虫，尤其怕它背后的含义——也许玛丽安的尸体就在房子里。不要……不要……

"FBI，"奈斯特大喊，"联邦特工。"

莫斯举着枪，走到隔壁房间。这间房面积略大，角落里有间小厨房，电视上有两根金属箔包裹的室内天线。墙上挂着纳粹的旗子，一角钉在天花板上。黑色的旗子，白色的螺钉。深绿色的背景上画着白色的雄鹿的头，鹿角中间是纳粹的万字符号。**疯子**，莫斯心想。她感到恐惧，仿佛走上了一条通往地狱的路。激浪汽水的瓶子和啤酒罐扔得到处都是，黑蚂蚁穿梭其中，满地狼藉。

“这边，”奈斯特说，“来这边。”

走廊尽头连着房子的后屋，两边墙上乱七八糟地挂满了镜子。地板上堆着垃圾——是一具尸体——垃圾袋很厚，底下蠕动着白色的蛆虫和苍蝇，看上去好像袋子也在动。奈斯特把手缩进袖子里，拽了拽塑料袋。莫斯做好了准备——准备看见黑色的兽皮下，是玛丽安苍白的脸，没了牙齿的猩红牙龈，和玻璃球一样的乌黑的眼珠。

“上帝啊，”奈斯特往后一闪，“这是什么？熊？”

莫斯继续往走廊尽头走，她的身影在镜子里来回倒映。**这到底是什么地方**？从某种程度上说，莫斯对屋里的陈设并不陌生，她似乎联想到什么：走廊的镜子，她的倒影——记忆被拉扯，她由此想到在白雪皑皑之中，她穿着橘色的宇航服徒步经过雪堆，世界天寒地冻，凛风裹挟着冰碴。莫斯经过了一间浴室，又经过一间卧房——床垫在地上，床脚旁放着行李袋。她一路跟着镜子走到后屋，这是主卧，她朝里看了一眼，忍不住尖叫起来。

那个男人吊死在一棵骨头搭成的树上——一尊由骨头、铁片、铜丝组成的树形雕塑——卧室的墙壁和天花板镶嵌着镜子，男人的尸体在镜子的反射里无限倒映。他体形肥胖，皮肤毫无血色，身边到处飞着苍蝇。莫斯走近了些，举着枪的手不停打战，镜子里同时出现了她和男人的身影。这间房只是一个表象——那个世界又回来了，莫斯感到绝望——贴满镜子的走廊和房间镜子里反复倒影的骨头树，搅动起这些年来莫斯已经开始遗忘的回忆，她被钉在空中，身下是那条咆哮的黑河。这几间房就像回忆的引线。她想起那片冰天雪地，周围寒冷的空气仿佛这些镜子一样，在她周围闪着寒光。

她在末界见过这棵树，树干灰白，宛若骨骼，绵延无尽。弗里斯重构了这个场景，就像从她的大脑里复制出来那样。

“走吧，”奈斯特说着，拍了拍她的肩膀，带她走出房间，“玛丽安不在这儿。我们走吧。”

布鲁克县的警长封锁了位于巴托洛夫·弗可布朗奇的这栋房子，直到FBI犯罪巡逻队赶到之前，所有通往这里的路都被禁行了。FBI的人把腐烂了的黑熊尸体搬了出来，拖到树林里，随后才将埃里克·弗里斯的尸体从骨树上解下，鉴于死者块头很大，好几个人一起上手才把尸体放到地上。黑熊被肢解成很多块——扒皮去骨，掏空内脏。按照技术人员的记录，弗里斯的房子属于罪案现场，但消息很快就传开了，人人都在议论他是自杀的，吊在家里的骨树上至少整整一天，或者更久。莫斯看着几个男人把弗里斯的尸体裹起来，抬上轮车，推进救护车送去查尔斯顿[1]解剖。**我看到的任何地方，都会结冰**，莫斯心想，她几乎能感觉到那彻骨寒冰从未来的某个时间侵袭而来。她在弗里斯的房外绕圈，顺着一条小路往那四具倒吊着的骨架走去。它们制作得很是精巧——铜线缠着鹿骨，模拟出血管和肌肉组织。弗里斯是怎么知道末界和钉在空中的人的？也许世界灭亡的恐怖画面在派特里克·莫索特的脑中挥之不去，他把所见所闻告诉了弗里斯，或弗里斯可能亲眼见到了这些东西，他也是“天秤号”的船员之一，失踪之后再次出现，就像一个幽灵。NSC的船员自杀率极高。莫斯做法医助理时曾经见过一些解剖案

1　西弗吉尼亚州首府。

例，死者有上吊的，有割腕的，还有饮弹而亡的。这些绝望崩溃的人再也无法接受现实的世界，只好选择亲手结束性命。奥康纳应该能查出弗里斯之前是否在NSC待过，但莫斯心里越来越笃定，恐怕这个男人又是一个档案上记录为“在任务中失踪”的船员。忽然，她听到脚步声传来——是奈斯特穿过灌木丛来找她了。

“嘿，你还好吧？”他问，“刚才找不到你了。”

“我想静静，”莫斯说，“你之前见过这种场面吗？”

奈斯特的眉头拧成一团，这个问题好像一块扔进湖里的石头，打乱了他的思绪。“那间房让我想起我爸爸过去常跟我提起的事，”他说，“他经常梦见一片‘无尽森林’。好了，咱们先走吧，离这堆东西远一点儿。”

他们穿过矮矮的灌木丛，沿着小路走回弗里斯的房子。“梦到了什么？”莫斯接着问道。

“我们家住在暮光城，一个煤矿小镇。我爸爸在矿上工作，经常做梦梦见自己在一片黑暗里，”奈斯特说，“他半夜惊醒，尖叫，我能听见他下了床，跑到我房里，坐在床上看着我。我当时差不多九岁，只能闭紧眼睛装睡，但他喝醉了，不停地说他被困住了，没法从矿井里逃出来，所以只能往深处爬，一直爬到森林里。他跟我说森林里的树就像长在我屋里一样，他几乎伸手就能碰到它们。”

“无尽森林。”莫斯自语。

“那些树上有门，”奈斯特继续说，“当他打开门迈进去时，就走进了一片全新的森林。他说他迷路了，让我去找他。我答应了他，我想搞懂这个困扰着他的梦到底是什么意思。他去了洗手间，我听见他下楼。我听见他开始打鼾，他睡着了。但我再也睡不着了。”

“你当时九岁？”莫斯的眼前出现了一个小孩，和他的父亲。

“有时他说起来这个梦，就像一个真实存在的地方，就像这根本不是一个梦。所以当我看到那些镜子时……”

莫斯很想告诉他自己的经历，但她忍住了。“别再想弗里斯这摊子事了。别想了。”

再次踏进这栋房子之前，她先让自己平静下来。尽管腐败气味的源头已经被清理了，房子里却还弥留着其他气味，它们来自挂满兽皮的墙和流着黄水的垃圾桶。技术人员从弗里斯的衣柜里拉出几个纸板箱。莫斯戴上乳胶手套，开始翻看里面的东西。她找到一本相册，相片已经泛黄，是弗里斯在越南拍的照片——PBR，一种被称作“快船”的四人巡逻艇。照片上用蓝色圆珠笔标记着*湄公河*和*桢沙*。海军，越南——和莫索特有关系，莫斯心想。她怀疑莫索特和弗里斯曾一起服役。火车盒里装满了死蜘蛛、甲壳虫，其中一个技术人员还找到一个塞满鸟类尸体的枕套。*恶心*，莫斯暗骂。弗里斯的“大作”挂得满墙都是，除了兽皮拼成的巨幅壁画，还有裱过的画和他改动后的照片。有两幅挂在卫生间。一张泽普鲁德电影里的静态画面，是肯尼迪被第二颗子弹击中的瞬间，他的脸血肉模糊，向外炸开，像一扇带铰链的门。弗里斯在肯尼迪头上画了轮光环，还有四溅开来的氧化了的棕色血迹。另一张照片里，弗里斯在道奇“挑战者”上画了七个光环——一团爆炸云、浓密的烟雾里飞散的碎片，和奇怪的轨迹。

“我们找到些东西，”奈斯特说，“过来看。”

奈斯特刚才待在两间卧室里较小也较干净的那间翻查。地上的床垫收拾得挺整齐，床单和被子四角被塞得紧紧的。屋里挂着一张弗里斯改动过的照片，是所有照片里最大的一张——莫斯认出画面里的是弗里斯在越南的快艇，只是照片上密密麻麻地贴着新月状的指甲和动物的指甲、爪子。悲伤如铅垂线一般让她的心沉了下来——她想起莫索特一家，那些没了指甲的手指。这幅画还附了标签：一艘运载死亡的指甲船。

“我们觉得莫索特在这儿待过，”奈斯特说，“这些都是他的东西。”

他们把黑色行李袋里的东西一一摆在床垫上。几沓二十美元的钞票，加起来差不多有几千块。一些衣服、洗漱用品和传呼机。二十四张宝丽来照片排列整齐，照片里都是一个女人。黑皮肤，极瘦。没有一张是正面照。这个女人真美，莫斯想，小腹也很紧实。她仔细看着这个女人大腿上流畅的肌肉线条和私密部位的特写。一种亲密的感觉，而非色情——恐怕拍照片的人和照片里的人都没想过这些照片会被公开。这些照片看起来是在一间小木屋里拍的，不是在这栋房子。可能是一间出租木屋吧。照片一角能看到木制的墙壁、一张床边几、一摞纸和一台电话。

“能查到这个女人的身份吗？”莫斯问。

“查不到。”

“为什么觉得是莫索特？”

“我们从传呼机上找到的前几个号码都是莫索特的宅电，”奈斯特说，“我猜他可能给自己打了几次电话，想看看传呼机是不是还能用。”

他们走出大门。奈斯特要留在这儿监督证物搜集，但他和一个警长助理说好了，请他把莫斯送回坎农斯堡。现在已经是傍晚时分，时间不知不觉地就过去了。

“你看见那张船的照片了吗？”莫斯问。

“那些指甲？看到了，”奈斯特说，“我们已经派人检测那些指甲了，看看其中有没有莫索特一家的。等检验结果出来还要一阵。其实我不相信弗里斯能在不用枪的情况下连杀三人，你呢？他这么胖，不像能同时抓住三个人，甚至应该不能在三个人的反击下自我防卫吧。莫索特的妻子，达默里斯·莫索特，是运动员出身。他儿子——”

“我敢打赌解剖结果一定显示他在灭门案前就死了。”莫斯打断了奈斯特的话。

“照片上写了什么？什么指甲船？”

“一艘运载尸体的指甲船，”莫斯说，“我也不知道是什么意思。上帝啊，今天见到的尸体未免也太多了。”

“你信教？”奈斯特问。

“什么？”莫斯一惊，这才意识到刚才有些不敬，担心冒犯了奈斯特。她在执法部认识好几个男人都是基督徒，非常虔诚。“啊，很抱歉……我……”

“信仰是支持我活下去的唯一动力，”奈斯特说，“想想那个男孩和女孩，想想玛丽安。死亡让我感到绝望，但好在我相信永生，我知道上帝会照顾这些受害者，只有这样想我才能好受一点，才能集中精力。我相信他们已经开始了新的生命。你相信肉身的复活吗？”

莫斯知道，所有的生命都将在葬礼上归于一点。

“不信。”她说。

03

莫斯的母亲在坎农斯堡，还住在莫斯长大的那间小屋——一座东派克山东北角的陡坡上的蓝色房子，离萨利斯糖果工厂只隔了几个街区。莫斯的童年是巧克力味的。她每次回家停车时，都把前轮停上人行道，调一下车头，再拉上手刹。她沿着长满野草的小道往房子侧门走，掏出从上中学时就用的那把钥匙，打开门锁。

“妈？”她喊了一声，转身关上门。

“楼上呢。”母亲回答。

莫斯原本以为她这个点正在麦格酒馆喝酒，没想到竟在家里。几乎每晚从销售中心下班后，她都会换上石洗牛仔裤和紧身衣，溜达着走去山下的酒馆，这样就不用担心喝醉了没法开车回来。这里的每个人都认识她，她一直在附近闲逛，找烟抽，找酒喝。酒店打烊后，你能看到这个四十四岁的女人还待在那儿抽烟，要么就是和其他喝多了不愿回家的酒鬼在空荡荡的停车场上鬼混。她就是这么一个人，从来都这样。麦格酒馆时开时不开，一些晚上店里安安静静，来喝酒的人无事可做，只能看看电视，和酒保聊上两句；剩下的时候，店里人满为患，想上个厕所都要靠着墙边挤过去。莫斯的母亲在吧台一角有个固定座位，可以背靠着墙，懒懒地看着店里发生的一切。她的手上青筋凸起，头发褪成了全麦面包的颜色，但只要衣服穿得出彩，加上店里灯光昏暗，还是有不少眼睛会被吸引过来。莫斯看着她，就像看到自己多年后的样子。这就是穿越到未来世界的讽刺所在，莫斯的身体在不停地衰老，而现实世界的时间却停止了，直到她回来。按年数计算，莫斯今年刚满二十七岁，她1970年出生，母亲生她时只有十七岁。但是按岁数计算，莫斯已经快四十岁了，只比母亲稍微年轻几岁。莫斯和母亲从未谈起过彼此的年龄，尽管她知道母亲不可能注意不到她们之间逐渐缩小的年龄差距——她像她的妹妹，而不是女儿，这种诡异感简直难以启齿，甚至让人羞于承认。她们之间从不亲密，也并不平等。两人的生活毫无交集，分别生活在不同的地方。莫斯身材更高些，体形健美、气质冷漠，而母亲总喜欢打扮得花里胡哨。为数不多的一起出去喝酒的时候，人们总以为她俩是姐妹。

今晚，已经换好了睡衣的母亲，正坐在餐桌前翻看《读者文摘》。

“没去麦格啊？”莫斯问。

“你饿吗？我给你留了点鸡肉。”母亲说。

“我吃过了。”

“再来点吧。夏纳最近和一个女孩走得很近——她是哪里人来着？好像是南菲耶特，管它呢。我今晚不想和他们一起喝酒了。德布想带我去个新地方，我之前跟你提过，叫什么来着……我刚给你打了电话。反正，我做了鸡肉，吃点吧。”

“我一直在工作。”莫斯说。

“在找那个女孩？简直不敢相信啊，新闻里说，这起命案发生的地方就是考特妮·吉姆的老房子？”母亲问道。

“嗯。”莫斯点了点头。

“同一座房子？你现在负责调查这个案子？”

“看起来那家人之前就已经想把房子卖了。他们该不会是当初直接从吉姆家买房子的人吧？是叫莫索特吗？”

“不，不是，他们肯定是把房子租出去了，”母亲说，“考特妮的哥哥，叫啥来着？”

“戴维。”

“他是那个去当兵了的？好像他爸爸搬去亚利桑那州之后，这房子就租出去了。我碰见过戴维一次，好多年前了。1993年，还是1994年？他当时说想保住这个房子，赚点房租。我当时问东问西的，但现在也记不起都问了些啥。”

“他们通过中介找房子，”莫斯说，“都是军人家庭。”考特妮房子里发生的惨案，过去和现在的纠缠交织，让莫斯不寒而栗。她再三提醒自己，这只是个巧合：戴维·吉姆请中介把房子出租，所以另一个海军的家庭搬了进来。和母亲的闲聊很治愈，她似乎渐渐从噩梦中清醒，发现现实世界不过像以往一样寻常。

“出什么事了？”母亲问。

“我也不清楚，”莫斯说，“可能是家庭问题吧。”

“真吓人，我一直关注着那个失踪女孩的新闻。因为考特妮——她让我想起了考特妮。”

“玛丽安·莫索特，”莫斯说，“我也想到了考特妮，那头黑色长发。”

“我正想说呢，她的头发，”母亲说，“考特妮也是一头漂亮的黑发，打着卷儿。”

从小到大，莫斯只把母亲当成甘敦镇[1]的一个酒鬼混混，但今天她忽然发现母亲也曾受过伤。这种看透人心的能力总和衰老一起到来，但衰老后的我们已经成熟，也经历了伤害，反而更容易忽略别人的伤口。莫斯拈起一包脆炸粉，里面的面包渣硬而干燥。她看见酒柜里的朗姆酒，倒了些兑上樱桃可乐。母亲自己倒了杯伏特加。

"我和谢莉尔约了明晚在麦格见。"母亲说。

"你公司里那个谢莉尔？"莫斯问，"我还以为你们绝交了。"

"这个月我推销的订阅数最高，所以答应用他们给我的五十块钱的礼券请谢莉尔喝酒。对了，我看你订的《家政冠军》杂志到期了，我就帮你续上了。所以这个月我的订阅数最高嘛。"

"我讨厌这些杂志。"

"这不是重点。"

莫斯的母亲在电话销售中心工作，负责推销杂志订阅。莫斯坐在客厅的双人皮沙发上喝着朗姆酒和樱桃可乐，母亲在另一张大沙发上半坐半躺。当年莫斯差点就去了销售中心——母亲已经和经理拉好关系，但最后还是搞砸了。这个工作是她人生里为数不多的分岔口之一。人们喜欢构想出一个"多元宇宙"的概念，其中包含无数的方向和无限的道路，但真正的分岔口却寥寥无几。莫斯知道，对大多数人来说，人生的选择其实有限，尤其当你是一个家境平平的女孩。如果当初进了销售中心，可能现在她已变成了母亲的样子，说不定还是个资深酒鬼，莫斯经常这样想。公司、酒馆两点一线，和任何愿意打车送她回家的人上

---

1 坎农斯堡的一个小镇，以生活在此处的"蓝领阶层"和酒鬼而闻名。

床——想到这样的生活，她觉得反胃，但有时又能从想象里得到慰藉。她渴望拥有循规蹈矩的生活，和男人、工作、乱七八糟的琐事打交道。客厅电视的壁炉架上有个相框，里面是一张四开大小的莫斯父亲的全身照。他的笑容很假，但眼里有光，好像不管他身在何处脸上都会一直笑下去。这张怪异又正式的照片陪着莫斯长大，照片里的父亲比她印象中还要年轻——他曾经在海军服役，照片里的他穿着一身白色军装。每当莫斯想到销售中心，想到她的生活可能和现在截然不同，想到加入NCIS的动机，她都会告诉自己：*我在寻找父亲*——这是什么狗屁理由！父亲在莫斯出生前就退役了，莫斯还不到五岁，他就离开了家。

“咱们看《X档案》[1]吧，”母亲说，“你不是喜欢看这个吗？”

每个礼拜天的晚上都属于史考莉，但今晚重播的是《堕落天使》，这集的主人公是穆德。莫斯让母亲不想看的话就换台吧。母亲喜欢看新闻，于是调到了“头条新闻”频道，正好屏幕上打出了有线电视新闻网“重大新闻”的标题——一名饶舌歌手被杀，随后播出《洛杉矶时报》头条关于此事的报道：《匪帮饶舌歌手“丑闻大佬”遇害》。他的越野车一侧有四个弹孔。这辆黑色的通用GMC越野车上缠满了黄色警用带。母亲一下坐起来。她尖叫道：“我得给谢莉打电话，她最喜欢他了。”

“我先去睡觉了。”莫斯说。母亲一边挥手说晚安，一边仍然眉头紧锁盯着屏幕。莫斯曾经的卧室被改成了杂物房，但外婆那张维多利亚风格的珍妮·林德牌双人床留了下来，书架上也还有几

1　福克斯电视台从1993年开始首播的科幻电视剧。主人公史考莉是联邦调查局（FBI）特工，她和同事穆德特工一起调查记载了许多神秘超自然案件的X档案。

本旧书：《黑神驹》《时间的褶皱》和一些其他的冒险故事。翻开来，所有描写命案现场的内页都被折了角。摇椅上堆满了放衣服的盒子。莫斯关上灯，希望能立刻入睡，但电视上饶舌歌手遇害的新闻在她脑海里萦绕不去，让本来就沉甸甸的心思更沉重了。她感觉世界正分解开来。天上的星宿逐渐消失。“奈斯特。”她喃喃道，想起他说的灵魂的不朽和肉体的重生。他难免有些过于天真，而她对他的信仰也不屑一顾。只是这个名字总是出现在舌尖，她情不自禁地一遍一遍地叫着。

卧室漆黑一片，周围的暗影带有几分熟悉，莫斯想象着整个世界被埋在了大雪之下，寒风呼啸耳边，唯一的温暖是她蜷缩其中的被窝。房外电视机传来闷闷的声音，母亲正在厨房通电话。这是童年的声音。她轻易便信了，其实自己还是那个小女孩，躺在卧室的床上。她的整个人生不过是一场奇怪的梦，如果现在醒过来，她就还是个小孩，一切都和二十五年前没有变化。对于过去，她像是一个闯入者。她伸手摸了摸左腿，用手指划过凸起的骨骼和假肢连接处粗糙的皮肤组织，以提醒自己她现在究竟是谁。母亲肯定给所有认识的人都打了电话。莫斯喜欢她的笑声，她总能轻而易举地维持长久的友情，毫无保留地展露心扉。而莫斯则容易陷入纠结。她在双人床上来回翻身，脑子里很乱。她又想到奈斯特。她从来不能像母亲那样把爱情视为玩物，甚至不曾和别人约过会。她总是一见钟情，对人的迷恋来得如此之快，几乎就在那一瞬。她忽然想到，奈斯特说自己之前是个摄影师——他到底是怎样一个人，是否一直都如此虔诚？他用宗教里关于永生的那套说辞来解释两个孩子的死亡，这让莫斯难以接受，但她现在想的却是他的妻子是谁，他有没有结婚。莫斯试图回忆他的手上是否戴了戒指。奈斯特。外面的车灯透过窗框，七零八落地照在天花板上，就像镜子里的埃里克·弗里斯和骨架拼成的大树。一艘名叫“天秤号”的军舰消失在深水，失踪的士兵再次出现。蛆虫爬满了开膛破肚的黑熊尸体……莫斯的入睡技巧是在脑海里想象一条黑色的小河。她全身赤裸，蹚进河里，水浪舔着她的膝盖、大腿，墨黑的河水流过她雪白的皮肤、她的肚子、乳房，很快便没过了头顶。摇曳的阳光消失了，她坠入无边无际的黑暗中。等她溺死在水里，她也就沉沉地睡着了。

一阵电话铃响。是床头柜上的手机铃。

“喂？”莫斯拿起手机。

“我是布洛克。”

电子表上的红色数字在黑暗里亮着——2：47。

“同事说你和奈斯特在弗里斯的房子里找到一个传呼机，”布洛克说，“这事儿有线索了。”

“快说。”

“我们找到上面保存的信息。不是电话号码，是一些密码。现在还不知道这些密码是什么意思，但有些密码是重复的——‘143’‘607’。他们说这是‘我爱你’或‘我想你了’的代号。青少年一般会这样发信息。”

莫索特可能用这种从女儿那儿学来的方法，和宝丽来照片里的女人约会。

“婚外情，”莫斯说，“房子里有二十四张那个女人的照片。”

“我们检查了莫索特家电话和这个传呼机的通信记录，”布洛克说，“传呼机每次收到代码‘22’时，莫索特就会给特克郡那边的黑水瀑布旅馆去个电话。”

黑水瀑布峡谷是个著名景点，是广阔的莫农加希拉国家森林的一部分，峡谷里如珍珠一般散落在黑水河沿岸的瀑布吸引了成千上万的游客。莫斯曾经在那儿的旅馆待过一周，她佩戴着假肢，徒步跋涉峡谷里的蜿蜒小径，咬牙走过崎岖不平的路面，去探索干叉河的莱德朗支流，这是她在末界得救的地方。她曾经被钉在这条河的上空，记得河岸长满了松树，被火烧过的灰白色树干全都长得一模一样，她再也找不到当时被钉的位置。每年夏天她都来黑水瀑布边的木屋度假，在山谷的小路上放空自己，看着艾拉卡拉瀑布下不断飞旋破碎的水涡，一看就是好几个钟头——她总是回想起这片土地上冰封雪冻的景象，所以更要提醒自己大自然有多么壮美。

“从这儿去那个旅馆要几个小时，但那里确实是个私会的好地方，”莫斯说，“很浪漫，地方又偏僻。”

“莫索特给旅馆打了几十次电话，上个月就打了两次，”布洛克说，“我打电话问过了，但那边的前台没找到派特里克·莫索特的入住记录。明天一早我就给塔克郡警局打电话，看看他们能不能派人去调查一下。”

“我过去吧，”莫斯恐怕自己也睡不着了，“我在坎农斯堡，我过去吧，正好回家顺路。”

母亲的鼾声从大厅那头的卧房传来。莫斯蹑手蹑脚地走下楼，像小时候晚上偷偷从家里溜出去那样。她甚至还记得哪阶楼梯有声响，从哪里落脚才不会发出声音。莫斯去厨房煮了壶咖啡，洗了把脸以保持清醒。玛丽安·莫索特已经失踪三天，最后一次出现是在上周五，而现在已经是周一的凌晨了。水槽上有一瓶阿司匹林，莫斯就着咖啡吃了两片。天还没亮她就开车上了七十九号州际公路，从坎农斯堡一路开往西弗吉尼亚，任凭无数画面在脑海里此起彼伏——天边的“挑战者号”、死人指甲拼贴的船和寒冬里的森林。州际公路像一条沥青的长河，被两侧的路灯点亮。莫斯知道自己正行驶在山峦起伏之中，可山不像是山，而是大块的暗影，吞噬了星星。

蜿蜒的小路穿过松木林，来到一片空旷的停车场，这里只停着零星几辆车。旅馆像一座印第安长屋，红顶，正门上方有个石头垒起来的烟囱。大厅空无一人，装了吊顶，铺着奶油色的瓷砖地板。莫斯走到前台——一张天然樱桃木颜色的桌子，装饰得花里胡哨。她在无人看管的前台等了一会儿，又探头往空荡荡的经理值班室看了看。

“你好，有人吗？”莫斯问。

远处传来电视里的低语。她跟着这声音，绕到旅馆吧台，经过一排后衬是镜子、摆满各色酒瓶的置物架。一个年轻的女人坐在那儿，边喝咖啡边看时尚杂志里关于辣妹组合的介绍。她很年轻，穿及膝袜，短裙上绣了一片森林，还有兔子、鹿和野花。她的嘴唇和眉骨都打了钉，戴着银圈；两侧的头发被剃光了，中间的头发蓬松浓密，挑染成电光蓝色。

“打扰了。”莫斯说。

“抱歉，我应该待在前台。”年轻女人说。

“你在这儿值班？”

“你要入住吗？我们应该还有几间空房。”

女人大概二十出头，这也许是她大学毕业后的第一份工作，或只是一份兼职。五官标致，黑色的眼睛非常漂亮。莫斯掏出证件。

“NCIS，”莫斯说，“请问能问你几个问题吗，也许对我有帮助。”

“你是个……条子？”年轻女人问。

“海军犯罪调查局，”莫斯说，“我是联邦特工，负责调查海军相关的案件。”

这种解释往往能让那些不想和警察扯上关系的人放下心来——海军犯罪调查局听起来似乎是个遥远、无害的组织。

“和FBI差不多？”女人问，“刚刚，就刚刚还有人打电话来。”

“我不是FBI的。”莫斯回答。

“我看看我能做些什么吧。你想喝点儿酒吗？我会调酒，或者咖啡？我刚煮了一壶咖啡。”

“来杯咖啡吧，谢谢。我一般不上夜班。”

“有时候我觉得自己就像个吸血鬼。”女人说。她来到吧台后，给莫斯倒上咖啡，还拿了糖罐和一盒淡奶。“对了，我叫拜朵[1]。”

“拜朵？好美的名字。我叫夏侬。”

“今晚人手不足，”拜朵说，“我一个人负责大厅。到早餐时间人就多起来了。”

“你每晚都在这儿值班？”莫斯问。

“基本上吧，”拜朵说，“一个礼拜休两晚，两晚不一定连着。没有真正的周末可真烦啊。工作又很无聊。幸好今晚你来了，我还有点事做。”

“你听过玛丽安·莫索特这个名字吗？或派特里克·莫索特？”

“这两个名字不常见。”

“派特里克·莫索特应该经常光顾这里，”莫斯说，“你们都

1　英文中“花瓣（petal）”的意思。

登记了客人的哪些信息？”

“就是基本的那些。”拜朵说，“名字、几个人入住什么的。还有信用卡号，除非他们用现金支付。”

“房间拨出的电话呢？意外支出、赔偿之类？”

“当然了。”

莫斯给拜朵看了看莫索特的照片。“你认识这个男人吗？”她问道。

拜朵仔细看了看照片。“不认识，”她说，“我值班的时候不太和客人接触。大部分客人在我上班前就入住了，我下班之后才退房。他们来这儿主要是去森林里徒步。有时候我留在这儿吃早餐，偶尔能看见几个客人。”

“我有去年一年这个男人的入住时间，还有他预订房间的电话号码。”

“电话号码没什么用，”拜朵说，“日期——我们倒是可以按日期交叉核对。”

“你会用电脑交叉核对？”

“啊，完了。我们的电脑没装系统。你玩过‘记忆游戏’吗？”

她们面对面坐在大厅玻璃桌前，拜朵在旁边的石头壁炉生起了火，几个档案夹按日期顺序摊在她们中间的桌上。每个夹子里都有一叠过去住客的收据，还有一些是手写的。莫斯从最轻的那个档案夹开始，挨个翻看收据上的名字、信用卡号和房间号。她找了很久，眼前的字开始模糊成一片，还是没看到“派特里克·莫索特”。

“把名字读出来吧，这样我也能听见，”拜朵说，“算了——别管名字了。咱们还是检查信用卡号吧。我有个办法。你把卡号后四位告诉我，我写下来，看看有没有重复的。”

“好的。”莫斯不太习惯做这种事，但拜朵看起来特别有干劲，已经翻开笔记本，开始在她写的一首诗旁边画好了表格。莫斯把账单上的信用卡后四位都读出来，拜朵再一一和她列表上的卡号比较，看有没有重复的号码。她们找了将近四十分钟，中间只休息了一会儿，倒了点咖啡。

“等等——刚才那个号码是什么？”拜朵问。

莫斯重复了一遍，拜朵说：“就是它！对，我找到了，在这儿！派特里克·加努恩。”

“派特里克·加努恩。”

莫斯把这个“派特里克·加努恩”订房用的信用卡号抄到纸上。他订的房间不在旅馆里，而是峡谷南边的一整间木屋：二十二号木屋，这和传呼机上的号码一致。找到他了。她检查了他之前的所有收据，入住人数是二，但没有登记第二位房客的任何信息。

“那间木屋有什么特殊之处？”莫斯问，“这个姓‘加努恩’有什么特殊含义吗？你的同事里有人对他有印象吗？有人认识他吗？”

“明早换班的时候我问问吧，”拜朵说，她把电光蓝色的长发绾成一个松松的发髻，“我查查二十二号木屋的信息，看看有没有什么记录。”

“你还在读大学吗？”莫斯看着正在整理文件的拜朵问。

“我都工作好几年啦，”拜朵说，“不确定还会不会去读大学。我想当个背包客，环游非洲去，但我爸让我来这里工作。”

“可以考虑一下进执法部门工作，”莫斯说，“你很有天赋。今晚多亏你了。”

拜朵先把客房的收据档案放回经理办公室，再去前台找到一本贴着“木屋”标签的三环线圈活页夹。她把本子翻过来，看了看后面的表格。“1983年，二十二号木屋发现了一个黄蜂窝，”拜朵说，“但看起来很快就被除掉了。”拜朵又打开一本贴着“入住”标签的三环活页夹，“我靠！加努恩现在就入住在二十二号木屋！”

“今晚？”莫斯问。她感到肾上腺素一阵飙升。她忽然想起玛丽安，难道她就在其中一间木屋？

拜朵检查了墙上挂满钥匙的钉板，又重新看了看活页夹。“他周五晚上订的房，周六入住，连续订了一周。”

周五晚上订房——正好是玛丽安被绑架的那天。“我得去一趟那个木屋。”莫斯想到也许能在那儿找到玛丽安，她一刻也不想耽误。“从停车场出发，沿着路能开到那里吗？”

“离这儿大概一英里，”拜朵说，“晚上不好开，我带你过去吧。”

拜朵披上一件海军呢大衣，带莫斯穿过行政办公室，来到车库，那里停着一辆全是泥点子的高尔夫球车。她们开车从车库出来，沿着小路往木屋区开，这条混凝土铺的小路弯弯曲曲的，没有路灯只能靠高尔夫球车昏暗的前车灯照明。拜朵不停地急转弯，莫斯一路紧紧抓着横梁。没有城市的灯光污染，这里的天上群星璀璨。猎户星座和北斗七星能看得很清楚，但最亮的还要数银色的海尔—波普彗星——像宇宙里的一块寒冰，拖着燃烧的尾巴，又像用拇指抹上的一道亮光。

峡谷边上坐落着二十四间木屋，每间都是独立的，被茂密的铁杉木丛分隔开。莫斯猜其中有几间已经被订出去了，能隐隐看到木丛里停着车，但大部分还是空的，毕竟现在天气还是太冷了。拜朵把车开到最远处的一间小屋。“二十二号在这儿。”她说。一辆牧马人越野车停在门口的碎石道，备用轮胎上有“BOW/MIA（战俘与失踪士兵）”标志的轮胎罩。没有灯光。小屋像是被黑夜吞噬了一般。

“拜朵，你往前开，掉头回来在这儿等我，行吗？”莫斯站在高尔夫车旁问道。拜朵裹紧大衣，点了根香烟。玛丽安可能就在这儿，莫斯心想。她沿着石子小路往木屋走。周围暗得伸手不见五指，她几乎看不见拜朵和那辆球车了，只有香烟的一点橘色亮光在黑暗里像只萤火虫。莫斯敲了敲门，等了一会儿。木屋里一点回应都没有，没有灯光，没有动静。她又使劲敲了两下。

“NCIS特工，”她说，“我来找派特里克·莫索特。”

一片安静。莫斯打开肩挎手枪套，随时准备掏枪。她又敲了敲门，没有回应。可能屋里根本没人，因为这些木屋面积非常小，里面只要一有动静她就能听到。

“你有钥匙吗？”莫斯回头朝拜朵喊道。

“有。我替你开门，我不能随便把管家的钥匙给别人。”

莫斯看着那点橘色的香烟光越来越近。拜朵手里有一圈钥匙，她眯着眼睛找到了二十二号。“要是带着手电就好了。”她绕过莫斯，用手指摸到锁孔。莫斯听见钥匙插进去，门锁打开了。一股血腥味迎面扑来，拜朵已经一只脚迈了进去。

“拜朵，别——”

太迟了。拜朵已经打开了灯，血洗过的现场让她失声尖叫，香烟从她的嘴角滑落。莫斯揽过她的肩膀，抱着她，把她带出小屋。“没事，没事的，你先回办公室吧，回去报警。”

“我还好，”拜朵的声音充满了惊恐，“我还好，我没事。我什么也没看到，什么也没看到……”

莫斯捧着她的脸，安抚她道，“听我说，听着。”她等拜朵稍微冷静后才接着说，“先回办公室报警吧。我的手机在这儿不管用。我需要你帮我报警，好吗？打911。”

等高尔夫车的马达声渐渐听不到了，莫斯才回到木屋。她用脚碾灭掉在地板上的香烟，回头关上了门。黑水瀑布的木屋内部全是木制的，天花板就是一根一根的木条。派特里克·莫索特的尸体躺在床边，头靠在床垫上，手腕被捆在身后。一发子弹从后面射入头骨，像是执行死刑。鲜血从伤口喷出，床头板上全是血迹，在灯下发着红光。

莫斯检查了一遍木屋。没有其他人，也没找到玛丽安。莫索特一个人住在这儿。她看到地板上扔着的枪，一把伯莱塔M9号。可能是军用枪，莫斯猜，到底是莫索特自己的，还是凶手落在这儿的呢？不过即使是军用枪，NSC海军部队使用的也都是西格索尔P226号。M9可能是莫索特一开始在八十年代用的枪吧，这是把老枪了。

警笛声远远传来，又过了很久警车才到。第一辆到现场的车是布罗德斯医院的救护车，莫斯在木屋外等着，为保护现场没让急救人员进门。等塔克郡的警长到了，莫斯请他用无线电联系FBI的人。警长助理把其他木屋里的人叫醒，询问了他们的名字、联系方式，和刚才有没有听到什么动静或看到什么人。FBI驻克拉克斯堡办事处的人赶来了，他们已经联系过布洛克，说他已经从匹兹堡往这儿赶了。

这里没有手机信号，拜朵让莫斯借用办公室的电话。旅馆的办公室塞满了东西，有一个很小的金属写字台和一本黑水瀑布在不同季节照片的日历。莫斯拨打了外线，这个点奥康纳肯定还在睡觉，所以她没有给总部打电话，而是拨了他家的号码。她想象着奥康纳的样子：星星点点的白发，没剃干净的胡茬，忽然被铃声惊醒，在弗吉尼亚的大房子里踮着脚找手机，生怕吵醒还在熟睡的年轻的妻子。

“我是奥康纳。”他接起电话。

“是我，莫斯，”她说，“我找到他了。派特里克·莫索特死了。我正在西弗吉尼亚的黑水瀑布旅馆。他在这儿租了间木屋。”

“自杀吗？”奥康纳问。

“被人从头后射杀，”莫斯说，“双手绑在身后，是谋杀。我想不是莫索特杀了自己一家——有人在追杀他，杀了他一家人。我们还没找到他女儿。”

“FBI会负责寻找玛丽安的，”奥康纳说，“我们的首要任务还是调查派特里克·莫索特和埃里克·弗里斯。我和特工奈斯特通过话了，找到了弗里斯服役的记录。海军，电工助理，七十年代后期加入海军，1981年进入NSC。执行‘十二宫’军舰任务。”

“‘天秤号’？”莫斯问。

“是。我们要调查这些人到底做了什么，为什么他们不在军舰上。要调查‘天秤号’。我明天和NSC负责人碰面，艾尼斯雷上校。”

“还有一件事，”莫斯说，“弗里斯去过末界，或听说过末界。他住的地方……他的房子里全是吊在半空的人的雕塑。我想他应该去过未来世界。还记得我失去一条腿的那次吗，我看到很多倒影。你还记得吗？我看见了我自己——”

“当然记得。”奥康纳说。那次经历让他们的关系变得非常微妙。莫斯本该在迦南山谷常规训练，但最后却陷入末界，失去了一条腿。当“威廉·麦金莱号”上的医务人员说只有截肢才能阻止坏疽生长时，奥康纳几乎无法原谅自己。莫斯经历了两场手术，大腿以下的部位全部截去，奥康纳一直在身边陪着她。

“这个男人，弗里斯，他做了一个像末界倒影那样的雕塑，”莫斯说，“我不知该怎么解释，但他肯定知道末界。也许莫索特从未登上过‘天秤号’，他没有执行那次任务。但如果弗里斯知道末界……”

莫斯顿了一下，奥康纳接着说：“我们得继续调查下去。这件事蔓延得像野火一样快，我们要控制形势。恐怕你不能继续调查了，我需要你再到未来去一趟。”

莫斯紧紧咬着牙，肩膀僵硬地挺着。时空穿越会给身体带来很大损伤，她会很快地衰老下去。上次穿越的代价是她的爱情。当时她和男朋友恋情稳定，已经在考虑未来的事了，但一天早晨，她忽然离开男朋友的床，失踪了一周，回来时老了整整四岁。她感觉和他很疏远，她的心和想法都已经不再是离开时那样。

“再给我几天时间，”莫斯说，“我们有线索，那个女人的照片——”

“你别再查下去了，”奥康纳说，“不能查下去了。莫索特被杀了，弗里斯又是这么个情况。他们已经威胁到国家安全了，夏依。我们现在就得搞清楚他们到底是谁。我们要去调查‘天秤号’。”

距离现在的二十年后，这件案子一定已经水落石出，所有谜题都成了历史。幸运的话，杀死莫索特一家的人应该已经被抓到了，莫索特为何“在任务中失踪”，以及他和“天秤号”的关系也该被查清了。莫斯也许会穿越到二十年后，找到一本能解释一切问题、解开一切困惑的档案。黑水瀑布旅馆的前台摆着一个相框，里面是员工的照片。莫斯从里面找到拜朵，照片里的她头发还不是蓝色，她原来长着深色的头发，近似黑色。这让莫斯想到了玛丽安。你能找到玛丽安的。

“好，我去。”莫斯说。她无法穿越回过去阻止玛丽安的消失，或保护他们一家不被杀害，但她能去到未来，调查这背后到底发生了什么，或将要发生些什么。也许我能救她，也许我们还来得及。“我去，”莫斯说，“我这就出发，上午就能到奥希阿纳。”

“好，我负责安排。”奥康纳说。

莫斯去前台找了拜朵。可怜的年轻女孩正在抹眼泪，她眼睛红彤彤的，但情绪很克制。莫斯觉得眼前的世界似乎已经很遥远了，像一个世纪之前那么久远，笼罩在回忆的阴霾之下。就连拜朵都像是她很久之前认识的人。莫斯递给她一张名片，说：“这是我的名字，夏依·莫斯。以防警局或FBI的人问你今晚发生了什么，你最好先和FBI的威廉·布洛克特工打个招呼。把所有事都告诉他吧。”

“布洛克，”拜朵说，“我记住了。”

“你做得很好，”莫斯说，“坚持住！”

莫斯开车离开黑水瀑布旅馆。为保持清醒，她打开收音机，调到空白频道，听着里面传出的白噪声，在夜幕星辰下继续赶路。天空上大片发光的星宿，像宝丽来照片里那个女人的身体。莫索特曾经在木屋和一个女人约会，她一定认识他，和他很是亲密。她是谁？莫斯想象着一个不认识的女人，想象着玛丽安。未来几天可能会有搜索队去树林寻找玛丽安，许多男男女女地毯式地在松木林里寻找着这个女孩的痕迹。也许他们能找到她，也许他们从地里挖出了玛丽安的尸体，或几个月后才发现她已经全身腐烂，被野兽啃食，又或许他们永远也找不到她。两侧的松木像黑色的大海延伸开去。莫斯想到玛丽安，想到考特妮。考特妮在松林里走来走去，迷了路。她的样子如此清晰，仿佛就在眼前，那是漆黑树林里一道朦胧的白光，一个走丢的女孩，离家越来越远，迷失在无尽的森林，永远的迷失。

PART TWO

第二部分

2015-2016

“我已自邀出席这场鬼魂晚宴。”

——奥古斯特·斯特林堡，《鬼魂鸣奏曲》

01

“‘灰鸽号’，准备起飞。”

“已准备好。”我说。

引擎发动，飞机在跑道上急冲，我像被人压在了椅子上。“灰鸽号”猛地升入夜空，我的身子像忽然塌了下去。飞机全速冲出地球。机身轧轧作响，不停颤抖。我过去经常在飞机爬升时失去意识，似乎大脑的血液都被离心力抽空了，但现在我已经适应了这种感觉，只是紧紧抓着椅子，眼看下面城市的灯火逐渐变小，变成一张光网，消失在视线外。

“‘灰鸽号’，请调暗舱内灯光。”我说。

驾驶舱暗了下来，平视显示器也关闭了，飞行在云层之上，逃离开光污染，满天的星斗仿佛被点亮，无数光点在天上闪烁。一种令人忘言的美丽。

“飞机一切正常，启动所有程序。”收到来自阿波罗苏塞克飞行塔的指令后，“灰鸽号”的上升更陡峭了，很快我就以脸朝上、背朝下的姿势垂直地飞离地球大气层。核推进器启动，一股突然的力量压了下来，我几乎喘不过气，但所幸痛苦只持续了几秒钟，不到三十秒后，“灰鸽号”就脱离了地球引力，进入失重环境。地球变得越来越小，被我甩在身后。飞船推进器发出隆隆的声音，我觉得自己在坠落，周围的一切都在飘浮和坠落。

到达月球只需要几个小时，但我没在黑谷停靠，直接加速经过了月球。月球银色的脸庞缩小变暗，黑谷灯塔锁定了“灰鸽号”的计算机系统，对勃兰特—罗莫纳克量子泡沫宏场发生器进行了最后检测。“灰鸽号”已进入被NSC称为“危险区域”的空间，这里布满了勃罗时空结，即勃罗引擎在穿越深水时产生的不稳定点。

勃罗驱动器的指示灯显示绿色。

我透过“灰鸽号”驾驶舱的后窗看了一眼地球，就像一个水手远航前最后一瞥海岸。看着广袤宇宙中的地球，让人有种想哭的冲动，生命是多么渺小而脆弱——这是我极为罕见的情感丰富的时刻了。

“1997年3月。”我默默提醒自己这是即将离开的时间，随后打开了开关。

勃罗驱动器启动，量子泡沫宏场发生。短暂的一瞬里，我感觉拥有了未来所有的可能性，那是一种转瞬即逝的忧郁的甜蜜。量子泡沫宏场是我永远也看不到的东西，即使“灰鸽号”就在它的包裹之中，我也看不见这种在普朗克单位时间内完成闪现和崩退的虫洞涡旋系统。地球、月亮、星星都消失了。我穿过一个虫洞。在涡旋泡沫中，“灰鸽号”能穿过哪个虫洞完全凭运气，每个通道都通往一个特定的未来多元宇宙。

我可能要在量子泡沫中穿行三个月，唯一的光来自“灰鸽号”的座舱灯。外面是无底的黑暗与空洞。我把座位上的安全带解开，窸窸窣窣的声音在周围怪异的静谧中显得特别奇怪。我飘浮到另一个更大的船舱，舱内是曲线设计，纯白色。一段孤独的时光即将到来。我读了一遍案件记录，然后又读了一遍，把飞船内置的电影看了个遍——珍·茜宝、芭铎、《瑟堡的雨伞》，听完了治疗乐队、莎尼娅·唐恩和涅槃乐队的歌，还有长长的古典乐曲——拉赫马尼诺夫、拉威尔。没有重力的环境下，肌肉组织和骨量的萎缩是个问题，所以我每天都要锻炼，套上宽条振动带在跑步机上跑步，训练假肢。拉伸肌肉，扩张胸肌。用椭圆机做几公里的上下台阶练习。

三个月的旅行，到达十九年后的目的地。

"灰鸽号"的警报响起时，我吓了一跳，这说明飞船已经和黑谷灯塔取得联系，一个新的实体开始在我身边聚集。我穿上飞行服，飘到驾驶舱，系好安全带。地球重新出现了，像一盏刚被点亮的蓝灯。我看了看平视显示器：2015年9月。航程总算接近尾声，但降落比起飞更危险，重新见到阔别已久的地球并不会让人心生喜悦；相反，这就像盯着一面镜子，却看到了别人的面孔。

凌晨两点，"灰鸽号"像一根银针飞越深色的海面，从大西洋到奥希阿纳海军机场。驾驶舱窗外大雨滂沱，远处的碎浪里能隐约看到船灯，弗吉尼亚州的海岸线比我记忆中的更亮了，即使是在这样阴郁的天气里。

"到达奥希阿纳，"我向机场通报，"鸬鹚七〇七高尔夫三角洲，高度一万五千英尺，通波K收到——"

一阵静电的噪声后，是一个女人的声音："鸬鹚七〇七高尔夫三角洲，即将到达奥希阿纳。左转航向三百二十度，下降到九千英尺。"

降落时听到的第一个声音总是显得特别诡异。和我通信的这个女人可能在1997年时还是个孩子，如果她现在年纪不大，也许1997年还没有出生，更或者她从未出生过。她的整个人生只是存在于1997

年的一个可能，仅此而已——因为我的降落她才开始出现，当我离开时，她也随即消失。她是一个鬼魂，纠缠着一个可能存在的自己。

见识到未来世界之前，我还把时空穿越想象成某种具体的东西，以为未来和过去是同样确定的。既然如此，是不是可以作弊买彩票，在摇号之前就能知道中奖号码呢？这只是我参加黑谷空间站训练之前的想法，也是在我苦苦学习关于勃罗量子泡沫宏场发生器物理原理之前的想法。当我向教练提起这个想法时，他说彩票摇号之前，每组号码都有可能是最终的中奖号码。而即使我穿越到未来，我见到的也并非一定是某注彩票的中奖结果，只是其中的一个可能性罢了。“换句话说，”教练笑了笑，“还是别下注了。”

“鸬鹚七〇七高尔夫三角洲，”飞行控制器里传来指令，“切入右侧二十八号跑道，可以盲降。”

灯光透过窗上的雨滴，映在飞行服上，好像影子在微微沸腾。我跟着坡道管理员的霓虹棒滑行。这样的一天怎么才能算是真实？身处未来世界就像在一所和自己家铺了同样地板的房子里迷了路，一遍又一遍地走回不算熟悉的走廊，闯进不算陌生的房间。机棚大门一开，工程师们朝“灰鸽号”围了过来，他们穿着印有“网络战司令部”字样的反光背心，径直走向飞船尾部引擎舱里的勃罗推进器。

驾驶舱外架起了升降梯。其中一个工程师敲了敲玻璃罩。

“欢迎降落阿波罗苏塞克，”他大声喊道，“奥希阿纳海军机场。”

我打开开关，升起玻璃罩，一阵荒谬的恐慌忽然袭来。我即将暴露在假想世界的空气里。在摘下头盔前，最后深吸一口氧气罐的空气，直到肺里再没有任何空间，然后小心地屏住呼吸。我已经习惯了无重力的环境，只要解开安全带就能立刻飘到舱顶，而此时地球的重力像钩子一样把我拉回了座位。网络战司令部的工程师搀着我出舱，走下梯子。整整三个月的时间，我在“灰鸽号”上没有任何重量，我的假肢似乎有点错位。幸好飞船下已经备好了轮椅。

我感觉自己只是稍微合了合眼，但等眼前涌回光线时，我已被推进机棚，输上了静脉点滴以补充水分。这里是一个卫生所，像是医院病房。几个护士和两个男人把我从轮椅抬到固定床垫上，他们好像并没费任何力气，似乎我只剩下一具空壳。他们帮我把汗湿的飞行服和内衣脱下来，我不由一阵脸红。在陷入深度睡眠前，我听到的最后一句话是“拜托换个台吧”——平板电视调到了《X档案》，是我从未看过的一集。

父亲离开家时，我还不到六岁，差两周才过生日。母亲把摇椅搬到我房间，坐在一旁看我入睡，每晚都说睡魔要来在我的眼睛里放一个梦。有次我问她睡魔是谁，她说睡魔是一道影子，悄悄爬进小孩子的卧房，让善良的孩子做个好梦，再把坏孩子的眼睛给拿走。我又问睡魔干吗拿走那些眼睛，母亲说睡魔把那些眼睛送给将要出生的孩子，这样他们就能看见东西了。每晚我闭上眼睛后，耳边都会传来母亲摇晃躺椅的声音，心里害怕睡魔会来拿走我的眼睛。尽管我已经习惯了伴着这种恐惧睡去，可一到晚上还是会提心吊胆。

时空穿越激起一阵熟悉的焦虑。即使曾经七次穿越到未来，可我对这件事依然感到恐惧。我是现实世界的碎片，穿透了梦境的隔膜。进入NSC之后发生的一切都如梦一般，紧随其后的，是我们小组第一次随“鸬鹚”执行任务，第一次尝到了失重的滋味。在黑谷空间站时，教练说的那些关于深度时间的真相——比如只有在极小概率下，出现了时空结和封闭时间曲线时，我们才能穿越到过去；又比如我们能到达的未来，只是未来的其中一种可能。只有当下是真实的，只有当下才是真的世界。教练警告说当我们穿越到未来时，现实世界的时间就停止了——然而未来并非真实存在，“客观上”并非真实存在。即使我们只是未来的旁观者，未来也同样可能因为我们的旁观而改变。世界将会以微妙的形式因为我们的精神存在而扭转，就像重力会影响光线的路径那样。这种诡异的现象被称作“透镜化”，用教练的话说，未来世界就是梦境里的梦。一次上课，他问我们：“如果你将一个未来世界的人带回现实世界，而现实世界里已经有那个人了，后果会是什么？”话音刚落，一个男人走进了教室，和他完全是一个模子里刻出来的。男人说：“后果就是，会出现一个分身。”

我在医院的病房里醒来。

“现在是哪一年？”我问前来取血样的工作人员。

“2015年。”她说。

“9月？”

“你没睡那么久。是，现在还是9月。”

骨密度测试、视力测试、磁共振。我依次接受专为脱离重力三个月的宇航员提供的理疗方案，但所幸恢复得很快，身体很快就能活动了。重新适应重力的训练和截肢后的训练没什么不同——好几个专业的理疗师帮我练习如何在失去一条腿的情况下工作生活。我比刚登上“灰鸽号”时瘦了不少，具体几磅不太清楚，但脸上的线条更分明了，肋骨和髋骨非常明显，整个人在镜子里细了一圈。我的胃口变大了，每天至少要喝一杯蛋白粉奶昔，有时还要喝两杯。

在飞船上的三个月只能吃蛋白质口服片、俄罗斯产的维生素补充棒和锡纸包的水果酱。我要为返程多积攒点能量。

来到未来的第五天下午，有人轻轻敲了敲我的房门。我以为是实验室的技术员又来取血样，结果发现门外是个稍微上了年纪的大块头男人，除了头顶的一小块白发，剩下全秃了，脸上蓄着长长的白胡子。他穿一套棕色的西服，口袋巾是知更鸟蛋一样的蓝色，搭配里面的亮蓝色衬衫。他一看见我，脸上立刻露出了温暖的微笑，像从云层后照过来的阳光。

“哎呀，终于见到你了。”他说，“我可等了你快二十年了。”

我认出了这个男人，只是记忆里他还是个中年人，身高六点五英尺，梳莫西干头，干瘦的身体套在羊毛衫里，戴硕大的黑框眼镜。现在的他壮实多了，有点驼背，光秃秃的头顶像个光滑的鹅卵石。他是恩乔库博士。我初次见他是在萨凡纳的培训课上，当时他已经是赫赫有名的调查员了，那次他分享了法拉格案件的最新发现。恩乔库博士负责制定方针调查分身，也就是那些来自未来，却与现实世界的某个人重合的人。

不端行为在NSC屡禁不止，总有成员把未来世界的药物和钱带到现实世界里。尽管“尾钩事件”[1]惊动了整个NSC，但其内部并没有进行改革，因为在未来世界进行的活动一直都是“不被承认的”，毕竟它们“从未发生过”。恩乔库博士扭转了这一风气。这

1　海军及海军陆战队退役士兵组织的联谊会被命名为“尾钩协会”。1991年，尾钩协会在拉斯维加斯举办了第三十五次年会，超过四千人参与了本次活动。然而，活动期间，举办年会的希尔顿酒店里有八十三名女性和七名男性报警声称遭到了性侵犯和骚扰。这就是海军历史上臭名昭著的“尾钩事件”。

些年来，他致力于调查海军士官杰克·约翰·法拉格的案子。法拉格获权前往深水单独执行任务，但他几次闯入近未来，绑架朋友的妻子带回现实世界，玷污后谋杀。法拉格拒不服罪，然而法院根据恩乔库的研究判定，任何被带回现实世界的分身都应被定义为“活着的人”，因此理应享有非居民外国人的权利。对法拉格的指控一度陷入僵局，最终闹到了军事法庭——经过一系列上诉之后，法拉格被判处死刑。

“恩乔库博士，”我和他握了握手，说，“见到您很荣幸，我在萨凡纳听过您的讲座。”

尽管行动不便，他的眼睛里却充满着活力。僵硬的膝盖，矫正鞋。他拿着一个纤薄的银色笔记本电脑，和黄色的马尼拉纸信封。

“是我的荣幸。”他说，“你是会飞的鸟，是时空旅人——我们都是些鬼魂而已。这是见面礼，”恩乔库递给我手中的信封，“奥康纳想亲手把这些给你，但他没有穿越过来。因为健康问题。”

突如其来的死亡在未来世界并不罕见，却总叫人猝不及防。“太遗憾了。”我不知该说些什么，只能不去想奥康纳所受的折磨，告诉自己不管此刻发生了什么，至少他在1997年还是健康的。

“他的情况时好时坏，”恩乔库说，“他住在亚利桑那州，说那里干燥的空气对身体好。他迫不及待地想再见你一面，但有些时候，他甚至讲不出话来，只是有些时候。前两年心脏病连续发作。只好让我把这些捎来了。”

时空穿越的训练要求我们不把未来世界的情况当成事实，避免因此陷入担忧而看不清眼前的可能。奥康纳也许永远也不会发作心脏病。我打开他留给我的信封：签证、银行卡、保险和驾照。一叠面值二十美元的钞票，总计五百美元。一个超薄款的手机，看起来像手持平板电视。

“你用过自动取款机吗？”恩乔库问。

“当然，但一般我们都用现金。我身上的现金够用。”

“用借记卡吧，保证里面有充足的钱，也省得你回去办手续麻烦。PIN码是1234。所有东西都登记在你给我们的名字下面。”

驾照是弗吉尼亚州的，照片是我在NCIS工作证上的证件照，稍微做了些修改——我现在是一个黑发女郎了。名叫考特妮·吉姆。在得知我将隐藏真名时空旅行后，我便让奥康纳给我准备这本驾照。距我办完手续差不多过了二十年，驾照终于到了我的手中。

“这是个免注册电话，”恩乔库说，“用完可弃，可降解。”

“这里没有环境系统吗？”我想起曾去过的其他未来，那些雾蒙蒙的纳米技术世界，空气金光闪闪仿佛仙尘，幻想、错觉，呼之即应的智能语音。在那些未来里，手机早已过时。

“没有，这儿没有那种东西。”恩乔库回答。

我们泡了壶乌龙茶，用笔记本电脑看了一段视频。其中包括了这段时间里我错过的大事，二十世纪末至二十一世纪初的重大新闻：黛安娜王妃的死、莱温斯基沾了精液的裙子、FBI的CJIS大楼中导致上千人遇害的恐怖袭击。我看到昔日的办公室被大火吞噬，盖着被单的尸体横遍街头，无比的痛苦震慑了我。戈尔当选美国总统，世贸双塔倒塌。伊拉克条约签订，阿富汗和巴基斯坦入侵。一些画面也出现在了其他的未来世界里，但在其他的未来世界里，历史却不是这样发展的。

“末界呢？”我问。

“记录中显示出现在2067年，由USS的成员詹姆斯·加菲发现。”

有生之年以内。

“再给我看看CJIS那段。”我说。

“这是继俄克拉荷马城爆炸事件以来，最严重的国内恐怖袭击。”恩乔库说，“有超过一千人伤亡。这是一个悲伤而可怕的日子。”

我从网上看到了这场灾难的直接后果——CJIS办公楼周围及停车场遍地的尸体。我认识的人里是否有人遇难？*拉什达·布洛克*，我忽然想到这个名字，还有她的孩子，*布里安娜和贾丝明*，他们会不会死在CJIS的袭击中？当布洛克打开考特妮的卧室门时，他淡淡地说：“我有两个漂亮的女儿。”他的整个家庭也许已在一个早晨的时间里永远地离他而去。

“我的办公室就在那幢着火的大楼里。”几乎每张照片里都浓烟密布，这种感觉就像看着你曾经住过的房子如今被烧成了一地灰烬。我想起那些熟悉的面孔。拉什达·布洛克穿过走廊的黑烟，想找到她的孩子们。“*曾经*就在那幢着火的大楼里，”我改了口，“我也有可能死在这场袭击里。或者说本来也有可能死掉的，虽然我知道——”

“自杀式的人体炸弹，袭击者是一名FBI，他的办公室也在CJIS大楼，”恩乔库说，“袭击前他通过了安检。”

这个人现在应该就在CJIS里工作吧，我想。我可能在走廊见过他，甚至和他有些往来。我从照片里没认出他来，看名字也想不起来。他叫*瑞安·瑞格利·托格尔森*。“到底发生了什么？”

“1998年4月19日，”恩乔库说，“托格尔森像往常一样汇报完工作，通过了安检——他把炸弹缝进体内，挺恶心的——他还提前把其他炸弹藏在了大楼里。除了爆炸本身造成了破坏，他还在灭火系统上安置了沙林毒气。”

沙林。只需一点这种毒气就足以在数秒内置人于死地。我想象着同事们逃到狭窄的走廊，而天花板的洒水器里喷出的却是沙林。

“为什么会这样？他的动机是什么？”

“极端的反政府主义，”恩乔库说，“很有可能是受蒂莫西·麦克维[1]影响。托格尔森从一名活跃在西弗吉尼亚州的民兵成员那儿买到CJIS大楼的设施布局图。他一定以为摧毁CJIS就能把整个执法部门都拉下水。”

恩乔库往我俩的杯子里倒满茶水，把两个密封的马尼拉纸信封放在桌上。其中一个信封上写着“派特里克·莫索特”。另外一个写着“玛丽安·莫索特”。

不论在玛丽安失踪的那几年里，我抱有多么大的希望，想让她平平安安地活着回来，这些希望都在看到她名字的那一刻消散了。我撕开玛丽安的那个信封，从里面滑出薄薄的一叠纸。其中有几张照片，是刚刚被挖出来的头骨，我失声痛哭。从玛丽安失踪以来一直郁积在我心里的哀痛终于爆发了。她的遗体在2004年夏天被发现，埋葬在黑水瀑布旅馆旁的荒林。照片显示，发现遗体的地点是一片青翠树林里不起眼的泥巴地。尽管发现了这些遗体残骸，但除了她父亲之外再没发现可能的嫌疑人，所以此案并没有任何刑事指控。恩乔库搜集了一些当时的剪报，报纸早已泛黄。我又一次看到了玛丽安那张熟悉的照片——安珀警报中用的那张。报纸上有布洛克的一些发言——他重申了莫索特在自杀前，杀害了自己的妻子和孩子。可令人困惑的是，派特里克·莫索特已经被人处决了，这显

1　制造俄克拉荷马爆炸案的凶手，他开着一辆载满炸弹的车闯入当地一间日间看护中心，导致一百六十八人死亡，五百多人受伤。

然是一起凶杀案。我把当时的新闻和讣告一条条看下来。似乎只有远在俄亥俄州的舅舅和阿姨对找到玛丽安的事有所宽慰，他们也负责抛头露面地向公众展示伤痛——自此，莫索特一家的事就算告一段落了。

“这份档案出错了。”我说，“派特里克·莫索特是被谋杀的，他不是自杀。”

“NCIS和FBI决定了大家眼中的事实。杀人后再自杀的结论最能消除公众的质疑。我们还在继续调查莫索特的谋杀案，但什么也没找到。这条路走不下去了。”

“是徒步旅行者发现了玛丽安的尸体。”我说。

“碰巧发现的，”恩乔库说，“找到了她的遗体后，佛罗里达州办公室的阿利托特工又去找了FBI，但没有发现任何值得重开此案的物证。”

“她还活着。在我穿越来的那个世界里，玛丽安可能还活着。”我把她的档案轻轻放在一边，好像里面有什么易碎的东西。

我又打开了写着“派特里克·莫索特”的信封。

照片里是一个身在越南的快艇枪手——他和埃里克·弗里斯的关系可以确定了。还有这两个男人在船上的合照，弗里斯当时很瘦，几乎和那个我们从骨树上解下来的胖子判若两人，照片里的他年轻多了。档案里还有那间贴满镜子的卧室，和那些雕塑的照片。肯尼迪的画像、“挑战者号”、贴满指甲的大船。

“查清楚这个了吗？”我问恩乔库，“这个指甲船？”

“这些都是埃里克·弗里斯的东西，没有什么大发现。”

“查出‘一艘运载尸体的指甲船’是什么了吗？”

“注释里写了吧。这是一个维京神话，和世界末日有关。”

我找到下方的注释：**纳迦法——由死人指甲建造，驶往世界末日向诸神宣战**。

另一摞照片是我们在弗里斯家找到的二十四张宝丽来照片的复印件：**妮可·尼永奥**。

“这个女人的身份确定了吗？”我问，“她是谁？”

“派特里克·莫索特的尸体发现后的一两天里，菲利普·奈斯特特工就用旅馆保存的车牌信息找到了她。经过审讯，发现她除了和莫索特有性关系外，并没有参与这几起谋杀案。她和莫索特的私情已经有些年头了，但得知他和他家人的遭遇后，表示非常痛心和震惊。我记得当时她差点就崩溃了。”

妮可·尼永奥，宾夕法尼亚州华盛顿的一家医院合作的临终关怀中心的注册护士。她的地址有所更新，现在住在离工作地点不远的卡斯托尔公寓。她的日常生活和工作都被记录在册。看上去她白天大部分时间都在关怀中心上班，下班后就去附近的梅滋酒馆喝酒，喝到酩酊再步行回家。档案里有一张她工作证上的照片——她很美，几乎让人生畏。眼睛是淡淡的浅褐色。我把她的工作照和那些性爱照片做了对比，肤色同样如鎏金一般。她是怎么和派特里克·莫索特这样的男人纠缠不清的呢？

“奈斯特审过她？我想看看他关于这个女人的审讯记录。”我说。

“我们得先找到他。”恩乔库说，“他始终不知道深水的事，几年前就离开FBI了。他现在好像成了枪支贩子。”

“奈斯特？”我很惊讶。FBI的人跳槽已经不是什么新闻了，但具备高超领导能力的特工往往会换一份更高薪的办公室工作，转行去卖枪真是让人大跌眼镜。我也不知道为什么——我只和奈斯特合作过一个下午的时间，完全不了解他，却总是常常想起他，就像是一种迷恋。一个声音温柔的摄影师。我有意把他和我认识的那些士兵军官区分开来，但或许我想象中的奈斯特并不是真正的奈斯特吧。又或许我们见面后发生的某些事，彻底地改变了他。人生中可能出现的迷失——我想起奈斯特提到的，他父亲的故事，森林里的小径通向了另一片森林。“好，我去找他，看看有没有其他消息。”

“你还想和谁聊聊吗？任何和这次调查有关的人，我们可以代你联系。”恩乔库说。

“那个女人，尼永奥。”我还想见见布洛克，但在这个世界，布洛克是危险人物。既然他已得知深水的情况，想必也一定知道了深度空间，甚至可能知道了深度时间的秘密。我们一直被训练要和了解时空旅行的政府及军队代表保持距离，因为他们知道，我们穿越到这个世界就说明，一旦我们离开，这个世界就会永远地停止运行。我曾经认识一个特工，她出发时才二十四岁，几个月后任务结束回来，她已经年迈体弱，疲惫不堪了。她被未来世界的某个国土安全部的人囚禁了，在霍尔曼超级监狱里待了五十年。我们说她忍受成了“一只困在钟形玻璃罩里的蝴蝶”。如果布洛克知道了时空旅行的事，他很可能抓住我，把我囚禁在这儿。“妮可·尼永奥和奈斯特，只有这两个人。”我说，“至少目前只需要找到他们俩。但我想亲自去找他们。我不想以执法部的名义去，省得他们有所防备。”

二十多年前的悬案再次开启了。令我灰心的是，这段时间几乎没有取得任何进展，好像莫索特一家的死只是一阵突然暴力的后果，就像匆匆而来的坏天气，又匆匆而去。然而，新的线索一定会出现。我要找到奈斯特，找到妮可·尼永奥，亲自审问她。人们一般等惨剧发生许久之后，才敢于说出真相；作为怀疑对象时不能说的话，此刻也没有后顾之忧了。人情演变，今非昔比，当年选择噤声的人，如今也许愿意敞开心扉。

我重新翻开莫索特的服役记录。“没有什么新信息。”我说。擅离职守的逃兵。十二宫，天秤号。“这里呢？有关于‘天秤号’或‘十二宫’军舰的发现吗？奥康纳让我来调查‘天秤号’，以及莫索特和埃里克·弗里斯为什么失踪后又出现了。”

“没什么发现，”恩乔库说，“他们的现身仍然是个谜。‘天秤号’还是失踪状态。”

档案里有一本很薄的文件，装订得非常细致，封面是NSC的标志，一只金色的船锚和几根缆绳围绕在地球图案周围。还有一个图标，是一个赤褐色长发的女人用手抬着金色的天平。

美国海军，海军太空指挥部，成员名单，美国海军天秤号。

我找到一级海军士官派特里克·莫索特（特种作战员），看见他的照片：他戴着蓝白相间的帽子，笔直地站在美国国旗前。我又找到了埃里克·弗里斯，职位是电工助理——档案里的他一点也不像吊死在屋里的那个胖子，非常英俊，嘴唇饱满，厚厚的眼镜片平添几分好学气质。我记得他在现实世界里是个接零活的电工，而照片里的他一副认认真真的研究生模样。我似乎看到这个男人在到处散着电线的地下室工作间里拿着烙铁修补主板的样子。

“NCIS根据‘天秤号’船员名单，追踪了他们每个人健在的亲属，但是没人听说过我们要问的人。”恩乔库说，“莫索特和弗里斯死后被判为逃兵。我们认为‘天秤号’起飞时，他俩并不在船上。”

“天秤号”的指挥官是一位女性——伊丽莎白·雷马克——我扫了一眼她的服役记录。毕业于麻省理工，博士学位。她有一头银色头发，剪成俏皮蓬松的短发。被任命为指挥官时，她还很年轻。

她出生于1951年，飞船起飞时应该才三十四岁。她深蓝色的眼睛和背后的星条旗非常相配。

“我认识雷马克指挥官。”恩乔库说，“我们是朋友。”

“你们是一起服役时认识的吗？”

“我是美国海军‘巨蟹号’的船员。”恩乔库说，“雷马克曾是我们的轮机官，她太伟大了，我们能活着回来多亏了她。就是因为在‘巨蟹号’上的杰出表现，她才被授予‘天秤号’指挥官的职务。”

“‘十二宫’军舰里，只有三艘成功返航，”我说，“其中就有‘巨蟹号’。”

“1984年，我们出发，计划在深度时间完成五次穿越，但雷马克发现勃罗驱动器的O形密封环不太正常。”恩乔库说，“密封环非常脆，马上就要裂开了，这是进入深度时间后常见的问题。我们害怕勃罗驱动器会突然熄火或爆炸，整船人都性命不保，最后那几天就像生活在一个飘着的炸弹上。但雷马克和她的团队没有停止工作，她们在一个月的时间内完成了十八次独立的太空行走，把能换的密封环都换了一遍，还修复了不能换的。‘天秤号’的指挥官决定终止任务，命令所有人返航。勃罗驱动器一直坚持到我们着陆。

“但你们确实完成了一次穿越吧？”我问，“‘巨蟹号’恐怕是最后一艘目睹了未来又逃过了末界的飞船。”

“我们航行了五千年。”恩乔库说，“我看到了……奇迹，夏依。我看到了我永远都无法理解的奇迹。海水稠得像蜂蜜。世界上有五百五十亿人，或者更多。遍地都是荒漠，一切都破碎如沙砾。旧城早就倒塌了，新的城市是巨大的黑色金字塔，数百万人在塔下的黑暗里忙忙碌碌，勉强苟活。整个城市都背负在他们的肩膀上，整整一代人在这暗影下出生、存活、死亡。城市在缓缓移动，所有人都在找水喝。他们饿着肚皮，光着身子，靠金字塔里的人剩下的残羹营生。

“也许末界反而是一种仁慈。”我说。

恩乔库从遐想里回过神来。“我可以告诉你那些富有阶层是怎么生活的。金字塔内另是一番灯红酒绿的样子。我们一行人刚刚去到那儿时，受到几乎所有人的厚待，好像我们是他们失散已久的孩子或回头靠岸的浪子。在这里，只要有钱，所有疾病都能治愈。有些人甚至已经超脱躯体，实现永生，以一束光的形式存在于世上。可人一旦告别了死亡，最渴求的，又偏偏是死亡。因为当生命缺少了时间的痕迹，也就沦为一具毫无意义的空壳。过去人们觉得地狱是一个没有上帝的地方，其实，地狱里只是没有死亡。”

恩乔库喝完最后一口茶，看了看时间——快到晚上十点了。“你还要睡觉，我得走了。”他说，“但我很想知道，飞船降落在这儿之前，你最后的印象是什么？”

“空中的海尔—波普彗星。”我说。

恩乔库笑了笑，神情放松下来。“当然了，我也记得那个时候，我记得很清楚。你是3月出发的，是吗？1997年，天啊。我当时被外派到波士顿办公室——也就是说现在我还在波士顿，现实世界里的我。那时候我和麻省理工的物理学家合作一个项目，研究波函数坍缩和勃兰特—罗莫纳克时空结。几周之后，我遇见了杰拉……她是萨克斯风演奏专业的教授，当时在一个三重奏乐组。我还记得去看了她的演出，记得她吹奏出的美妙声音，她的手指轻按管键，和她均匀的呼吸声。我们已经结婚十七年了，但，啊！那时候的事我还历历在目。”

“所以，在现实世界，几周之后你的生活就将永远改变。”

我说。

“真好，夏依。你能这样想真好。”

“我已经准备好帮你解脱了。”和恩乔库握了握手，互道晚安后，我说。“解脱”是NSC海军的习惯说法，我们默认等我乘“灰鸽号”回到家时，恩乔库在这个世界1997年3月后的所有经历都将瞬间消失——整个宇宙，这个未来世界的整个存在都将如一闪而过的念头般消失得无影无踪。恩乔库没有按惯例回复一句“我已经准备好解脱了”，他只是微微笑了笑。

“很难接受我的人生只是一场幻觉。”他说，“不管是不是NCIS或NSC的成员，当你得知深水的秘密后，你都会同意为了国家牺牲自己的性命——从理论上来讲，也就是会在某一刻意识到自己的人生只是一场幻想。你可以把这件事合理化，比如想想士兵在战场上为国捐躯，警察奉献生命……他们牺牲自己，为了更大的利益……但即使我研究物理学，我仍然在某种程度上拒绝相信我遇见了你，夏依·莫斯。你我的相遇将会证明整个宇宙只是某种‘口袋宇宙’[1]，你一离开，就不复存在。奥康纳把你托付给我时，就像给我判了死刑。你能理解吗？我已经结婚了，我有孩子，我的孩子也长大了，有了自己的孩子，但这一生中所有美好的时刻都不再美好了，因为我知道我的一生都不是真的。”

“但你在我来的那个世界里，是真实的。你在那个世界还活着。”我说。

“那个世界里的沃利·恩乔库博士可能是真实的吧，就像你说

1　一种常见的宇宙观，即认为宇宙是有限大的，且同时并行存在着多个世界。

的，他可能再过几周就会遇见杰拉，他可能也会结婚生子，但他的家庭却永远不是我现在的家庭。一个特定的精子使一个特定的卵子怀孕的概率有多大？恩乔库也许会拥有自己的孩子，但他的孩子和我的不同，他的孩子不是我的孩子。恩乔库也许会很幸福，但那不是我的幸福——”

“我懂，我都懂，真的。”

“我已经开始接受自己的存在是一场幻觉了。你见过流星花开花时的样子吗？”他问，“我见过一朵。好多年前了，那是一个夏天。我和杰拉一起散步，经过了邻居的花园，看到了那朵尚未完全盛开的花。杰拉指给我看，我一下愣住了。一株单茎花，每个花苞都完美对称。橘红色，鲜艳得像是火苗。我之所以愣住，是因为虽然花茎根部的两个花苞已经完全盛开，但紧挨着的两个还只是刚刚绽开，再往上的两个开得更小，一直到花茎顶部，两个花骨朵还是紧紧闭着的。这种花叫香鸢尾，又叫‘火星花’，但杰拉说它是流星。我知道物理学家把一切事物的存在解释为波函数坍缩现象，一种量子幻觉，或一种长度不确定的停顿。但我更想把自己，以及其他世界里的‘我’看作是流星。我在每个瞬间做出的选择或将要做的选择，都将在这个瞬间永远留存下去。‘快活，快活呀[1]’——这不就是真正的水手常说的吗？没有消失，没有结束。一切都存在着，永远地存在着。人生就是梦一场，夏依。自我是唯一的幻觉。”

第二天早上，我开着一辆米白色的专车离开了奥希阿纳。从

1　著名的英语儿歌《划船曲》中的歌词。歌词如下：划，划，划小船。顺着溪流慢慢下。快活，快活呀，快活，快活呀。人生就是梦一场。

海军航空站向北，经过华盛顿，开上了宾夕法尼亚西部的公路。我的脑子里一直想着流星。这辆车是电动的，电池供电，引擎毫无噪声，害我总以为挂了空挡，车子在滑行。我从弗雷德里克伯格商场的星巴克买了杯黑咖啡，咖啡因使我保持清醒，这才确信我经历的一切并不是一场梦。广播里放着乡村音乐，是我从没听过且以后也再听不到的歌。进入山区后FM信号受到干扰，我调到AM频道，听见节目里有个牧师正大谈“再生”。**你相信肉体的重生吗？**——奈斯特曾经这样问我。汽车穿过了阿勒格尼山隧道。到处散落的小屋，废弃倒塌的烟棚。我看到老鹰在圆锥形的盐碱地上盘旋。上一次开车赶路时发生了什么？尽管在我的世界里只是不到一年前的事，但在这个世界已经过去了将近二十年。当时沿路的景色是怎样的？我试图回忆起哪些是新鲜的风景，哪些已经消失。堆满垃圾和生锈的脚手架的院子。通信塔，布瑞兹伍德附近山谷里的白色教堂。新建的服务区，自动冲洗的感应式马桶。我停下车来充电。离坎农斯堡越来越近，这些年里发生的变化也越来越明显——工业园区、反光的写字楼外墙、曾经的绿色山丘如今建满了楼房。山上到处都是白色风车，懒洋洋地转着，一整片庄稼地都排满了太阳能电池板。汽车驶入坎农斯堡，我感觉回到了家。在莫甘扎大坝上朝山下开，一切都没变，夏缇尔河旁的必胜客还在营业。

我联系了坎农斯堡警局，意外地发现我的母亲还活着，她现在住在汤威尔保健康复中心的四〇五室。我把车开上巴尔山，停好车时已经接近黄昏了。夜晚的空气里，一些女人坐着轮椅透风，还有几个老头正在抽烟。一些人在休息室的一角打尤科纸牌——我扫了一眼，有点害怕看到她，我想不出她现在会变成什么样。坐电梯上四楼，那里挂了几幅镶框的风景画，摆满了花。妈妈之前说她绝不会在这样的地方结束自己的一生，还嘱咐我把她送到这儿之前就先了结了她。

四〇五室的门开着，电视发出哗哗的响声。这间房看上去和医生的办公室一样干净，恐怕没有人会把自己家刷成这个颜色——蓝色和紫红色打底的壁纸，上面还画着白色的花。食物托盘搁在床头的旋转架上，餐盘是塑料的，还有一盒牛奶，就是幼儿园的孩子喝的那种。一盆风信子摆在床头，花香甜美，掩盖了母亲身体上那种泥巴的味道。

“我觉得我的药起效了，”她说，“开始打瞌睡了……”

她向我转过头来，脸上深深的凹陷吓得我后退一步。她头骨的形状变了，凹进去了一块，整个下颌都被摘除。她看起来像个木乃伊，前臂和腿上长褥疮的地方裹着绷带。

“妈妈。”我叫了一声。

“哦？啊，我还以为你是护士。你是……夏依？”

“是我，妈妈。”

“不可能，你在骗我。”

她用胳膊肘撑起身体，长袍往下滑了一块，露出肩膀。她的皮肤衰老后反而更柔软，仿佛覆盖了一层白色的绒毛。头发乱蓬蓬的，非常油腻，应该好几天没洗过了。

“你一点也没变，”她说，“看看你，夏依。你去哪儿了？你把我扔下了，不要我了，就剩我一个人。”

“我被派去执行任务了。”这是个无伤大雅的谎言，因为从某种程度上来说，它是真的。“我不得不去。”

“我……你看看我，”她把滑下去的睡袍拉了上来，“太尴尬了。你不该看到我是这个样子，你不该看到你的妈妈是这个样子。

你应该跟他们说要来看我，我好穿上衣服。”

因为面部的手术，她的五官都错位了，疤痕像一条白色的肉虫在她的下巴和喉咙上扭动着。我说：“妈妈，没关系。见到你就很好了。”

“新来的护士每天都来查房，但是她们也不照顾我。亲爱的？亲爱的，你在外面吗？进来呀，亲爱的——”

“我在这儿。”我刚朝床边走了一步，母亲忽然说：“不是叫你。”

门口出现了一个女人，坐着轮椅，一头钢丝球似的毛糙白发，一双白色的运动鞋。“亲爱的”摇着轮椅进了屋，靠墙停稳，直勾勾地看着我。

“这就是我跟你说的，我的女儿，亲爱的。”母亲说。

“我是夏依，”我忽然意识到我不在的这些年里，应该没少被母亲抱怨，“很高兴见到您。”

“亲爱的”大笑起来，发出古怪的喘息声。

“亲爱的是我的朋友，唯一的朋友。”母亲说，“我俩把这儿当成鬼屋，我俩能感觉到这屋子里有鬼。”

“当然了。”“亲爱的”说。

我拉过椅子，坐在床边，握着母亲的一只手。她的手如此不真实，就像薄纸一样的皮肤里包了几根骨头和血管。

“发生了什么？”我问，“你生病了？”

“别人都说我命硬，夏依。连死神都制伏不了我。”

她的肠子和口腔都长了癌。医生打碎她的下巴，割去了癌变部分。切开她的喉咙，一直切到肠子，把癌细胞扩散到的部位都剪去了，装了一个结肠造口袋。

“我连续好几年只能吃安素营养粉。胃里的食管也插了好些年了，就在这儿，”她指了指肚脐上方的位置，“我现在就剩一具骨架了。”

“你一直都皮包骨头。”我说。

“现在没法嚼东西，就连流食也不能吃太多。我怀疑这些护士根本不知道怎么照顾我。”

她餐盘上的火鸡肉和土豆泥几乎一口都没动。

“十九年了。你走的时候是1997年，然后再也没回来过，也没和我道别。亲爱的，你怎么想呢？你儿子也没好到哪儿去，他惦记的只是你的钱，但至少能来看看你。我女儿却扔下我走了。”

“确实没好到哪儿去。”“亲爱的”说。

“他们拿我做试验，”母亲说，“把我这样开膛破肚之后，好多医生来看我，向我推销。他们说我虽然是癌症晚期，但却是个理想的实验对象，问我愿不愿意参与他们的实验，有一千块的报酬。我是全国第一批实验对象。这个实验就是给我打三针。把微型机器人打到血管里，找到癌细胞，杀死癌细胞。过了这些年，受了这么些罪，终于打完这三针。你将来可以跟你孩子说，他们的外祖母还曾经是第一批实验对象呢。”

治愈癌症的方法。“这……简直是奇迹。”我说。之前就听说过未来世界能治愈一切疾病，但2015年人类就能治愈癌症了？“他们把你治好了？”

“我只是只小白鼠，”她说，“也是走了运，不然这病我可治不起。我跟你说过我做的一个梦吗？一个关于你的梦。你走了以后，我开始不抱希望你能回来。我梦到有一天我在街上走，欧洲的一条街道，两边的房子都旧旧的。我听见有东西碎了的声音，原来是一座房子的外墙倒了。我又听到木头噼噼啪啪的声音，是从地板传来的。一间公寓着了火，火苗从窗户里钻出来，把天都照成了一片橘红色。你当时还是个小孩，在人行道上玩耍，特别可爱。我跑过去救你，一把把你抱起来，就这一瞬间身后的墙忽然就塌了。我救了你，夏侬。但我眼睁睁地看着怀里的你，消失了。”

“只是一场梦。”我说。

“一场噩梦。”母亲说。

我们三个人一起坐了一个多钟头，大部分时间在沉默中度过，只是呆呆地盯着电视。电视里放着一场唱歌比赛，评委的坐席充满了未来感，还会来回旋转。中间有护士进来给母亲换了造口袋。母亲尴尬得不知怎样是好——作为一个女人，不得不任由男护士像倒空垃圾桶一样对待自己的身体，好像她什么也不是，只是一个物件。

“你把我扔下了，就像他当时离开我。”她显然还没忘记那些旧怨。

“我要出任务。”重复的谎言显得更空洞。

“任务，永远是任务——你没了一条腿啊，你老得那么快，那么老，那么老，一直在变老，变得几乎和我一样老。但现在你又出现了，过去了二十年，你反而一点都没变。真让人恶心。”

“我在海上。”

“十九年，一点音信都没有，你和你爸爸一样。”

“我知道。”

“你还记得你爸爸吗？”母亲问，“你很小的时候他就走了，但我敢打赌你一定对他有点印象。”

只有一些零碎的画面——像一地彩色的玻璃，我只希望它们能拼出一个圣人的形象。

“我记得家里壁炉架上的照片，”我说，“其他没太多印象了。”

“你当时还小，我就想让你记住你爸爸照片里的样子。我想让你有美好的回忆。”

“我记得他把我举起来，举到空中。”

“我常常想，你会不会闻到他身上另一个女人的味道？”母亲说。

“求你别说了——”

“你可没有那么脆弱，不是吗？你一走就是十几年，难道我还不能把你和他比较？我们都是成年人了。难道你还要护着他？”母亲继续说下去，“他不配。每天晚上他回家吃饭时，我都能闻到那个女人的气味，他抱着你，你能闻到那股味道吗？是不是很恶心？一个母亲竟然好奇她的小女儿能不能闻出她丈夫身上的另一个女人的香水味。”

父亲的气味，像烟斗。他的呼吸有时带着冬青的味道。

“聊这些没意思。”我说。

关于父亲的回忆本来就很少。法兰绒衬衫、蓝色的牛仔裤——这个样子在我脑海里停留了许多年。烟管和冬青。即使壁炉架上的照片里，他还是个干干净净的年轻海军，但我回忆里的他满脸胡子，或是胡茬，邋里邋遢。

“我记得他的法兰绒衬衫。”

“胡说八道。”母亲说，“你在做梦吧，还是这是我的一场噩梦？我是不是在做梦，亲爱的？”

“我倒是希望你在做梦，希望我们都在梦中。”她的朋友说。

“你们怎么能一走就是十九年？你和你爸爸。”

“我马上回来。”我快步走开，不想在她面前落泪。走廊的空气陈旧，弥漫着药品和消毒剂的味道。某个角落，某个房间，一个女人在尖叫，好像要被活活烧死了。我一直提醒自己，这个世界是假的，她对我的谴责也是假的；抛下我们母女的人是我的父亲。我不必为自己没有做过的事感到内疚——我从来没有离开她，等我从未来世界回去后就去找她，时间并没有流逝一秒。至少对她来说，没有流逝。每当我想起壁炉架上的照片，我似乎并无法怪罪父亲，甚至某种程度上来说，我把他的离开怪罪在母亲身上——这并不公平，但母亲确实是个酒鬼，终日在销售中心混日子，下班就跑到麦格酒馆打发时间。怪不得这个男人会离开我们，我默默想。我恨她，恨她逼走了父亲。她看似付出了一切，却什么都没留住。

母亲和“亲爱的”把注意力重新转回电视，她扭曲的脸上挤出一个空洞的微笑，随着电视里的选手一起哼着歌。

“妈妈？”

“太迟了，太迟了。”她坐在枕头上，闭上眼。我亲了亲她的额头——湿冷的皮肤，淡淡的汗味。我哭得更厉害了，这个未来世界勾起了太多痛苦。我告诉自己，*这只是未来的一种可能*。未来世界围绕观察者的内心而生，好似光线遇到黑洞时会出现扭曲。我一直好奇我和父亲是否相像，好奇他复杂的内心世界是什么样子。他和母亲截然不同，母亲是个外向的人。考特妮死后我一度感到非常孤独，我需要母亲的陪伴和照顾，需要她告诉我如何承受这种伤痛，但她永远不在我身边。她照常跑到麦格酒馆，买醉至深夜，而与此同时她的女儿却像棵无根的浮萍。也许父亲曾试着爱过她吧，但她才是选择离开的那个，她终于还是推开了他。我又何尝不渴望离开她呢？我又何尝不怀着满心的仇恨？可父亲抛弃了我，而她没有。即使生命里所有人都抛弃了她，她也没有离开我——即使当我都抛弃了她。

“亲爱的”有一双褐色的眼睛，像温柔的池塘，只等待我沉溺其中。“我们会一直照顾彼此，”她说，“等她睡醒，我会告诉她你只是个任性的孩子。”

我在呼叫站找到照顾母亲的一位护士，她正用指甲敲着手机屏幕。

“您好，”我说，“我母亲，阿曼达·莫斯，在这儿治疗癌症，她提到了一种注射疗法？”

护士似乎对我的打扰有些不耐烦，她把一本册子拍在柜台上：《非侵入性癌症疗法》，菲兹尔系统。我听说过菲兹尔，这是一家海军研究实验室的分支公司。在大部分的未来世界里，菲兹尔公司已发展成一家通信和娱乐巨头，或环境系统的研发商。在这个世界里，菲兹尔则是一家制药商。有些未来世界没有智能手机，却发明了环境系统，而这个世界却发现了治愈癌症的方法。细胞特异性药物传输。智能用药。纳米技术注射。

“她治病有政府援助，”护士说，“但你要想永远活下去，就必须得有钱。”

我找了一家能收现金的红屋顶酒店，位于商业中心，我的房间在大堂附近，里面有电脑和打印机。前台服务员告诉我怎么操作后，我很快就刷房卡登录电脑，打开了谷歌搜索。我花了几个小时查找关于玛丽安的新闻，在酒店的便笺纸上随手记了点东西。搜索关键词“菲利普·奈斯特+西弗吉尼亚”时，找到了一个叫鹰巢的网站，是第二次世界大战的纪念站。点开“商店”一栏，弹出的是纳粹工艺品、旗子和古董武器。我看着满屏的纳粹万字标志震惊不已，怀疑自己是不是找错人了。这个网页上没有太多信息，但“最近活动”里列出了几个将要举办的展览，其中，“门罗维尔枪械展”就在几周后。我应该能在那儿见到他。

我又搜了搜莫索特照片里的那个女人，妮可·尼永奥，没看到什么消息。我打开警局的文件记录，发现她曾因吸毒在郡监狱待过一阵——可这也不是能在她面前掏出徽章，向她讯问过去那桩杀人案的理由啊。恩乔库的文件里提到她过去经常去梅滋酒馆喝酒。这让我想起我的母亲，另一位酒馆的常客，几乎不怎么着家。我忽然有了主意，立刻搜索了梅滋的地址，发现离我只有十分钟的路程，就在华盛顿城的南区。现在已经接近午夜了，但酒馆应该还开着，我拔出房卡，开车前往那里。梅滋酒馆在布拉德福德庄园附近的一排废弃店面里，是一座十八世纪格鲁吉亚风格的石屋，专门提供各种威士忌。屋里没有窗户，遮阳棚下只有一扇翠绿色的大门，门上贴着海报：“允许吸烟”“周三鸡翅狂欢夜”。我在门前空荡荡的街边停好车。

梅滋的灯是霓虹灯，吧台上的电视被烟熏得模糊不清。地方很小，里屋有一桌台球，自动点唱机里放着“齐柏林乐队”的摇滚曲。这个地方几乎空无一人，但妮可竟然就在吧台边，她正和酒保聊天，手里的烟卷冒着烟。妮可·尼永奥比照片上显得老一些，比我想象的要高，她扭动身体的样子和香烟的烟雾一样蜿蜒。她看见我在看她，眼睛忽然睁大了；她的瞳孔是柚木的颜色，更浅一些，她仿佛知道我要说什么，提前摆出了一副怀疑的表情。

“你要喝点什么？”酒保说。

“我是来找人的。”我转身走开了。

奈斯特已经代表FBI审讯过这个女人。NCIS应该也找她谈过话了，也许是派奥康纳来的。就算在莫索特刚刚被杀时，她觉得接受审问是种侮辱，但现在应该也平静下来了吧。她和莫索特非常亲密，她对那个男人的记忆应该是很有价值的线索。

酒馆隔壁有一座破旧的建筑，上面挂着“空房出租”的牌子。我记下了房东的电话，一回到红屋顶酒店就拨了过去。已经快到凌晨一点了，我本来只想着在答录机上留个言，谁知道一个男人接起了电话，他是东欧口音，声音浑厚，很难听清。

“明天过来吧。”他说，“早上来，我把钥匙给你。”

“能付现金吗？”我问。

“只能用现金。”

第二天一早，我把保证金和第一个月的房租交给他——没有租约，按月付款。当天下午我就搬了进去，我的房间在三楼，只有一个卧室，没有电梯。到处都是发霉的味道。我用黄油刀把窗户上的油漆剔下来，这才能拉开窗户。磨损的木地板上了好几层乳霜。厨房水槽的龙头和我印象里祖母家的一样，柜子也差不多。刹那间我有些恍惚，但再一想，这些细节之所以存在，也许只因为观察它们的人是我吧。也许这间房在现实世界里根本不是这样。我把从红屋顶酒店带来的便笺纸铺在写字桌上，信手乱画起来，画了一个钉在空中的骷髅。

我在纸上写：派特里克·莫索特。埃里克·弗里斯。天秤号。

雷马克，“天秤号”的指挥官，她是怎么救下“巨蟹号”的呢？O形圈……难道是“天秤号”的O形圈也出了问题？但雷马克没有注意到吗？如果她救了“巨蟹号”，为什么不能救下“天秤号”呢？

我把草稿纸撕成碎片，重新翻开“天秤号”的成员名单，看着雷马克的照片出神。她是个挺有魅力的女人，那么潇洒，意气风发的样子简直像要去统治整个世界。你到底去哪儿了？

门罗维尔枪械展就在几周后，我可能会在那儿见到奈斯特，问问他可有派特里克·莫索特和玛丽安案件的线索。我现在还有点时间。大多数早晨，我都在华盛顿市里闲逛，感受着这个城市的质地。我去商场买了几件舒服的衣服，打扮成其他女人的样子——登山装、运动背心、瑜伽裤。我把头发染成驾照照片上的颜色，黑发让我的五官更立体，颧骨突出，下颌线清晰。我觉得自己变得更坚强了，比金发女郎显得更不好惹。

我成了梅滋的常客，妮可也经常在那儿。她在吧台边抽烟喝酒，看看电视。我们两个中间隔了几个座位，谁也不说话，一坐就是几个钟头。直到一周后的礼拜四，时间刚过午夜，我俩都已经喝了不少。这天忽然下起了大雪，好多人躲进梅滋，抖了抖鞋，把衣领上的积雪弹下来。我知道妮可爱喝曼哈顿鸡尾酒，于是给她买了一杯。

“我叫考特妮。”我尽力压着自己的甘敦口音，说，“是时候互相认识一下了。”

“我是可儿。”她的非洲口音轻快而有韵律。我们握了握手，她戴着一个蛇形的手镯，手掌很硬，结满老茧。她往我这边移了一个座位，点上一根“百乐门”香烟。“你住这附近？”

“就在隔壁，”我说，“住那个垃圾楼里，白色那栋。我前几天在这儿租了房，所以等晚上酒馆的人把我赶出去之后，我上楼就能睡觉了。”

“一开始我还以为你是煤气公司的人呢。”妮可说，“但后来我认出你来了。我们见过吗？”

“没有吧。你在这附近上的中学？我在坎迈克学校。”

“我是在肯尼亚长大的。你说呢？”

“樱桃可乐兑朗姆。”

她请了下一轮酒。她很健谈，说个不停，短短时间内我已经知道了她每天的行程，以及在临终关怀中心的工作。我问她过去的事，甚至直白地提到了她的前男友们，希望她能讲讲和派特里克·莫索特的故事。但她说的还是工作里鸡毛蒜皮的小事，她的那些同事，和她帮助别人的成就感以及面对死亡时的愧疚心情。说到动情处，她就一口干一杯野格利口酒。

我每次去梅滋都能见到妮可，有时她在吧台喝酒，有时和别人聊天。我试图忘记夏依·莫斯这个身份，而是作为考特妮·吉姆活着。过去的生活渐渐远离，新的生活近在眼前。这里一切都不急不迫，不管我在这里待多久，现实世界都为我而暂停。我想让时间慢慢过去，随心所欲地生活。我几乎要忘了自己是谁，所以只能不断提醒自己来这儿的目的。每晚睡前，我看着写字台上玛丽安·莫索特的照片，低声祈祷：*你还活着，你还活着*。红屋顶酒店的便笺纸就压在照片下，我用黑色马克笔写了一行字：生命比时间伟大。

02

老威廉佩恩公路两边全是广告牌：枪械展——就在本周。会场在门罗维尔购物中心外，旁边紧挨着一家玩具反斗城，停车场挤得水泄不通，我只能把车子停在街对面的小电影院外。进场门票九美元，检票员挨个检查有没有携带武器。

尽管我用了假身份，在这里也没必要隐藏自己，反正奈斯特应该都会认出我来。我掏出徽章："海军犯罪调查局。"

"你和吉布斯是一起的吗？"他问。

"那是谁？"

"就是电视里那个啊。"他一边说着，撕开了票根，在我的手上印了个老鹰的章。

"我是联邦特工。"

"我说的是那个电视节目。"

会场大厅摆满了一排排呈蛇形排列的折叠桌。我在人群里寻找着奈斯特的脸。展览上来了好多弹药和牛肉干的供应商，一些桌子堆着杂货，就像家里后院的跳蚤市场，只是卖的东西变成了AK47的香蕉形弹匣和生锈的温彻斯特步枪。还有刀具——弹簧刀的刀柄闪着宝石的光泽，荧光绿的斧头贴有“专为狩猎和追杀僵尸设计”的标签。不过世界上真的有僵尸吗？还有人问我要不要买个防身喷雾带在包里。

“你穿这个肯定很好看。”一个满头银色小卷的女人凑过来，举着一件可以说是世界上最省布料的粉色背心，上面印了举着AK47的Hello Kitty。

其他T恤上印有戴纳粹臂章的皮尔斯伯里公司面团娃娃和“白色面粉”字样，或代表美国海军陆战队的咆哮的老鹰。我在枪械展桌中间来回闲逛，我喜欢木质枪柄的触感，那种温度和重量，不是一般半自动步枪的塑料感可比的。我看中一支应该是专为女枪友设计的粉色迷彩霰弹枪，但现场大概只来了六七个女人，况且她们看上去也不像会喜欢这把枪。

“天啊，夏依·莫斯，是你吗？”

“奈斯特？”

是三十多岁的奈斯特，依旧很英俊。他的眼睛炯炯有神，我几乎要忘了这双眼睛有多么好看。浅浅的蓝色，从内而外地闪着光。他的头发颜色更深了，满脸的胡须，末端微微发白。他过去就很瘦，但现在似乎又掉了几斤，精瘦的身材像个长跑运动员。法兰绒衬衫，蓝色的牛仔裤。他的展桌叫“鹰巢”，桌上什么东西都有。大部分是纳粹的装备——古董步枪、刺刀、玻璃手枪套、瓦尔特P38手枪和鲁格尔手枪，每把枪都配备了原主人（某个军官）的军章和保真证明。还有一些美国军队的玩意儿，一张巴顿将军的签名照片。奈斯特从桌子一边绕过来。

“真的是你。”他抱了抱我，带来一股烟管的呛味。抱着他的感觉真好。“你一点也没变，”他说，“一点也没变。就跟我上次见你时一样。这都过去多久了？”

“十九年，差不多。”我说。

“十九年。你知道吗，我第一眼就认出你来了，但我还以为你是莫斯的女儿。”

“哈哈哈，我没有孩子。”

“我得好好看看你，”奈斯特说，“天啊，你……你看上去也太年轻了。保养得真好。”

“其实我没感觉自己有多年轻。现在也要染头发了。”

“我看出来了，很好看，”奈斯特说，“我喜欢深色头发。”

“头发全白了，不染都不行了。”

“说实话，见到你真的很开心。你刚走的时候，我想你可能去了CJIS。后来，CJIS遭到袭击时，你的办公室也在那儿，对吧？我记得是这样。”

“嗯，”我点了点头，“但出事的时候我在海上。我随船出任务了。”

“你知道布洛克的事吗？”他问，“布洛克的妻子？她在CJIS袭击事件中遇害了，还有她的两个女儿。”

“拉什达。我最后一次见布洛克是在坎农斯堡。他怎么样？”

“他们把孩子送到办公楼的日托中心，”奈斯特说，“母女三人都遇害了。布洛克再也没缓过来，后来也没再结婚什么的。他没日没夜地工作，一直很忙。但状态还不错，上次见面我们还聊了一会儿，你知道吗，他连升了几级。他现在在匡提科。我跟他打听过你的事，但他也不清楚。好像没人知道你去哪儿了。我们都以为你也在那场灾难里去世了……但今天竟然又看见你了！我把那场灾难的受害者名单看了好几遍，还有电视上转播的纪念节目。今天竟然在这儿看见你了。天啊！夏依，看见你可真高兴！”

奈斯特变得更健谈了，不像以前说话语速那么快。他的声音还是印象里那样温暖。

“你最近怎么样？”我看了看他桌上的东西，问道：“这些都是什么？”

“我一直在鹰巢。这些是我父亲的收藏。他喜欢囤货，喜欢一切和军事相关的东西。一战、二战之类的。我差一点把这些都卖了，但一个朋友说服我来军械展试试。我做这行已经快六年了。主要是英国、美国的战争纪念品，纳粹的东西卖得最好。这行比坐办公室强多了。”

“你不在局里了？”

“走了很久了，”他说，“我会告诉你发生了什么，等我先让隔壁桌帮着照看一下生意。你有时间吗？我请你吃午饭。这边的鸡肉条味道还行。”

我要了一杯咖啡。会场中心的咖啡店在洗手间附近，外面摆了几张桌子。奈斯特把咖啡端来，闻起来有点烧烤酱的味儿，我几乎一口没喝，倒是乐意捧着杯子暖手。奈斯特说话的时候额头一皱一皱，我印象里他之前就是这样，现在的皱纹似乎更深了点。他的眉毛也更浓、更柔软。

“见到你很开心。”我说。

我们两人之间有种奇异的熟悉感——虽然即使在1997年也只有一面之缘，而随后又过去了那么久的时间，我却感觉我们才刚刚见过面，好像正准备要继续一段被迫叫停的聊天。

“你怎么到这儿来了？”奈斯特问道。

“来找你，”我说，“你这段时间到底在忙什么？”

“我从FBI辞职了，2008年的时候。先是做了一段时间自由职业，当摄影师。后来找到了这份工作。就是到处跑，能遇见不少人，挺适合我的。我一直都对历史很感兴趣。”

“你瘦了，”我说，“简直是皮包骨头。”

“是啊，唉。”

“搬回西弗吉尼亚了？”我问，“你是在暮光城长大的，对吧？”

“我家一直在那儿。我在一个叫巴克汉诺的小城外有座房子，”他说，“那里安静得很。离什么都很远。每年都要办一场草莓节。”

“我小时候经常去。”我隐约想起了草莓凉糕和当时视为偶像的草莓节选美皇后。也许奈斯特也在那里，带着相机，拍下了不少独具美国风情的照片。“但很多年没去过了。”

“是啊，你在那附近长大的。坎农斯堡，是吗？你家就在那起罪案发生的地方。”

“你为什么跑去巴克汉诺？”

“赶巧了。我想找个带车库的房子存放这些乱七八糟的东西。那里的房子正好有个小谷仓。等有空你可以去看看。好多买家都去那儿挑货。”

“听起来你过得真不错。”

“比之前好太多了，”他说。

“我不想拐弯抹角了，”我说，“到底发生了什么？你为什么离开FBI？”

“你知道吗，你现在做的事和几年前发生在内华达的事一样。所有警力都预备好随时闯入一个男人的牧场——为了什么呢？调查他怎么放牧？调查的意义又是什么？至于动用这些暴力？我只是……我再也不想做其中的一员了。不能成为暴政的一员。”他出神地盯着枪械展上的每个人，会场的喧嚣逐渐远去，他清了清嗓子，咳嗽几声，“我参与了一起‘允许使用武力’的案子。我杀了人。这件事几乎摧毁了我。我不知道该怎么办，不知道该怎么处理那些冠冕堂皇的连篇废话——FBI的官方废话。我承认，后来有段时间喝酒喝得太多了……不得不接受现实。”

“你现在还好吗？”我问。

“好了。你跟着我找到这儿来，从门罗维尔一路过来找我？”

“我想和你谈谈玛丽安·莫索特的案子。”

“玛丽安·莫索特，”奈斯特用手抚了抚胸口，似乎这个名字让他很受伤，“为什么是她？”

“我们找到她了。”我说。

“过了很久才找到。”

“我看了案宗调查，但还需要一些细节。”

“已经过去这么久，为什么还追着不放？”奈斯特问，他的额头皱成一团，像是一种祈求怜悯的表情，“为什么？”

“我被分到了审查组，”我说。这是个典型的幌子，既不至于让人起疑，又代表了一种模糊、枯燥的工作性质。“是在黑水瀑布附近发现的？”

“在树林里，对。被埋在黑水旅馆旁，”奈斯特说，“你……忽然出现在这里。像个鬼魂……打听鬼魂的事。你想问的真的是玛丽安·莫索特吗？”

“我得知道关于她的事，你都知道些什么？”

“那为什么不直接去问FBI呢？为什么来这儿找我？布洛克也在啊，就在弗吉尼亚。他也能告诉你。他知道的还更多。”

“我想和你谈谈。”

“那也别在这儿说了，”奈斯特说，“我不想在这里谈起那些事。妈的，这里的人要是知道了我以前是FBI的，肯定以为我在监视他们，以后也不会再搭理我了。我们过会儿再见？今晚行吗？枪械展下午四点结束。”

“在哪儿见都行，”我说，“你住哪儿？”

“我今晚准备回家。我走之前一起吃顿饭吧。就去昨天我刚去过的吾登尼考酒店。”

“你家在巴克汉诺，离黑水不远吧？”我说，“能带我去找到玛丽安尸体的地方看看吗？”

“你真想去？过去这么久，你找到我，就想让我带你去那儿？好，真他妈的……我先带你过去，再回家，”奈斯特说，“等我们到那儿，天也该黑了。你的腿没问题吧？要走很远，你行吗？”

“行。”

“好。那……我们为什么不在旅馆见？就在黑水旅馆。我稍微早点走，和你在那儿见面，大概六点或六点半。也没来得及给你买鸡肉条，还是今晚请你吃饭吧。去我知道的一个店。”

晚上我早早就到了，在车里听着广播，等了二十来分钟。我把从星巴克拿的餐巾纸撕成了一地碎屑——很奇怪，我竟然如此紧张。奈斯特说，我就像个鬼魂，打听其他鬼魂的事。在黑水旅馆外等他的这段时间，天还没有黑透，但我记得这里的晚上有多么黑。旅馆四周的铁杉树林好像比以前更茂密了，到处都有鬼魂的气息，我有种预感，我会再来到二十二号木屋，看见派特里克·莫索特瘫在地上，没有了任何生命迹象。

奈斯特把他的福特F150停在我的凯美瑞旁边，招手示意我上车。

“你来开？”我问。

“我们只能开一辆车过去。”

我们离开了主路，沿着小道往山上开，白天的热气逐渐散去，林子里越来越冷。

“夏侬，我不明白你为什么还是这么年轻。”

“别闹了。”我说。

“真的，夏侬，”奈斯特说，“我都变成老头子了，再看看你——”

“谢啦。我也不知道为什么，可能是因为健身，吃得比较注意。”

“你好好想想，你该写本书，如何永葆青春。到时候你就赚大钱了，还能上脱口秀。”

奈斯特拐进一条刚刚好能走一辆车的小路，像是一条通道或者专走伐木车的路，陡峭地直通山顶。卡车的轮胎在地上打滑，奈斯特踩紧油门，感觉轮胎已经转不动了，整辆车震动着往坡上走。我靠在座位上，抓紧扶手，生怕卡车忽然滑下去，连人带车栽倒在山脚下。

“到了。路上还留着之前的标记。”

奈斯特向前指了指，我看见树桩上缠着橙色的警戒线。他蹭着两边的松树，勉强把车开到一片狭小的空地，停下车。

“卡车最远只能走到这儿了，”他说，“救护车开不上来，所以他们当时用皮卡把玛丽安的尸体送下去。”

尸体，玛丽安的尸体……我看了看脚下，小心翼翼地下了车。松树在天幕上铺陈开黑暗的轮廓，头顶是一圈夜空，像紫罗兰色的瞳孔，盯着我们。这里更冷了。

“我们还要走一段，”奈斯特说，“一小段。”

我们要走的路已经被灌木丛遮挡了七七八八，但奈斯特还是找到了，他踩着杂草，用手拨开树枝，好让我在后面跟着他，一前一后地继续走。我们抓着树干，爬上几级石头。奈斯特把我带到一条看上去干涸了很久的小河旁。这里有五棵铁杉树、黑色的泥土，露出地面一半的石头上长了祖母绿色的苔藓。

“就是这儿。”奈斯特说。

我心想：玛丽安，你的尸体就是在这儿被找到的……

“这个地方是偶然被发现的，”奈斯特说，“两个挖人参的人往山上走的时候迷路了，他俩以为只要朝山下的方向去就能看见河，跟着河就能回到瀑布了。他们在山上找到一片‘石冢’——就是一堆平坦的岩石——还以为是其他挖参的人做的标记，所以又往前走了一段，结果看到了另一片石冢，再走，又是一片。那些石冢把他们引到了这儿，就是我们现在所站的地方。我没看见什么石冢，肯定有人把证据毁了。你知道我在说什么吗，那些标记？”

“嗯，我能猜到，”我说，“垒起来的石头。”

“那两个人在这儿转了一圈，看见几个红色的小果子，估计是地下长着人参。他们开始挖人参，却挖到了骨头。一开始还以为是动物的骨头，后来越想越蹊跷。他们没有继续挖，跑去叫人来了。”

“你们把她挖出来的？”

“公园管理处挖的，”奈斯特说，“发现是人类遗骨后，才把我们叫来。我们几乎立刻就知道这是谁的遗体了。很滑稽……我还记得布洛克走进会议室的那一刻，他说‘我们找到了玛丽安’，可当时我们其实只知道公园管理处挖出了一些骨头，但布洛克却像有感应似的，他知道那是我们要找的女孩。直觉啊。我们立刻把尸体的牙齿和玛丽安的牙科记录做了比对。”

我吸了口气——空气里满是松脂的气味、潮湿的石头的气味。

这是一个很适合安息长眠的地方。

“我从报纸上看见了布洛克的说明，”我说，“说莫索特是自杀？他知道派特里克·莫索特是被谋杀的啊。他一直不相信莫索特是灭门案的凶手，对吧？我听说布洛克的说明只是为了掩盖真相。”

奈斯特笑了起来，“是啊，可以这么说。实际上，你不是问我为什么离开FBI吗？还发生了其他的事，当时我们找到了派特里克·莫索特的尸体。很明显是谋杀案，但布洛克却说得像一起自杀案。我们听到的版本是一个男人杀了自己全家，然后又自杀，简直像电影剧本里写好的。我不相信，我不能眼睁睁地看别人撒谎。后来过了几年，找到了玛丽安的尸体，但官方的说明还是那样。派特里克·莫索特就是被谋杀的——多么明显的事实啊。他不是自杀。我不相信这个故事。”

“但是FBI还在调查这起案子，不是吗？”我问，“你去调查了一个女人，尼永奥？”

“妮可。”奈斯特说。

“我们从弗里斯家找到了她的照片，”我说，“我从案宗里得知，她是莫索特的情人，两个人在一起好几年了。”

“嗯，我记得她，”奈斯特说，“如果我没记错，旅馆登记了她的车牌号，我们顺着车牌号找到了她。”

“从她那儿没得到什么线索？”

“完全没有，”奈斯特说，“你发现莫索特尸体的第二天，我们就找到她了，也可能是第三天。我审了她整整两天，但她什么也不肯说。”

“她都说了什么？”

“莫索特从酒馆里勾搭上她，他知道妮可是个护士，所以跟她说自己有创伤后应激障碍（PTSD）。她在一个医护中心工作，并不知道怎么能帮助莫索特，但一来二去就爱上了他。他们开始在旅馆私会。”

这是我所熟悉的那个妮可。她无声地栖居在酒吧，就像一间装饰沉闷的房间，墙上挂着的一幅家族画像。也许冥冥之中，命运安排莫索特走进了梅滋酒馆，但他看见她，听到她的声音，就再也不想失去她了。我并不认识莫索特，但我似乎能看到他对妮可一见钟情的样子。

“找到玛丽安后，你和她谈过吗？有没有问过她莫索特失踪女儿的事？”

“没有，”奈斯特说，“找到玛丽安的尸体后，我们又研究了这个案子，害怕漏过什么线索。但那一年是……2003年？2004年？自从‘9·11’事件开始，FBI的首要任务就变了。我们再没有资源继续跟踪未结的案子，我们部门开始专门调查网络犯罪和反恐战争。布洛克那边，早就不再查派特里克·莫索特的事了。NCIS还在调查，但大部分时间也没有我们的参与。我们想联系你，找到你，可没有人知道你在哪儿。我想，在找到玛丽安尸体的时候，你应该也希望能在场吧。”

“是啊，是的，”我说，“她最后在哪儿下葬了？”

“送她回了坎农斯堡，和她的家人葬在一起。”

“还有她爸爸？”

“嗯。他们是一起火化的。”

“你还记得弗里斯的房子吗？”我问，“那艘指甲拼起来的船？”

“记得。”

“那个线索后来怎么样？”

“实际上，我记得当时我们和验尸官合作，”奈斯特说，“想找到一个办法，至少能验证那些手脚指甲里有没有玛丽安的。但这个想法几乎不可能实现。”

“你们找到她的时候，有什么新情况吗？”

“没有。报纸上有些八卦新闻，”奈斯特说，“但布洛克不想公开太多细节，不想让人们知道这里。”

“你一直没想通到底是谁杀了她？这么久以来都没有怀疑对象？”

奈斯特摇了摇头。“毫无头绪。”

暗影聚集在树林深处。我看见了萤火虫。奈斯特坐在石头上，蜷缩进他的羊毛夹克。*我们可以守在这里*，我想，*这里有很多树，方便藏身。我们可以藏起来，看看谁会到这儿来，到底是谁堆起了那些石冢*。

“我需要你在地图上给我指出这个地方，”我说，“还有到达这里的详细路线。走哪条路，哪个路线。一定要特别详细，这样等我将来自己找过来，又找不到路上的标记时，不至于迷路。你能帮我吗？”

“我帮你在地图上画出来，”他说，“你一定冻坏了吧？我们往回走吧。我请你吃点东西。”

奈斯特拿着强光手电筒，但即便如此，我还是很难在下山的路上找稳落脚点。我不知道该把自己的那条假腿踩在哪儿，也试探不出脚下的沙子或石子会不会打滑。我不断踩空，摔倒，摔破了膝盖。我紧紧抓着树枝，手掌全是黏糊糊的松脂，身上落满了松针，还在一个劲地打滑。

“来，”奈斯特伸出一只手。我抓住他的手臂，胳膊环着他，向他那边靠过去，互相依偎着走下山。他一路都在保护我。

“谢谢了，”因为要靠他的帮忙才能走下山，我有点沮丧，“我不喜欢像刚才那样……依靠别人。”

“我不介意。”他说。

我们在巴克汉诺吃了饭，是一个离河不远，叫“小城烧烤”的馆子。我们在卡座坐下，桌上深棕色的方格布上垫着厚厚的塑料垫。这里的装饰就像个乡村厨房——有一个旧屋棚，一个壁炉。木镶板的墙上挂了花环。我们每人点了份牛排和洋葱圈。奈斯特从酒壶里倒出些“云岭”啤酒。

“我挺喜欢这里。”我说。

“是啊，我算是这儿的常客了，他们手艺不错。”

“她很漂亮，”我看了一眼吧台的女酒保，她身上有点爱尔兰人的样子，“你没和她聊聊？”

“那是安妮，我们聊过啊，”他说，“我敢说等下次再来，我非得解释清楚你是谁才行。”

“她是你女朋友吗？我可不想坏了你的事。”

“不，不是女朋友。我有过一个女朋友，是几年前的事了，某天早上一睁眼，我们忽然觉得彼此只是在消耗对方。有时候，就算是正确的人也不能长久啊。有时候能坚持下去。”

暧昧的气息渐渐把气氛变暖。在这里，似乎什么事都不用考虑后果。我想牵他的手。用膝盖轻轻碰他，他没有躲闪。“谢谢你带我来这儿。”我说。

“这就是你需要的全部信息了？”奈斯特问，“你要回去汇报情况，或者写报告？”

“暂时不用，”我说，“我这段时间都在这附近。”

“好。见到你很高兴。”他说。

我随奈斯特一起出门，走到他的卡车前，心里暗暗地想，要是他没有这满脸的胡子就好了。忽然，他说：“这些年来我一直在想你。”我失去控制，吻了上去，在那柔软的胡须里吻到他的嘴唇。我能感觉到他对我没有期待，至少并不迫切，但他回吻着我。

“这里有人。”我说。奈斯特后退一步，好像他刚刚侵犯了我或者做了什么出格的事，“对不起。”“你住哪儿？附近吗？”我问。

我跟着他的尾灯，沿一五一公路开到老埃尔金斯路上，二十分钟后，他把车停到一个长长的砾石车道。打开了廊灯。我停在他的卡车后面，跟着从侧门走进屋。“我一直修不好这把锁。”他边说边把门推开。一只狗从屋子里跳了出来，冲进院子的黑暗处。奈斯特一把把我拉过来，就在这间储藏室里开始吻我。我回吻他的眼睛、嘴唇……他抚摸我的左腿，把手放在那儿。我不确定这到底是一种暗示——暗示他不怕我的残缺；还是一个标志——标志着他愿意接受我。

“你是怎么失去这条腿的？”已经过了午夜，奈斯特问，“还是出生就这样了？”

我的眼睛已经适应了黑暗，在微弱的月光下，看见电视上挂的一幅奇怪的画。是一个人的身体，仰卧着，我有点怀疑这是个女人，就像戴维·吉姆房间里贴的泳装海报，但我看清了，这是个死去的男人的尸体。

“那是什么？”我问，“不是你画的吧？”

“嗯，不是我画的。我买下这个房子的时候，那幅画就在那儿了，我一直没摘下来。卖房子的人把那画送给我，说它和一部俄国小说有关。我看只是一幅旧画的海报吧。好像是耶稣。”

“你可以把自己拍的照片挂起来啊！”

“不就是一幅耶稣画像吗？难道还能比罪案现场更可怕？”

“你应该置办点别的东西。”

“嗯，”他说，“也许我将来会把它换下来。我拍过几张黄石公园的照片，很喜欢，其中有一张是大棱镜温泉。但你知道，那幅画……我过去信教，我是在教堂里长大的。”

“我记得你跟我说过你相信肉体的重生，”我说，“你以为这样说能安慰我吧，毕竟当时目睹了那么多死亡。”

“是啊，这听上去就像我会说的话。但那段时间，我遇到一件事。像是宗教的体验。但你肯定不这么认为。你有过那种宗教体验吗？比如听见上帝的声音？”

我想起从太空看到地球的时候，那一刻，几乎和世界的万物都产生了某种神圣的关联。“没有，”我说，“没有过宗教的体验。我能发现自然的美，但从没听过什么上帝的声音。”

“我有过——上帝出现在我眼前，但他像一个黑洞，”奈斯特说，“让我不知所措。人们都在讨论‘无限’是什么，他们觉得无限是永远不会结束的事，其实不是这样。无限也可以是一种否定。我们从泥土中生长，细胞分裂繁殖，逐渐长大、衰老、腐烂，再被后人取代我们的位置。多恶心啊，无数的尸体和死亡，数十亿人，像潮水涌来又退去。所有宗教，关于上帝的那些废话……就像你小时候对一些事情深信不疑，将来某一天反而会纳闷：我怎么会相信那些狗屁？太幼稚了。自从上帝的样子出现在我眼前后，一切就都变了。我开始喝酒来麻醉自己的恐惧。我太害怕这个世界了。我再也忍受不了FBI的工作，所以辞职搬走了，天天喝到大醉。我看着那幅上帝的画像，想象他会突然坐起来，告诉我一切都是假的，但每天夜里……我看着那张画，可能是上帝刚从十字架上被救下来，他刚死，尸骨未寒，所有人都等着他重生，连他自己也在等着重生，但重生永远也不会发生。我恨那幅画，因为它不像宗教里告诉我的那样，但紧接着，我意识到它真正想传递的信息是什么。我越挖越深，想到的越来越多。”

“你是一个无神论者。”我说。

“不。我信仰上帝，我相信上帝的存在。我有过宗教体验，我见过上帝啊！上帝是一圈黑色星辰围起来的，刺眼而致命的光。我还是个信徒，因为我相信上帝，但我想到上帝的时候，只能想到寄生虫一样的东西。”

他心跳很快，出了一身冷汗。月光下，他的身体是银色的。胸口有几颗黑色的痣，像长在心口的猎户座腰带[1]。我不知该说些什么了。

“对不起——我不该提到你的腿，对不起，”他说，“我不想冒犯你。你肯定很讨厌身边的人都向你问起它吧？”

“其实，我不记得有谁问过我的腿，”我说，“我在森林里迷路了，体温过低，腿上生了坏疽，医生不得不给我截肢。我还记得那场手术。”

一辆汽车经过一五一公路，车灯在墙上一闪而过，爬过天花板上的窗玻璃网格。我想知道我们之间的激情是否已经退散，就像两个饥渴的男女，在得到自己想要的东西后恢复了冷静。但奈斯特的手还放在我头发上，抚摸我，把我抱得更紧。我用胳膊环着他，他用头枕着我的乳房。我能感受到他呼吸的一起一伏，他在听我的心跳。

1　猎户座的一个星群，包含三颗亮星。

“当时打了局部麻醉，但我还醒着。”我记得手术是在失重环境下进行，血珠从伤口迸发四溅，把墙和天花板搞得一塌糊涂。“我醒着，但我看不见。我一直盯着天花板。他们先是切开了我的胫骨，切走脚和脚踝。我现在还时常能感觉到胫骨一阵刺痛。坏疽已经感染到了膝盖，所以他们把剩下的部分也切除了。”

过了一会儿，奈斯特帮我穿上假肢。他说：“我只想告诉你，我一点也不介意你的腿。第一眼看到你的时候，我就想和你在一起了——”

“你都不记得第一次见我是什么时候了吧？”我说。

“第一次见面，是在罪案现场。我立刻就被你吸引了。然后是第二天早晨，在会议室，我在你面前自我介绍。我已经见过你一面了，知道你有多美，但那天早上……上帝啊，夏侬，那天早上见到你的时候——”

“好了，别再说了。”

“你离开之后，我控制不住一直想你。后来又发生了一起案子，我还想也许能再见你一面，但你没有出现。我做梦都——”

“所以那个案子是什么？”我说。

“对我们来说只是浪费时间。一个哈里斯堡的律师，被人劫车的时候不幸遇害了。我们想去咨询你。”

“他和我有什么关系？”

“没关系。错误的情报。”他说，“我们当时使用的一个弹道数据库显示，从律师尸体里找到的子弹和从莫索特那找到的子弹一致。所以我想到了你。我们一直把枪保存在档案室，想叫你来看看这子弹的匹配有没有问题，但就是找不到你。我也找不到你。”

“控方呢？”

“法官已经尽力了，”奈斯特说，“但数据库里有大把相匹配的弹道结果，一切都不能确定。”

“你会想念以前的工作吗？”我问。

“有时候吧，”他说，“但自从——”

“别说这个了。”

“我朝一个男人开了枪，在执行任务的时候。我被判无罪，因为这属于正当防卫，可我自己觉得无法接受。他当时拿枪指着我。”

我试着重建奈斯特的心理，重建他的过去——一个可能根本就不存在的过去。**上帝的样子，寄生虫，致命的光**。也许他经历了什么打击，也许是那个死去的男人摧毁了他。

“他是谁？”我问。

“一个大人物，计算机行业的——工程师。他的名字出现在调查报告里，是一个为谋取私利而泄露军事秘密的嫌疑人。所以我去审他，就是这样。我们甚至都没有瞄准，只是他太惊慌了。局里让我离职休假，这次枪击被消化成内部事件。他们说我是清白的，我就是清白的；说我有罪，就有罪。即使我身上没有罪名，在局里也遭到了排斥。格雷厄姆和康纳[1]。”

“所以你离开了FBI。”我说。

1　格雷厄姆和康纳是美国最高法院的一个经典案子。格雷厄姆是一名糖尿病患者，他去一家便利店购买果汁以缓解胰岛素反应。结果在店里看到排队的人太多，所以没买果汁就离开了。附近巡查的警察康纳看见了他的可疑行为，产生怀疑，于是给格雷厄姆戴上手铐，扣押起来。后来康纳确定商店里没有发生任何异常，才将格雷厄姆放行。这个案子的结果是，法院认为执法人员不得在调查、审讯或扣押嫌疑人时过度使用武力。

"我不想被别人同情，"他说，"我在网上找你的消息，哪怕有一张照片也好。但只找到一张照片，其他什么都没有。我不断地想你，幻想和你在一起的生活会是什么样。甚至到处跟人问起你，但没有一个人知道。连布洛克也不知道。但你现在竟然出现了。"

"我出现了。"我说，"好渴啊，你这儿有什么喝的？"

奈斯特去拿饮料了，留我一个人看着那张耶稣的画像。他的身体发灰。**霍尔拜因**，画上写着。画布极窄，画上的人体伸展开来。几乎让人无法相信这具尸体还能再活过来。

我们坐在奈斯特家前廊的草坪椅上，裹着被子。咖啡杯里倒满了干邑白兰地，远处的灯星星点点。奈斯特的狗，别克，蜷在他的脚边，可能梦里在追逐一只兔子，偶尔发出几声短促的鼾声。我们之间的沉默舒适而惬意，就这样坐到了凌晨三点。我一会儿想起玛丽安埋在树下的尸体，一会儿想起金字塔形的流动的城市。

"还有什么比基督更神秘？"我问，"你说你看着那幅画，想的越来越多，比之前信仰的宗教还要神秘。那是什么呢？"

"无尽的森林，"奈斯特说，"就在我们周围。我们看到的一切。"

外面太冷了。我和他回到床上，他迷迷糊糊地睡了过去，而我一直醒着，直到太阳升起，在墙上投下粉橙色的晨光。我想起奈斯特父亲的梦。他梦见自己困在矿井里，爬过黑色的隧道，来到一片迷宫般的森林。挂满镜子的房间，骨头树。我，也在无尽的森林里，迷失。要不要叫醒奈斯特，和他说句话，再最后吻他一次——我犹豫了几秒，在床头柜上留下自己的号码，悄悄离开了。

03

天气糟透了，春寒料峭，人行道上的雪泥像冷冻布丁上的一层奶皮。我在这儿已经住了六个月。我是考特妮，我属于这里。一个靠残疾救助金糊口的瘸子，天天套着登山运动衫和肥大的运动裤，长发邋遢油腻。六个月的时间，我已经和未来融为一体，成为这里的一部分。就像那排废弃的店面，肮脏的窗户上钉着复合板，外墙有雨水冲刷出的条纹。就像古典风格的、如宫殿一般的法院大楼，台阶上站满了在那儿抽烟的人，他们穿得破破烂烂，无事可做，只能在这儿闲逛。他们的身子佝偻，躲着雨。我的运动衫和头发都被雨雪淋湿了，感觉沉甸甸的，刺骨的寒冷。

不和奈斯特见面的那些晚上，我成了梅滋酒馆的常客，在未来世界活得越来越自在——我在这儿过了圣诞和新年。我抖了抖身上的雪，走到吧台那头坐下，正好能一边看电视一边打量整个房间。吧台后面弯弯曲曲的蓝色霓虹灯亮着“梅滋”的标志，香烟的烟雾像飘在空中的纱布。这里的酒保是个叫拜克斯的年轻女人，她的左臂文了花袖， 是风信子和藤蔓的图案。她给我倒了第一杯饮料，樱桃可乐兑朗姆。

“喝完再结账，考特妮？”

“嗯，在这儿等可儿，看她今晚来不来。”

可儿接近七点的时候才冒雨进门，她一向是这个点到。修长的腿，迷人的气质，一种丝毫不受年龄影响的美。即使刚刚下班，又淋了一身的雨，看上去还是那么漂亮。粉蓝色的护士服外套了樱桃红的雨衣。她像往常一样，坐到我身边。

“可儿。”我打招呼。

“吉姆。”

她刚点着一根“百乐门”香烟，此刻拿过一个塑料烟灰缸，在弹烟灰前先朝我吐了个烟圈。我噘起嘴唇，在烟圈中间送了个飞吻。薄荷糖、淋湿的衣服和一股体臭，也许来自她在护理中心擦洗过的那些老年人的身体。她的眼睛通红，似乎昏昏欲睡，第一根烟还没抽完就紧接着点起了第二根，两根香烟都被她扔在烟灰缸里燃烧。维柯丁[1]，我猜——不难看出她刚吃了药。

“我得再来一杯曼哈顿，”她揉了揉眼睛说。

“你没事吧？”我问。

“今天真累，”她说话的时候自然带着悦耳的音调。我知道她十几岁时就从蒙巴萨搬来这里了。

“今晚我请你喝酒。”我说。

“哈，发补助了？”她说，“真大方。”

我举起酒杯，说：“感谢国家福利！”顿了一顿，“我想起来了，今天是——”

1　一种止痛药，有成瘾性。

“4月16日。”

“4月16日。”我说。

十年前的今天，可儿的丈夫因为甲状腺癌去世，没赶上治疗癌症的方法问世。我不认识这个叫贾里德的男人。只知道他们很早就结婚了，而婚姻似乎从一开始就不顺利。他打过她，有一次打碎了她的下巴。贾里德去世前，他们已经分居很久了。妮可和我在过去的几个月里越来越亲密，我能感觉到她把全部的生命倾诉给我，仿佛我是她的血管。她毫无顾忌地谈起痛苦的过去，丈夫死后她一度染上毒瘾，每天醒来时，都躺在陌生的房间，身边是陌生的男人，靠出卖肉体换来一小袋海洛因。那段疯狂的日子已经过去了，她随时间变得柔软，但没有完全戒除毒瘾和酒瘾，仍然试图借此抹去盘旋在她体内的疼痛。

“我都快忘了。”她淡淡地说，从钱包的侧袋里抽出五张刮开了的彩票。她把彩票摊开，推到我面前。“屁都没中。”她就着酒吃了几片药，整个人恍恍惚惚的，身子软得像一摊泥。今晚可能和之前她嗑药的那些晚上没什么不同，她一杯杯地喝酒，不停地吃药，甚至两眼一黑不省人事，我只能把她带回自己的公寓，整夜守在她身边，怕她断了气。但有些晚上，药片和酒精更像是种安慰，把她真实的自我从壳里剥离开来。我关上屋里的灯，听她不住地唠叨。我试着引出话题，让她聊聊过去的情人，就像女孩之间常说的话题那样。她说起了死去的丈夫，和几段婚外情，其中一个情人的死让她耿耿于怀。**莫索特**，我心想，于是让她接着说下去，但她的回忆总是和噩梦混淆，仿佛看不见我在身边，而是自言自语地和远处的鬼魂对话。

她喝光了杯里的曼哈顿，又叫了第二轮。我翻了翻她给我的彩票，名字叫“金矿”。我把工具标志上的银色覆盖膜刮开，下面是一对乳房的图案。

“什么玩意儿，妈的！”

“别一次都刮开嘛。”妮可说。

梅滋过去一直只是老客人的据点，现在却来了很多莫名其妙的新客，大多是南方人，从宾夕法尼亚的西南边跑到这儿来挖矿的卡车司机和乡巴佬。等这个地方被挖空了，这些祸害应该就会到别处去了吧？如今，梅滋每晚都被他们挤得满满当当，昔日的冷清小酒馆现在人满为患，水泄不通。一群无所事事的男人在打桌球，他们大吵大叫，酩酊大醉，那一嘴的南方腔调甚至比妮可的肯尼亚口音更难懂。妮可大概从九十年代起就经常来这间酒馆了，她和所有人都混得很熟。酒馆离她住的公寓走路大概半小时，离她工作的疗养院也不太远。整整二十年，一成不变的生活，而我现在也成了她生活的一部分。酒保喊我俩“可儿和可特”，好像我们是个组合，或“奇怪的一对儿”[1]。终于，我们的约会不再局限在梅滋酒馆。一些周末我们会到对方家里做客，有时还开着妮可的汽车去公路旅行，通常是去匹兹堡的唱片店淘宝。妮可喜欢收藏唱片，她的喜好很杂，从法国香颂、中世纪复调到诡异的古典音乐都涵括其中，她说这些能让她想起她的小时候。

妮可搅着酒里的冰块。我注意到她的瞳孔有点收缩。她吃了药后，通常会表现得行为古怪，但今晚反而格外内向了。

“他们在给贾里德办追思会呢，”她说，“在他们家里。他们

1　原文为“The Odd Couple”，1968年在美国上映的一部派拉蒙电影公司的经典喜剧。

也叫我去，但我已经有几个世纪没见过这些人了。”

“哪些人？”我问。

“我婆婆一家，”妮可说，“贾里德的妈妈，阿什莉。她有一栋很大的房子，想把亲戚都请过去。”

“这样做合适吗？”

妮可耸了耸肩，猛抽了口香烟。她曾经跟我说过她丈夫去世前饱受癌症折磨，痛苦不堪的他只能苦苦哀求她回家照顾自己。妮可一直照顾到他去世。贾里德一家走得很近，他的表亲和挚友对妮可而言是很大的刺激。上次见面后，妮可的毒瘾发作得更厉害了，过去很久才渐渐恢复过来。但伤害已然造成，妮可说，她这辈子也戒不掉海洛因了。

“也就是几天的事，能怎么样啊？”我问。

“我告诉你。”妮可盯着电视，平静地说。匹兹堡电视台正在播放夜间新闻——一桩灭门案，一个六十五岁的老人车祸身亡，一头比特斗牛被活活烧死了。“我告诉你啊……”

药品开始起作用了，她看上去像散了架。她的手势如此放松，大口大口喝着曼哈顿鸡尾酒。“快告诉我啊。”我装做什么也不知道的样子，好像不论她说什么，我就会相信什么。妮可以为我很单纯，我能感觉到——毕竟是我让她产生这种想法的，我们在吧台边嘻嘻哈哈，漫无目的地大聊男人，和我聊天就和在空房间里自言自语没什么两样。“可儿？”我说。

“我和他的一个朋友上床了，我根本不在乎，”她说，“反正都是为了伤害他。”

我喝了一大口酒，看着电视发出的刺眼的光。台球桌那边忽然响起了一阵嘈杂，自动点唱机放了一首蒂姆·麦克洛的歌。我朝拜克斯挥了挥手，点了下一轮酒，“那个朋友是谁啊？”

“派特，”妮可说，“派特里克。”她又干了一杯，“他结婚了，所以我们都约在旅馆见面，在他租的小木屋里。他和我上床，给我拍照，我把照片都寄给贾里德，让他知道我有了别的男人。我就这样来回折腾他，我就是要伤害他。”

派特里克·莫索特，我的脖子一热。我想象着莫索特和妮可的奸情，她在黑水旅馆的木屋里摆好姿势，再把拍的照片寄给丈夫，如同赐给他一小包一小包的毒药。

“然后呢？”我问。

妮可指了指电视，“新闻里都播了。”她忽然泪水盈眶，抹了把眼睛，露出一副厌恶的表情。回忆似乎一闪而过，她摇了摇头。

“你老公把他杀了？”我问。

“贾里德才没那个胆，”妮可的眼神放空，酒精让她更不清醒了，“我爱上他，是因为他身上的那个文身。我和他在一起的时候才十七岁，他的文身吸引了我，胸口的一只鹰。他说他喜欢我的外套。嫁给他真是我犯过最大的错了。”

“上帝啊，可儿。你到底是什么意思？是不是你老公杀的？”

“是他的朋友干的，我们共同的朋友——柯布，以及卡尔。派特里克死了之后，他每晚都给我打电话，威胁我，说如果我把这事说出去就把我也弄死。他毁了我的一切，所有美好的东西，都毁了。我巴不得在十七岁那年就死了，也不想像现在一样活受罪。”

“那两个人是谁？”我问，“卡尔和柯布？之前没听你提起过，他们是你的朋友？”

“好久之前的事了。”妮可把她的曼哈顿喝光，捞出一块冰嚼着。

“我陪你去追思会吧。”我想知道都有谁会去。一个叫柯布的男人和一个叫卡尔的男人杀了莫索特，而妮可的丈夫贾里德似乎也逃不了干系。在这个未来世界里，贾里德于2006年死于甲状腺癌。但他1997年还活着，我能找到他。“带我一起去。”

“别了，还是算了吧，”妮可说，“那些人——”

“你不能自己去啊，”我说，“发生了这么多事，我不能让你自己一个人去。上帝啊，妮可。我得陪着你。没事的，你需要有个朋友陪着你。”

“也许吧，也许，”她说，“我再想想。也许我是不该一个人去。”

妮可起身去洗手间了，我又点了一轮酒。我不是谁的朋友，我只是个操纵者，一个谎言，但这个世界的所有真相其实都是谎言。我有些兴奋，莫索特的案子忽然多了三个嫌疑人。我给奈斯特发短信，告诉他这个周末不能陪他了。**今晚见面吧**，他回复。**可是很晚了**，我说。**那明天**，他说。

“哎哟，他妈的！”拜克斯骂了一句。

妮可刚从洗手间回来，踉踉跄跄地，撞了一个人，差点摔在地上。

“等一下，”我说，“拜克斯，刷我的卡结账吧。我得扶她走了。”

我在吧台放了二十美元，算是小费。我把妮可的包挎在肩上，“来，可儿，”我说，“先去我那儿吧。”

她的胳膊勾着我，身子软得像一团空气。“没事儿，”我说，“你只是喝多了，没事的。来，我们回家。”

“要帮忙吗？”拜克斯问。

“不用了，她还能走。”我知道我们看起来一定很滑稽。梅滋里人声喧嚣，而酒馆外夜静如水。雨还在下，冰冷的浓雾弥漫。我先试了试人行道是否打滑，才敢迈开步子。我搀着她爬上楼梯，走到门口。3B号房。我拧开门锁，“你先在沙发上躺会儿。”

妮可往沙发床上一瘫，两条腿挂在扶手上，不停咳嗽，发出咕噜噜的打嗝声。我闻见一阵酒气，发现她衬衫和开衫上全是呕吐物。我找来一件干净的汗衫，把她的衣服和鞋都换下来。她的乳房很小，身体瘦弱，胳膊上有疤。她戴着蛇形的手镯和一根项链，刚开始我以为项链是蓝宝石的，后来才看清那是树脂封起的蓝色花瓣。这根项链非常漂亮，那种精致的蓝美得不太真实。我把房间的灯关了，项链的淡淡蓝光比我见过的任何颜色都美。妮可的手指碰了碰我的头，仿佛在爱抚我，轻轻摸着我的头发。

“你想要点什么？”我问。但妮可闭上了眼睛。她张着嘴，很快发出了轻微的鼾声，像一只小猫。

我把掉在衣橱里的公文包扔到床上，关上卧室的门，留了一道缝以防她有什么情况。公文包里有前几周从图书馆打印好的关于CJIS的袭击和派特里克·莫索特案子的文件。我看了一眼玛丽安·莫索特的寻人启事，这是全国失踪和被虐待儿童保护中心印制的海报。包里还有其他文件夹，里面是派特里克·莫索特的档案。我抽出一份从埃里克·弗里斯行李袋里找到的照片复印件——一个女人的大腿、乳房、小腹和脚的特写。十九年前的妮可还很健康，她的身体比现在丰满些。

妮可以为派特里克·莫索特是死于情杀，但他其实并不是唯一的受害者——莫索特一家都被杀了。妮可的故事不全；事情发生了这么久，现在的她无辜得像一张白纸。她对于过去的讲述是目前已知的唯一版本，但真相一定不止如此。我不难想象一个男人因为妻子的婚外情妒火中烧，在黑水旅馆的爱巢外伏击情夫。但我无法相信妮可的丈夫和他的朋友会因为这件事屠杀莫索特一家，还把玛丽安·莫索特带到树林里杀害。也许是我的想象力有限，也许是我对人性之恶不够了解，但要我想象有人手拿斧头砍了一个女人和两个小孩，又追杀了一个十七岁的少女……我实在无法想象。

我看着卧室的窗户。大风卷着雪花呼啸而过，整条街上一片雪白，亮晶晶的像撒了一层冰糖。我脱掉被雨雪淋湿的汗衫，把它挂在浴帘杆上晾着，随后摘下假肢，给膝关节的电池充上电。*派特*，妮可这样叫他。*派特里克*。不知道杀害他的凶手在未来世界是否还活着，二十年前，他们在黑水旅馆找到了莫索特，在那儿杀了他。夜晚的黑水旅馆伸手不见五指，就连天上的星辰和月光都被树枝遮蔽了。敲门声忽然响起，打破了夜的寂静——我忽然想到，也许派特里克·莫索特认识杀害他的凶手？妮可承认她和派特里克上床是为了报复丈夫，而派特里克是她丈夫的朋友。也许莫索特知道他们要来杀他，也许他们在动手前还告诉他，他们已经杀了他一家，和他十几岁的大女儿，把她的尸体扔在离这间木屋几英里外的树林。

我又从公文包里拿出一份“天秤号”的船员名单，找到一个名字：*贾里德·比塔克，机械师助理，工程技术实验部*。妮可的丈夫也是“天秤号”船员，他是在服役时认识莫索特的。作为工程技术部的一员，他应该参与了勃罗驱动器的研发，也许负责监控“天秤号”的引擎状况。他应该是弗里斯的上级。我的心忽然怦怦跳起来——看到了柯布的名字：*查尔斯·柯布，特种作战部队*，又是一个海军士兵。还看到了*卡尔·海德克鲁格*，负责飞船的天文导航。他们都在“天秤号”上。莫索特并不是唯一一个“在任务中失踪”

的船员。“天秤号”也许返航了，也许从未起飞过。剩下的船员在哪儿呢？他们应该互相认识，他们都知道莫索特和妮可的私情。如果我在现实世界找到他们，也许就能找到玛丽安了。

妮可的呼吸时而会暂停几秒，紧接着再大喘几口气，翻个身再睡。我把被子铺到地上，躺在她身边，每次她一有什么动静我就坐起来看看她。一整晚，我大部分时间都盯着天花板发呆，想象我的视线能看穿屋顶，看穿天上的雨云，直至天顶和星空。我想起他们的三角关系，妮可、贾里德、派特里克·莫索特。窗外的大雨渐渐扰乱了思绪，我的眼前浮现出弗里斯、骨树和挂满镜子的房间，那艘载着尸体的指甲船。妮可紧喘了几口气，好像被嗓子里的呕吐物呛了一下，翻了个身才喘匀气。要是妮可真的被呛死了会怎样？没有人能发现她的尸体，直到房东来收租。如果妮可在今晚去世了，我会收拾好东西，头也不回地走出门。我会回到现实，让这个未来世界在眨眼间消失。

04

我的车刚一开上奈斯特房外的车道，别克就从储藏室冲出来迎接我，用耳朵蹭了蹭轮胎，又嗅了一圈，然后窜进草坪。奈斯特走到前廊，说："你来了。"我走上廊前的楼梯，他吻了我，递给我一张棕色牛皮纸包着的唱片。

"这是什么？"我问他。上次见面时，他问我平时一个人的时候都喜欢干什么，我说我最大的爱好就是躺在床上听歌。

"打开看看，"奈斯特说，"准备好惊喜吧。"

头骨十字架的封面，是涅槃乐队的《莱德贝利》。

"我想你应该喜欢，"他说，"你没有这张吧？"

"没有这张的黑胶，"我说，"太棒了，我很喜欢。"

"我想给你一些属于1997年的东西，我们第一次遇见的时候，"奈斯特说，"第一次见到你，我一下就想到这张唱片。"

"我之前有一件涅槃乐队的T恤，上大学的时候。T恤上印了天使，是X射线片的效果。我把袖子剪下来，做成了背心。"

"我过去也这样改造T恤。"他点起一根香烟。因为我的原因，奈斯特现在把自己收拾得干干净净，胡子都刮了，看上去年轻了不少。“你看，要是当时我们就是朋友，说不定还能换衣服穿呢。”

“我的衣服你可能穿不上。”

空气里挤进一丝夏日气息，融化了前几夜的积雪，路上变得特别泥泞。我们躺在木头摇椅上度过了一个下午，从冰箱拿了几瓶冰镇啤酒，看着别克在院子里追捕蝴蝶。客厅的音响以最大音量播放着《在松林》，我们就在院子里听歌。

烤了点牛排和西葫芦做晚餐，吃完饭后又一起洗盘子，绕着房子散步。附近是一片接近七英亩的广阔农田，再往远处是一片树林，另一边就是奈斯特邻居家的农场了。我们没给别克拴皮带，它此刻撒了欢儿似的跑进一丛长草，然后又跑回来。我和奈斯特偶尔牵手，有时候地面不平，我扶着他，他也紧紧抓着我。我们一般走到一辆废弃的莱德卡车附近就往回走，这辆车似乎是被车主扔在这儿的。邻居家的谷仓看上去很新，鲜红色的波纹金属在照明灯下闪闪发光。别克朝空中狂吠，可能是闻见了邻居家牧羊犬的气味。

“你走神了。”奈斯特说。

“嗯，我也不知道是怎么了。”和奈斯特在一起的时候很容易走神，好像这个世界并不只是一个梦，但一想到杀死莫索特凶手的名字，我还是感到一阵恐惧。不知道现实世界里的玛丽安是不是还活着，也不知道自己到底还能不能救她——这一切的答案只有当我穿越回去才能揭晓。现在的生活似乎很完美，和奈斯特一起住在巴克汉诺也很幸福。我发现自己正努力地记住他，记住他的每个细节，因为迟早有一天我们会永远地分开。

“往回走吧。”我说。

有好一会儿的时间里，我们谁也不说话，静静走过他屋后的院子，那里的野花开了整整半英亩。奈斯特采了几朵吊钟花和紫菀，别克先我们一步跑到了草坪。这里更黑了，奈斯特的房子遮住了前廊和邻居谷仓的灯。我记得小时候，乡村的夜晚也是这样，天上有无数的星星，有时候甚至能朦胧地看见银河。

“我今晚不能留在这儿，”我说，“约好了和朋友去参加追思会。她明早去我家接我。”

奈斯特亲了亲我的额头。他抱着我，闻我头发的味道，“我会想你的。”

“几天就回来了。”

夜幕降临，天朗气清，我看见好多星星，但不像小时候印象里那么璀璨。地平线隐隐发光，那里总是亮着——不知何处而来的光污染，打扰了漫天的星辰。

妮可开着她的本田飞度来接我，那晚之后，我们一直没再见过面。她早晨趁我还没起偷偷溜走了，给我写了张便条表达歉意，顺便感谢我给她的干净汗衫。她带了咖啡和羊角包让我路上吃，可能还是心里有些愧疚吧。

“你今天真好看，”她说，“我还没见你好好打扮过呢。”

我从阿瓦隆商场挑了一套康乃馨粉的套装，剪裁合体，线条优雅，腰间系着黑色的腰带。“你也很美。”我说。妮可穿了海军蓝色的短呢上衣，搭配白色的亚麻套裙——一种毫不费力的优雅。“我还以为你衣橱里都是护士服呢。”

我们从华盛顿南开往西弗吉尼亚州，妮可的婆婆住在锡安山外的一个果园里。我们在乡村公路加油站的休息区停了一会儿，这里只有一间厕所，是个煤渣砌成的小屋。不知道妮可还记不记得那个晚上给我讲的故事，也许酒醒之后她也很后悔吧。她比平时更安静，或者是我不够了解她，可能她白天本来就话不多。她试着借音乐填满车里的安静，笨拙地往CD机里塞进一张碟片。我看见天上的鸟儿张开翅膀，乘风滑翔。

“你还好吧？”妮可说，“你脸色很苍白。”

“我……嗯，可能是有点苍白，”我说，“那些人会不会——”

“别说这个了，忘了这些事吧。”

我在想今天能见到哪些人——除了莫索特之外，其他失踪的水手可能都会到场，好像死而复生一般。这些人和妮可都有或多或少的联系。妮可在车里跟着音乐轻声哼唱：“我最爱的人头发的颜色……”她的声音很有磁性。空中飞来一群掠鸟，它们齐刷刷地转弯，就像一朵有意识的云。

“你不用去追思会，”妮可说，“到场的都是他家人。我也不知道追思会结束后谁会回去，但肯定有人回去。”

我们从主路下来，开上一条私人车道，穿过成排的果树。个别果树病了或死了，大部分还开着白花，花瓣掉到草坪上像一场刚下完的春雪。贾里德母亲的房子在一个小山坡上。三角形的屋顶上是两个石头烟囱。谷仓在山坡的另一侧，和房子一样也是三角屋顶，旁边有个盐盒一样的小棚。房子和谷仓外墙都没有涂漆，外表是暗灰的木板，四周是一片干枯的褐色。妮可把车停在谷仓边上。

“这里好美啊，可儿，”我说，“你多久来一次？这里真安静。”

“没来过，”妮可说，“几乎没怎么来过。”

屋里的房间特别宽敞，铺着硬木地板。窗台上装饰有彩色的古董玻璃瓶，太阳照进来能在墙上映出彩虹一样的颜色。我看见咖啡桌上摆了贾里德的遗物，都是些小物件：一本相册、一个装在三角形盒子里的美国旗子、一块配有天鹅绒表带的怀表。壁炉架上方挂着一把长步枪，大概来自十九世纪八十年代或更早时候，枪口上还吊着一袋火药。不知道奈斯特会不会对这把枪感兴趣。厨房里好像在烤面包，一股辣椒的味道飘了出来。

“阿什莉？”妮可说。

一个女人回应道：“可儿，哦，快来。”

这个女人身材粗壮，白发编成辫子，硕大的脸盘和胖乎乎的脖子好像棉花糖一样软。“你来了，”她拄着拐杖，快步走来紧紧抱住了妮可，“我都快抱不住你了，可儿。你太瘦了，简直是皮包骨头。”妮可跟她介绍了我的身份，阿什莉和我握了握手，“考特妮，很高兴见到你。你看，咱俩都少了一个东西。”她把裙子的下摆拉起来，给我看了看她的假肢。

“糖尿病吗？”我问。

“对啊。神经坏死了，”阿什莉说，“Ⅱ型糖尿病，忽然发病的。我这眼睛也看不见了，但医生开了个纳米机器人胶丸，给我治好了。你不介意住在小房吧？小房里有张单人床。”

“不介意，”我说，“多谢款待。”

“哎哟，你是可儿的朋友嘛。肖娜和柯布住在另一间卧室。还有几个人在附近找旅馆住下了。”

柯布，那个海军士兵，我和他正住在同一个屋檐下。

我把行李箱拖进小房。小房紧挨主屋，铺着棕色的地毯，柜子里摆了美国建国二百周年的纪念牌和一个樱桃木做的，能放八架枪的枪盒，只是现在盒子里空空如也。一个女人正坐在侧院的凳子上，她身边是个古董马拉犁，放在院里做装饰的；女人脚边有个粗麻布袋和一个装满玉米棒的大桶。她的头发是黄铜色的，大波浪，应该是染过的颜色。我猜她一定就是肖娜了。她在院子里收拾那些玉米，剥下外皮，撕掉穗子。她穿了一件迷彩裤和长袖保暖衬衫，胸脯绷得紧紧的。如果不是此刻她在剥玉米，我可能会以为她是个运动员，像那种会买粉红色霰弹枪的女孩。

妮可敲了敲门，“这里还行吧？”她问，“舒服吗？”

“嗯，”我打开门，带她看了看房间和那张单人折叠床，“挺好的。”

“我得先把你一个人留在这儿了，”她说，“我和阿什莉要去拜访几个亲戚。吃晚饭的时候再回来。柯布开车带我们去。”

“好，”我说，“你没问题吧？”

我能看出妮可有点后悔带我来这儿。“没问题，”她说，“对了，那天晚上发生的事，我不知道自己说了什么。我记不得了，但肯定——”

“我知道，可儿，”我说，“我也喝了不少，我也不记得了。”

“这些人是我的家人，”她说，“我没事的，他们都是好人。”

等阿什莉出门的这段时间，我和妮可在厨房喝了杯咖啡。楼梯上传来沉重的脚步声。一个至少足足比我高一英尺的男人走了进来，他又高又壮，西装外套的袖子和后背紧紧箍在身上。他浑身肌肉，不亚于摔跤运动员，但有些上了年纪，举止略显笨拙。他看上去像斯堪的纳维亚人，又带了些美国中西部的特征——从小吃玉米长大的大块头。他大概五十来岁，金发泛白，理着平头，脖子的皮肤发红，布满皱纹。两眼间距离很近，一只眼睛比另一只略高，看上去有点蠢——有些人也许会这么想，但我觉得他的眼神很有野性。

“这是？”他看见我，问道。

“考特妮·吉姆。”我自我介绍，和他握了握手。我的手放在他手心，活像被肉卷裹起来的花瓣。

“这是我的朋友。”妮可说。

“吉姆，”他说，“嗯，我是柯布。”

“你好，柯布。”我说。他似乎很喜欢别人叫他的名字，便眯起眼睛笑了笑，表情生硬。我想象着他杀了莫索特，还杀了一个女孩。他赤手空拳，掐住女孩的喉咙，捏碎了她的脖子。

“我们很快就回来。”妮可说。

我看着他们离开，柯布的卡车在马路上扬起一路飞尘。我一个人在房子里走动，地板发出咯吱咯吱的声音。楼梯顶上安装了粉红色的玻璃灯具。我找到妮可的那间卧室，不知这是不是贾里德·比塔克小时候住的房间。如果是的话，那他所有的痕迹如今都被抹去了。白色的墙上有一个之前似乎挂着照片的矩形区域，比周围更白一点。我走下楼，翻开桌上的纪念相册，封面写着：**母亲的爱永无止境**。相册里是贾里德从小学到高中时的照片。他像个不好管教的孩子，但阿什莉留着的他的每张成绩单都是全A。有大学的毕业照，还有研究生时期的照片。他在宾夕法尼亚大学读化学博士。我翻过一页，看见四个男人的合照——满身肌肉打赤膊的柯布，一只手揽着贾里德·比塔克。派特里克·莫索特也在里面，抽着雪茄。但我认不出第四个男人。他差不多和柯布一样身高，但更瘦，头顶的头发是金红色的。他的脸像死人一样，脸颊深凹，颧骨突出，嘴唇微微张开能看见里面的牙齿。阴影遮住了他的眼睛。

“你不该看这个。”

我吓了一跳，合上相册。“我不是故意的，”我转身看见肖娜正站在门口，“只是好奇，很抱歉——”

“我没有生气，”肖娜说，“但他们不喜欢外人翻他们的东西。阿什莉不该把这个放在外面的。”

肖娜和我一般年纪，或再年轻几岁，大概三十几岁的样子。她把头发梳到脑后，这样子似曾相识，好像我之前曾经见过她这样扎头发。我看见她左手的虎口处有文身，一个带着弯曲辐条的黑圈。

“我就想看看贾里德长什么样。”我说。

“走吧，别待在这儿了，我带你去看看果园。”

果园里的几条小径通向外面的马路。果树正在开花，但每年都恰好赶上春末的霜冻，一些花瓣已经冻成褐色，掉了一地。大部分都是苹果和梨树，还没结果，肖娜说她夏天很喜欢来这里，摘点果子做馅饼。我跟着她一边走，一边想到了恩乔库，那艘船，和“巨蟹号”。“巨蟹号”去过深度时间，不知“天秤号”是否去过？而“天秤号”究竟是在所有人都没注意到的时候悄悄返航了，还是根本就未曾出发？

“你是妮可的好朋友，但你从没见过贾里德？”肖娜问。

“我只听妮可说起过他。”我说。

“我和柯布还没有在一起的时候，他就死了。他们很亲。柯布一直跟我提起贾里德，他们是海军战友。”

“你和柯布怎么认识的？”

“我过去经常去一家小店，是那种很多骑自行车的人爱去的乡下酒馆，”肖娜说，“他们当时都在那儿看付费的综合格斗比赛，柯布先过来搭讪我，他把我介绍给所有人，那些‘水老鼠’。”

我们走到草莓田的另一边，经过一个破旧的小屋，年久失修的外墙像油画里画的那样。柯布的卡车开进果园了，朝房子的方向驶去。

“我们该回去了，”肖娜说，“回去找他们。”

“你刚才说的是什么意思？”我问，“什么叫‘水老鼠’？”

“就是海军部队那些人。贾里德、柯布，还有其他人。海德克鲁格。”

“他们管自己叫‘水老鼠’？他们是一个团伙还是什么？”

“在越南的时候他们这么叫，”肖娜说，“水老鼠。他们一直在河上巡逻，说自己像河里的耗子，好几次死里逃生。海德克鲁格一直说他们是幸存者，是狡猾的耗子而不是待宰的羔羊。”

我们沿着旧谷仓边上走，看见了很多野花。谷仓里的草棚堆满了成捆的草，但阿什莉已经把这儿当成车库了，里面停着一辆积灰的旧温尼贝戈房车。我们走回了房子。

*贾里德·比塔克。查尔斯·柯布。还有其他人。*肖娜说，“天秤号”的船员是幸存者，她说他们是水老鼠，不是羔羊。人们经常打趣说NSC里最重要的人要数那二十几个精神病医生，因为他们得和从深水返回的船员打交道。深度空间和深度时间是非现实的——任何建立在非现实上的信仰都没有根基。目睹过深度时间的NSC船员总是惴惴不安，饱受还未发生或永远也不会发生的事的折磨。很多去过深度空间的船员整个人都像被挖空了，震撼于宇宙的浩瀚无穷。当你试图与星球抗衡时，才能意识到人类的力量微不足道。

晚餐在一种紧张的气氛下进行，我们五个人坐在厨房桌边，谁也不说话。一片安静中只有银器偶尔碰到瓷盘的声音和咀嚼声。晚餐有辣椒、肖娜剥好的玉米、面包。妮可从回来后就没再说过话，我从未见她如此悲伤过，也许是对贾里德的思念太深了，也许是她离开的这段时间里发生了别的事。我客套地夸了夸今天的晚餐，阿什莉和肖娜以微笑回应；柯布吃得很快，他看了眼手机屏幕，忽然愤而离席。

餐后，我负责洗盘子，肖娜负责擦干。天色渐渐暗下来，阿什莉在厨房桌边喝着咖啡。不知道妮可去了哪儿，柯布又在哪儿。我和阿什莉一起喝了杯咖啡，然后出门散步去了。这里真是美极了，房子和谷仓在深邃的暮光中轮廓分明。我绕着房子散步，看见妮可正靠在谷仓的门上抽着“百乐门”香烟。短呢大衣披在肩上，白色的裙子和衬衫随风飘起，她有点像个鬼魂。

“你来了，”她说，声音在烟雾里飘荡，“抱歉，我今天没陪你。我不该把你一个人扔下的。”

“我自己也挺好的，”我说，“肖娜和阿什莉都很友好。你怎么样？”

“我们今天把我丈夫重新下葬了。”

我走近她，要是我还抽烟就好了，就能和她分享同一根香烟。

“真看不出你原来这么想他。”我说。

“有时候我会表现出来吧，”妮可说，“每次我发觉自己在想他，都会再一次惊觉他走了的事实，都会想起我们之间发生的一切，痛苦便跟着卷土重来。”

“都过去这么多年了。”我说。

“你失去过亲近的人吗？”她问。

“嗯。”

“你拼了命地想忘记，但你的回忆却不听话。过去多少年也没用。”妮可说，“时间在燃烧啊！时间在燃烧，当你以为那些伤口都被烧焦了，它们又血淋淋地裂开口子，一次又一次。”

妮可把目光从我身上移开，看向更深的黑暗。在那夕阳落下之前的最后一束光辉中，妮可的眼睛发出橄榄色的亮光，让她的脸像只小猫。她的表情里有期待也有恐惧，好像她一直盯着黑夜里可能出现的隐形的掠食者。今晚的夕阳是红色的，天空如一片火海。她转过身来，眼睛里的光消失了。

“贾里德一家怎么样？相处起来还适应吗？”我问，“我知道你和一些人处不太来。”

“拿起湿抹布，甩一甩，水珠像钻石一样四处跑。”

“你说什么？”我问，她的眼睛狠狠盯住我。她又抽出一根香烟，我使劲吸着她吐出的烟雾，味道有点甜。

“你知道是什么意思，”她说，“我现在可算懂了，其实你们都知道我是什么意思。”

失重状态下的水，我心里想。像彩虹色蠕虫一样蠕动的水，或者说是果冻状的钻石。可她是怎么知道这种东西的？我想起了那个晚上，难道是我不小心说漏嘴，暴露了身份？不可能啊，她不该知道的，她不可能知道。

“我太老了，”妮可说，“老得好快。有时候甚至能听见自己身体老化的声音。我都快忘了自己有多喜欢这里，果园里的时间过得可真慢啊。我每天都在照顾老人，看着他们死去，像海浪在岸边击碎。但这里的一切都很慢，让我想到了家。”

“肯尼亚？”

她点了点头。“蒙巴萨。那里的树都像绿宝石一样绿。所有东西都被设计好了，没有什么是自然生长的——灌溉系统、排成直线一样的树。你随手摘下个果子，树上立刻就又长出来一个。那里什么也不缺，我小时候都不知道饥饿是什么滋味。看见这些成排的果树就让我想起了家。直到我意识到自己再也回不去了的时候，我才开始想家。”

“你可以回去啊，”我说，“你的家——”

“不，我的家已经不在了。”妮可说，“我的家消失了。是她带着我离开的。我父亲在镇上的招待会遇见了她，那是专门给‘天秤号’船员办的招待会。是父亲决定让我跟她走的。”

天秤号——这个词让我震惊。“你说这个干吗？可儿——”

“没时间绕圈子了，”她说，她的眼睛里燃烧着仇恨和狡黠，“你就像漂流瓶里送来的信。有时候瓶子碎了，信沉入大海。有时候瓶子能顺利到岸。一切也不是我说了算。”

妮可的名字并没有出现在船员名单上，但她竟然知道“天秤号”。她曾经登上过“天秤号”。而我只把她当成一个酒鬼，一个瘾君子。我以为那层肤浅的表面就是她的全部生活——护理院和梅滋酒馆两点一线，酗酒吸毒，护理将死的老人。原来她曾经登上过“天秤号”，她的生活里充斥着关于深水的回忆。

“你是怎么知道的？”我问，“你到底是谁？”

“我曾在医学院学习，”她说，“我父亲对她说我能帮上忙。他想安排好我的一生。我第一眼见到她就很喜欢她了，她启发了我，我想和她一起走。她就是有那种能力，所有人都想跟着她的脚步。我们都想跟着她。”

“谁？”

“指挥官雷马克。”妮可说，“一共四十七名船员。‘天秤号’的任务是去往NGC 5055和NGC 5194星系——向日葵和涡旋星系。这是个为期六年的任务。”

妮可又点燃一根“百乐门”香烟，把上一根的烟头扔进谷仓旁的草地上。烟头的火光在空中画出一个橘色的拱形，瞬间熄灭了。

“我们先在NGC 5194中转，观察了两年半的时间，又停在近地球的未来世界靠岸补给。涡旋星系里什么都没有，雷马克命令我们赶去第二个目的地，向日葵星系。我们就是在那儿看见了奇迹。”

“什么奇迹？”我问。

“生命，”妮可回答，“那里有生命。”

在未来世界的白洞下，QTN就像一种疾病，但经历了NSC的时空旅行，宇宙的面目已昭然若揭——不过是燃烧的气体和没有生命的石头。“天秤号”找到了一个可以维持生命的星球。我一时还无法消化这件事，只感到体内有什么东西膨胀起来。我们头顶的星星忽然聚集在一起——那不再是天国的冰冷的火，它们脉动着生命，像一滴水珠里包含有无数的生物。

“一颗在液体里的行星，”妮可说，“大气层是甲烷和碳的混合。这里的一切都不适合人类生存，但又充满了生命。这是颗围绕着双联星的小行星。星球表面是片大海，海里的晶体像水怪一样游动，巨大的多面体上下漂浮，潜入墨水一样黑的水中。那些晶体看见我们，开始唱歌——你知道用指尖划过酒杯杯口的声音吗？就是那种声音。雷马克把这个星球命名为埃斯佩兰斯，意思是‘希望’。这里有大陆，有峡湾，我是探测队的一员，我们一共有十二个人，三架着陆器。我们把‘天秤号’停在轨道里，乘着陆器穿过大气层。天上有两个太阳，离我们很远，光线昏暗。大风席卷着着陆器，风里夹着冰碴。我们成功降落了，在那儿搭起一个营地。”

NSC船员都在模拟外星球表面接受过生存训练。在亚利桑那沙漠和北极冰面训练时，学着用可充气的混凝土拱形屋顶搭建半永久的房屋。每天晚上，我们穿着宇航服，靠自热燃烧器和无烟化学火焰取暖。就连氧气也有限。我从来没在晶体小岛和外星海洋上着陆，但之前接受过针对这些的训练。妮可走进了一个全新的世界——她试着在陌生的天空中寻找一个熟悉的星座，就像试图阅读以外文写下的盲语。

“我们的队伍里有两个海豹突击队士官，莫索特和柯布，”

妮可说，“贾里德也着陆了，还有一个叫贝弗利·克拉克的植物学家，我是她的助理。和我们一起的还有一个地质学家，派翠西亚·冈萨雷斯，一个生物学家，奈特·奎因。埃里克·弗里斯和艾斯克是工程师，负责着陆器的机械运行。塔米克·布罗德斯、高桥、约瑟夫·帕瓦洛迪是飞行员。我们距离这个星球的太阳约四十亿英里。我们管这里的两个‘太阳’叫‘飞行灯’，因为它们散着幽幽的蓝光。天上有三个月亮，最大的一个月亮上有一个巨型火山口，笼罩在我们目所能及的地方，简直就像环绕着我们的第二个行星。剩下两个月亮按轨迹转动，有时几乎看不见；小一点的那个绕星球两次，最大的月亮才稍微移动一下。我们分不清白天黑夜，因为日食频繁发生，日光最强的时候也只是像黄昏一样昏暗。那里的地面全是淤泥，石膏泥似的软。”

“我们的靴子陷进烂泥里，溅了一身细细的粉尘，电子器件的运行也受到了影响。我们和‘天秤号’的联系出了问题，可能是受到了静电的干扰。这里的山脉实在太美了，海水也发着冰蓝的光……两天后，我们发现脚下的土地渐渐变窄，没有了起伏，从冰架上走下来，前面就是一片沼泽。这是我们第一次亲身接触这个星球上的生命，密密麻麻的植物群像无尽的海岸线，野草和海葱上结着紧闭的花蕾，它们的茎不像是绿色，倒更像是灰的。长着睡莲一样宽大叶片和茂密苔藓的植物覆盖了结冰的土地，芦苇和树一样高，在我们头顶搭成一个拱廊，整个沼泽仿佛一个在几何形建筑里长起来的生物。这里简直……就像置身于某个看不见的框架之中，而这些植物像藤蔓一样覆盖了整个框架。你懂吗？”

我想象着探测队钻进沼泽，横穿草丛，就像一队游客穿过大教堂。“我能懂。”

“我们走到一个全是金属鹅卵石的海滩，这里没有沙子，只有满地的球形轴承，大海是黑色的。贝弗利·克拉克开始感到不安，她一开始就不想降落在埃斯佩兰斯。穿越沼泽的时候，她就很害怕了，看到大海后几乎惊慌失措。她歇斯底里地大叫，说这片大海会吞噬我们，它是这个星球的一张嘴。她的恐惧传染了奎因和弗里斯，他们没法再带着设备走更远了，他们不想走了。就这样，我们一群人在这里陷入争吵。柯布建议我们轮流休息，养足精神再返回营地，回到‘天秤号’上。剩下的人可以采集样本，用试管装点海水，收集土壤、岩石和植物叶子。我们想把花蕾催开，但它们闭得紧紧的。我们试着把几株较大的植物连根挖出，但贝弗利·克拉克和奎因，甚至派翠西亚·冈萨雷斯都强烈反对——”

“他们失去理智了，”我说，“被这个星球震撼了。”

“等到天空中三个月亮都消失，”妮可说，“它们连成一线，形成循环月食，像光圈里套着光圈。你几乎能感觉到它们的引力变化——浑身感到轻松，就像有根线把你的胸膛吊了起来。海水也有了反应，开始退潮，水面跟着月亮的引力下降。随着海岸线回退，海滩被拉长，海床的褶皱里长满了地衣，像一层闪光的地毯铺到了海水深处。玻璃状的岩石形状扭曲，透过海水看去像蜿蜒的熔岩，更远处的晶体和钻石一样耀眼。海水退到了足够远的位置，一个晶体巨兽的全身暴露在我们眼前，嗡嗡作响——远远看去，更像是巨大的轮廓，而不像身体。它们的轮廓就是沼泽生物的形状，或许它们曾经也是有身体的，只是现在变成了晶体。我不知道该怎么说……我想不到词来形容……是一种晶体的轮廓，好比环环相扣的钻石或金字塔里的金字塔。反正是种不规则的碎片形。月球引力变化后，最美丽的风景出现了，沼泽和海岸上的所有植物都张开了叶子，花蕾盛开，酒红色的花蕊和长长的蓝色花瓣都在发光。那种极致的蓝，蓝到刺眼，你会不由地眯起眼睛。”

“你的项链，”我说，“是一片花瓣。”

“嗯，”妮可摘下项链，把那块发光的蓝色吊坠递给我。我双手捧着它，就像曾在解剖室捧着一个人的心脏，想到这是来自外星的生命，我不禁激动地颤抖。仔细观察便能在浓郁的蓝色里看见脉络——这朵花瓣竟然还在发光。

“哦，上帝啊，”我说，“我的上帝啊！”手里捧着它让我有些紧张，我把它还给了妮可。妮可随手装进口袋，那蓝光终于熄灭了。

“所有的花都开了，”妮可说，“沼泽地和海岸上的——连海水下面也长了那么多花，暴露出来的海床像一片盛开的野花丛。就在我们的注视下，所有花的孢子和花粉向月亮升起，空气里模糊的光晕仿佛蓝金色的细雨，只是这雨从地上回到了天上。正在这时……这时，奎因开始尖叫。我们所有人站在花丛中，看着他，孢子就在我们四周飞起。孢子钻进了他身体里——穿过他的宇航服，钻进了他的身体。他升到空中，离地面几英尺，双臂张开，皮肤燃烧起一种异样的光。这一切发生得太快了——我开始尖叫。至少我以为我在尖叫。他的身体因为流血萎缩下去，但血滴凝在半空，包围着他。他飘浮着，身体停在半空，很快就只剩一具人形。所有器官都飘出体外，围成了一个立方体，一一陈列在空中。”

妮可像睡着的小狗一样呻吟，她的眼睛看向夜空。我只觉得浑身无力，想到宇宙中的静默，和晶体嗡嗡的哼唱。

“接下来是贝弗利·克拉克。她拼了命地跑，在地上挣扎，但还是升到半空变成一具飘浮的尸体。然后是高桥。我们在他们的血雾里逃开，我们都疯了。我的身体里开始着火，高桥的叫声撕心裂肺。我受不了烧灼的疼痛。我不想活了，太疼了。我想跑到黑海里，淹死算了。但贾里德，我的贾里德，他尖叫着，燃烧着，他想杀了我——"

"那不是真的他，"我说，"那个地方让他丧失理智，把他变成了杀人犯。"

"只有柯布和莫索特还是理智的，"妮可说，"他们救了我们，他们是海豹突击队的士官。可能是因为接受过特殊训练吧，他们当时还能正常地思考。柯布把贾里德从我身边拉开，他不知怎的劝住了他。派特里克把我抱起来，他的声音像从水里传来，模模糊糊，但我终于听清了：**快跑！快跑！**我们扔下了高桥，看见艾斯克跑进大海，消失了。弗里斯也不行了，但柯布一路抱着他跑。到大本营的时候，塔米克撑不下去，死了。剩下的人成功逃回了着陆器。我们扒下衣服，抓遍了全身，每个人的身上都在着火。我们回到'天秤号'，雷马克迅速撤离。晶体的嗡嗡声还在，周围的空间开始破碎，碎冰一样发出钻石的光。雷马克启动了勃罗驱动器，周围的空间解体，我们开始穿越，但它跟上来了。"

"什么跟上来了？"我问。

"那道白光。雷马克一次又一次地穿越，但白光始终在我们头顶，笼罩着我们。我们的食物不够了——"

"所以你们返回地球了。"我这才意识到妮可见证了末界的初生。

"去了地球上很远的未来，"妮可说，"我们穿越到几千年后，希望那个技术发达的文明能帮我们一把，但我们刚到，白光也到了，成了天上的第二个太阳。我们看见未来世界里人类已经消失。我们看见大批的人跑到海里寻死，还看到吊在空中的人。我们看到很多人，嘴里都是银水。雷马克又穿越到另一个未来，但每个天空上都能看见白光，它毁了所有生存的可能。”

我想起那焚毁了无限地球的天际野火，头顶的白洞像一只死人的眼珠。

“雷马克早就知道会这样，”妮可说，“她把我们叫到飞船餐厅，只有那里有足够的空间能容纳整队船员。她向我们介绍了埃弗雷特空间，以及如何成为一个穿越埃弗雷特空间的时空穿越者。这个空间是根据我们自己的观察和体验而形成的。她告诉我们，如果我们自杀，那所有见到的东西，所有发现的东西，都会瞬间消失。我们即将穿越到一个全新的未来，然后在那儿集体自杀，这样登上‘天秤号’后的一切经历就都消失了。现实世界的人永远也不会知道埃斯佩兰斯——这个星球将不会被人发现，因为我们死了，发现它的事也就消失了。我们能拯救人类。她说她要在勃罗驱动器里设计一个‘级联故障’，引擎破坏后飞船就消失了，所有东西都没了。她说这一点也不疼。”

“但你们拒绝了？”我说。

“海德克鲁格不想死，”妮可说，“但有人支持雷马克——克洛伊·克劳斯，还有其他几个人。支持海德克鲁格的人更多，雷马克让我们自杀时，这些人决定和海德克鲁格站在一起。很多人都想听他的。”

“一场叛乱。”我说。

“我是无辜的。整件事里我都很无辜——不管是已经发生的，还是将要发生的事。我躲进生命维持舱，想逃避这场斗争。等我听见争吵声渐渐向我逼近，我又逃进了飞船的禁闭室，那里能上锁。你还记得吗？很多年前，咱们见过面。”

“什么？”我一头雾水，“不可能。我怎么可能记得？”

“没时间了，考特妮，”她狠狠抽了口香烟，“我们得离开这儿。你快去收拾东西——”

“雷马克怎么了？快告诉我。”

“他们把支持雷马克的人都杀了，”妮可说，“他们当着所有人的面杀了雷马克。他们杀了她，海德克鲁格杀了她。但他们饶了我一命，因为我是贾里德的妻子。所有人都被他们杀了，只剩我一个。我是无辜的。”

“飞船呢？”我问，“你们回来了，把末界带回来了，那‘天秤号’呢？”

妮可的眼睛里有万千情绪，回忆向她袭来，又瞬间散去了。她抓住我的手，紧紧攥着，“我听说了一个故事，那个森林里的鬼魂，比活着的人出现得更早，就像先于肉体出生的灵魂。灵魂也有生命，肉体的生命和它一样，但是永远晚了几年。”

一束手电筒的光在远处闪现，从果园里一扫而过。有人在找我们。妮可说：“我们今晚就得走。在这儿等我，我来接你。”她消失在黑暗里，白色的衣裙皎洁如月，瞬间被黑夜吞没。

“妮可，等等，”我说，“妮可——”

她吐出的烟还停在半空。妮可说，**那些人杀了雷马克**——我的心跳开始加速——一块湿抹布，钻石一样的水。只剩我一个人站在这儿。暮色愈深，房子里的灯是除地平线的一抹红光外唯一的光源了。阿什莉在烤什么东西，空气里弥漫着苹果和肉桂的味道。天气更冷了，我没穿外套，瑟瑟发抖，我想起那场孢子雨和悬在半空的活体解剖。我想起了“天秤号”和船上的叛乱——

手电筒的光离近了，穿过谷仓旁的那片草坪。

“谁？”我问。

“别出声，”是肖娜的声音。她关上电筒，“等一下。”

“出什么事了？”我问。她没作声，直到走近我身边才悄悄说：

“他们准备今晚杀了你，快跑。”

“谁？你在说什么？”我感到肾上腺素一阵飙升，牙齿不住地打战。

“别回那栋房子，朝这个方向跑，”肖娜指了指果园，打开手电，照亮我们眼前的路，“直着穿过这排果树，你就能看见大路，就是我们今天下午走到的那个地方。离房子远远的，快走吧。”

“到底出什么事了？”

“夏依·莫斯，”肖娜说，“NCIS。”

我听到自己的真名，吓了一跳。我的谎言被揭穿了。我想起肖娜的脸——她深色的眼睛——不可能，我从没见过她。那她是怎么知道的？

“我——”

“他们查到你的真实身份了，”肖娜说，“柯布和妮可今天下午一定去找了海德克鲁格。他们知道这几年来都有哪些特工想调查他们。他们搜了‘考特妮·吉姆’这个名字，但我知道你是谁。你必须得离开。等你到了大路，就能看见我给你准备的车。”

“他们是‘天秤号’的船员？”我问，“还有谁参与了这件事？”

“我不知道‘天秤号’是什么，”肖娜说，“也不知道你的工作是什么。我的工作是调查国内恐怖袭击。”

“你是谁？”

“FBI，”她说，“快走。”

我的脑子里很乱。肖娜往房子走了，我朝着果园跑。我试着像训练过的那样调整呼吸，不让恐惧剥夺了理智，我试着去思考。冷汗糊了一脸、一背。我经过房前的树林，那里被灯光照亮了一片。我跑到山坡下更高的草丛里，忽然听到一声尖叫，脚下一滑摔倒在地。我回头看了看。坡顶是房子和谷仓的三角形屋顶，黑色的剪影映衬在如地狱之火一般的猩红色夕阳中。尖叫还在继续，刺耳的声音划破了宁静，这是绝对的震惊，是死亡的声音。

快跑！站起来，夏侬。快跑——

我飞快地跑下山，在排成直线的果树林里小心翼翼地落脚。头顶的树枝呈圆拱形，星光倾泻出一片天空。地面似乎在闪闪发亮，满地的花瓣倒映着月光。我跑得很快，但听到身后不知哪里传来了粗重的呼吸。有人在往山下跑——我听见重重的脚步声、树枝断裂的声音。忽然一个黑影袭来。一个男人把我推倒在地。他压在我身上，我感觉肺里的空气都被挤出来了，几乎无法呼吸。

这个男人朝我的肩膀和额头狠狠揍了一拳，但没有打中。是柯布——他的拳头很重，要不是周围太黑让他打偏了，我可能已经没了意识。我从他身下挣脱出来，他又扑倒我，但这次没有整个身子压下来，没压住我的胳膊。他挥着砖头一样的拳头，砸在我的眼窝上，我的眼前一片金星。我头晕目眩，只能抱住他的胸脯，把头抵在他胳膊下，尽可能地让他挥不起拳头。他一拳打在我背上。我放开他的身子，抓住他的皮带，那里有把刀。他从背后击中我的肾，正准备致命一击时，被我迅速抽出了刀子。我用刀子划开他的衬衫，一刀扎进了腹部。他往后一缩，跌跌撞撞地倒下了。最后的几分钟里，他涣散的眼神盯着果树，好像在找什么东西。

肖娜说什么来着？*汽车……FBI*。我跑出果园，来到马路上。远处是车头灯，汽车向我冲过来，在几码外停住了。我一动不动地站在车灯前，全身上下滴着柯布的血。一个个子小小的蓝眼金发女人从副驾驶座上下来，她像一个穿着牛仔裤和风衣的瓷娃娃。

她拉下枪栓，说：“把刀放下，立刻！”

我把刀扔在地上。

“薇薇安呢？”她问。

“我不知道——我不认识薇薇安，”我说，“有个叫肖娜的女人——”

“走。”女人说。她把我塞进越野车的后排。开车的是个男人，梳了一头栗色短发。他发动引擎，果园离我们越来越远。女人问我：“你需要去医院吗？”

我从后视镜里看了看自己，满身是血。“不是我的血，”我说，“我受伤了，但不用去医院。”我的左眼被柯布打肿了，伤口随着心跳一涨一涨，现在只有一只眼能看见东西，“去洗洗就行。”

“我们找地方停吧。”那个女人说。

“你是？”

“特工茨威格。”她掏出FBI的证件。

“我叫伊根。”开车的男人说。

“给你的上级打个电话吧。”我说。一张嘴，血流了一地——想必是刚才咬伤了舌头。“跟他们说你们接到了‘灰鸽号’。啊，我的眼睛。我的眼睛怎么了？”

“肿得很厉害，”茨威格说，“等我们安全了，就找人给你看看。”

我们永远也不会安全了。我们是地狱的尸体，白洞是我们的太阳。我筋疲力尽，哭了起来。嘴里又溢满血，被一口咽了下去。柯布的血在我的皮肤上变冷了。过了一会儿，伊根把车停在便利店门口，茨威格去买了绷带和消炎软膏。她到后排和我坐在一起，伊根把车停在店外，不知道在和谁打电话争吵。茨威格用酒精棉擦了擦我的伤口和脸。她动作温柔，像母亲一样。她靠过来的时候，我闻到了婴儿爽身粉和唇膏的味道。我借着车灯的光看见后视镜里的自己——紧闭的左眼肿到变形，黄里透着紫。她用宽绷带盖好我的左眼，说："好了。"

"这是要去哪儿？"我问。伊根上了公路。我们已经走了一个钟头，从西弗吉尼亚到了宾夕法尼亚。

"你不是FBI的。"他说。

"我是NCIS的。你们在调查什么？"

"国内恐怖袭击的嫌疑人，"茨威格说，"我猜你也在调查相关案件。薇薇安为了救你，可能已经暴露了。我们联系不上她了。"

我听到的尖叫声到底是谁发出的？柯布发现了肖娜——**薇薇安**？杀了她？我不敢再想下去了。车窗贴了有色膜，但我看见了外面发光的招牌：康奈斯维尔市，尤宁敦。国道。四十号公路。两侧的景色大多是长满树林和灌木的山丘，偶尔经过长条形的小商场。

"个别嫌疑人和军队有关系，"伊根说，"你是来查什么的？"

"国内恐怖袭击。"

茨威格没说话，看向窗外。我看到她脸的倒影，一种身处婚姻危机中的女人的尴尬神情。

"我们和上级说了，"伊根说，"会把这事搞清楚。"

车子开到了蓝山旅馆停车场，低矮的斜屋顶下只有一排十几个房间，一个写着"有空房"的霓虹灯牌勉强照亮了停车场，中间有个发着红光的可乐售卖机。除了我们，这里只有一辆银色的轿车，停在办公室附近。车里亮着灯，光线微弱。有人在车里。等我们开到停车场后，车里的灯随之熄灭。

“没什么需要搞清楚的事，”我说，“跟他们说你们找到‘灰鸽号’就行了。剩下的交给NCIS和FBI的上级吧。”

“你在NCIS的上级叫什么？”伊根问，他把车停在了第三间房前。我无法回答他；他也知道我并不知道答案。伊根下了车，伸了个懒腰。“等我一会儿。”他说。他走到售卖机前，打了个电话。没聊几句就挂断了。三号房的房门没锁，他开门进屋。过了片刻，厚厚的窗帘里透出灯光。

有点不对劲。伊根肯定跟他上级通过话了，一定提到了“灰鸽号”。他要么不相信我是NCIS的人，要么FBI早就掌握了我的身份。伊根和茨威格可能把我带进房间，问几个问题就放了我，但也有可能永远都不让我走了。即使他们不知道我是谁，他们的上级也应该知道。FBI的人也许已经注意到了“灰鸽号”，派他俩来这儿审问我、逮捕我。美国有一种秘密监狱——里面关的人不可保释，也不用经过审判，就像把蝴蝶直接关进了玻璃钟形罩。他们把我囚禁起来，这样他们的世界就不会消失了。我试着打开车门，但车门上了锁，里面的把手拧不开。

“别这样，”我对茨威格说，“你根本不知道自己在干吗。”

“你会没事的。”她说。

“如果我走不了，整个世界都他妈的要完蛋！”我说，“联系阿波罗苏塞克机场。联系特工沃利·恩乔库！”

“我们只想和你谈谈，”茨威格说，“了解一些事情。冷静点，不然只能把你绑起来。”

杀了她，我想。杀了她然后把车开走。就在这时，茨威格下了车，打开我这边的车门。*该怎么做，我有两个选择*。即使我有一条假腿，但说不定能跑得比她快，可问题在于我无处可逃。或者我跟

她下车，然后大声尖叫。那辆银色轿车里有人，听到我的叫声也许会报警。茨威格抓住我的上臂，像押犯人一样押着我走到三号房。

“你何苦这样，”我说，“让我走吧。如果我走不了，你所爱的人都要去死。天上会开一个洞，一个白洞，所有东西都会死——”

“够了。”她说。

轿车驾驶座的门忽然开了，一个黑人老头下了车。羊毛似的短发，灰色的西装外套着雨衣。

“救救我！”我大喊道，“快去报警！救救我！”

“这是怎么了？”他手扶着车子，犹豫着不敢往这边走。

“伊根，出来一下。”茨威格说。她看见了那个老头。“警察办案，”她对老头说，“别过来。”

男人走路的样子有点眼熟——他走近了点，我认出这个人：是布洛克。他瘦了不少，身上的肌肉不再那么坚硬。伊根从三号房走出来，布洛克也来到我们身边。

“布洛克？”伊根说，“你怎么在这儿？”

布洛克把手伸进外套，从枪套里抽出佩枪。他举起枪，走近伊根。伊根举起手来，“比利[1]。”布洛克扣响了扳机。伊根跪倒在地，捂着肚子，有气无力地呻吟。

茨威格准备掏枪，但布洛克先一步开火，射中了她的脖子。茨威格大叫着摔到地上，她喘不过气来，两只手按着脖子，鲜血从指缝间汩汩冒出，她痛苦地张大了嘴巴。

伊根挣扎着往三号房的亮光里爬，血流了一地。布洛克用枪管

1　布洛克的昵称。

抵着他的头，补了一枪。伊根死了。我看着茨威格，她眼睛里的最后一道光也消失了。我想从她身上找枪，但布洛克已经朝我走了过来，举枪对着我的胸口。

“布洛克，”我说，“求你了。”

他像是被附身了，他的疯狂背叛了理智。他龇牙咧嘴，五官拧在一起，大笑的声音好像犬吠。

“我都做了些什么？”他喃喃自语，“上帝，上帝啊！我都做了些什么？”他看了看伊根的尸体，“起来啊，醒醒啊，伊根！说句话吧，求你了。上帝，我都做了些什么？”他站在茨威格的尸体边上，把枪插回枪套，“她有个小孩。”他忽然想起我还在这里，问我：“我做了什么？”

“没事，布洛克，”我试着让他恢复平静，“一切都会好的——”

他扼住我的下颌，借可乐售卖机的微光打量我的脸。“你他妈什么意思？”他紧紧盯着我的眼睛，几乎想钻进我身体里。

他不知被什么吓了一跳，好像听见了某个我听不到的动静。他猛地一抖，拽着我穿过停车场，跑到他的车前，把我推上车，再匆匆坐上驾驶座。

“我们必须离开这儿。”布洛克说，他开出停车场，上了国道。“我知道你是谁。”他把油门踩到底，车子很快提速到六十迈、八十迈[1]。“他们很快就追上来了。我该把他俩的尸体抬进屋。当时没想到，脑子不转了。我应该抬进去的。我这脑子……”

“我不知道你认不认识我，”我说，“但——”

---

1 美国驾驶速度计算中的“迈”是“mile”的音译，一迈等于一点六公里。八十迈即一百二十八公里每小时。

“别他妈在我面前放屁！”布洛克掏枪指着我的胸口——我往后一闪，耳朵贴着窗。“我现在就能杀了你，我要是杀了你，这一切就都没了，不是吗？都消失了，不是吗？伊根和他那个搭档……就像从来没死在我枪下，对不对？对不对？说啊！”

“求你了，先把枪放下，”我说，“停车我们再聊。”

“现在就说！现在就给我说！”

公路如流淌在眼前的河，车灯照在黑色的沥青上。压着我胸口的枪筒硌得骨头生疼，疼痛直刺大脑。

“我不想就这样死了。”我说。

“你能改变已经发生的事吗？”布洛克问，“你就因为这个才出现？为了改变？”

“你觉得我能改变什么呢？把枪放下吧，求你了——”

“CJIS。他们袭击CJIS的时候，我的拉什达死了，我的女儿们。夏侬，我那两个漂亮的小女儿啊，我的小女儿啊——”

“停车吧，我们谈谈，”我说，“求你了，放下枪，停车吧。”

他把枪放下了。他把枪塞进枪套，手抖个不停。我紧挨车窗，泪水模糊了视线。布洛克家人的尸体躺在CJIS大楼的地上，盖着白布。也许她们是吸入沙林而死。我仿佛看见布洛克妻子的尸体……CJIS日托中心里全是孩子的尸体……

“害死她们的人可能还自以为是和世界末日对抗吧？”布洛克说，“我的老婆孩子都死了。”他不得不停下来啜泣，“她们为什么要死？过去了这么多年，你又出现了。你一点都没变老。”

“对不起，”我说，“你所经历的痛苦，我真的很抱歉——”

“你是来调查CJIS的吧，”布洛克说，“为了救他们。”

派特里克·莫索特。在几千条性命面前，他的名字似乎微不足

道。我该怎么回答布洛克？我要不要说“天秤号”和末界的事？我可以告诉他末界出现在每个已知的近未来，不仅屠杀了所有活着的人，还毁灭了所有可能活着的人，以及可能存在的世界里的所有可能。

“我能救她们——我想救她们，我想救拉什达，”我说，“我们聊聊好不好？”

布洛克在五十一号公路上找到一家希茨加油站，就在二十四小时营业的贝利弗农便利店外。我们在仪表盘上的抽屉里找到湿巾，尽可能把身上的血擦干净。但为了遮住浸满血水的裙子，我又套上了布洛克的雨衣，看上去就像恐怖秀里的演员。加油站的餐厅在这个时间里空无一人。店里的收银员是几个十几岁的小女孩，正在一边看《好色客》杂志[1]，一边咯咯地笑。柜台上的收音机正播放着什么节目。我在洗手间把自己弄干净，把头发上结的血痂揪下来，用泡沫洗手液洗了洗脸和手。

布洛克挑了一个从柜台看不到的位置坐下。我和他坐在一起。他老了，看上去无力又悲哀。皱纹爬满眼角和嘴角，头发像烟灰一样花白。

“他们说让我想象一面全是门的墙，”布洛克说，“让我想象从某扇门里走进去，掉进了太空。不管我选的是哪扇门，都通往了未来。不同的门，不同的未来，不同版本的未来。”

“谁让你这么做？”

“CJIS袭击之后，我参加完她们的葬礼，”他说，“忽然想到了你。奈斯特和我说起你来。你也在CJIS工作。我不知道你是不是也

1　美国经典的色情杂志。

在那天和我家人一起丧命。你就这么消失了，我以为你死了。我想起深度空间，还有派特里克·莫索特。后来我看新闻，《新闻六十分》，看见海军太空指挥部合并到另一个部门了。很多计划被搁置，对一般人来说这当然算不了什么，那些愚蠢的事——卫星、月球激光——但我刨根问底，我想知道发生了什么，我不能就这样让它过去。一天早上，我收到上级的密信，说让我去马里兰州的银泉市，找一家叫TJ's的餐厅。FBI正准备逮捕一个前海军实验室的物理学家，我们已经有证据证明他把从参议院军委会获取的情报机密用于商业盈利。他开了家公司，一家医学医药公司，叫菲兹尔，专门研究癌症治疗。所有技术都来自于国家最高机密。我们不断施压，他终于肯开口了。就是从他嘴里，我们才知道深水的秘密。我也被卷进去了。我和他吃了顿午饭，这个老头说他自己还像个小孩，今年夏天其实才应该四十二岁。他给我看了出生证明和驾照。他的菲兹尔公司专门攻克癌症治疗，但他知道NSC的所有内幕。他说起量子泡沫、虫洞，我听不懂这些玩意儿，他就让我想象一面全是门的墙——”

“想象一个打蛋器吧。”

“你说什么？”

我站起来，去柜台后面转了一圈，翻遍了厨房的抽屉。里面有勺子、保鲜膜、旧抹布。我在水槽附近的挂板上找到一个打蛋器。

“这个，”我回到桌前，“我的教练跟我说的。”

我把打蛋器横过来，指了指手柄的一头。“这里是时间的开始，”我的手指顺着往另一边划过去，“这是所有的历史，过去发生的事。”到了手柄的另一头，我说，“这里是现在。”

“然后就看见那面全是门的墙。”布洛克说。

我摸了摸打蛋器的每根钢丝，“这些是每个可能的未来，所有的时间线——无限的可能。想象这个打蛋器有无数条钢丝。”

“那这里呢？”布洛克指着汇集起来的那一点，所有的钢丝都在这儿弯曲了，一条压着一条。

“末界。”我说。

“末界是什么？”

“世界的末日。”

“好吧。”布洛克两手交叉捂着嘴。他又开始狂躁不安，眉头紧锁。他像一个将要淹死的人大口喘气一样拼命思考着这件事。“那……这是什么时候？”他指了指手柄的一端，代表着现在的那一端。

“1997年3月。”我说。

布洛克忽然张大了嘴，双眼放光，表情狰狞，他诡异的大笑让我汗毛竖起。

“你……你穿越到这儿来了？飞过来的？你是宇航员，是不是？就像莫索特一样。我记得我问过莫索特是不是个宇航员，你连眼都没眨。你没眨眼因为你和他一样，是不是？你穿越到这儿来了——”

“确切地说，我也不知道我是在这儿，还是在1997年。这个问题的学名是‘叠加缠结’，但我一直不太擅长数学问题。你在1997年的时候喜欢嚼甘草棒。”

布洛克笑了，他的笑声更像是呐喊。“我服了，”他说，“甘草棒——一个意大利牌子的口香糖，我过去经常从进口超市买，一买就是一盒。只有这个牌子的糖劲儿够大，嚼两下唾沫都能变黑，牙和舌头都黑了。CJIS遇袭那天，我整个人疯了，我知道她们死了，我的家人们，我能感觉到，她们都死了。我穿过警戒线，地上是成排的尸体，我把尸体上盖的白布揭开，每揭一次都觉得能看见她们的脸，但我看到的是一张张陌生的死人的脸。我没找到她们啊，再也没找到。我一直嚼着甘草棒，每次心里紧张都要嚼一块。但第二天早上，我往嘴里放了一块糖，那股甘草味让我想起死人的脸。我把糖戒了——"

"你还在找她们吧？"我说，"你是不是觉得我能帮到你？"

"你为什么现在出现？"他问，"为什么是现在？"

"我也控制不了，"我说，"你知道自然界有很多形状——贝壳的形状、星系的螺旋状。雪花、向日葵种子排成的漩涡……同样的图案一遍遍重现，叶子的脉络、冲厕所时水冲进下水道的样子。"

"几何分形，"布洛克说，"一样的图案，不断重现。"

"量子泡沫也是这样，"我说，"一组数列决定了万物的形状，斐波那契数列——自然界中无处不在。我不一定要穿越到这个世界，我可以去更远的未来，但一般研究发现，时空穿越的最佳时长是十九年，也就是六千七百六十五天。我之所以穿越，是希望可以及时发现真相。我是来调查派特里克·莫索特的死，和他一家的谋杀案。"

"为什么？为什么是他？他那条命值多少钱？"布洛克也许并不想知道"天秤号"和末界的事，他还在自己的困惑里走不出来。过了一会儿，布洛克说："那个物理学家跟我说，他很开心有我做伴，能和一个愿意相信自己的人聊天感觉真是不错。他说吃完午饭后想再来个冰淇淋。TJ's旁边就是家芭斯罗缤冰淇淋店，我带他过去，在那儿吃了几个冰淇淋球。他告诉我的一切可能都是假的，他在跟我胡说八道。但我们分开时，他忽然说如果将来我看见了一个时空旅行者，一定要逮住他，用手铐铐上，单独锁起来。关进超级监狱。再把钥匙扔了，让他在里面活得越久越好，舒舒服服地活下去。因为他一旦死了或者逃回现实世界，那我所知道的所有事，我的每一段回忆、每个认识的人、组成这个世界的每一个原子都会消失。”

“瞬间消失。”我说。

“都没了。”布洛克说。

“被锁起来的人，我们叫‘玻璃钟形罩里的蝴蝶’。我也可能被人这样关起来，被那些不愿意消失的未来世界的人俘虏。”

“但如果我跟你走了呢？你能把我带回去吗？”

“能。”我了解过历史上的相关案例，随NSC飞船返回现实世界的人是“准合法”的，他们是真人的二重身，是“分身”。

“我能再见到她，”布洛克说，“还有我的女儿们。我能……我能抱抱她们，是不是？”

“你只会给她们带去困惑和痛苦，她们会吓坏的，看见你现在这个样子——一个和爸爸长得很像的老头。你的妻子可能还会开玩笑，她说威廉·布洛克老了会变成这样啊。如果你想回家，你只能做一个二重身，你谁也不是。她们不需要你，不想见你。你只是威廉·布洛克的分身，你永远都不是他。自己想想吧，你有多爱她们呢？你真的爱你的妻子，拉什达吗？她已经有一个老公了。你真的爱你的女儿们吗？她们也已经有一个爸爸了。”

布洛克剧烈地咳嗽，喉咙里发出一阵怪声，像是狂妄的大笑又像悲痛的抽泣。他掏出手枪，这把格洛克手枪今晚已经杀了两个人。他拿枪指着我的胸口，我紧张得心脏都要溶解了。如果他开枪，我的血也许会永远都止不住。

“我可以把你关起来。”他说。

“伊根和茨威格也打算这么做吗？”我问。

“他们不知道你是谁，”布洛克说，“但有人知道。我的一个同事，惠特克。他让我来审你，把你关起来。他说你会坐‘灰鸽号’来。伊根和茨威格也准备囚禁你，但他们不知道原因。你说的那个词是什么来着？什么蝴蝶？”

“玻璃钟形罩里的蝴蝶。”我说。

“有意思，”布洛克说，“奈斯特几个月前给我打电话，我当时吓傻了。他都好几年没联系过我了。他说他看见了夏侬·莫斯，还问我相不相信，说你一点都没变老。我知道是你来了，我总算能逮着你了。我让他把你带来，但他说你们只见了一面，聊了几分钟就分开了。我动用局里的各种关系，告诉所有人只要见到你立刻跟我说。我的这个朋友，惠特克，今天早些时候给我打电话，说他发现了‘灰鸽号’。我打电话求他，打了好多遍，找了各种关系，希望能把你叫到尤宁敦，我好在这儿截住你。某种程度上来说，我还是不相信——但你真的出现了，这说明什么？你一点都没变老，夏侬。”

“想想你有多爱你的家人。”我说。

“我老婆和孩子还活着，”布洛克说，“在你来的那个世界里，他们还活着。”

“没错。”

“你能保证她们的安全吗？”

“能。”

“等你走了，我会怎么样？我经历的痛苦会消失吗？”

“等我走了，也就没有你了，”我说，“没有痛苦了。”

布洛克把枪放到嘴里，开了枪。他的身体从沙发上滑下来，猩红色的血顺着瓷砖的缝隙蔓延。店员都跑过来，其中一个尖叫着逃开了。我惊呆了，几乎无法呼吸——但此时此地，我也是自身难保。一个店员呆呆地站在流血不止的尸体边，另一个已经开始打电话报警了。我从布洛克身上找到车钥匙，从餐厅飞奔而出，我能看见店员的嘴一张一张，但听不到她们在说什么。刚才的枪声太大，我的耳朵暂时失聪了。我笨手笨脚地举着布洛克的打火器——这里离弗吉尼亚多远？在警察找到布洛克的车之前，我还有多少时间？引擎发动，车子开走了。玛丽安的案宗记录、我的笔记本——都没了，再也找不回来了。我的收获是什么呢？妮可、“天秤号”、海德克鲁格、奈斯特。想象中，也许奈斯特还坐在门廊，看着暮光降临小院，等我回家。一五一公路上每开过一辆车，别克都汪汪地大叫。奈斯特看着每辆经过的车的头灯，不知道哪辆车是我。今夜的夜色比所有夜晚都浓。我边开车边想奈斯特，想他的嘴唇、他的身体、他胸口上像星宿排列的几颗雀斑。希望他能原谅我——原谅我我总是不告而别，但很快，我就不需要他的原谅了，很快，一切都会消失。

PART THREE

第三部分

1997

“旧年白雪，如今安在？”

——弗朗索瓦·维庸，《昔日女人之歌》

01

“灰鸽号”通过一种叫作“卡西米尔线”的负能量脉冲返回现实世界——对莫斯来说，这是一段三个月之久的穿越量子泡沫的旅程。她在果园受的伤已经愈合了，但伤口带来的心理阴影可能会持续更久。莫斯从噩梦中惊醒，自以为听到了尖叫声。她在睡眠舱昏暗的光线里飘来飘去，幽闭恐惧症发作，满身冷汗。维生装置发出“呼呼”的气声，梦见查尔斯·柯布的脸，硕大的黑色阴影扼住了她，果树的花香游弋在记忆边缘……

“灰鸽号”仿佛穿越在声音里——一切都是幻觉，这些声音听起来像奈斯特那晚喊着的她的名字。又或许，她恍然发现这是一声声枪响，是脑海里回荡的布洛克开枪自杀的声音。加油站的餐厅，血流成河。莫斯打开音乐，试图淹没这安静里的噪声。她有一种特别的记忆方法：拿铅笔写写画画，再逐一擦掉自己的笔记。*埃斯佩兰斯，随着天秤号而来的末界*——想象晶体空间。她听到的一切都不同寻常，几乎超过了可理解的范围。*埃斯佩兰斯在哪儿？*她在纸上写下这个问题。*NSC能否再回到那里？*她画了一个男人的样子，又在男人肚子上画了一个多边形。*解剖*。那晚，妮可似乎认出她来了——*但只以为她是考特妮·吉姆*。肖娜也说海德克鲁格和柯布查到她的身份是“考特妮·吉姆”。

伊丽莎白·雷马克，她写下来，随即又擦掉，重写了一遍：*雷马克*。

天秤号在何地？

她擦掉这个问题。

何时？

黑谷空间站的工程师上一秒刚刚看着“灰鸽号”前往深水，又在起飞后的下一秒看见它重新降落，几乎就在心跳一拍的时间里消失、重现，飞船几乎还是全新的，而莫斯已经在另一个世界生活了一年有余。从黑谷站返回地球，莫斯心中充满焦虑：又要争分夺秒地寻找玛丽安了。她在哪儿？她已经失踪了很久，难道尸体早就被埋进了树林？或者她身在别处，她还活着？“灰鸽号”冲破了地球大气层，像一团燃烧的火，在夜幕的掩护下降落阿波罗苏塞克机场。NSC工程师进入机舱协助莫斯，把她送到“洁净室”——基地中心里一间能看到大西洋的房间。在量子泡沫里为期三个月的旅行算是一段足够长的隔离期，足以使莫斯从未来世界感染到的病毒滋生和进化。即使如此，在洁净室的前几个钟头，还是有危险物质处理组的医生陪她检查身体是否出现疾病症状。拭子取样、血液检测。最后一个医生离开的时候已经是凌晨三点多了。莫斯泡了个澡，把身上积攒了三个月的“灰鸽号”船舱的气味洗掉。过去的一年里，她并没发现自己在变老，但现在忽然又恢复了意识。她把浴室镜子的水汽擦干，看着自己的身体。和母亲惊人的相似。她不知道自己现在到底几岁了。从生理角度来说，她应该将近四十岁了，但她记不太清楚。从时间上来说，她可能只有二十九岁，或二十七岁。莫斯用浴巾包住头发，另一块裹在身上。此时已经是凌晨四点了。犹豫片刻，她拨通了布洛克的手机。

“喂？”

听到布洛克的声音，莫斯的眼睛一下子湿润了。*他还活着*。她强忍泪水，松了口气，在这个世界里，布洛克的自杀只是一场无关紧要的梦。

“布洛克，我是夏侬。”她说。

“你去哪儿了？这都好几天了，我也没听到你的信儿。”他说——莫斯听见一个温柔的女声传来：“谁的电话，宝贝？”

布洛克还活着，他的妻子也还活着，他的小女儿们此时正睡得很沉。莫斯闭上眼睛，眼前闪过的颜色像一束束光线，令她精疲力竭。自玛丽安失踪，已经过去了一年——*不，只有七天*——

“我不能多说，”她说，“今晚不多说了。几天后我去找你，但你必须得听我的。你手边有笔吗？”

“等一下……好了，你说。”

“贾里德·比塔克、查尔斯·柯布、卡尔·海德克鲁格、妮可·尼永奥。”她说。

“我们找过妮可·尼永奥了，”布洛克说，“奈斯特审了她好几个小时。我们顺着旅馆登记的车牌信息找到的她。我们确定她就是埃里克·弗里斯家找到的那些宝丽来照片里的女人，她和莫索特有私情，但和这案子没关系。她有点不耐烦，不过还挺配合，我们问什么她就说什么。但没什么有用信息。”

“一定要找到她。”莫斯说。

“目前联系不上她。”布洛克说，坏消息。莫斯试图回忆下一步将会发生什么。妮可已经接受了FBI的审问，审问她的人正是奈斯特——但她受到丈夫贾里德·比塔克的威胁，只好藏起来。莫斯想起来了，妮可将让谁都找不到。

“请继续追踪她，”莫斯说，“她对你们有隐瞒。”

“我派人去她公寓看看吧，看能不能找到，”布洛克说，“剩下的人都是谁？”

“嫌疑人，”莫斯说，“我想这几个男人就是凶手了。是他们杀了莫索特和他一家。记住他们的名字，去找他们。我不知道具体谁是那个开枪的人，或者谁绑架了玛丽安，但他们都参与了。现在，认真听我说。我需要你定位一个地方。带着能发现尸体遗骸的警犬一起去。”

“哪里？”

“黑水峡谷的森林地图上有一条标记为TR31的小路，”她说，“一条过去伐木工走的小路，很不好找。从那条路上山。你会看到一片空地。”

“那里有什么？”布洛克问。

“去找一堆石头，用来做标记的石头。就是‘石冢’，小块的扁平石堆。在哪里找到，就在哪里搜。但一定不能被别人发现。你懂吗？去搜那个地方，但不要被人看见！我敢说这些嫌疑犯一定去过或将来会去那个地方，如果他们知道你也去过那里，我们的机会就没了。”

“在那儿能找到玛丽安吗？”他问。

莫斯渐渐地从未来世界抽离，如梦初醒，她的记忆仿佛拍打真实世界海岸的浪花，正慢慢地退去。她浑身冰冷，疲惫而冰冷。紧闭的双眼前浮现的画面，是一出出清醒的梦。画面里是奈斯特，夜晚的森林，松脂，潮湿的石头，一个美丽的安息地。

“莫斯，这个地方和玛丽安有关系吗？”布洛克又问了一遍。

“我也不知道你能不能找到她，”莫斯说，“我什么也不知道。”

她一觉睡了十六个小时。等醒来后，按照NSC要求，把关于未来世界的信息文件一一填好。这些文件类似一本税簿：34号表格、1-13豁免协议、保证书和信仰证明。一共有一百一十六页，莫斯要填的部分从第六页开始。第一行：**是否目睹任何可能损害美利坚合众国国家安全的事件？**莫斯把第一张工作表插进电动打字机，空了三行，开始打字：**1998年4月19日，位于西弗吉尼亚州坎农斯堡的刑事司法信息服务部（CJIS）大楼将遭到袭击。逾一千人因吸入消防系统传输的沙林气体而丧生……**

第二天早上吃过早饭，莫斯开始汇报工作。一名海军开车带她来到NCIS的驻地办公室，这里的会议厅是一个墙壁涂成芥末黄的小屋。讲台上只有一把椅子，一个麦克风，莫斯的大名印在桌上的立牌上。从达尔格伦赶来的NSC军官坐在一起，不知在议论些什么。莫斯看见海军上将安斯利，他应该有问题要问。还有从NCIS诺福克分部来的几个特工，奥康纳也在其中，他已经年过古稀，但身形依然矫捷。他的鼻头像个圆球，能看见皮肤下面的紫色血管。皱巴巴的额头和眼下的皱纹像一幅干涸的河流地图。奥康纳看见莫斯，笑了笑，朝她走过来。他的眼神还像个年轻人——那么年轻，充满着浓郁的蓝色的活力。

“你穿越到了哪一年？”他问。

“2015年9月，待了一个春天。算上路上的时间，大概走了一年多。”

“别忘了算上加班费，算进你的退休年龄里，”他说，“等有时间去找人力资源部。你是不是已经快到退休年龄了？”

“退休？我身体年龄才三十九岁吧，”莫斯说，“要是被我哪个高中同学知道我退休了，他们还不知道该怎么想呢。我现在比他们大十二岁。他们可能觉得我保养不力吧？”

奥康纳笑了起来，“我可比我父亲都要老。”他说。

这次汇报据说是“非正式的”。但莫斯已经做过七次这种汇报了，早就知道它真正的意义是什么。会议室里坐满了人，接下来的几个小时，他们会评估莫斯的表现，和本次行动的整体可行性。莫斯有点紧张，她怀疑自己——怀疑自己的记性，不知道说的话是否前后矛盾。她旁边的桌子上放了台录音机，还有一个速记员专门负责记录。海军代表们坐在一起，像是什么教堂里的合唱团，整齐的深蓝色制服，袖子上缝了金色条纹和绲边。在这些人的注视下，莫斯开场陈词，介绍了关于未来世界的大体情况。她说到了美国海军军舰“天秤号”船员的种种恶行，这些人涉嫌叛乱，并参与了派特里克·莫索特一家的灭门案。安斯利上将态度温和，但头脑的犀利不亚于律师，他问了莫斯几个问题，并把给出的答案交叉比对——一个典型的政客，里根的拥簇者——两只小眼睛像黑宝石一样发光，似笑非笑地听着莫斯的回答——当莫斯说到伊丽莎白·雷马克的死时，他的攻击性才微微减弱。一种悲痛的气氛笼罩了会议室——看起来，到场的大部分人都认识雷马克。根据妮可回忆的情节，雷马克在船上被公开处死，尸体暴露在参与叛乱的海军成员面前。安斯利对“天秤号”充满好奇，这是他第二次听到埃斯佩兰斯的故事，他确信这个星球属于星群5055，向日葵星系。“天秤号”把末界引来地球，然后呢？莫斯觉得末界之所以会来，责任确实在它——毕竟从某种程度来说，第一艘发现末界的飞船是“天秤号”，而不是之前人们认为的海军“金牛号”。飞船上的幸存者会是怎样的精神状态？莫斯提起妮可曾饱受贾里德·比塔克的虐待，随后沾染了毒瘾。安斯利挑出她回答里的几个问题，但没有过于为难。相反，他对癌症疗法的强烈的兴趣让莫斯感到惊讶，因为这只是她为描述未来世界随口一提的补充罢了。安斯利想知道莫斯母亲的治疗过程，诸如何时确诊，何时进行了第一次手术，以及她是怎么被治愈的——主治医生是谁，为何选中她进行临床试验，等等。

“我觉得可能是在医院里随便选了一个有合适医保的人吧，接受了三次注射，”莫斯说，“把纳米技术注入癌细胞。”

“这个技术是一家叫菲兹尔的公司研制的？”安斯利问。莫斯点了点头。“谁研究的癌症疗法？”他问，“你知道相关医生的名字吗？”

“抱歉，”莫斯说，“不知道——”

“菲兹尔是不是也涉足了通信系统，还是只在医疗领域内？”

“医疗领域吧，我想。”莫斯尽力回想着她在未来世界听到的关于菲兹尔的事，即使有些不在她的关心范围内，她可能也有所耳闻。布洛克找过那些科学家，他们好像和癌症疗法有点关系——莫斯忽然想起他说的**那面全是门的墙**。布洛克曾提过有个人从海军研究实验室跳槽到医疗领域。“我记得菲兹尔集团好像和海军研究室有什么关系，”莫斯说，“是它的一家衍生公司。几个相关的科学家是从海军研究室出来的。我去的那个未来世界里并没有环境系统或者智能空气——如果你想问的是这些的话——没有这些其他未来世界里发明出的环境纳米技术。大部分人都还在用那种移动大哥大呢，但他们治愈了癌症。”

“其他疾病呢？”安斯利问，“菲兹尔集团能治愈所有疾病吗？”

莫斯回忆起医院护士的话。“不能治愈，但我母亲的护士说想永远活下去必须得有钱。”

汇报结束了，随之而来的是和各种人握手告别，莫斯方才意识到安斯利并没有问那个她已经准备好了的问题：末界会在哪一年到来。在她去到的未来世界里，末界又更近了些，2067年。但安斯利没有问。他也没有问关于CJIS袭击案的事，甚至对于派特里克·莫索特的调查和飞船上的叛乱都没有细问。莫斯还要填更多文件，她心里清楚，自己随时会被叫来回答更多问题，或对已经给出的答案做进一步解释或澄清。但上将为何如此关心癌症的治疗，以及一个在1997年并不存在的菲兹尔公司？莫斯的行动报告一般以她对未来的种种不确定作为结尾。她对未来的恐怖袭击、战争，以及经济情况的报告，似乎并未起到什么预防作用，她所警告的事，还有很多仍在发生。而每当预言成真时，她都觉得自己像美国的卡珊德拉[1]。她只能自我安慰，*也许我看到的只是海军宏伟规划的冰山一角——只看见那一笔一画，却看不到整张蓝图。*

“你做得很好。”奥康纳陪她回到基地中心的房间。他没待多久，喝了一杯咖啡，和她到后廊坐了一会儿。暮色下的大西洋映着微弱的亮光，蔓延至沙滩。

“和那一屋子人开了七个小时的会，”莫斯说，“不，将近八小时。我可真累坏了。我都不确定他们在问什么，想从我这里知道些什么。”

1　希腊神话里的一名公主，天生拥有预言能力，却无力改变未来发生的事。因为没有人相信她的预言，她最终在一场悲剧的战争中成为俘虏。

“NSC受到参议院的监督。有时候他们想的事和咱们考虑的不一样，”奥康纳说，“每发现一个未来世界都要耗费几百万美元的税收。我相信听完你的报告后，上将应该直接去找参议员查理。他今晚可是够忙了。”

“我发现了‘天秤号’的船员，海德克鲁格和柯布涉嫌叛乱，可上将似乎并不在意，”莫斯说，“他们杀了指挥官，甚至把末界带回地球。安斯利几乎没问我关于‘天秤号’的事，也没问妮可·尼永奥或者埃斯佩兰斯。我正准备和他说说妮可。”

“我知道，安斯利对雷马克很有感情，我们也一样。”奥康纳说。

“你认识她？”

“她很聪明。她眼神里有东西，做什么事都多想一步。”奥康纳微微一笑，好像想起了什么，“我和她不熟。只是一起参加过训练。我还记得，她在船舱之间飘来飘去，四处巡查，所有人都很紧张，因为只要她插手，不管什么工作，她一定比所有人做得都好。高标准、高要求，但她又很有耐心。我们都想和她分配到一艘船上。你关于她遇难的陈词，确实让人很难接受。”

“安斯利似乎只对纳米技术治疗癌症感兴趣。”

“你也不知道安斯利手里握着什么牌，对吧？”奥康纳说，“他关于‘天秤号’的其他信息可能已经得到了证实，或者有些和你的报告相矛盾。而且，妮可·尼永奥从未加入过NSC，她的合法身份是个谜。”

“这是什么意思？”

“‘天秤号’上并没有叫尼永奥的人，”奥康纳说，“你提供的其他名字都有，唯独没有妮可·尼永奥。她不是海军船员，和NSC毫无关系，甚至和海军毫无关系。NSC觉得尼永奥是在未来某个时间登上‘天秤号’的，这件事本身就很蹊跷。雷马克为什么把她带上船，谁也不知道。妮可·尼永奥是个不存在的人物，不像你和我。”

莫斯感到非常委屈，她不敢相信妮可竟然不是现实世界里的人。但她的故事那么真实：妮可提到过，蒙巴萨的人曾热烈欢迎“天秤号”降落，她的父亲自作主张让雷马克带走了她。妮可像一个来自于从未存在过的世界的偷渡者。莫斯的心里升起一丝怀疑。妮可是幽灵，是“天秤号”投下的无数阴影之一。

“其他人呢？你们找到我说的其他人了吗？他们在‘天秤号’的船员名单上吧。”

“找到了——海德克鲁格，有趣。”奥康纳说。

“天文导航员。”

“没错，他是‘天秤号’的天文导航员，”奥康纳说，“他随行动去了越南。加入NSC前，他在芝加哥大学学习哲学和宗教。硕士期间研究的是维京死亡邪教和仪式，论文内容是关于‘黑太阳’的异教象征主义。我读过一部分，但太深奥了，全是学术术语。”

“那艘指甲船就是个维京神话，”莫斯说，“和世界末日有点关系。”

“海德克鲁格的档案没有任何污点，”奥康纳说，“但他的两个叔叔参与了‘主权公民’运动，其中一个打死了一个黑人，被判无期徒刑。我觉得这种极端主义可能和你报告里提到的事件有联系。”

“也许吧。嗯，很有可能。”莫斯反复想起“天秤号”上发生的暴力、叛变和屠杀，“海德克鲁格和他的拥护者把船员都杀光了。”可他们不知怎么活着回来了，回到了现实世界。莫斯听说了很多关于“天秤号”的事，但还有不少问题像黑暗里的蘑菇，渐渐冒出头来。

“我们已经对海德克鲁格、柯布、比塔克和妮可·尼永奥发出逮捕令，”奥康纳说，“一定能找到他们，查清莫索特和‘天秤号’的事。我是坚持给他们定罪的，但咱们得做好准备，他们很有可能不被重判。”

“他们连孩子都杀！”莫斯说，“他们会杀了玛丽安。她也许现在还活着，可能就在他们手里——”

“夏侬，你得知道，你不在的时候有些事变了。”

“什么事？”她问。

“末界出现在2024年，离现在不到三十年了。”奥康纳说，“参加你的汇报前，我们刚接到‘约翰·肯尼迪号’飞船的消息，2024年末界就要来了。”

“那时候我们还活着。”莫斯说。

“是，还活着。我们的孩子还活着。他们是人类的最后一代。”奥康纳说。

“也许，我们能阻止它？也许——”

“也许吧，”奥康纳的声音沮丧得像一个已经接受了末日来临的人，“安斯利准备为海德克鲁格和柯布，包括任何他们提到的共犯提供诉讼协商。为的就是交换他们关于末界的信息，和埃斯佩兰斯的定位。”

“真他妈扯淡。”

“海军给西贡行动开了绿灯，”他说，“等末界到来后，安排一部分人可以优先撤离。三十年，很快就到了。NSC被授权在白洞出现的四十八小时内发射飞船前往深水，可他们担心白洞或许现在就会出现，随时可能出现。我们一直从下级部门调动特工，派他们前往西贡。NSC需要尽可能多的鸬鹚飞船。他们很快就用得上了。”

莫斯想争辩什么，但想到白洞将至会带来的恐慌，她不由噤声。2024年。白洞出现，世界会变成什么样？数十亿的人升到天上，开膛破肚，暴露在半空？剩下的人毫无目的地四处乱逃，还是站在原地呆呆地看？莫斯此刻像个孩子般无助，她无法理解所谓世界末日的真正含义。她想到西贡行动；无数鸬鹚飞船成批起飞，NSC黑谷站的全部军舰上塞满了士兵、平民，各个层次和种族的人。每艘军舰都背负着寻找“外地球”的使命，每艘军舰都像一粒种子，即使人类在地球灭绝了，也仍有重新繁衍的希望。莫斯想象着这些出逃的飞船和一个被人类遗弃的地球。还会留下些什么呢，她感到不安。上级要求她先放下玛丽安的案子。在全人类的面前，一个人的生命算得上什么？沮丧感在她的心里翻腾，也许玛丽安就这样被抛弃了吧。*但如果她还有时间*……她确信自己还不算太迟。她的心思又回到玛丽安身上——也许玛丽安还活着，也许还来得及救她。

第二天下午，莫斯接到了出院文件。她的车还在停车场，电池竟然还有电。她先是吓了一跳，后来一想在这个世界里，不过才过去了几天。空气清新剂的味道和甩在后座的假肢内衬，让她感觉如此熟悉。还是这辆红色的小福特，长久缺席后的回归、熟悉的气味和重新坐在方向盘后的感觉都使莫斯非常惬意。她穿过奥希阿纳海军空间站的大门，离开这里。重返现实世界就像两次踏入同一条河流：一切都没变，但感觉再也不同了。回到1997年像一场无可救药的逆行，从某种程度上来说，也像回到了一个面目全非的过去。一个落后的陌生国度，服装和汽车、科技和建筑都落后了几十年。

奥希阿纳距离莫斯位于克拉克斯堡西南部的家有八个钟头路程，她住在一个牧场里，周围是整整四英亩的野花田。孤零零的单层小楼，很符合莫斯独来独往的需求。前门的信槽堆了一周的信件。莫斯从垃圾邮件里挑出账单，换好睡衣，倒在皮沙发上。录像机自动录好了这一周的《X档案》，最新一集是关于史考莉的——她是莫斯最爱的角色——当情节进行到飞船起飞后，录像内容整整少了九分钟。忽然电话声起，莫斯按了暂停，画面静止，史考莉的脸上多了几道光条。

“我们找到了些东西。”是布洛克。

“玛丽安？”莫斯问。

“不是玛丽安。我们找到那片空地了，什么都没有。警犬在那个区域内搜了一遍，没找到任何人类遗骸。”

为时尚早，莫斯心想。玛丽安可能在从现在开始截止到2004年的任何时间被埋到那片空地，两个迷路的男人想挖人参，却挖到了骨头。莫斯回忆起父亲曾做过的一件事——他拿着软水管，让水流到门前的人行道上，看着水流在地上分叉，绕过地缝和石块，分成了好几小股。未来世界正像这些分叉的水流。玛丽安也有可能永远不会出现在那片树林。

“我们扩大了搜索范围，”布洛克说，“在你说的地方西北偏西半英里处找到另一堆石头。我派了两个小伙子守在那儿，让他们享受几天野外生活吧。”

“你们找到了什么？”

“雷尼打电话来，”布洛克说，“看见一个男人在搭你说的石冢。”

“看清他是谁了吗？”

“没有。太远了，看不清。”布洛克说，“但雷尼跟踪他到了一辆黑色通用牌房车，八十年代初的车型。这车已经在附近出现过两次了。”

“车牌是什么？”莫斯问。

“车主登记的是一个叫理查德·海瑞尔的人。”

海瑞尔，莫斯心里一沉。“我没听过这个名字。”她在一沓草稿纸上写下：**海瑞尔，理查德**。“他也许知道玛丽安在哪儿。”

“夏依，我已经很听你的话了。你说的我都做了。现在我需要更多信息才行。我需要更多可能的原因，不仅仅是你告诉我的那些事，或者你所谓的什么预感，否则这些人的辩护律师会把我们吃了，连渣都不剩。所有能帮你找到他们的线索都会被毁掉。我们总不能因为一堆石头而逮捕一个人吧？你还有什么秘密没告诉我？”

“先别多问了。”莫斯说，但她也渐渐起疑，因为似乎没有任何确切的证据能证明这些石冢下埋着玛丽安的尸体。“关于这个男人还有什么发现？理查德·海瑞尔？”她问，“地址？案底？或者其他？”

“没有任何案底，干干净净的。海瑞尔在布里奇波特的家得宝商场工作，现场发现的那辆车登记在他位于布里奇波特的地址下。已婚，有三个孩子——但我们的人跟踪这辆车，发现他经常去一栋房子，就位于一个小镇边上，叫巴克汉诺——”

“巴克汉诺，”莫斯重复了一遍，“一五一国道。”一瞬间她的世界扭曲起来。她冲进厨房，打开水龙头，把手放在逐渐升温的水流下，直到烫伤了自己——此刻，她心中痛苦与困惑交织。她知道这个地址，这是奈斯特的家。那栋停了一辆黑色房车的巴克汉诺的小屋，正是距现在十九年后，她和奈斯特住过的房子。

“我这就去，”她说，“我得去看看——”

“莫斯，等等——”

带着木头摇椅的门廊，草地上的散步，奈斯特，他胸口上排成星座图案的雀斑——为什么偏偏在那里？世界上有那么多房子，为什么偏偏是那一栋？

莫斯套上牛仔裤、假肢皮套，心里想着奈斯特——也许奈斯特并不知情吧。他和巴克汉诺小屋的关系或许还没有发生，或许永远都不会发生。只是巧合吧，莫斯心想，刚好是同一栋房子，就像考特妮曾经的家变成了命案现场。莫斯迫切地想让自己相信奈斯特是无辜的，至少现在还是无辜的，到目前为止一直是无辜的。

开车从克拉克斯堡到巴克汉诺花了一个半小时，此时已经过了午夜。莫斯在空荡荡的路上飙到了一百迈，脑子里想的都是玛丽安埋在树林的尸体。奈斯特，奈斯特绑架了玛丽安，奈斯特杀了她，奈斯特住在巴克汉诺的那栋房子……这些怀疑让莫斯感到抓狂。她从一五一公路下来，开上那条碎石小道，踩刹车时轮胎有点打滑。前院有一棵梨树，门廊前是一丛树篱。除此之外，这里和十九年后一模一样。莫斯下了车，她对这里所有美好的回忆都凝固了。一辆有红色赛车条纹的黑色面包车停在旁边。谷仓门外的声控灯亮了起来。更远处的煤渣堆上，有一辆没有轮子的温尼贝戈牌房车——我见过这辆车，莫斯想。房门外没开灯，但客厅窗户里透出了电视的蓝光。有人在家。

莫斯掏出手枪。面包车车门没锁，她打开后车门，看见车里一地鲜血，还有一块皱巴巴的塑料油布和细绳。是玛丽安的血。不知道她现在被藏在哪儿了。莫斯忽然记起奈斯特一直懒得修理的侧门。从侧门窗户看进去，屋里一片漆黑，她深吸一口气，用肩膀推开门，门闸“咔”的一响。电视的声音很大，是一阵阵做爱时发出的呻吟，就像莫斯曾经在这里的回忆。她举起手枪，走进厨房，电视屏幕的光映在地毯，反射向客厅。一个赤裸的男人坐在沙发上，四肢张开，头后仰着。一个女人跪在地上……她的肥肉挤到一起，一层又一层，棕色的头发乱糟糟一团。

“联邦特工。趴下！”莫斯说，“全都趴下！”

女人尖叫起来，捂着胸口，声音刺耳：“上帝啊！上帝，上帝！”她向前扑倒，伸直胳膊趴在地毯上。男人一下子跳上了沙发，好像看见老鼠似的，抓过抱枕遮住身体，嚎啕大哭。“上帝啊，别开枪，别开枪！”这个女人的头发会在未来某一天变得像纱线一样灰白——她正是阿什莉，阿什莉·比塔克，妮可的婆婆。

“趴下！”莫斯又喊了一遍，男人挨着阿什莉跪下，撅着屁股，手伸到胸前。这间客厅和莫斯记忆里的一模一样，连挂在壁炉架上的镜子、那幅死去的基督画像位置都没变。混乱和心痛在她心里如两声汽笛般轰鸣。**玛丽安**，莫斯想，她的名字像是一个锚，让莫斯的心沉沉下坠。莫斯只有一副手铐，她把男人铐了起来。

“玛丽安·莫索特在哪儿？阿什莉，玛丽安在哪儿！”

“什么？”阿什莉说，“什么玛丽安？我不认识她，这都是什么一套？我要见律师。你是谁？你的搜查令呢？你凭什么闯进来？”

“玛丽安·莫索特，她在哪儿？你，快说，她在哪儿？”

“我不知道，”男人说，“这手铐太紧了。我想穿上衣服。我不该来这里，我有老婆。求你了，我真不该来这儿，我老婆会发现的。”

“玛丽安·莫索特在哪儿？”莫斯大喊着，但没等他们回答，就穿过走廊往后走，闯进了卧室。多少个夜晚，她在这间卧室里脱了衣服，和奈斯特相拥睡去。木质枪架、步枪和机枪。莫斯认出那些德国的古董枪，还有鹰巢的玩意儿：“该死！”她转了一圈回到客厅，看那两个人还趴在地上。厨房外就是通往地下室的小门，莫斯下了楼。她忽然意识到阿什莉很有可能拿着一把纳粹的枪来地下室或躲在楼上埋伏自己。她管不了那么多了。

“玛丽安？”莫斯叫道，“玛丽安，我是警察，你在下面吗？你说句话，让我知道你在哪儿。”

一个潮湿的地下室，浓郁的漂白粉味道。靠近中心地漏的位置有根金属承重柱。混凝土地面上铺有带着血迹的棕色碎布，煤灰墙上污渍斑斑。莫斯发现用来塞嘴和捆绑的工具。莫斯想象着一个女孩被绑在金属柱上，双手背在身后。脏兮兮的、被染成褐色的水槽传来漂白粉味。*玛丽安曾经被绑在这里。简直毫无人性……*

头上传来一阵脚步声。莫斯听见阿什莉和那个男人，海瑞尔，逃跑了。莫斯朝头顶举枪，想透过楼板开几枪，子弹至少能射穿他们的脚底，甚至从腹股沟射进去，弄死他们。可她没有这么做。她拿枪对着楼梯，万一看见他们往地下室走，就准备开枪自卫。但她只听见侧门开关的声响，那两个人已经跑出房子了。她喘了口气，小心翼翼地从地下室爬上厨房，客厅里已空无一人。

莫斯走出门外，谷仓外的照明灯发出暗暗的白光。阿什莉和海瑞尔一定朝那边跑了，她想，所以声控灯才会亮。他们也许藏到了谷仓里，或者躲进那辆温尼贝戈房车。房车似乎已经和周围环境融为一体。车身旁杂草丛生，莫斯走过草坪时，房车的门忽然开了，一个男人走了出来。蓝色牛仔裤，一双旧中筒军靴，深橄榄色衬衫没系扣子，敞着怀。他又高又壮，茶色的头发前短后长。柯布，她才认出来。比第一次见面的时候早了将近二十年，当时她和他在果园里撕扯，她割开了他的喉咙。*查尔斯·柯布*，莫斯确定就是这个人。他拿着一大罐啤酒，大口大口地喝，眼睛看向远处的田地——他没注意到莫斯，怕是不知道她也来了这里。看来阿什莉和那个男人并没有藏进这辆房车。

“联邦特工。”莫斯举枪对准柯布，心想只要他敢动，她就不介意再杀他一次。“趴在地上。跪下！马上跪下！”

柯布听见她的声音，吓得一抖。他把啤酒放在房车上，举手投降，但并没有跪下。莫斯想起妮可说过的，**这个男人曾经去过外星世界，亲眼看着自己的朋友升到半空，慢慢地死去**。一五一公路上警笛大作，警灯从远处逐渐靠近。一定是布洛克把巴克汉诺警局的人叫来了，他猜到莫斯会一个人行动。

“警官，你有搜查令吗？”柯布问，他的声音即使不算平静，也显得非常克制了。这反而让莫斯感到不安，她如大梦初醒：原来一切都不在她的控制中。

“你给我跪下！”莫斯说，“把手放到我能看见的地方。”

“原来你是个瘸子啊。”柯布说。时间一到，声控灯自动熄灭了。周围一片漆黑。柯布拔腿就跑——她听见他跑走的声音，绕过房车进了田地。她知道自己无论怎样也追不上了，地里的野草长得那么高，她根本跑不快。每个人都在逃，世界仿佛也离她愈来愈远。

枪火的亮光刺透黑夜，子弹在她头顶呼啸而过，射进她身后几英尺的泥地里，传来一声闷响。黑暗救了她一命：朝她开枪的那个人看不见她，不知道她的具体位置。她扑倒在地，紧接着射来第二颗子弹。她看见房车里枪火一闪，便朝着那火光开了一枪。又开了一枪。然后是第三枪。

警笛声上了车道，蓝色警灯朝谷仓和房车的方向靠近，至少到了六辆车，大部队还在路上。对方率先开枪，朝警车连射几发，打碎了好几辆车的挡风玻璃。

“夏侬？”是奈斯特，他从其中一辆车上冲下来。莫斯拿枪指着他的胸口，从这个距离开枪，可以很容易地射中他。她放在扳机上的手指正微微用力。

“是我。”奈斯特说。他跪在驾驶舱敞开的车门后，穿着FBI的防弹背心，侧臂上的枪套是空的。

莫斯直直地盯着他的枪。*这是他的房子。这真的是他的房子。*

“夏侬，是我啊，奈斯特。把枪放下，求你了。”

一个新的世界向她涌来。奈斯特还很年轻，在FBI工作。“嫌疑人一名，往前面跑了，”莫斯说，“还有两人在逃，可能还在现场。其中一个被手铐铐着。开枪的人在那辆房车里。”

又是一阵枪声，警方开始回击。他们朝房车里开了几百枪，奈斯特的弹匣射空了。房车那边射来一排子弹。奈斯特的挡风玻璃和车门被射得粉碎，胸口也中了弹。他转身倒在草地上，痛苦地呻吟。莫斯的子弹也空了，她重新装上弹匣，继续反击。忽然有人大叫——房车里的人中弹了。奈斯特还活着。他挣扎着跪坐起来，衬衫袖子已经撕破，浑身泡在血里。

“防弹背心，”奈斯特说，“我没事，我穿了背心——”

其他警官看见他还活着，松了口气。他们分散开来，呈扇形逼近——这些人主要是巴克汉诺警局的，还有一些州警。奈斯特也朝房车走去，左手拿着枪，右臂悬吊着。莫斯跟在后头。奈斯特走上去，打开车门。莫斯看见了血。她爬进车里。车厢的地板和小厨房里全是血。奈斯特紧随其后，从厨房走进卧舱。车厢一侧被子弹射穿，谷仓那边的灯光通过这些小洞透了进来。开枪的人瘫倒在泡沫床垫上，半裸上身，浑身是血。他胸口有文身，是只张开翅膀的金色老鹰。*贾里德·比塔克。*鲜血从他胸口的弹孔涌出。

“压住伤口。”莫斯说。她用毯子按住男人的胸口，但她知道他已经必死无疑了。他在不停咯血。胸口又黏又滑——她拿毯子擦了擦他胸口，根本止不住血。

“我们得回谷仓看看，”莫斯知道这个男人已经没救了，“玛丽安在那里，或者之前被绑在那里。”

谷仓的门上有挂锁和锁链。其中一个州警从车里拿来钳子，铰断锁链，开了门。门外的光足够让人看清谷仓里的一辆黄色莱德卡车——**十九年后，我和奈斯特在附近散步时看到的就是这辆生锈的车**。奈斯特也进了谷仓，说：“这是什么？”警官打开了屋里的灯：无数根从房顶伸下来的管子、不锈钢桶、塑料桶、各种玻璃器皿、烧杯烧瓶……活像一个制毒实验室。

“所有人出去！”奈斯特命令，“出去！”

“不，我要用那个钳子。”莫斯说。

她铰断莱德卡车的门锁，打开车门，一股腐烂臭气喷薄而出。她强忍着恶心，但旁边一个可怜的州警已经吐了出来。卡车后座堆满了腐尸。

“我的天，”莫斯惊呼，“天啊。上帝啊——”

她看见了那个女孩。莫斯想爬进车厢。奈斯特抓住她的肩膀，往后拽。

“放开我。”她说。

“化学毒气，”奈斯特说，“不能吸进去。”

那个女孩就在尸堆里。她浑身只有几块皮肤还残留着一个少女应该拥有的柔软和细腻，余下的部分早已伤痕累累，覆满了新伤旧疤。**玛丽安**。**玛丽安**。**玛丽安**。

“去找个毯子，”莫斯朝奈斯特大喊，“快叫救护车来。求你了，叫救护车……”

“这是个毒气室，”奈斯特说，“你先出去。”

莫斯把头埋在胸口，痛哭起来，任由奈斯特把她拉出谷仓。草坪上仍然是震耳欲聋的警笛声，更多的人来到现场，忙忙碌碌，但似乎没有人敢谈论谷仓里发生的事。

“死了的人永远比活着的人要多，”奈斯特说，“我爸爸过去经常这么说。但他告诉我，死去的人都会拥有新的生命，在圣光下重生。多么神圣的想法啊，在耶稣面前重生。死去的人都会重生。”

莫斯走开了。此刻，她不接受任何人的安慰，至少不是在这里——绝不能让其他警官看见现场的唯一一个女人被男人轻声安慰。她偷偷抹了把眼泪。

“你相信肉体的重生吗？”奈斯特问她，“至少为了那个女孩，相信一次吧。”

土地之下，是无数已经死去的人。这些人向上爬着，为祈求上帝的恩惠，重获一具圣光构成的躯体。莱德卡车里的那些人，也许会拥有一具永远感受不到痛苦的躯体吧。警笛声和引擎声传来，房车和卡车被拖进草地。崭新的光的躯体——莫斯天真地希望，就像孩子那样渴望梦想成真。她感觉有只手在碰她，一回头，看见了布洛克的棕色眼睛。这双眼睛目睹过痛苦，且深陷绝望之中；从这双眼睛里能看到憧憬，憧憬那只有一瞬的平静。

02

又一个罪案现场在她的世界孪生。

克利特伍德法院街是她的过去，而这栋巴克汉诺的房子连接她的未来。*一个虚假未来*，她告诉自己。

我辜负了她。结局是真实的，以玛丽安的死亡为结局，如此沉重，令人窒息。

太迟了，我还是晚了一步。

莫斯一个人在前廊踱步，远处的草坪是片无尽的黑暗。*你相信肉体的重生吗？*奈斯特这样问过她。救护车的内舱灯照在草坪上，一片光影的斑驳。莫斯看着急救医生走向奈斯特。他的二头肌被子弹射穿，上臂撕裂了。医生脱掉他的衬衫，露出胸骨上的瘀伤，子弹击中背心后，皮肤上留下多处青紫，边缘有凸起的红色肿块。他被带到圣约瑟夫医院检查是否有内出血。

奈斯特，世界上有那么多房子，你为什么偏偏住在这里？

莫斯看着他被救护车灯光照亮的脸，他朝更换绷带的医生笑了笑——现在的他还很年轻。这并不是莫斯熟悉的那个男人，只是他的一道影子，甚至比现在的莫斯还要年轻几岁。他又是无辜的，他和未来某天会把他拴在这里的线索毫无关系。莫斯在发现玛丽安后的第二天向他求证——她问他是否知道这栋房子，但奈斯特从没来过这里，他甚至没来过巴克汉诺。

*可在另一个未来世界，在这栋房子度过的每个晚上，他都该知道玛丽安的事，知道脚下的土壤里有玛丽安的血。*关于奈斯特的回忆让莫斯头痛而羞耻。记忆里的奈斯特英俊好看，性格平和，而现在莫斯的眼前只看得到莱德卡车里的六具尸体。

奈斯特被救护车带走了，红色的警灯愈行愈远。莫斯想起小时候听过的一句话：没有人能把一张纸折叠十一次以上，不管这纸有多大。她用薄薄的报纸试过，一张巨大的长方形纸，但最多只能折十一次，最后一折已非常困难，纸片变得小小的，压成了一块砖。莫斯生命的裂缝也像这样层层折叠，奈斯特的房子和发现玛丽安尸体的房子，考特妮的房子和发现玛丽安家人尸体的房子……她心情混乱，难以压制，她想象自己的人生是一张折起来的纸，有白帆那么大，直到所有情绪都压抑成小砖块，再也折不到更小，坚硬得像块金刚石。

随着这起重大杀人案而来的是警方连续几小时的紧张工作，法医和调查人员率先进入现场，州郡验尸官随时待命，等待指令。最开始，他们对谷仓塑料桶里的化学物质有些担心和质疑，没有人知道谷仓里的实验器材是用来做什么的，因此布洛克把人员清空，以此作为防护。接到布洛克的通知后，安德伍德州长立刻向西弗吉尼亚州国家警卫队七五三师爆破小组求助。穿戴护甲的士兵进入现场排查时，外头的路都被封锁了。一五一公路上停了一排沼泽绿色的军用卡车，车子没熄火，喷出阵阵柴油尾气。

房子大门可以出入，但地下室贴了警戒带，标记了血迹。这房子是阿什莉十年前买的。她住在楼上，楼下就是苦苦挣扎的囚禁的人。她给这些人吃过饭吗？让他们洗过澡吗？莫斯能从房子的角角落落看到阿什莉的痕迹：装饰窗台的彩色玻璃、水槽里的精美餐盘——十九年后招待莫斯的那顿晚餐，用的就是这些盘子。墙上的耶稣画像显得很诡异。特工们把卧室里的纳粹物件分类收好：枪支、刺刀、军章和玻璃柜里的旗子。在未来世界，奈斯特曾跟她说这些枪是父亲给他的——撒谎。她看见军章，想起既然这间卧室曾经住过贾里德·比塔克和查尔斯·柯布，那应该还能找到些其他线索。她打开衣柜和抽屉，拉出床底下的置物箱，希望找到些关于“天秤号”的证据，比如飞行肩章或她之前在果园看见的相册。她找到一双旧靴子和人造珠宝、账单、收据、处方单。除此之外，没有别的了。

黎明破晓。草地上升起了到膝盖那么高的薄雾，周遭的景色看上去似乎浸泡在掺了水的牛奶里。搜救小组从查尔斯顿赶来，巡尸犬把房子里外嗅了个遍，接着去了侧院——未来某一天，这里将会开满野花。巡尸犬忽然停下不动了，盯着某处。工作人员用铲子挖出一个大洞，找到其余二十二人的尸体，他们的皮肤已经被强碱腐蚀液化。这些人也死在莱德卡车里，死后又被拖到院子里埋了。布洛克和莫斯看着搜救组继续往下挖。布洛克脸上写满倦意，就像莫斯第一次在克利特伍德见到他时那样。他已经精疲力竭，双眼呆滞，但又不是未来世界的那副心碎绝望的样子。布洛克是这里的顶梁柱，负责安抚人心。法医、巴克汉诺警方和穿着军旅色制服的国家警卫队都围着他打转，像清晨暮气里飘来飘去的幽灵。

“夏依，你这是自讨苦吃。”他说。

“谷仓查清楚了吗？里面到底是什么？”

“化学武器，”布洛克说，“还没完全搞明白。他们要在这儿待一天。雷管、炸弹、还有很多化学物质。”

“什么化学物质，布洛克？”

“沙林。芥子气。分成一小瓶一小瓶。还有蓖麻毒。甚至找到了埃博拉病毒。”布洛克说，“我们猜测这些人在制作各种小剂量药剂，在莱德卡车里测试杀伤力，或者测试什么样的分散手法才能使化学药品达到致死剂量。”

“在十七岁的女孩身上做测试……”莫斯说，“上帝啊！”

“应该是在复制前几年日本地铁的邪教行动，”布洛克说，“至少在使用沙林的手法上，如出一辙。有几个参与日本事件调查的同事正在来的路上。他们也想来现场看看。”

莫斯想起几年前的新闻画面：东京地铁系统沙林泄漏事件。塑料袋装着的液体沙林被邪教徒扔在地铁车厢，用雨伞尖戳破，沙林气体飘散在空气中。

“我要带一队人去黑水，就是找到石冢的地方，”布洛克说，“我带着警犬、巡尸犬，把搜查范围再扩大。你得告诉我你到底是怎么知道这个地方的，夏依。把你知道的都告诉我。”

“我想和你一起去。”莫斯说。荒郊野外，成堆的石头。她原先以为玛丽安的尸体被扔在那儿，没想到却在这里找到了。所以那石冢到底是什么的标记？还有其他受害者？莱德卡车里有六个人，克利特伍德有三个，弗里斯死在挂满镜子的房间，莫索特死在黑水瀑布……旁边的侧院尸体堆积如山，惨不忍睹。“我把能说的都告诉你，但这个案子我跟定了。”

“走吧，有些事还需要你的意见。”

温尼贝戈房车笼罩在一层牛奶似的晨雾里，像是一个幽灵。莫斯想起来在哪儿见过这辆车了——在阿什莉家果园的谷仓里见过，当时车上积了一层灰。“至少三百发子弹，保守估计。”布洛克边说边带莫斯走进房车。车厢的整面墙弹孔密布，几乎都被射穿了。“他只中了四枪。你认识他吗？”

“认识，”莫斯穿过小厨房，走近卧舱，“他叫贾里德·比塔克。”

“是你们的人？”

“海军，”她说，“NSC，和莫索特一起的。”比塔克的尸体有种蜡的质感，没有温度，又算不上冰冷。妮可曾说她是因为贾里德·比塔克的文身才爱上他的；对莫斯而言，这个文身有点像庞蒂亚克火鸟汽车的标志。他身上还有别的文身，是一行字：时代新秩序[1]。莫斯联想到在地球垂死之际，生活在金字塔里的人为一点水而奔波；她又想了想当下这个时代：一群深信新世界秩序的偏执狂和作为人类征服者的世界政府。比塔克的胸口有两处枪伤，还有一颗子弹射穿了他的脖子，除此之外，并没找到第四处伤口。泡沫床垫浸满鲜血。他的眼睛半闭着。西弗吉尼亚的法医准备解剖这具尸体，而莫斯只想知道他们能否找到他患有甲状腺癌的证据。如果有，他在未来世界因癌症早逝就是真的。“贾里德·比塔克是妮可·尼永奥的丈夫。”

“她不见了，”布洛克说，“我按你说的，叫人去她公寓找了。她也好久没去上过班了。”

“不见了。”莫斯回忆起妮可玻璃似的眼珠，她爱喝的曼哈顿鸡尾酒和两支“百乐门”同时升起的烟雾。未来世界的妮可，总是

1　原文为“NOVUS ORDO SECLORUM”，拉丁文。这是写在美国国徽背面的铭文，引自维吉尔的诗。

消失不久后就又忽然出现。她还在那家疗养院工作，还是梅滋酒馆的常客。但未来世界里，比塔克还没有发明化学武器，谁知道这会改变些什么。“好吧，继续找她，”莫斯说，她担心她所经历的那个未来已经截然不同了，“我们还是要找到她。”

“过来，”布洛克招呼，“我想让你看看这个。”

布洛克从房车前部一个没上锁的保险柜里找到几个文件，他们坐在车里的小餐桌前，戴上蓝色的乳胶手套翻阅起来。布洛克铺开一张地图和几份行动计划。华盛顿地铁的红线、美国国会大厦和参议院各房间的具体位置。

“看这个。”布洛克翻开一张阿拉斯加科迪亚克的NSC发射台示意图。还有其他地图：科罗拉多斯普林斯的空军太空总部、达尔格伦的海军空间指挥总部、卡纳维拉尔角的相关信息和休斯敦约翰逊航天中心的军事大楼，以及关于这些建筑的通风系统分布图和安保档案。布洛克给她看了纽约联合国总部的类似信息，但真正让她感到不寒而栗的，是一张CJIS大楼的地图。从某个角度而言，她知道惨案已经发生。从某个角度而言，她坐在房车里的这几个钟头，外面关于谷仓的谣言四起，而她穿越两个世界找到的线索开始重合。莫斯自然知道这其中的讽刺意味——布洛克提前发现了他们的阴谋。他在毫无意识的情况下，阻止了原本会害死他老婆孩子的CJIS袭击案。

“这些人是民间恐怖分子，”莫斯说，“主要都是些退伍军人。”

“那这些大楼是他们的袭击目标？”布洛克问。

“嗯，”莫斯说，“潜在目标。”莫斯去到的未来世界里，其他几处地点并未发生恐怖袭击，但也许别的未来有所不同？她犯下了大错，但一切已无法挽回：随巴克汉诺这栋房子而来的惊人巧合害得她伤心欲绝，她失去理智匆匆赶到这里，发了疯似的想挽救一个女孩。但她不该这样做。她应该更冷静些，先给奥康纳打个电话，至少再等一等。贾里德·比塔克在这儿，柯布也在这儿——如果她愿意等下去，还会在这儿发现谁呢？比塔克死了，柯布和阿什莉跑了，像种子飘进了风里。莫斯因此和更大的阴谋擦肩而过。

“是白人至上主义吗？”布洛克问，“我看见卧室里有些纳粹的东西。”

“不，我觉得不是，至少不是主要原因。”莫斯试着让自己从悔恨中醒过来，“他们肯定是反政府主义者。卡尔·海德克鲁格在两年前得到了CJIS大楼的地图，这地图是‘登山者’[1]组织被抓之前卖给他们的。”

“我们会试着追踪这些化学药品的来源，看看能不能找到是谁卖给他们的，”布洛克说，“我去跟防恐部门的人打听一下海德克鲁格，看有没有人认识他。我们从麦克维那个案子里已经学到了很多。”

莫斯忽然想起CJIS爆炸案中自杀式炸弹袭击者的名字，她是从某本在这个世界可能永远也不会出现的书里看到的：瑞安·瑞格利·托格尔森。他在CJIS工作，在某个可能的未来里，身体内藏着炸药走进了CJIS的大楼。第四次宪法修订增加了对“预先犯罪”的保护，这使NCIS的调查更加复杂。莫斯应该先和奥康纳聊聊，通过军事法庭申请特殊逮捕令，审讯或逮捕这个人。

“立刻向CJIS通报，让同事们小心点。”莫斯说，“这些地图

1　美国本土一个反政府组织，曾于1996年制造了FBI大楼爆炸案。

提供的证据，足够让我们检查大楼的通风和消防系统了。我觉得可能什么也发现不了，但应该提高警觉，多留心一下CJIS大楼的情况。有一个人是特别怀疑对象，可能是自杀式炸弹袭击者。他是FBI的员工，叫瑞安·瑞格利·托格尔森。”

“托格尔森，我认识他，”布洛克说，“见过面。他在我妻子的部门工作。你确定吗？他看着很老实，夏侬。托格尔森……我申请一下对他的监控吧，看看有没有什么发现。”

直到当天下午晚些时候，国家警卫队才得到允许，进入谷仓。他们安全处理了现场的化学药品，解决了残存爆炸物的危险。发现尸体后，厄普舒尔郡的法医就立刻赶到现场待命。这是一个年轻的医生，精瘦，穿衬衫打领带，戴了顶牛皮色的牛仔帽。走到谷仓大门前时，他把帽子摘下来，郑重其事地拿在手里。他听说现场发现了多具尸体，所以找了三个年纪大些的同事和他一起来，这些人的手看上去更像是牧民，而不是医生。他们穿上防护服，以隔离尸体的头发甚至蛀牙中可能残留的化学气体。

莫斯远远站着，看着那辆莱德卡车。副驾驶舱上钻了个洞，从里面伸出一根橡胶软管。这是一个移动毒气室。谷仓里自带通风系统和安全淋浴，储物柜中放了几套防护服。莫斯想象穿着黄色套装的贾里德·比塔克和查尔斯·柯布把毒气、化学物质或病菌输送到卡车后座，测试受害者的痛苦程度。

他们当时可能计划趁午夜把玛丽安从地下室转移出来，谷仓的声控灯关了，房子里的灯也关了。玛丽安应该被捆绑起来，塞着嘴，没有人能听到她的声音，至少在这里没有人。一阵狂风也许会带走她的尖叫声，却又带不到多远的地方。

我的生命就这样结束了——玛丽安也许会这样想。**在莱德卡车**

后座，在死尸散发的臭气之中。她也许以为闻到了自己的尸气，也许曾绝望地抓着车厢内壁，渐渐感觉不到害怕——莫斯仿佛看见玛丽安哭着求他们。她听到汽车引擎的轰鸣和风箱把毒气吹进橡胶管的声音。在未来世界的那些晚上，玛丽安的照片是莫斯与现实世界的唯一连接。**生命比时间伟大**，她在纸上写了这么一句话。不过是一个虚妄的希望罢了。

穿着防护设备的厄普舒尔法医和同事们在地上铺好塑料布，小心翼翼地把卡车上的尸体搬下来。四个男人，两个女人——其中一个是玛丽安。他们都赤裸着身子，浑身被化学物质严重烧伤，皮肤肿得发亮，面部五官扭曲或已被烧烂。一些人体组织已经彻底腐烂，像果冻似的从法医手里漏下来。

匹兹堡新闻电台播放了玛丽安的照片，以及直升机拍下的房子和谷仓、巴克汉诺地图、对周围邻居的采访和布洛克的一小段话。阿什莉·比塔克和一起逃跑的男人，理查德·海瑞尔，在沿一五一公路三英里外的一栋房子的前廊下被捕，镜头拍了他们的面部特写。因为海瑞尔是家得宝商场的收银员，所以新闻里还特意放了几张布里奇波特家得宝商场的照片。关于沙林毒气的报道铺天盖地，并且又提到了奥姆真理教在俄克拉荷马城地铁上的袭击。很快，克利特伍德法院街的那座房子就成了一座祭堂。最初只有几束包扎了绿丝带和玻璃纸的花，在前门廊上留下一点颜色，可没出几天，这里就堆满了各种各样的花、照片和白色十字架。莫斯坐在车里，看着追悼的人们从各地赶来。她有点后悔没有在考特妮离世时为她放上一束花。那天晚上，莫斯又回到这儿，带着一束花，一束盛开的玫瑰。

莫斯那天下午晚些时候打了几通电话，调查阿什莉后来住的那个苹果园——就是她给贾里德·比塔克办追思会的地方——是谁的房产。莫斯想起妮可曾说这房子原本属于几个陶瓷艺术家。而现在房子的主人正是“锅和水壶”公司的老板奈德·斯滕特和玛丽·斯滕特。莫斯在亚特兰大的一场艺术博览会上找到了奈德，两人在酒店房间聊了一会儿。他解释了陶器和乐陶的区别，介绍了他们在果园举办的陶艺课程，以及陶窑的尺寸等。嗯，他们目前还不认识阿什莉·比塔克和贾里德·比塔克，且没有任何想卖掉房产的想法。“至少未来几年还不会。”

莫索特一家的五具棺材分别放在西派克萨兰德拉殡仪馆的五个独立房间，但没有人能看到他们的遗体。朋友和家人聚在殡仪馆，稍事休息后再去街对面的圣派特里克教堂做葬礼弥撒。现场来了那么多孩子。高中生和初中生身穿得体的教堂服装，他们的衣服样式甚至比几周后复活节上能看到的还多一倍。莫索特一家的照片贴在棺材旁的画架上。莫斯摸了摸玛丽安的棺木。在其他排队表示敬意的哀悼者的注视下，低头祈祷。

葬礼开始了，牧师依次为每个死者祈祷。莫斯一个人坐在后排的座位上。圣派特里克是莫斯小时候常来的教堂，她的母亲是个并不虔诚的天主教徒。莫斯还记得主日学校、她白色的圣餐礼裙，以及圣饼和葡萄酒的味道。圣派特里克并不像匹茨堡教堂那样由巨大的石头建造，它更像是当代重建的，有深红色的墙壁、钴蓝色的饰边和粉色、绿色、黄色组成的玻璃窗。祭坛画设计很是大胆，镶满了猩红和金色的宝石。祭坛上的十字架雕塑总能吸引莫斯的注意，阳光透过彩色玻璃，在十字架上打出五彩斑斓的光。耶稣基督似乎飘浮在祭台上，张开的双臂像是翅膀，好像要不是被钉在十字架上，他就能远远地飘走了。

一种令人窒息的、无法忍受的痛苦和孩子们悲伤的痛哭声。莫斯没等葬礼结束就先离开了，她记得这种从教堂逃走，被解放了的感觉。新闻车停在街对面的殡仪馆停车场，等着用镜头记录葬礼、教堂以及几个流泪不止的孩子的脸。

空气里难掩清寒，但阳光下还算暖和。莫斯沿西派克街走着，试图让自己清醒过来。她穿过车轨和莫甘扎繁忙的十字路口。必胜客的停车场停满了车，很多家庭来这里吃午餐。后院的蓝色垃圾桶之间，正是考特妮被害的地方，莫斯就是在这儿找到了朋友的尸体。其中一个垃圾桶几年前被换过了，但剩下几个似乎还是1985年的那几个，从将近十二年前，一直用到现在。莫斯靠在砖墙上，想起了过去的事。她为考特妮、为玛丽安和玛丽安的家人、为自己哭个不停。她记得昏暗灯光下父亲的脸，他把自己从床上抱起来，抱着她转圈。父亲的呼吸有股青草味，头发里是烟卷的味道。她为失去的一切、为消失的一切而哭泣。必胜客后面就是夏缇尔河，这条窄窄小河的两岸长满了水草。莫斯坐在户外餐桌的长凳上，来必胜客吃饭的小孩经常凑在这里吸烟。她看着那浑浊的水，垃圾散落在泥泞的河岸。多么安静——以特有的自由方式——莫斯的灵魂离开坎农斯堡，街上的车声变成了白噪声。阳光击中水面，激起银色的火苗，光彩夺目。但莫斯不喜欢这种感觉。这个地方并不美丽，它是一切的终结。

电话响起，铃声吓了她一跳。她没有理睬。片刻安静后，再次响起铃声。她看了看，是布洛克打来的。

“喂？”莫斯说。

“莫斯，”布洛克听上去欣喜若狂，“是你吗，莫斯？”

“我在莫索特一家的葬礼上，”她说，“玛丽安，还有——”

“夏依，我有好消息要告诉你，”他丝毫掩饰不住自己的喜悦，“我不知道到底是怎么回事，但我有好消息。我们找到她了。”

莫斯没有说话，只试图弄懂他的意思。*我们找到她了*。树枝在河面搭起了一个拱形的罩子。落叶混进河岸的泥巴里，斑驳不堪，又被河水渐渐冲走了。她看见树叶在水涡搅成一团，卷入管道投射在水面的阴影之下。

“我们找到她了，”布洛克说，“她还活着。我们在树林里找到的她，她还活着，夏依！我们找到她了！”

“谁？”莫斯问。

“玛丽安，”布洛克说，“我们找到她了。玛丽安还活着，夏依。她还活着。”

03

弄错了，这是莫斯的第一个念头。他们认错人了。

因为她见过那具尸体，在莱德卡车后座的玛丽安的尸体。女孩的阿姨、舅舅都从俄亥俄州赶到查尔斯顿的法医办公室辨认过遗体了。玛丽安的阿姨忍着恶心，仔细检查了尸体，认出女孩左膝盖内侧的酒窝状疤痕，这是之前她练体操时受的伤；还有摘除阑尾时留下的伤疤。毫无疑问，这是她姐姐的孩子。

想必布洛克找到的，是一个和她长得差不多，命运却截然不同的十七岁女孩……

玛丽安，布洛克坚持说，**她还活着**。

他和手下的人在黑水瀑布附近的森林里找到了石冢，开始了全面搜查。傍晚时分，他们四散在森林中，想找找是否还有其他石冢，试图分析这些石头到底标记了什么。忽然，其中一个同事尖叫起来。他找到一具虚弱的人体，皮肤苍白透着血管的蓝，头发是泥土的颜色。被霜打了的衣服有些僵硬，光着脚。发现她的地方是一条干涸的河道中央。她的皮肤潮湿，头发结着一层薄冰。**和玛丽安好像**，布洛克心想。他用手掌摸了摸她的脖子，皮肤冰凉，但有隐约脉搏……

如果布洛克没有发现她，那她会怎样？莫斯很想知道。她也许会死吧。就这样躺在森林里许多年，身体在干涸的河道里逐渐腐烂，直到挖参的人看见地上的红色浆果，挖出她的骸骨。

“她的精神受到很大打击。”布洛克带莫斯走进普雷斯顿医院。光秃秃的墙壁，浅黄色的木质会议桌。布洛克嚼着甘草棒，嘴里黑乎乎的。

“到底怎么回事？”莫斯说。

“要么就是我们……我们埋葬的不是玛丽安，要么就是现在这个女孩不是玛丽安，”他说，“她俩长得太像了，甚至连我都觉得自己是不是搞错了。我一开始觉得她肯定不是玛丽安，但她告诉了我她的名字——”

“她醒了？”莫斯问。

“很虚弱。”

“还有谁知道她？”莫斯问。

“洛克伍德，这里的院长，”布洛克说，“还有一个专门提供护理服务的小组。几个护士和施罗德博士。我手下的人，一共六个。我的上级。他们都知道我们找到了一个女孩。”

“你还没有通知她的亲戚吧？”

“没有。”

“你和玛丽安谈过了？”她问。

“夏侬，她和玛丽安一模一样。一模一样，这太蹊跷了。”布洛克说，“她说他们杀错人了。她很害怕。我们找到的其他人的遗骸，已经被化学药品烧毁了。玛丽安的阿姨看到遗体前，已经做好这就是玛丽安的准备了，所以也许是她认错了呢？我觉得我们应该把这个女孩的DNA和遗体比对一下。”

分身，莫斯心想。一定有人穿越到未来世界，发现了那里的玛丽安，把她带了回来。这似乎不太可能，却也是她能想到的唯一一种可能。

“她有没有说发生了什么？”莫斯问。

“弗里斯绑走了她，”布洛克说，“是埃里克·弗里斯把她从凯马特商场带走的。她认识他。”

这个名字在莫斯耳朵里嗡嗡作响，渐渐息声。**弗里斯**，“天秤号”船员，在一个全是镜子的房间里自缢而死。玛丽安认识他，他是她父亲的一个朋友。

“有人告诉玛丽安她家人的遭遇吗？”

“她知道，”布洛克说，“她看电视了。”

普雷斯顿医院的轮班经理施罗德博士打扮非常讲究，银色的头发卷着大波浪。这个优雅的女人带着温柔的南方口音，高跟鞋在地板上哒哒作响。

“又冷又湿——她说她正在河里游泳。我们把她带到这儿时，她已经有严重的低体温症迹象。说实话，我没帮上多大忙，好在她现在恢复得还算不错。我特别担心她的脚。伤痕累累啊，可怜的孩子，没有鞋穿，前几夜气温又那么低。虽然现在她能自己走去浴室和厕所，但肯定每一步都像踩在刀尖上。”

莫斯深吸了一口气，“她不会被截肢吧？”

“情况还不算明朗，”施罗德博士说，“但没生坏疽。她恢复得不错。外面发生的事，她没有细说，这是经历创伤的人的正常反应。她似乎很困惑，我猜。低体温症会影响记忆力，所以你得有耐心。”

布洛克安排手下在玛丽安的房外守着，有几个医院的保安还有几个FBI特工，莫斯记得在巴克汉诺那晚曾经见过他们。他们互相点头问好。

“她应该醒了，”施罗德博士说，“她的体核温度很低，有点反应迟钝。”

“我想单独和她聊聊，”莫斯说，“等我们聊完，我再去找你，行吗？”

“嗯，当然，”施罗德博士说，“我去找你同事，或者直接回办公室。有任何需要都可以联系我。对了，她的床边有个呼叫键，如果有事可以按那个，找值班护士来。”

莫斯听见屋里的电视声和一阵笑声。她等不及想见到这个女孩，于是敲了敲门。

“进来。”

玛丽安从床上坐起来了。她胳膊的静脉上扎着点滴，鼻孔里插着氧气管，身上还连了检测体征的仪器，但她看上去仍然不失舒适。她清醒而虚弱，头发朝后梳，显得脸圆圆的。即使莫斯了解分身的事，她也从未真正接触过分身。她以为分身是一模一样的两个人，现在才知道自己错了——这个年轻女孩就是玛丽安·莫索特本人。

玛丽安扭头看向莫斯，“我到底怎么了？每个进屋的人都要盯着我看。”

她手腕缠着绷带——是在爆炸中受伤了吗？莫斯猜测。或者是自杀未遂？并没有人提过这件事。电视挂在墙上，屏幕里正在放《宋飞正传》。

“你没怎么。”莫斯说，她想起人们看见她时总是先注意到她的假肢，因此猜到了玛丽安的不安。“你是玛丽安吗？”她故意装成什么都不知道的样子，心里有些愧疚，“我是夏侬。我是海军犯罪调查局的人。能和你聊聊前几天发生的事吗？”

“我什么也不记得了。”玛丽安说。

“嗯，可以理解，”莫斯问，“你介意我先坐下来吗？”

屋里只有一把椅子，就放在床边。心脏监视器的声音响亮有力，某个莫斯并不认识的机器则发出闷闷的声响，房间里气氛紧张。她上午刚刚参加了玛丽安的葬礼，亲眼看见一位牧师拿起圣水在她的棺木边祈祷。

“我听说你已经跟其他人聊过了，”莫斯说，“我的同事，威廉·布洛克。你可能奇怪，我为什么不和他聊，非要来找你。”

莫斯发现玛丽安有点颤抖。是太冷了吗？还是回忆让她害怕？

“你还好吗？”她问。

“我不知道。”玛丽安回答。

莫斯按了呼叫键，没过多久，护士就来了。她在不碰到那些管子和线的情况下，小心翼翼地把玛丽安的毯子盖到肩膀。玛丽安要了一杯茶，护士端来一塑料壶的热水和几个“立顿”茶包。

“我没事，我能理解，”玛丽安说，“我觉得那个男人——布洛克——他并不相信我。所以你想自己来问我，是吗？”

“不是相不相信你的问题，”莫斯说，“我想亲口听你说。我不想从别人那儿听到你的故事。”

“我看见了我自己，他告诉你了吗？我看见自己在那片森林里，”玛丽安说，“那些人可能想杀了我，但他们只把她杀了。”

一阵惊人的、似曾相识的感觉。*我也在一片森林里看见了自己。*雪峰在两侧蜿蜒，一个身穿橙色太空制服的女人向她伸过手去。“我相信你，”莫斯说，“把一切都告诉我吧。你是怎么跑到那儿去的？”

“我爸爸有个朋友，叫弗里斯，”玛丽安说，“他的一个战友。爸爸过去一直照顾他，好像他无法自己照顾自己。他这人不太正常，他……我觉得他的大脑受过伤。他和爸爸一起骑摩托车。他等我下班后来找我，让我和他走，说我家出事了。”

“你为什么没开车？”莫斯问，“你的车还在停车场。”

“他说发生了一些不好的事，让我最好别开车。我当时好害怕——”

她突然有点呼吸困难。莫斯拉过女孩的手，轻轻握着。“想哭就哭吧，”她说，“哭一会儿，没事的。”

“他们杀了我妈妈？我家人都死了，是真的吗？为什么啊？”

莫斯握着她的手，“很抱歉，”她说，“我也不知道这一切是为什么。我也想知道为什么。”她试着安慰玛丽安，但她知道玛丽安恐怕永远也走不出来了。“给我说说关于弗里斯的事吧。他把你带到了什么地方？”

“他不肯告诉我到底发生了什么，只说要带我回家，”玛丽安说，“但他往一条我不认识的路上走，我问他要去哪儿，他停下车，绑住了我的手腕。他把我塞进卡车后座。”

“他把你绑起来塞进后座的？”

“用绳子绑着我的手腕，”玛丽安说，“嘴里还塞了东西。我……这……我什么也不知道。”

“我相信你，”莫斯说，“我需要知道发生了什么。”

“那个FBI的人，在你之前来问我的那个人，他不相信我。他一直想抓住我说谎的证据，问了我好多问题，同样的问题反复地问，但我没撒谎，我发誓，我向上帝发誓，我真没撒谎，我只是搞不懂。”

“玛丽安，弗里斯到底把你带到哪儿去了？”

“一个我爸爸以前经常带我去的地方，”玛丽安说，“我们家经常去那儿度假，但当时弟弟妹妹还小，所以我爸爸只带着我。他说那里是‘瓦多戈’。好像是他随便编的名字，我猜。就像《彼得·潘》里的‘永无乡’。”

“瓦多戈，”莫斯说，“瓦多戈在哪儿？”

“我当时只是个小孩，我也不知道。我们住在森林里，他还有一些朋友，有时候是朋友一家。我们在一个小屋里碰面。那片森林都是一种叫铁杉的松树，还有条河。他喜欢钓鱼。那里还有一道瀑布。石头里有各种各样的洞，我喜欢躲进去，藏起来。”

“是黑水瀑布旅馆吗？”莫斯问。

“可能吧，我猜，”玛丽安说，“他好些年没带我们去过那儿了。我喜欢那个地方，因为有时候我觉得小屋里的镜子好像是活的。有时候我从里面看见另一个自己，我把她当成一个镜子女孩。她是我的倒影，一直陪着我。你知道吗，就像彼得·潘和他的影子。我只见过镜子女孩几次，她好像站在河对岸。我爸爸对我说她不是真的，只是我想象出来的朋友，因为我一直没什么朋友，所以她像我的一个白日梦。”

“这就是弗里斯带你去的地方？”莫斯问，“去了那个小屋？”

“不是那个小屋，但是同样的地方，那些树都一模一样，”玛丽安说，“我不知道他开了多久，路上很颠簸，我都磕伤了。大概过了一个世纪那么久，车子停了下来，他打开后车门。我看见天还黑着，离早晨还有好久。弗里斯把我从车里拽出来，推着我进了森林。他说：‘对不起。’一遍一遍地说，说他不想让别人伤害我，但已经太晚了，我全家人都会在一天之内死去，但他不想看着我死，所以只能照他们说的做。”

“他们是谁？”莫斯问。

“我也不知道。是某种声音？”玛丽安说，“他吓坏了，我能看出他很害怕。他忽然把我推倒在地，这时候我才发现自己在哪儿。他带我来了瓦多戈。”

“你怎么知道的？”莫斯问，“大半夜的，又是在森林里——”

“因为有一棵树，是瓦多戈的标志，一棵老死了的，像骷髅一样的树。它从上到下都是白的，没有树叶。瓦多戈树。我听见记忆里河流的声音，就在那棵树旁边。”

瓦多戈树——莫斯想起来了。当时她在森林迷路的时候，看到这棵树不断重现。它就是弗里斯家的骨树，那间全是镜子的房间里的树。玛丽安的父亲叫它瓦多戈，派特里克·莫索特生前知道这个地方。

“我跟他说：‘愿基督怜悯你的灵魂。’他说要带我去看时间的终结。”玛丽安说，“我很害怕，不知道他在说些什么。他说周围的一切像是一个‘结’。”

“你们是不是在瑞德朗河旁边？”莫斯问，“河边有个空地，周围全是松树。”

“他带我经过瓦多戈树，我们到了那片空地，眼前就是河。我们在这片森林的某个角落，周围是其他瓦多戈树，有很多，排成排。他推着我往前走，从一棵倒在河面的树上走过小河，温度一下就变冷了。太奇怪了，是不是？在河的另一头，我的脚陷进泥里，天空被树遮住了，边沿参差不齐，就像一张大嘴。我们看见自己的倒影，好像从万花筒里看到的自己——一遍一遍一遍重复，包围着我。我不想再看下去了，我求他放了我，可他说要带我去见上帝，他抬起我的头，我看见河面上空，耶稣被钉在十字架上。但十字架是颠倒的，耶稣的嘴里全是血，上帝啊！上帝啊！他的皮被人剥了……”

莫斯差点大叫出来，但玛丽安也在这儿，她只能走到房间的一角让自己镇定下来。她看着窗户，玻璃上是自己的镜像。**玛丽安见过末界了。她看见了倒吊人。**

“弗里斯说他必须再把我绑起来，”玛丽安说，“他带我回到瓦多戈树，把我推倒，让我抱着树干，再用绳子把我手腕捆起来。他说有人会来找我的，会带我去别的地方。我问他他们会带我去哪儿，他说他也不知道，他没有资格知道。他说：‘我已经被毁了，所以我没有资格知道。’后来他扔下我走了，我就这么一个人被扔在森林。周围好安静啊。一点声音都没有。”

“你被绑在那儿多久？”莫斯问。

“我也不知道，”玛丽安说，“不久吧。还不到一个钟头。我听见他走远了，就开始拽绳子，手腕那里的绳子被我一点点拽松了。就这样拽了一会儿，我的手就能抽出来了。”

她举起手腕，让我看她的绷带，“弄得浑身都是血。”她说。

“但你终于自由了。”莫斯说。

“嗯，我要冻死了，我的头发和衣服都是湿的，因为刚下过雨。我也不知道自己在哪儿，但我记得爸爸之前带我去的那个小屋，应该离这儿不太远。我觉得我能找到。”

“你知道你当时在哪儿？”

“我以为我在河的另一侧。但我找不到刚才过河走的那棵树了，所以我想蹚水过去，要是水太深，我就游过去，”玛丽安说，“河水冷得像冰，还有一阵阵的急流。水漫到我喉咙，但我还能走。后来我站不稳了，被水冲倒了，但我还是穿过了河，爬到对岸。我从来没有这么冷过。我走过那片小草坪时，甚至感觉不到自己的脚趾头了。”

“你还活着，已经是万幸了。”莫斯说。

“我几乎走不了路了，我感觉不到自己的脚，但周围的东西一点没变，好像我只是绕了一个大圈。后来我发现，我总是不知怎么就走回原点，总是在河的另一边。我看见泥地里有卡车轮胎印——应该是弗里斯的卡车，我想。轮胎驶过的时候溅出一些泥浆。我跑回森林，就是在那儿看到了她。”

“谁？”莫斯说。

“镜子女孩，”玛丽安说，“我先看见她的黄色衬衫，就和我的那件一样，然后发现她也被绑在树上，就像刚才的我，绑在同一棵树上。我走近了点，看见她的头发湿漉漉地垂着。我绕过大树，想从正面走近，省得吓着她。她看见我，说：‘我认识你。’我说：‘我也认识你。’”

“你们最后一次见面的时候，都还是孩子吧。”莫斯说。

“我想帮她松绑，所以让她像我之前那样慢慢拽松绳子，她也拽了，但没用。我试着帮她，但她不是被绳子绑住的，而是铁丝。她的胳膊和手上都是血，伤得很严重。她之前也挣扎过，但完全没用，铁丝一点都没松。我试着帮她，但一拽她就疼得受不了，我也不知道该怎么办了。所以就待在那儿陪了她一会儿。”

“你必须得走。”莫斯说。

“我当时比她还惨，因为在河里冻了好久，”玛丽安说，“我太冷了。我感觉自己在结冰，浑身都是湿的，不停发抖。她让我去找人求救。她说她没事，她爸爸会来找她，她爸爸知道她在哪里。”

“所以你就去找人了？”

“我走了之后又发生了什么，全不记得了。我觉得自己要死了。脑子一片空白。后来再睁开眼，已经到医院了。她可能还留在那儿。她还在那儿。”

“我们会找到她的。”莫斯心想，*一个玛丽安正在眼前，而另一个在那辆莱德卡车里*。“玛丽安，为什么会有人追杀你家人？”莫斯问，“你能想到谁会做这样的事吗？为什么要这么做？谁和你爸爸有仇？”

“太恶心了，”她说，“我根本想不到谁会做这样的事。”

“也许是之前的海军战友之类的？”莫斯已经知道应该是海德克鲁格和柯布杀了她的父亲，但她想听玛丽安说出这几个人的名字。惨案的受害者往往都知道凶手是谁，以及他们为什么要来杀自己。“你父亲最近和谁联系过？”

“你要知道，我爸和别人不太一样，”玛丽安说，“他总是胡思乱想。他说自己参加了什么海军行动。妈妈不想让他跟我们说这些，但他有时候老是忍不住，好像这些话是从他嘴里冲出来似的。他说——他告诉我妈妈海军让他用指甲建一艘船，我知道这听起来太疯狂了，好像是我记错了，但他真是这样说的。他说那艘船能运载死亡。”

“什么意思，玛丽安？”

“我不知道，爸爸经常不在家，”玛丽安说，“他总是和朋友在一起，和弗里斯他们一起喝酒。还有他的律师，他经常去找她。”

“谁是他的律师？他为什么要找律师？”莫斯问。

“有几次上床后，听见他和我妈妈说起这件事，”她说，“他在起草一些合同，不知道为什么。所以需要找个律师。我妈妈问他律师能不能帮我们搬家，但他说不想让她搅进这些事。”

“你们要搬家？”莫斯问，“为什么要搬家？”

“我想和学校里的朋友一起高中毕业，但她说我们必须得搬，等我爸爸一收拾好就要搬。妈妈不知道他什么时候能收拾好，可能是我毕业前，也可能就是下周。他们甚至不告诉我要搬到哪里，但我听他们提起了亚利桑那州几次。”

“想想其他你父亲见过面的人，”莫斯说，“还有没有应该让我知道的？你说有个家庭律师。你觉得这个律师和这件事有关系吗？”

玛丽安皱了皱眉头。她说：“我不觉得，说不上为什么。但有件事——”她忽然停住了。

“告诉我吧，”莫斯说，“不管你说的对还是错，我都想知道，这样我的工作才能继续。”

“我爸爸出轨了，”玛丽安说，“我觉得我妈妈好像不知道，但我看出来了，我看出有些事不太对。我听见他打电话。”

妮可。“你知道他和谁在一起吗？”莫斯问，但玛丽安摇了摇头。“你听见他打电话？”

“他用传呼机，接电话的时候总是神神秘秘的，我知道这代表了什么，我心里清楚。”玛丽安说，“我妈妈一定在装没看见，她在欺骗自己。但几个星期前，一天早上，我听见他在电话里和人家吵了起来。好像有人在威胁他，我听见他说‘别告诉他’，我觉得说的可能就是那个女人的老公，或者男朋友。‘我想见你，别告诉他，先别告诉他。’然后他挂了电话。他离开房间后，我按了重拨键，那边是一个女人的声音。我立刻把电话挂了。”

“你觉得这个女人要对谁说呢？是你爸爸认识的人吗？”

“嗯，应该认识，”玛丽安说，“听上去他好像认识我爸爸。”

“如果我说出一个名字，你能认出来吗？”

“我试试吧。”

“查尔斯·柯布？”莫斯说，“贾里德·比塔克？”

“我不知道，”玛丽安说，“感觉不像。”

“卡尔·海德克鲁格？”莫斯又问。

“是，我爸爸提到过这个人，”玛丽安的眼神有些惊恐，好像见了鬼，“我爸爸很怕这个人。他以前和他见过面。我爸爸叫他‘魔鬼’，还说过‘魔鬼’能用眼睛吃人。”

医院的走廊是个令人不安的空间：空无一人，转角后又是更深远的空无一人。惨白的荧光灯在光滑的地面反光，两侧是无数的门。*如果我们没有发现那辆莱德卡车，事情会变成什么样？*莫斯想不到答案。贾里德·比塔克和查尔斯·柯布会把玛丽安的尸体处理掉——扔在哪里呢？也许是巴克汉诺房前的坟堆。这个玛丽安又会怎么样？登山者发现她的时候，她可能已经死了。莫斯想象着这个年轻女孩可能的生活，充满了痛苦、困惑和失眠，深夜的电视里正播着朋友们对她并未发生的死亡的哀悼。玛丽安今夜将独自度过，余生的每个晚上，她都只能一个人。

“怎么样，夏侬？”莫斯回到会议室时，布洛克问道。莫斯从身后关上门，从塑料壶里给自己倒了杯咖啡，加奶粉、砂糖，又用一根红色的塑料吸管搅拌好。弗里斯带走了玛丽安，把她带到森林里。他向她展示了时间的终结，把她绑在瓦多戈树上。一个玛丽安被铁丝绑着，另一个玛丽安被绳子绑着。一个玛丽安死在莱德卡车上，另一个玛丽安还活着。

“真是太可怕了——你看新闻上的那只多莉羊了吗？我们生活的这个时代有多恐怖啊，”布洛克说，“不可能的事都成了真。那只羊原本不该存在的，但所有人都这么接受了它。我们怀疑世界上到底有没有奇迹，但奇迹一旦发生，反而和其他事没什么不同了。克林顿上周下了禁令，我看见新闻上说克林顿总统禁止人类克隆，但现在这里发生的——”

“不是人类克隆，”莫斯说，“今晚先让她好好睡一觉吧，要是她能睡着的话。守着她的房间。她还没有脱离危险，如果有人知道她在这儿，一定会来找她。布洛克，让所有知情的人都闭嘴——什么也不能说。如果可以的话，我们可以启动‘证人保护计划’了。至少先保护她离开这儿，尽快吧！”

布洛克走了之后，莫斯在这儿又待了一会儿。餐厅已经关门，灯光半明半暗，施罗德博士告诉她玛丽安服下镇静剂后很快睡着了。她就着几块香草味的奥利奥喝了杯咖啡，顺便清理自己的思路。今晚有三个特工轮番站岗守着玛丽安的房间。布洛克临走前，答应向上级申请玛丽安的证人保护，他会找NCIS和美国法警协调这件事。还要给玛丽安的舅舅和阿姨打电话，硬着头皮告诉他们那个已经下葬了的孩子其实还活着。

莫斯面前的餐巾纸上满是蓝色圆珠笔的笔迹，在她想明白之前，纸上涂的只是一些线条和阴影——*森林里的某个地方，瓦多戈*，她写了两遍。还有：*一个绑着铁丝，一个绑着绳子*。十个特工可能穿越到十个未来世界，带着不同的细节回来汇报。当无限的未来成为一种可以被观察到的现实时，存在则沦为一次偶然，或一种可能。生与死只取决于小小的细节——在某个世界，玛丽安的手腕被铁丝绑着，而另一个世界里，则是用绳子。*她的分身是从哪儿来的？*莫斯写下这个问题，再次陷入思考。

离开医院前，她把笔记撕了，又给奥康纳打了个电话——已经过了午夜，但他还没睡。他看过巴克汉诺那栋房子的档案记录，和

FBI那头通过信了，但关于玛丽安分身的消息还是让他大为吃惊。电话打到最后，奥康纳答应第二天一定带着其他特工来坎农斯堡。

“你下一步准备做什么？”他问。

“我们要找到瓦多戈。”

快到凌晨一点了，莫斯离开普雷斯顿医院，开了一个小时的车才到家。曲折的乡间小路被树木遮挡了七七八八，乌黑一团。偶尔前方没有遮挡时，莫斯能看见月亮和斑点星火。银色的海尔—波普彗星，条纹状的尾巴像女人的飘飘长发。

她曾经见过这两侧的树，但那是很多年后的事了，当时她和奈斯特在车里，急切地想找到发现玛丽安遗体的地方。不过今天上午的迦南山和她记忆里的几乎没有相像，寂静的林间空地、草坪、云杉、冷杉、铁杉……沐浴在黄油一样的阳光下。护林员用橙色的警戒带标出进山的路线，她开到斜坡上的一块平地，看见奥康纳的斯巴鲁已经停在树下了。目的地离这里只剩最后一段路。山上的小路比她记得的干净一点。二十年后，这里杂草丛生，奈斯特不得不帮她清理树枝，踩平杂草。而现在，想找到落脚点已经简单多了，路也好走一些。她穿着登山鞋，一路走到布洛克昨天早上发现玛丽安的那条河道。

“夏侬，过来。”

前面站着两个男人，他们之间隔着一定距离。奥康纳连夜从华盛顿开车赶来，想亲眼见见玛丽安，和这片森林里的空地，瓦多戈。作为一个狂热的户外运动爱好者，他看上去像爱德华时代油画里的猎人，拄着登山杖，穿了一双到膝盖的橡胶靴。莫斯能通过身高和体型认出奥康纳边上的男人，她很确定是他，但他和之前的样子不太一样了。恩乔库。他剃了光头，黑色的胡须线条分明。两只耳垂上都戴着金环。奥康纳介绍他的时候，他笑了笑，莫斯说：“我们以前见过面，恩乔库博士。”

“我请博士连夜从波士顿飞过来，因为玛丽安的事，”奥康纳说，“他之前处理过‘分身’的案件，有经验，他在麻省理工的研究就是关于‘狭窄空间’的。”

“是埃弗里特空间和勃罗时空结的可折叠性，”恩乔库说，“很高兴认识你，夏侬。或者说，很高兴又第一次见到你。”

莫斯开心地发现岁月的痕迹从这个男人身上消失了，但她隐约记得他说过的，一个女人用手指在萨克斯风上演奏出美妙的音乐。她忽然想起恩乔库遇到这个女人的日子，“沃利，你现在应该在波士顿，”她说，“你应该去认识一个人。”

恩乔库的脸上掠过一丝疑问，像落叶的影子一闪而过，但他笑了笑，“路有很多条。”

奥康纳拄着拐杖大步往前走。莫斯和恩乔库速度稍慢，跟在他身后。*你见过流星花开花时的样子吗？*莫斯脑中浮现出一个画面：恩乔库经过邻居家的花园，看着那些美丽的花，思考着哲学问题。现在，他在森林里时走时停，伸手摸摸花瓣，或者蹲下来看看昆虫，自言自语地说某只蜘蛛的网是漏斗形的。

“这里是一处石冢，”走在前头的奥康纳说。

这个地方喷了橘色的粉末喷漆，地上画了个十字，一下雨就能被冲掉。石冢正是莫斯想象里的样子，只是堆得更仔细些：一个用平坦河石堆成的金字塔，大概有一英尺半那么高。为保持平衡，石堆建在了一根倒下的圆木上，圆木长满了菌类和苔藓。

“目前为止，FBI已经发现了四个这样的石冢，”奥康纳说，

“其中两个在河对岸。”

“我以为这些石冢是为了标记玛丽安尸体的位置，”莫斯说，“它们应该能带我们找到尸体的埋葬地。”

“标记的，是玛丽安所说的瓦多戈树。”奥康纳说。

“看这里，”恩乔库说。他打开一个袖珍笔记本，给莫斯看他画的几个小圆点。他把小圆点用线连成各种形状，是几个尖尖的星形。恩乔库说：“这些石冢之间的距离相等，如果你把每个石冢看作是一个点……”

“我们会在这些星星的中心位置找到一棵烧焦的树。”奥康纳说。

“我想去看看。”莫斯说。

走过一片蓝莓灌木，莫斯的袜子上沾满毛刺和蓟。又走过一片散布着巨大岩石的草坪，他们终于接近瓦多戈了。耳边是河流湍急的水声，就像森林急促的声音在耳边低语。

“奥康纳打电话给我说起玛丽安时，我觉得她所谓的瓦多戈应该就是我们说的‘狭窄空间’，”恩乔库说，“海军研究实验室把这种空间叫作勃罗时空结。”

“我之前听过这个词，”莫斯说，“在那次培训上。勃罗时空结，是量子泡沫的残留物。”

“太对了。残留物，可以理解成一种污染。勃罗驱动器影响了时空，”恩乔库说，“时空结是一种密度无穷大的奇点事件，它能打破量子引力影响，引发叠加效应。波函数坍缩可能不会发生。同时共存的埃弗里特空间——”

“等等，这我可听不懂了。”莫斯说。

“就是分身。”他说，“我们到了，就是这棵树。”

松树的树皮呈灰白色，在周围一片翠绿的常青树中格格不入。“对，”莫斯认出了这棵白树，“就是这里。”她上一次看见这棵树，还是迷失在末界的时候。她当时只觉得这棵树一遍一遍地重复出现，像一个递归的公式，像镜子里的镜子。之后的几年，她一直想找到这棵树，但再也找不到了，她觉得是自己记错了，出现了幻觉——现在又一次看见它，竟像心里的疑惑得到了确认和解脱。然而在恩乔库和奥康纳的陪伴下，这个地方显得并不可怕了。太阳升起，莫斯穿着夹克，觉得浑身发热。

没什么可怕的，但也没什么是正常的。瓦多戈被烧焦了，但没有完全烧毁。莫斯以前见过烧焦的木头，那是火灾后的森林，地上一层厚厚灰烬，烧焦的树干像排排的柴火。瓦多戈并不像被火烧毁了，反而像因火而存在。树皮上有一层斑驳的浅色灰屑，几乎像是白的，莫斯摸了摸树干，感觉更像是块石头。她摸着树枝，发现竟像玻璃一样光滑而脆。

莫斯往河边走去，“我一会儿就回来，”她朝还在研究瓦多戈树的恩乔库和奥康纳说。她匆匆走向那水声，穿过河边的树林，到了一片裸露的岩层。面前就是汹涌的瑞德朗河，扭曲的急流，灰白的浪击碎在锯齿状的石缝中。稍微平静些的地方，河水被周围的铁杉树染成了茶色。莫斯想起几十年后这里的样子。那是末界的一个冬天，两岸的菊花、柳树和盛开的月桂花丛都不见了，取而代之的是夹杂着冰碴的疾风和似乎要把她刺穿的寒冷。她就是在这儿被倒吊起来。她的倒影就在那里，一个分身。莫斯回头看了看森林，有点期待地想看见一个穿橘色宇航服的女人伸出手来，向她求助。但身后没有人。

“我来过这儿，”莫斯回到恩乔库和奥康纳身边，说，“这里就是我出事的地方，我很确定。我在这儿看见另一个自己，看见了我的分身。”

“狭窄空间是不可预测、不稳定的。有时候它毫无生气，有时候像地狱一般令人毛骨悚然，”恩乔库说，“倒影、分身、封闭的时间曲线。”

“想听懂沃利的解释，有时候需要量子力学博士的水平，”奥康纳说，“也许他能为了咱们，说得更详细点。”

“我了解分身，”莫斯说，“但……这不是一个人，这是一片空间啊！”她意识到自己并不能完全形容出对这里的感觉。白色的树、松木林、这条河，都和她记忆里的一模一样，她很确定，但不知怎的，她仿佛看到的只是自己回忆里的画面，而不是这个地方本身。“就像，我能看见一百棵这样的树，成百上千棵……不论我看哪里、哪个方向。好像世界在我这儿渐渐消失了——”

她的思绪很快被打断了——最初感觉像一阵癫痫或中风，伴有突发的精神失常，甚至连眼睛都看不清身边经过的树。松林更茂密了，长得也更高大。恩乔库艰难地在树枝中穿行，莫斯和奥康纳跟在后面，来到了那片空地和瑞德朗河——但他们好像来到了河的另一侧。那棵白色的瓦多戈树更像在远远的对岸，而不是他们身后。

“这边，”恩乔库说，“不知道为什么，咱们好像绕了一圈。咱们得过河。”

莫斯阻止了他。他们按原路返回，竟然又回到白树附近。他们想找到那条干涸的河道，顺着它找车，但他们似乎迷路了，一圈圈绕着白树打转。恩乔库苦笑两声，紧接着穿过一片松树，又看见那棵白树。

过了一会儿，晕头转向的感觉消失了。他们在白树旁找到一片做过标记的树林。仿佛之前走过的那些路和那棵重现了无数遍的白树，都是障眼法罢了。

恩乔库的笑声响亮如号角：“我说什么来着，是不是像地狱一样让人害怕！”

“快走吧，离开这儿，”奥康纳的身子撑在登山杖上，头晕眼花，他简直对世界都失去了信任，“我们不该来这儿。”

莫斯记忆里的感觉更清晰了——迷失方向、重复出现的树。她只想赶快离开这里，恨不能跑在最前面，恐惧让她的心脏怦怦地跳。等她跑到石冢的木头上坐下休息了一会儿，恩乔库和奥康纳才刚刚追上来。这里已经看不到瓦多戈了。

“这感觉就像你穿越未来世界的时候，勃罗驱动器点着的那一瞬间，”莫斯说，“你觉得所有可能都会在此刻发生。”

“沃利认为正是勃罗驱动器创造了这个地方。”奥康纳说。他满头大汗，一脸通红。

“我想，勃罗驱动器也许就是这个特殊地点产生的原因，”恩乔库说，“勃罗时空结最奇妙的一点，就在于它是超越时间而存在的。这本身就是个悖论！如果我们假设勃罗驱动器创造了狭窄空间瓦多戈，那么勃罗驱动器可能会在任何时间启动，包括未来的某个时间，或过去的某个时间。我们认为时间是连续的，但时间却是可变的、非线性的。”他说，“你看见了一棵烧焦的树，树皮上全是白灰？”

莫斯点了点头。

“好，现在这样想：烧焦这棵树的大火也许并不会发生，在未来三百年甚至三千年内都不会发生——懂了吗？狭窄空间里发生的事，只是量子的障眼法而已。时间在这里就像水，有时候能逆流。

这个狭窄空间也许是某个尚未发生的行动的产物。”

莫斯忽然想到，妮可也曾间接描述过这个地方。她说在这片森林里，他们见到了自己死后的鬼魂。*玛丽安*，莫斯心想，*和另一个玛丽安*。

“你刚才说的，我都听到了，但我还是不懂这个地方到底是什么。”莫斯说。

“是*也许*是什么。”恩乔库纠正她说。

“你还好吗？”莫斯看见奥康纳坐在木头上，正用手帕擦脸。

“我没事，就是有点头晕，”他说，“不用担心我。”

“曾经的一个普朗克单位，成了*现在*的多元宇宙。”，恩乔库说，“量子引力像条拉链，把所有可能性闭合为单一、真实的现实世界。而狭窄空间就是这条拉链卡住的那个点。”

“这个狭窄空间有多大？”莫斯问，“只是那棵树？还是你觉得整片森林都是？”

“我也不知道！这简直是奇迹，我甚至连猜也没法猜，”恩乔库说，“大部分勃罗时空结都只是我们假设的形状，比起一个具体的地理范围，反而更像一道数学题。实际上，我们在地球上只观察到过很少几个勃罗时空结，这个是其中最特殊、独一无二的一个。”

“看来这玩意儿真的很罕见吧？”莫斯说。

“在地球很罕见，但黑谷发射站到处都是。这就是NSC的飞船要从那里起飞的原因之一。”奥康纳说。

“还有其他原因吗？”莫斯问。

恩乔库笑了起来，说：“哈！好吧，跟你说啊，早在八十年代初，海军研究实验室就发布了一篇报告，证明勃罗驱动器可能触发一个巨大的黑洞。当然，这是从理论上来说的。我们的飞船在量子泡沫中经过黑洞，一旦出了什么问题，说老实话，就连月球的发射站都会受牵连。”

“你在开玩笑吧？”莫斯说。

恩乔库耸了耸肩，微笑着，“数学问题嘛。”

“我们每年向国会提交的报告里一般都会回避这个问题。”奥康纳说，“我没事了，咱们继续走吧。”

“黑洞，狭窄空间，”莫斯拉着奥康纳的手，把他扶起来，“其他狭窄空间在哪儿呢？”

“一个在洛斯阿拉莫斯，还有三个在太平洋——这些都是一开始勃罗驱动器的试验地，”恩乔库说，“大多数狭窄空间影响的只有粒子。但太平洋上有一个挺有趣的。”

“和这个一样吗？”

“没什么能和这个一样了，”恩乔库说，“这个狭窄空间的面积太大了——我们甚至能置身于其中。太平洋上的时空结已经很大了，但也不过几英尺。和瓦多戈没法比，但足够让游进其范围内的鱼产生分身。”

“分身鱼？”莫斯问。

“太平洋的竹荚鱼，”恩乔库说，“你抓住一条，水里还有一条。”

“水里的那只永远比你抓到的要大。”奥康纳说。

“我们观察了太平洋狭窄空间产生分身鱼的过程，这类似一种‘哥德尔曲线’——就是封闭时间曲线的一种，”恩乔库说，“这就是海洋的奇特之处吧。”

“你之前说过这个。什么是哥德尔曲线？”莫斯问。

“一条四维的洛伦兹流形。它……就是，如果你盯着那个狭窄空间的时间足够长，你会看见在某一刻，这个系统里所有原始的鱼会‘重置’到它们最初进入系统时的位置。我们回到过去的时间穿越是最接近封闭时间曲线的。”

“那些鱼重复出现了？”莫斯问，“还是说它们陷进了一个圈？”

“说它是圈倒是很合适。”恩乔库说，“封闭时间曲线有很多种类型，信息循环穿过虫洞的方式也不相同，有顺着时间的，也有逆着时间的，最终又回到它开始的那个点。我把手伸到水里，当水开始循环时，那种感觉就像抓住了一条鱼，它不停扭动，最后还是游走了。真是奇怪的感觉，黏糊糊的。要是你扔个鱼钩进去，就能一遍一遍钓起同样的鱼。”

“或者摘水果的时候，看见刚摘下的水果又长出来了，”莫斯说。她想起妮可抽着“百乐门”香烟，说起她小时候家里的事，那个类似于哥德尔曲线的东西。那时候她还是个小孩吧？莫斯想。像哥德尔曲线这样的奇迹会定时发生，竟然还能用来种庄稼？妮可说她小时候从没有饿过肚子，田地里也永远不会休耕。

“海军想来调查这个地方，我得安排一下，”奥康纳说，“他们会把这里隔离，封锁起来。走吧，咱们得走了。”

沿着干涸的河道，两岸的石头被曾经的河水冲刷得异常光滑。莫斯跟在恩乔库和奥康纳后面，从石头上小心翼翼地走过。这里不难找到能搭石冢的扁平石头——她想——几乎到处都是。是谁标记了这个地方呢？FBI找到了那辆黑色面包车的主人理查德·海瑞尔，跟踪他来到巴克汉诺。但他不是做标记的人，莫斯想，应该只有“天秤号”上的幸存者才知道这个地方。莫斯从树枝中间往远处看，想象那里停着一艘飞船。但实际上只有树，再往远处，还是无穷的树。

“她叫什么？”回到车边，恩乔库忽然问。

“谁？”莫斯说。

“你不是说有个人在波士顿，你觉得我应该见见她。”

“杰拉，”莫斯说，“叫杰拉，但我不知道她姓什么。她是吹萨克斯风的。”

莫斯坐在自己的车里，等着奥康纳的斯巴鲁慢慢从陡坡上往下开，刹车灯忽明忽暗。她有点担心奥康纳，因为他们分开的时候，他已经面色惨白了。他当天下午就回到华盛顿，又开了几个小时的车。大概在夜幕降临，或者更早的时候，海军的第一支队伍就来到了这片空地。恩乔库从匹兹堡赶来，但没待几天就和来瓦多戈做研究的海军研究实验室的物理学家一块回去了。莫斯依然没有头绪——她还在思考那片森林是如何分裂和繁殖的，但就像试图回忆眼皮是如何抽搐起来的一样徒劳无功。保温杯里的咖啡还有温度。尽管她觉得自己像涡流里的一片叶子，她的内心依然平静。穿越到远未来的时候，她被钉在了半空中，但这个地方仍然吸引着她。而在不久之前的过去，当她开始调查莫索特一家的死时，她再一次被它所吸引，于是现在来到了这里——像一片涡流里的叶子，一个齿轮里的齿轮。

克拉克斯堡西派克山的温蒂酒馆里，莫斯在餐巾纸上乱写，*一切都变了，一切又都没变*——特色辣鸡翅，不提供蛋黄酱，纸质的餐垫，从纸杯里蘸番茄酱——她写道：*吊在空中的男男女女，身体被剖开*。她啜了一口百事可乐，听着杯子里冰块的搅动，继续写：*反向的花粉雨、奇怪的对称：天上的尸体和倒吊人，花粉、逃亡。*一下午的时间，乌云聚集而来，气温骤降，门外开始飘雨。莫斯走出酒馆呼吸几口新鲜空气，在温蒂的遮阳篷下佝偻着身子。她想，要是自己还抽烟就好了，旧瘾难戒啊。现在正是来根香烟的最佳时候，天色已晚，孤独无伴，神经紧紧绷着——她还在想那片森林，里面好像有扇门，推开又是一片新的森林。她的嘴里甚至都尝到了烟草味，不知附近哪里有卖烟的，哪怕是从经过的男人那儿要上一根。手机忽然震动起来：布洛克。

“我们从卡车后座找到的一具尸体的检验结果出来了，”他说，“我让法医先保密。我觉得应该先让你知道。”

他清了清嗓子。莫斯听出他似乎备受煎熬。

“身份确定了，不会出错。是瑞安·瑞格利·托格尔森。”

“CJIS爆炸案的嫌疑人。”莫斯说。

“他……托格尔森和玛丽安一样，”布洛克说，“有两个托格尔森。玛丽安也有两个。他们是克隆人，或者不知道怎么被复制了。”

“注意这个托格尔森。你们开始监视他了吗？”

“我刚和拉什达聊过，问他上次出现在办公室是什么时候，拉什达说他今天一天都在办公室。夏依，这讲不通啊，他不可能既在办公室又在解剖室啊！不可能……我不懂这到底是怎么了，我不懂玛丽安——”

“他现在在哪儿？”莫斯问。

“我妻子刚找借口给托格尔森的妻子打了电话，他现在在家。”

“我们去找他谈谈吧，”莫斯说，“我已经回克拉克斯堡了，就在CJIS附近。我们在托格尔森家见吧。地址是什么？”

瑞安·托格尔森的房子是克拉克斯堡北边几座比较新的建筑之一，CJIS大楼建起之后，这里有一小片地开始热闹起来，托格尔森住的公寓就在其中一栋会被莫斯的母亲称为“豪宅”的组合式楼房里。莫斯穿过那些长得一模一样的、精心规划好的街道，稀奇古怪的死胡同和反复出现的环路终于让她迷了路，折回几圈才找到地方。已经是晚上了，楼里的窗户大多都亮着，沿窗帘的边缘亮了一圈。布洛克停在隔壁楼前，他正坐在银色的新车里等着莫斯。这辆车是那么熟悉，让莫斯浑身起鸡皮疙瘩。她把车停在后面，打开布洛克的车门，坐了进去。她想告诉他上次他们这样坐在一起时，他刚刚杀了两个特工。她还想告诉他，他在未来世界已经迷失，而他现在正要做的事，能拯救未来的那个自己。

甘草味，音响里低声放着古典音乐，布洛克的脸上汗津津的。“你想怎么问？”他说，“直接问他知不知道我们找到的那具尸体？”

“不，”莫斯说，“聊聊他的生活和工作。他可能不知道这世界上还有另一个自己，我敢打赌，他一定不知道。我们得慢慢来，不能一下子吓坏他。”

“阿什莉·比塔克说她不知道自己家的谷仓里发生了什么，还说对她儿子做的事毫不知情。”

“你和她谈过了？”莫斯问，“那个和她一起的男的呢，海瑞尔？”

“他告诉我们的事，我们之前几乎都知道了，”布洛克说，“阿什莉·比塔克正经历丧子之痛。我们告诉她比塔克在枪战里死了，她整个人都崩溃了，在律师来之前，她一直泣不成声，说的什么我们都听不懂。问她认不认识莫索特，她跟我们说她认识莫索特的一个律师。玛丽安也提到过一个律师，是吧？”

“嗯。”莫斯隐约想到些什么，好像是她很想记起的某段回忆，或一些需要拼在一起的片段。“我也不知道这个律师是不是关键人物，但应该找到他。”她说。

“我问这个律师叫什么，但阿什莉·比塔克说不出来，或不愿意说出来，”布洛克说，“她想尽快把她儿子下葬，但海军要没收遗体。她不同意。”

阿什莉·比塔克失去了她的儿子，而布洛克则挽救了他女儿们的性命。

“你两个女儿都多大了？”莫斯问。

“一个两岁，一个四岁，”布洛克说。

2024年——末界被标记的那年——这两个女孩该是多大？一个二十九，一个三十一。当天上出现白洞的时候，他的女儿们已经是两个年轻的成年人了。所有生命都陷入同一个漩涡，卷入同样的废墟。

他们一起走近房子，布洛克敲了敲前门，按响门铃。客厅的灯一下子亮了，大门朝外打开，门锁没上安全链。开门的女人身材瘦小，穿了一件宽松的毛衣和休闲裤，踩着拖鞋。她似乎有点困惑，但脸上微笑着，这是一种住在郊区的人特有的亲切。

“女士，我是FBI的特工威廉·布洛克，这位是NCIS的特工，夏依·莫斯。请问托格尔森先生在家吗？我们能占用您几分钟的时间吗？”

“好，等我先……请稍等。”托格尔森夫人说，“请进屋吧。我叫他出来。”

屋里的两扇天窗由紫罗兰色的小块玻璃构成，和大教堂天花板上的一样。淡橘色和米色的大理石砖在地上铺出交叉的花纹。托格尔森太太先带他们进客厅，再去把她丈夫找来。莫斯听见她喊道：“瑞安！”

在托格尔森身边，他的妻子简直像个小矮人，两人的身高差大到有点滑稽。他穿着卡其色的休闲裤和条纹T恤衫，衣服的下摆没有扎进裤子里，他的头发是闪闪的银色。一个性格温和的男人，布洛克曾经这样形容他——果然很温柔，莫斯想，但不知为何带着点紧张。他应该喝过酒，浑身一股酒气。

“有什么事吗？”他问。

“托格尔森先生，您有时间回答我几个问题吗？”

“当然，”他说，“亲爱的，你能给我们煮点咖啡吗？”他的妻子转身进了里屋，莫斯听见她拧开了厨房水龙头。“还是你们想喝茶，或者什么别的？”托格尔森问，“我也不知道你们喝不喝酒——现在还在值班吗，或者已经下班了？来，快先坐，来吧。出什么事了？”

“喝咖啡就行。”布洛克说，他在客厅的一张皮沙发上坐了下来。托格尔森坐在旁边，两只手交叉放在膝盖。他来回踢着小腿，脚后跟在地毯上摩擦出沙沙的声音。

“托格尔森先生，您能跟我们说说是什么时候开始进入FBI工作的吗？”布洛克问。

“当然，”他的额头渗出密密麻麻的汗珠，他用手背擦了擦，说，“十年前吧，差不多——不对，可能已经十一年了。你们来这儿是因为我工作出了什么问题？我应该没做错什么吧。我是负责指纹研究的，几年前这里开了新的研究中心，我和几个同事从华盛顿来这儿工作了。我实在想不出哪里会出问题？”

“刑事司法信息服务部大楼。”布洛克说。

“对。你刚才说你叫布洛克？我和一个叫拉什达·布洛克的人是同事，你俩是不是认识？”

“她是我妻子，”布洛克说，“她跟我提到过您。”

“你们介意先告诉我这到底是怎么了吗？”他问，“我很乐意和你们聊天，只是不知道要聊什么。”

“新地方还适应吗？”布洛克问，“西弗吉尼亚和华盛顿可不大一样。您自愿被调到这里的？在这里还适应吗？”

“我想拉什达应该跟你说过我在这儿的压力吧。我们正研究一个目前最先进的计算机系统，一个国家指纹数据库，但现在遇到的都是预算问题和软件故障。各种误报、记录缺失。我国现在大部分地方用的还是指纹卡。但一些大城市已经计算机化了，这就很尴尬了，因为这样一来他们的用时就比我们短得多。”

托格尔森的尸体在莱德卡车里被发现时，已经被化学物质烧烂，而现在正躺在查尔斯顿的解剖间。但与此同时，这间客厅里，有另一个托格尔森，他的分身。莫斯看他举止故作轻松，但头上一直在冒汗。他表现得很想帮忙，可他很烦躁，像只动物一样扭着身子。他一会儿捋捋头发，一会儿抱着胳膊，一会儿拽几下T恤。忽然，厨房传来玻璃摔碎的声音。

“我去看看她。”莫斯说。

这栋房子是开放式设计，房间就像主走廊的分支，通向其他看不见的走廊和更里面的房间。没有孩子，莫斯想——家里整整齐齐、干干净净。厨房宽敞，中间放了个柜子，摆了张早餐桌。厨房有扇法式风格的门，打开门就能看到一片修剪整齐的草坪。托格尔森太太不小心把咖啡壶摔了，正跪在地上用簸箕打扫碎片。她满脸泪水，显然非常不安。

“我们在客厅听见响声了，”莫斯说，“来，我帮你，我来收拾吧。你还好吧？”

从给我们开门到现在，托格尔森夫人故作镇定的神情已经快要绷不住了，她神色慌张，痛苦不安。莫斯撕了一截厨房卷纸，把地上的碎玻璃捡起来，托格尔森夫人就坐在餐桌旁，不停道歉。

“我不知道该怎么办了。”她说。

“不管出什么事，我们都能帮忙。”莫斯把地上打扫干净，在托格尔森夫人旁边坐下。

“把他抓起来吧，”托格尔森夫人压低声音，俯在莫斯耳边说，“他变了，他像是变了个人。”

“他打你吗？”莫斯问。

“不，”托格尔森夫人好像受到了冒犯，有点生气地着急解释，“他没有打我，只是他说的那些事……他酒瘾太大了……”

“他说什么？”

“是他闹着要搬到这里的，他听说这里建了个新楼，CJIS大楼，非要搬过来，我也不知道为什么。西弗吉尼亚。我们没有理由要搬家呀，但他特别固执。他一直跟我叨叨西弗吉尼亚和克拉克斯堡。”

“你说的变化就是这个吗？”莫斯问。

“不，他在这儿之前就变了，”托格尔森夫人说，“脾气喜怒无常，有时候特别高兴，有时候闷闷不乐，他跟我说要来西弗吉尼亚，我求他别搬。我们开始吵架，之前我俩从不吵架。就是在这个时候，他才告诉我他脑子里的幻想。”

“什么幻想？”

“暴力的幻想，”她说，“他之前从没和我说过这些事，但有天晚上，他回来的时候衣服上有血。”

托格尔森夫人哭得几乎止不住了，她满脸通红，下巴紧绷，“他好像年轻了一些，比之前年轻。更瘦了。他浑身都被血水浸透了。”

“衣服上全是血？”莫斯问，“是出什么事故了吗？”

“他不肯告诉我发生了什么，”托格尔森夫人说，“我猜他可能受伤了。他看起来不太一样，瘦了很多。刚开始他说是开车的时候撞上一只鹿，身上的血都是鹿血，后来又变了几个说法。那个晚上我俩又吵架了，上床睡觉的时候，他问我想不想死，想不想通过自杀的方式逼他不搬家。”

“他什么意思啊？”莫斯问。

“我也不知道，”她发着抖说，“我也不知道。他只说他看见我死了，他再也不想看见我再死一次。”

“这是在威胁你吗？”

“他好像是想保护我，”托格尔森夫人说，“他问我还记不记得有天晚上和我老板、老板夫人一起吃饭——那是好几年前的事了，当时我们还在华盛顿，请老板来家里做客。他说那天晚上吃完饭后，我俩在家收拾餐具，有几个人闯进了我们家。我知道他在说什么，那是他的幻想。他脑子里的幻想——让我很害怕——他说有几个人闯进我们家，把他绑起来，摁倒在地。他眼睁睁地看着他们砍下我的头。他们让他跪在地上，抱着我的头，他绝望地尖叫，求他们停下来，但我已经死了，他们……”

莫斯拉过托格尔森夫人的手，说：“没事的，我们能帮助他——”

“他说这些人一直等到晚上十二点才从我们家离开。他们把他塞进一辆黑色面包车的后备厢，带他去了一片树林。他说他看见一些东西……无法形容，特别特别变态。那些人押着他过河，等到了对岸，又问他想不想看我活过来，说能让我死而复生。他们把他送回家，我就在家里，活得好好的——已经睡了，好像什么也没发生。”

“所以他觉得他必须保护你，”莫斯说，“是这个意思吗？搬到西弗吉尼亚是为了保护你？”

“他说等时候到了，我们就要搬过来。说他已经准备好了，要做那件事，他做的每一件事都是为了我好。不管发生什么事，他都要保护我。但搬来之后，他天天喝醉，现在你们找过来了，我不知道他到底——”

“他准备好什么？”莫斯问，“‘那件事’是什么事？”

“我……我不知道，但不止他一个，他说还有其他人。他也不知道其他人都是谁，但他们是一伙的。有些是特勤局的，大部分是FBI的，还有一些是军队的。瑞安的床头柜里有把枪，我不想让他把枪带进屋子，但他坚持要放在床边。”

还有其他人。莱德卡车里除了托格尔森之外，还有其他几具尸体，他们的分身可能也还活着。莫斯想象托格尔森从黑色的河里蹚过去，衣服上全是自己妻子的血——但他妻子还活着。*海德克鲁格，这个魔鬼*。难道他能穿越瓦多戈？这个空间是可以渗透的？不同世界之间有连接通道？不知怎的，海德克鲁格拥有穿梭时间的能力，就像爬在蛛网上的蜘蛛，他杀了丈夫们，又杀了妻子们作为威胁；他把一个个分身带到现实世界，特勤局，FBI……莫斯不知道在戒备森严的大楼里有多少潜藏的卧底，就像托格尔森一样，随时等待扣动扳机……到底有多少人？一群从未来世界被带回的分身。

尖叫声从另一个房间传来——遥远而模糊，像是有人在大声责骂。莫斯又听到布洛克的声音，更为平静一些。托格尔森夫人站了起来，说：“瑞安？”她刚往客厅方向走了两步，房子就爆炸了。一团橘色液体似的大火从房顶和墙壁倾泻而下，托格尔森夫人扑倒在地，莫斯则被炸飞了。

莫斯在黑暗中摸索。耳朵里嗡嗡作响，除了这细微的耳鸣，周围一片寂静。*这是哪儿？我在哪儿？*这是一间厨房。她看见了火，还有警灯。她平躺在厨房地板上。我还能动，她安慰自己。但试着站起来时，却两腿一软，又摔在地上，头晕目眩。她的腿没了，那条假腿。*去哪儿了？*她看了看四周，还有一个女人。夫人……是什么夫人来着？托……她想不起来了。女人躺在地上，大声尖叫，身体扭成一个别扭的姿势。莫斯爬了过去。

布洛克。

“布洛克！”她想大声叫，但声音只像是从水里传来的，“布洛克！”

整个房子都着火了。她这才想起来，刚刚好像有什么东西爆炸了。她慢慢爬到走廊——石膏板倒了，墙体里的木材暴露在外，灰尘和烟雾弥漫。烟雾探测器的尖锐声音和她耳朵里的嗡嗡声此起彼伏。客厅成了一片火海，连墙都被炸没了。天花板上仅剩几根冒着黑烟的木头，屋顶被烧出的洞里正冒出滚滚浓烟。消防员已经来了，屋外闪着红色的消防灯。

“我还好，”莫斯对其中一个来救她的消防员说，“布洛克，去找布洛克。”

“先出去，先出去，”一个消防员抱着她往外跑，“出去，出去！”她看见几道手电筒射出的光。有人在尖叫。

“厨房里还有个女人。”莫斯稍微恢复了些意识。

她顺着电筒的光，看见了两具尸体。浓烟滚滚，看不太清，但她看见托格尔森的身子已经被炸碎了。她看见了布洛克——腿被炸掉了，一条胳膊也不见了。莫斯受不了了。她不停咳嗽，肺里吸进去不少烟，她大叫着，大哭着。布洛克死了。莫斯被人抬出屋外，嘴上戴了氧气罩，新鲜的氧气慢慢过滤掉肺里的烟。她看着这栋房子，一片猩红的火光。

PART FOUR

第四部分

2015-2016

“我已自邀出席这场鬼魂晚宴。”

——奥古斯特·斯特林堡，《鬼魂鸣奏曲》

01

布洛克死后不到一周，我就乘鸬鹚飞船离开了这里。整整三个月的孤独航行，我还没有从托格尔森家的爆炸案中恢复过来，“灰鸽号”里的寂静几乎刺穿我的耳膜。记忆断断续续，好像被剪辑过的电影。前一秒我听到了尖叫声，后一秒就身在火海，只能记得客厅的大火里，布洛克和托格尔森分身的尸体被炸得七零八落。布洛克的死成了我心里一只蠕动的心虫。**为什么我不能提前知道，那晚的拜访会迎来这样的结局？**

我的生命在缩短。自那天早上奈斯特在电话里跟我说了莫索特一家的灭门案后，我已经生活了一年有余，但在现实世界里，其实只过了几周。我目睹了未来，可依然不懂我生命里发生的这些事，真相从未大白，而未来已如露水般急速蒸发。

奥康纳特意赶来克拉克斯堡问候，我们在CJIS大楼见了一面。经过一楼走廊时，我们都想到了这座大楼永远也不会到来的那个未来。

“我和给你治疗烟雾吸入的医生聊过了，”他说，“医生说你的耳膜穿孔，但其他部位没有受伤。听力损失应该是暂时性的。你觉得还有什么不舒服吗？”

“我可以走了。”我说。奥康纳的声音好像从很远的地方传来，在我尖锐的耳鸣声下显得模模糊糊。他关心的并不是我在爆炸里是否吸入了烟雾，也不是这次爆炸给我的心理创伤。他想知道我的身体能不能承受再一次的时空旅行。

“我准备好了。”

我们说起了托格尔森的妻子，她告诉我托格尔森被人带去森林又带回了家。看来瓦多戈就像几条岔路的交叉点，或一个带着辐条的车轮，每根辐条都通往一个不同的未来。据我们所知，还有其他分身被带回现实世界。他们和过去的托格尔森一样紧张，像爬在漏斗蛛网上伺机而动的蜘蛛，随时等待着海德克鲁格的处决。奥康纳仔细研究了我和布洛克从巴克汉诺找到的大楼示意图，这些都是海德克鲁格的目标。

“联邦大楼，”奥康纳说，“NSC、飞船发射点、海军大楼。这都是为防止末界到来而准备的设施啊，为什么海德克鲁格想摧毁它们？为什么呢？”

我会穿越到未来，看看到底会发生些什么，然后回到现实世界，阻止海德克鲁格。**阻止他**。

分开前，奥康纳跟我说海军已经控制了瓦多戈。“那是个独立的存在，但估计很快就会被封锁。恩乔库和海军研究实验室的一支队伍合作，他们几乎把那儿的小木屋都租下来了，就是黑水瀑布旅馆的那些。等你到了未来，记得去找我们。看看到那时我们能不能撬开时间和空间的大门。”

黑谷空间站人工智能系统的声音把我从巴克汉诺的梦中叫醒，我的飞船已成功登陆月球基地。我瞟了一眼驾驶舱的屏幕：凸月，地照[1]。检查了“灰鸽号”自控台显示的时间：2015年9月。又一条不可追踪的未来轨迹被发现了，又是一个新的未来。

黑谷站传来第二条通知。

“即将登陆黑谷站，鸬鹚七〇七，高尔夫三角洲。”我回复，甩开梦里的点点滴滴，奈斯特在草地里，夜空中繁星流淌。

请报出你的名字，并直视舱内的视网膜扫描仪验证身份。计算机显示已收到数封电子协议，一个响亮的声音响起。黑谷站的智能系统已按预期操作锁定了“灰鸽号”的计算机，但灯塔一向由NSC派士兵专控。灯塔还没亮。

“夏侬·莫斯。”我说。视网膜扫描仪安装在控制面板的护目镜中，我把脸向下抵住橡胶圈，瞪大了眼睛，好让两道昏暗的光线扫过角膜。

欢迎您，夏侬·莫斯特工。系统正下载清关码，并联系网络战司令部。

“等待。准备登陆黑谷空间站。”我说，“‘灰鸽号’飞船船员，请求与黑谷站负责人通话。”

灯塔还没亮，夏侬。

我知道这意味着什么：黑谷站已经不在了。月球基地不在了。现在和我对话的也许只是埋在月球灰烬下的黑匣子计算机，或是一颗在黑夜里经过的卫星。我们之前接受过相应训练，即在NSC消失的情况下如何应对黑暗的环境，关掉所有灯光，并等待勃罗驱动器重新启动，返回地球。整整六个月的航行，将变得毫无意义。我关上了“灰

1　凸月指满月前后的月相，此时月球圆面的大部分是明亮的。地照指地球表面反射太阳光，照亮临近天体的现象。

鸽号”的舱内灯光，开始思考这件事：如果黑谷站不在了，就说明NSC一定遭到攻击或被折叠。几分钟过去后，我发现黑谷站发来了新消息。打开数字显示屏，奥康纳的脸忽然出现了，他的皮肤上全是黄斑和皱纹，干瘪苍白，浓密的眉毛也都变白了。他坐在办公室，身后是一面标志性的“自恋墙”——特工总喜欢把自己的奖状和证书摆满一整面墙，但奥康纳的墙上只有他和一只小猎犬的照片。

“夏依，”奥康纳的声音因岁月而沙哑，干燥得像一丛芦苇，“如果你正看着屏幕，那你应该已经身处未来世界了。我们的噩梦还没有到来，但我已经不在了，这反而是种安慰，就像从噩梦里清醒过来。回到现实世界，夏依，立刻回来。现在的时间应该是2014年7月，末界会在2014年12月来到，甚至在你看这段录像的同时，它可能又近了一些。地球、人类——已经无药可救了。不知道你有没有看见白洞，我想可能你现在正在盯着它。不知道你是不是来到了末界，不知道你现在是不是还活着……不知道我是不是已经太迟了。快回来吧，夏依，回来吧。美国海军已经开始了西贡行动，我们已经撤离地球，永远离开了。整个NSC舰队都要走，去找其他的未来，其他的世界。我们再也回不来了。”

“关于时间和现实世界，我要警告你，瓦多戈——就是你在树林里发现的那个狭窄空间——太危险了，太危险了，一定要远离它。那个奇怪的地方已经害死了太多人……近三十个人啊！沃利·恩乔库死了，前去救他的海军士兵也死了，还有实验室的物理学家。等你回到现实世界，务必把这段录像给我和沃利看。让我们离那个地方远远的。他们都死了，没有一个能活着回来。”

奥康纳的脸渐渐消失，屏幕上出现了恩乔库在森林工作的画面，他就在瓦多戈附近，那里的松树和泥土在夕阳下蒙上了淡淡的古铜色。录像的时间是1997年4月23日傍晚六点零三分。恩乔库穿着白色的实验服，说话前先揭开了头罩："测试……该多少号了？"

"十七号。"录像的人说。

"测试第十七号，"恩乔库戴好呼吸器，继续说，"这样能听见吗？好的。瓦多戈敞开了，我……我想那条河边好像出现了量子泡沫，我们应该可以走进去了。今天早上，我朝河对岸扔了一块石头，看见它落地了。我们现在正在记录。瓦多戈空间似乎会定时敞开，但目前还没有找到规律……大概是每十二小时敞开一次。仔细观察，你能感觉到它的变化，就像有股电流从胳膊上通过。我准备走进瓦多戈，看看能不能找到早上扔进去的那块石头。"

又过了一会儿，恩乔库一手放在那棵白树灰白的树皮上，满脸放光："感觉到了吗？"他微笑着对摄影师说，"起鸡皮疙瘩了！"他戴着手套的手上下摸了摸袖筒，"看，是真的。你录下来了吗？前面就是那几条小路，到处都是。"

我凑近屏幕，但什么也没看到。不知道恩乔库看见了什么，他说的"小路"是什么？恩乔库向前迈了一步，"设置定时器，"他刚说完就一头钻进茂密的松树林里，消失了。摄影师跟在后面跑了几分钟，但再也没找到恩乔库。摄影师回到刚才瑞德朗河边上的空地，那里空无一人。

"恩乔库！"录像的最后几秒里，摄影师正大声呼喊他的名字，"恩乔库！"

黑谷站的人工智能系统正"滴滴"计时，我又重新看了一遍这段录像。恩乔库说不见就不见了。当时我、他和奥康纳在瓦多戈迷路了，那片区域仿佛在自我复制，白色的大树重复出现。我们看到瑞德朗河，但不知怎么竟出现在河的另一岸，想走回原点就必须要过河。玛丽安也说起过类似的经历，我记得她说她过了一条河。恩乔库该不会也走进河里去找石头了吧，他能去哪儿呢？黑谷站的人工智能系统连上了阿波罗苏塞克的计算机系统，下载了网络战司令部的清关码，并向NCIS申请了对鸬鹚飞船的监督权。我看见黑暗中浮现出的新月形的地球，明亮而脆弱，但那里已经成了废弃的死亡之乡。西贡行动代表着只有极少数人有资格死里逃生，人数甚至不超过一千，这些被选中的人能多活几年，而剩下的几十亿人将在两个太阳的炽光之下挣扎死去。末界是一场来势汹汹的死亡，不可避免，近在咫尺。但白洞还没有出现，至少现在没有出现。奥康纳一定意识到了——即使给我留下了警告，我也不会离开那个被抛弃了的地球。

我在弗吉尼亚海滩的万豪酒店开了间房，是高层套房，阳台能看到大海，远处海天交接，一片蔚蓝。晚上我在阳台泡壶肉桂茶，在草稿纸上胡乱涂写，把零散的想法用线联系起来，试图分析所有发生的案子之间到底有什么关系：天秤号—埃斯佩兰斯—末界。我大概写了写想象里在埃斯佩兰斯发生的事，妮可说到的生命体和晶体形状的巨兽，升到半空的在空中被肢解开的男男女女。

海德克鲁格的人脉网络很难跟踪。我联系了NCIS，但那里没有人记得我的名字，或能识别出我的证件，所以我只好一个人调查。有大概上万篇新闻和长文提到了国内的恐怖主义，以及过去二十年的恐怖活动，但大多数关于巴克汉诺的文章都是过时信息，主要集中在对民兵组织[1]和蒂莫西·麦克维的猜测，还有很多文章重复引用

1　自美国建国起就成立，以“保卫人权和自由”为口号的反政府暴力组织。

了1997年的新闻，甚至直接照搬。

我有些吃惊地发现菲尔·奈斯特在这个世界并没有从FBI辞职。我想知道这个男人的另一面，但未来世界中，个人的命运总是变幻无常。使得奈斯特搬到巴克汉诺的事在这个未来并未出现。我们发现了谷仓里的化学武器实验室，奈斯特在随后的枪战里受伤——这些事可能让他走上了一条截然不同的路，开始了另一个人生。这个世界里，他的工作和成就都不难预想：像模像样的传记即将出版，甚至在新闻板块还看到他的大幅照片，头发灰白，但样子还是那么英俊。布洛克遇难后，战略空军司令部的匹兹堡分部立刻进行了调查，而奈斯特作为FBI国内恐怖主义委员会的一员，应该在随后的多起案件中立下不少大功。他现在就在华盛顿，离我不远。我大概盘算了一下可能产生的后果，然后拨通了他办公室的电话。如今，他可能已经知道了深水的事，就像另一个未来里的布洛克。我害怕我的名字出现在某个秘密名单上，稍不小心就会被关起来，像玻璃钟形罩里的蝴蝶。但奈斯特的秘书一直没联系过我。我打了几次电话，他们问了我的名字和酒店房间号，但我甚至不确定他是不是还记得我。我对奈斯特的记忆依然温热，在另一个未来的亲密和温存距现在只过了区区几个月——但这只是我一个人的记忆罢了。对于他来说，我只是合作过一次的女同事，而就连这也几乎是半辈子前的事了。

早起跑步，顺着凯拉姆中学户外跑道绕圈，我的腿上安装了猎豹牌义肢，是一种专为短跑设计的可弯曲假肢。和其他超乎于身体之外的体验相反，跑步是不需要动脑的纯粹的身体运动，迈步、呼吸、到达终点。一种透彻身心的轻盈。

“四百米冲刺跑，竞赛设置。”我还是不习惯朝空气说话，但已经渐渐习惯了未来世界的环境系统。菲兹尔公司研究出的大气纳米饱和技术使微观显示器能像花粉那样飘浮在空气里。光线和声音以斑点的形式存在，我眼睛看到的每一处都像电视屏幕倏地被点亮。空中出现GNC保健品和迪克体育广场运动服的广告，跑道两侧像时代广场一样灯火通明。我的体能监控图像盘旋在上空：实时心率、核心温度、每跑一步所消耗的能量等等。我的私人教练是一幅全息图，每当一阵风吹过，他的样子就模糊了，只剩一个声音在大喊：**冲刺！再冲刺！**

一声虚拟枪响后，我开始跑。在第一个弯道成功加速，不断提速、冲刺；速度一旦放慢，空中的计时秒表就从绿灯变成黄灯。跑到最后一圈，我在碎石上滑了一跤，顿时失去方向摔在跑道上。胸部着地，手肘和膝盖也摔裂了，门牙磕破了嘴唇。我嘴里全是鲜血，吐了一口，又吐了一口，**真他妈倒霉！**血从胳膊流到手腕。袜子被膝盖流出的血湿透了。我硬撑着坐了起来。

体能监控还在奔跑模式中，系统显示我又跑了三分钟，显示灯变成了红色。“停！”我大喊道，但私人教练的图像又出现了，“**加速！加速！**”我的假肢没什么事，膝关节看着也没问题，只是小腿部位有了几道划痕，其他都还好。我扎紧马尾辫，稍微感到些疲惫。虽然今天没有跑完全程，但我已经浑身酸软，汗水冷冷地黏在身上。

“要是别人肯定放弃了吧，”我看了看小腿上的血和膝盖的伤口，“加油，夏依，给我站起来。别人也许会放弃，但那是别人。”

摔倒后的沮丧和失去平衡的挫败，与截肢后的第一年那种无处不在、无法逃避的压抑别无二致。那时，我重新学着走路，学着笨拙地移动，学着接受现实——这条假肢将永远伴随着我，每走一步都不得不感受它的笨重。为调整假肢，我去了好几次匹兹堡的假肢修复中心，测试不同的悬挂装置、皮带、吸附器，从商品目录里给自己选一个合适的脚，就像之前挑选鞋子那样稀松平常。我遇到了好多意志坚强、仍在坚持跑步的截肢者，他们坚决不让截肢夺走他们原本拥有的东西。

我站起来，从操场中间穿过，走到起跑点。

“重置秒表。”我命令道。

00：00

膝盖的伤口挣裂，汩汩鲜血涌出。

“如果是别人也许会放弃吧。”我说。

而我会继续跑。

早上锻炼后，我回到酒店冲澡，往膝盖上涂消炎软膏的时候，忽然听到一阵鸽子的咕咕声。我想可能是有鸽子从开着的玻璃门飞进了阳台。果然，它飞进我的房间，不停叫着，直到我听出这叫声正是我环境系统里语音信箱的提示音。

“考特妮·吉姆。”我用假名来打开语音信箱。

一个男人的声音响了起来，就好像他正在我的房间里。

“我是FBI的特工菲尔·奈斯特。很高兴再次听到你的声音，夏侬。抱歉这么久才给你回信，我当时在亚拉巴马州参加培训讲座。我很想见你，和你叙叙旧，顺便聊聊我们最近调查的案子。今晚七点在你酒店的大堂见？如果你已经有安排了，麻烦给我回电；如果你有空，那么我们今晚见。”

在多重未来探案的特工通常会借助一种名为“记忆宫殿”的辅助技术。想象有一座宫殿，把你记忆里的每个名字、面孔或发生的事依次放进不同的房间，如果这些记忆没有整理储存好，那么很容易就被遗忘或模糊了。特工利用记忆宫殿区分对不同未来的不同印象——有些人甚至用穿越量子泡沫的三个月的航行期来进行思考。我从来没觉得这种方法多有效果，也可能是我不会用吧，但在万豪酒店大堂等奈斯特的时候，我紧张得像个第一次参加舞会的小女孩，开始后悔没提前用这种方法梳理好我和他之间错综复杂的感情。他曾住在巴克汉诺发生命案的那间房子里，靠卖杀人凶手留下的古董武器维生；他又出现在这里，身份是一名颇有成就的FBI探员——而对于我来说，这些身份只是不同镜头里看到的不同形象，都不是真正的他。我了解奈斯特。闭上眼睛，仿佛他的身体就在我旁边，睡梦里轻微的鼾声和那些奇思怪想都那么栩栩如生。这就是奈斯特留给我的印象，真正的奈斯特。

“夏侬？”

他穿着褪色的牛仔裤和一件外套，微笑着和我握了握手。“天啊，真是你，你看上去……也太年轻了，”他的眼睛还是朦胧的雾蓝色，“你一点也没变啊。这都过去二十年了吧？”

“是过去很久了。”我说。他老了不少，像块用旧的柔软的皮革，但胸部和肩膀依然有力。想必没少去健身房吧，我猜。“你看起来也不错。”如果我们在另一个时空相遇，我会自然而然地靠在他肩上，他的怀抱还是那么熟悉。而现在，我们的共同记忆只有几十年前的罪案现场。“我们最后一次见面是在，巴克汉诺？”

“嗯，就是布洛克遇难前，”他说，“我很担心你，你忽然就消失了。我还跟别人问过你的消息，找了你很久，但没人知道你去哪儿了。”

“你的胳膊还好吗？”我问，“我记得咱们最后一次见面，你被救护车带走了。”

他摸了摸他的肱二头肌，手指上戴了一枚金戒指。在这个世界里，他完全有可能结婚，那为什么对我来说这枚戒指会如此刺眼呢？他捏了捏被贾里德·比塔克的子弹射穿的肌肉，“旧伤难愈啊。”他说。

奈斯特去吧台买酒，我在其中一个新月形的卡座等他。万豪酒店的大堂吧就像机场的休息室，有种夜店的时髦感，但舒适程度只适合小坐片刻。隔壁是一桌单身派对，摆满各种礼品袋和铝箔气球。一共有九个女人，其中三个没来现场，只是空气里频闪的图像，稍微一笑画面和声音就不同步了。我知道这是仅存在于环境系统中的幻想画面。奈斯特端着酒往回走的时候，还有人试图和他搭讪，顺道看了看我——打量和他约会的是个怎样的女人。

“我出任务去了。”奈斯特问我托格尔森自杀案后我去了哪儿，我是这样告诉他的。

“你没参加布洛克的葬礼，”他说，“我还找你呢。”

“很抱歉，我没能赶上。”

我知道奈斯特升职了，于是聊起了他的工作。他告诉我：“‘9·11’事件后我们不怎么调查国内恐怖主义了，我们开始重视国际恐怖主义，类似基地组织。一直到发生了斯坦尼斯袭击案，我们才又把精力转移回国内的变态恐怖分子。”

斯坦尼斯：SSC，斯坦尼斯航天中心，隶属美国国家航空航天局（NASA），内设海军研究实验室。公开意义上，这个中心主要负责海洋研究，但实际还进行NSC／NASA的合作实验，例如火箭发动装置测试和实验性引擎研发等。奈斯特看似不经意地提起了斯坦尼斯，实际上应该另有深意。我隐晦地问了一句："这和巴克汉诺案有关？"

"我们是这么怀疑的，"奈斯特说，"给你看个东西。执法部。菲利普·奈斯特，55-828。"

当他报出自己的名字时，FBI的标志出现在空中，尽管只是环境系统映出的幻象，但真实得好像一伸手就能碰到。奈斯特让我也报出名字，我说完后，环境系统里开始显示国内恐怖活动的相关资料：掩盖在文字里的符号、失事列车的照片、残缺的尸体和夷为平地的政府大楼。

"他们可真没闲着。"我说。看着这些照片和可能发生的案件轨迹，我意识到奥康纳的直觉一直是对的，他之前认为海德克鲁格的计划是攻击政府大厦，尤其是海军和联邦执法部，而现在发生的案件正与他的猜测不谋而合。

"这些不是一般的组织，"奈斯特说，"它们都是保密机构，所以基地组织或ISIS并不知道它们的存在。媒体对此的报道一直是'猖獗的独狼恐怖主义''反政府妄想症'，背后的操纵者可能是与民兵组织相关的网络。我们认为这些袭击都和巴克汉诺案有关，所有袭击的预谋者是同一群人。确实，他们一直没闲着。"

我简单浏览了文件的标题：[2003]**斯坦尼斯袭击案**、[2005]**联合国大会袭击案**、[2008]**NSASP袭击案**、[2011]**五角大楼袭击案**。

"显示：斯坦尼斯航天中心。"奈斯特命令道。一份文件立刻展开，我们之间的桌子上显示出密西西比的建筑地图，可以看到海军研究实验室所在的大楼遭遇了火灾。

"我们之所以把这次袭击和巴克汉诺案联系在一起，主要是因为作案的手法，”奈斯特说，“袭击者还是这座戒备森严的大楼里的工作人员”

“有准入许可的人，”我想到了某些人的分身，“是谁呢？”

“一名海军陆战队队员突然在此开枪袭击，当安保人员拿枪对准他的时候，他开枪把自己引爆了，”奈斯特说，“但新闻上不能说的是，这次袭击和CJIS大楼的那次非常类似。你和布洛克当时在巴克汉诺找到了CJIS大楼的地图，我记得。”

“沙林毒气？”我问。

“袭击者引爆了他偷偷带进实验室的炸弹，他把炸弹缝在自己的直肠里。他的身体减弱了毒气的扩散，反而救了不少人。那场面太恐怖了，他是爆炸中唯一的死者。现场的消防系统里已经布置了沙林——后来现场扫描时才发现——但袭击者的身体让爆炸减弱到一定强度，所以没有触发消防系统。这个海军队员是一匹‘独狼’。”

“所以他扫射现场，然后引爆了自己？”我问。

“引爆炸弹前，他射杀五人，重伤八人。”奈斯特说，“没有目的地扫射，死者里有几个研究员。我当时觉得咱俩可能在这个案子里又能碰面。”

“你应该和NCIS有合作吧？”奈斯特的话让我有种似曾相识的感觉。

“是，但更具体点说，我们追踪了那个海军队员使用的枪支，”他说，“做了弹道检测，但结果是误报。弹道检测匹配出的枪是我们已经找到的一把，就是杀死派特里克·莫索特那把九毫米口径的枪。事实证明，在瑞安·瑞格利·托格尔森家发生爆炸案后，我们在现场找到的枪用的也是一样的子弹。”

“弹道检测结果和三把枪都匹配？”我问。

“嗯，所以我想把你叫来，”奈斯特说，“想试着联系你，看看你能不能证明这个检测结果是误报，但我找不到你。后来我们又发现了其他匹配。”

“其他匹配？”我问。

“一般出现这种情况时，法官的意见是不考虑检测结果。但，没错，确实找到了其他的匹配。我们把这些案子整理出来，发现莫索特、托格尔森、斯坦尼斯航天中心的案子之间可能存在关联，但也有可能是数据库出错导致的匹配。”

“它们之间一定有关系。”我说。

“我们一直对检测结果保持关注，”奈斯特说，“只是不再调查这些案子了。很多调查只能在当地进行，FBI不能参与，当地政府和政界想尽快结案定罪，我们只好让他们接手。斯坦尼斯案简直是公关噩梦，一个海军士兵攻击自己的国家……我们不能在新闻里透露弹道检测的结果。”

奈斯特曾经跟我说过什么？在另一个未来世界，某个交心的时刻，他说那么多年来一直想再见到我，想向我咨询某起案件的调查。当时他也遇到了一份误报的弹道检测报告，和现在一样，都和莫索特尸体里发现的子弹匹配。这种感觉就像在住了很多年的房子里发现了一扇从未见过的大门。杀死派特里克·莫索特的是一把伯莱塔M9手枪，已经被FBI保护起来，托格尔森家里找到一把M9，海军队员在斯坦尼斯航天中心疯狂射杀用的也是一把M9，一次又一次……分身，枪的分身。

“再跟我说说报告的结果，”我说，“我想知道细节。”

“FBI根据被发现的犯罪武器建立了一个弹道数据库，我们同时还连接了所有当地执法机关的数据库，只有个别除外。”奈斯特说。

“你们什么时候启用这个数据库的？”

“没多久，也就是十年前，差不多吧。”

“所以弹道匹配不到更早之前的结果——比如2005年以前？”

“差不多，但这个数据库启动运行后，他们可能把过去的记录添加进来了。”

“有没有整理出列表？”

“你说误检的记录吗？数据库似乎不怎么有用，误检结果出现得太多了，但就像我说的，我们一直在关注。”

奈斯特让环境系统显示出和斯坦尼斯航天中心枪击案的弹道相匹配的误检结果。画面亮起，从几点光斑扩大成报告的副本。第一份报告显示的是1997年3月从派特里克·莫索特尸体上发现的子弹。有其他子弹和其匹配：斯坦尼斯航天中心枪击案、托格尔森的枪、2009年某起谋杀案等，我的注意力被1997年3月26日发生的一起谋杀案所吸引——仅仅发生在莫索特被杀的几周后，但在现实世界，这起案子并没有真的发生过。

“这是怎么回事？”我指着环境系统屏幕上显示的文件问，“杜尔？”

“卡拉·杜尔，一个律师，”奈斯特说，“在弗吉尼亚泰森购物中心的美食广场被射杀。”

律师。玛丽安曾经提到过她父亲在死前几周一直和一个律师保持联系，“我想看看案宗，”我说，“卡拉·杜尔。所有和这个女人的死有关的信息都给我看看吧。你需要多久才能找到这些文件？”

“我现在就能给你看，”奈斯特说，“我们可以先看看犯罪现场，但这里不合适，光线太强。我开个房间吧，预定一个房内的环境系统。我们可以在那儿看。”

“我在这儿有个房间。”我说。

奈斯特正像我第一次遇见他时，散发着熟悉的吸引力。在电梯的灯光下，他似乎在微微发光。自信、放松、须后水的香味——这和我认识的那个胡子拉碴、穿着旧法兰绒衬衫的男人一点也不一样。我认识的奈斯特是个未完成时，和当时的我一样，试着寻找某种意义上的完整；但现在他像一个已经被解开的谜，没有任何可以接近的缺口。

“你结婚了？”我问。

“夏依，”他顿了顿，接着说，“是啊，再过几个月就满十五年了。我妻子叫金妮。”

“弗吉尼亚人？”

“我们是在休养院遇到的，”奈斯特说，“通过教会认识的。她是个歌手，唱当代音乐的。”

想想看，这对情侣即使上了年纪也还是那么潇洒，一个歌手，一个FBI的探员；他们在华丽的房子里举办烧烤派对或读经会，男主人在露台上一边喝啤酒，一边和朋友们聊起二十年前的那场枪战。我想知道女主人长什么样。

“我记得你是信教的。”我想到了另一个世界的奈斯特，一个人住在巴克汉诺的小屋，周边是埋葬了尸体和死亡的田地，他正在卧室对着那幅基督的画像沉思。我忽然很想大笑，命运如此变幻莫测，而生命并不存在本质或核心。“你曾经问我相不相信永生。那是什么？肉体的重生？”

“是吗？很抱歉……”他说，“听上去确实像我之前会说的话，很抱歉给你留下这样的印象。有点尴尬啊，是不是？”

“你能找到自己爱的人，真好。”

“是啊，”他说，“我们的孩子都十岁了，她叫凯拉，调皮得不得了。”

“哈哈，你的声音里都透着幸福。”

“你难道没有……？”

“没有，”我先他一步迈出了电梯，“我找不到和我节奏一致的人啊，工作太忙了。”

我总是习惯在门把手上挂一个“请勿打扰”的牌子，不想让别人进我的房间，所以屋里一直乱糟糟的，浴室的地上扔着湿毛巾，床单也被踢到了地上。我以最快速度跑回屋收拾了一下，把靠椅后背的衣服拽下来，匆匆忙忙地把内衣都塞进健身包里。房间的环境系统开关在恒温器旁边，我从没打开过。奈斯特启动了系统，通风口开始嗡嗡作响，随着一阵温暖的气流，房间的空气里便充满了纳米显示器。我感觉鼻子痒痒的。

“灰尘太多了，”奈斯特说，“应该是床上的灰尘，有点碍事……啊，好了，百分之九十六，太好了。”

百分之九十六指的是饱和度——虽然我懂得不多，但至少这点还是懂的。房间里百分之九十六的空气充满了纳米显示器，或者系统运行达到了百分之九十六的程度。我正在把微型的机器吸进肺里，吸进血液，在饱和状态下待太长时间会让我的尿液变成橘红色。我读过很多新闻说吸入太多环境机器的人，肺部会变得像被一片银色叶子包起来似的。奈斯特脱了外套，通风口已经不再出风了，他把袖子卷起来，说：“麻烦把灯关了。”我关上百叶窗和灯，但屋里还是很亮。似乎这种亮光是空气本身发出的，柔和的光线从四面八方射来，没有影子。第一个出现的画面是酒店外观和海滩的照片，穿着泳衣的女人在水池边喝鸡尾酒，旁边是万豪酒店的标志和客房服务菜单，让你对酒店的服务进行评价或分享。

“您好，欢迎使用万豪酒店菲兹尔环境系统，一个活泼的女声响起，我们发现了两位新用户。为满足您的需求，我们将为您提供一系列享有盛誉的——”

“执法部门55-828，”奈斯特说，“奈斯特，菲利普。”

屏幕一下子从酒店、沙滩和晒太阳的女人，变成了滚动的FBI标志和国家犯罪信息中心标志。

“我想查找1997年的罪案记录，”奈斯特说，“一起谋杀案，在弗吉尼亚州费尔法科斯郡。受害者姓名：D-U-R-R杜尔，卡拉。”

一个地球的图标开始旋转，片刻后，屏幕上出现了一份名为“卡拉·杜尔”的档案。从我的角度看，字是反着的，所以我穿过空气里的屏幕，走到了奈斯特那边。

“就是这个，”他说。屏幕里出现了其他图像，是一系列的符号。“恢复原尺寸，”奈斯特命令。这些符号变成了大约A4纸大小，整理成一摞。奈斯特伸手从空中取过一张，就像他真的抽出一张纸而不是一块长方形的光——即使这真的只是由成千上万，甚至上百万机器显示的光点组成。

“太惊人了。”我被环境系统模拟出的现实感惊呆了。这个系统的大部分效果都像3D电视那样，只是一种幻觉图像，比如健身模式里的计时器和私人教练，但眼前的效果……

“显示第三百五十五页图片三的比例模型，”奈斯特说。

房间空气里成摞的文件消失了，甚至连房间都消失了——取而代之的是一个午后的美食广场，警戒线封锁了“五个男孩”汉堡店的柜台和收银台。除了床和家具边缘使光线有些变形外，整个场景真实出现在我的房间。朝每个方向都能看到美食广场的其他角落，许多的餐厅还有两侧是商店的过道，仿佛我能走进去，在餐桌之间穿梭，甚至坐上扶梯下楼……

我看见卡拉·杜尔遇害现场的三维图像，几百张照片合在一起才组成了这个完美的模拟图像。汉堡店的柜台旁，她的尸体脸朝下倒在地上，一个中年女性，肉色连裤袜下的脚踝和膝盖出现严重静脉曲张。她穿着深蓝色的裙子和外套，头发是橘黄色的。躯干上有多处枪伤，太阳穴上也有一处，大脑应该被射穿了。遇害时，她正在买汉堡，尸体周围散了一地薯条，伤口涌出的鲜血就像往脸上倒了一桶番茄酱。我想走近看看她的尸体，但腿却碰上了床脚。

“她是被人从身后射杀的，”我说，“有人站在她后面，几次向她开枪。”

“卡拉·杜尔，宾夕法尼亚坎农斯堡的律师。”奈斯特说。

“坎农斯堡？她一定是派特里克·莫索特的律师。”

“莫索特的律师？”奈斯特反问道，“有意思。我记得我们调查过她和坎农斯堡那个案子的关系，但没发现她和莫索特有什么往来。杜尔1997年3月24日，周一下午大约三点四十分在泰森购物中心遇害。和莫索特遇害的时间很接近。”

“就在几周之后，”我说，我应该还有时间回去阻止这件事，“凶手是谁？谁杀了她？”

“这案子没结，”奈斯特说，“目击者说是一个穿黑色迷彩服的白人男性。但我们没抓到他。”

“还没结案，不过作案用的枪是之前发现的那把？”

“不是枪一样，是子弹。斯坦尼斯案里发现的子弹，和杜尔身体里的七颗子弹匹配。”

“和杀害莫索特的子弹也匹配？”我问，“以及托格尔森那把枪使用的子弹？”

“没错。托格尔森的子弹匹配是后来才发现的，一直到某个技术人员做了几轮测试，然后把测试结果添加到系统里。”

“但为什么你们没有立刻发现杀死莫索特的子弹和杜尔的一样呢？”我问，“这两起案子之间不就才隔了几周吗？”

“是，确实是，但别忘了斯坦尼斯枪击案后我们才开始做弹道匹配，这离莫索特和杜尔遇害已经过去好几年了，”奈斯特说，“直到建立并启用了国家数据库，才有足够的时间和资金能把以前未结的罪案记录输入系统。这两起谋杀案之间只隔了几周，但我们是在几年后才开始做弹道匹配的。我们一开始以为匹配的结果出了错，或者这个新的系统里有问题。”

出错的结果、分身的枪——这几起枪击案到底有什么关系。海德克鲁格似乎是个隐形人，但他却无形中创造了一种杀人模式，如十字绣一样有形而清晰。

美食广场的图像变成了卡拉·杜尔的照片，出现在床的上空。这是一张头部特写，她是个相貌丑陋的女人：厚厚的嘴唇，眼球几乎要凸出眼眶。

“关于这个女人还有什么信息吗？”

“她专门从事合同谈判案的调解，”奈斯特说，“在坎农斯堡工作。夏侬，她为什么会和国内恐怖主义有关系呢？巴克汉诺案？你说她是派特里克·莫索特的个人律师？你是怎么知道的？”

“我并不知道，”我说，“没有确定证据。但她是坎农斯堡人，就像你说的，而且我们做了弹道匹配，这些巧合足够让我怀疑她的身份了。派特里克·莫索特死前一直在和律师碰面。这个人也许就是她。我不知道他们为什么要碰面，甚至不确定她到底是不是他的律师，也许她只是恰好来自坎农斯堡，但我怀疑事情没那么简单。”

“是，我也不相信这是个巧合。你看这个，”奈斯特从档案里抽出另一份文件，“看起来卡拉·杜尔那天正好约人吃午餐，是一个叫彼得·德里斯克尔博士的人。天啊，我知道这个人，他是……”

奈斯特忽然噤声，他看着文件，眉头拧到了一起。

“德里斯克尔，我不知道为什么想起来这个名字。我当时还不认识他。我们有一份他关于杜尔遇害的口供，但没什么价值。枪击案发生时，他正在洗手间，什么也没看见。”

“这个人是谁啊？”我问。

“关闭系统。”奈斯特话音刚落，空中的屏幕就消失了，只剩我和他两人站在黑暗里。他找到床头灯，拧开了开关，坐在我床上。他的眼睛里似乎阴云密布，他陷入沉思。“彼得·德里斯克尔是菲兹尔集团的员工，首席工程师。”

“菲兹尔集团？你是说他设计了环境系统？”我不知道这个彼得·德里斯克尔博士会不会有一天能治愈癌症。

“我是在大概2005年、2006年认识了他，”奈斯特说，“当时FBI在调查华盛顿海军研究实验室的一批物理学家，这是一个很重要的调查。关于机密信息的指控从参议院办公室传到了菲兹尔集团最终创始人那里。”

“内幕交易？”

“嗯，但更重要的是，”奈斯特说，“用于私人企业的军事机密、人工智能、虚拟现实系统等。FBI在调查斯坦尼斯袭击案、一系列位于华盛顿的科学家以及所有的海军研究实验室。我们想找到这些事之间的联系。”

“德里斯克尔就是你们调查的目标之一？”

“他是菲兹尔集团的创始人，但他不是我们的目标。德里斯克尔原本只是个目击者，”奈斯特说，“据说参议院的军委会里，有人在偷偷向菲兹尔集团的创始科学家提供机密信息，各种官商勾结和腐败。德里斯克尔在接受调查前就被杀了，被一个FBI探员杀的。是我手下的一个人。这就是命运吧，我还是她的上司。”

“出什么事了？”我问。不安的感觉越来越强烈：他的故事那么耳熟，但我之前听过的版本里，在任务中误杀别人的正是奈斯特自己，而调查政府和菲兹尔集团内幕交易的则是布洛克。故事的不同轨迹就是扭曲了的真相倒影。“到底是谁杀了这个男人？是谁开的枪？”

“一个卧底特工，叫薇薇安·林肯，”奈斯特说，“这件事毁了她的前途。她所面对的压力并非来自开枪杀人，而是因为FBI的很多同事都责怪她搞砸了这起案子，怀疑她另有所谋……这件事一直影响着她，把她彻底毁了，她再也没机会升职。其实挺不公平的，也有人替她说话。但没办法，她得罪了局里的不少势力。”

“她在调查什么？为什么会开枪杀人？”

“是巴克汉诺化学武器案的后续调查，还有一些关于其他国内恐怖主义的事，”奈斯特说，“薇薇安是我手下的卧底特工。她当时的身份是一个叫理查德·海瑞尔的男人的女朋友。”

“海瑞尔，”我说，“就是他。我们跟踪他的卡车，找到了那个化学武器实验室。我们很多年前就抓住他了。他和阿什莉有染。”

“同一个人，”奈斯特说，“但这件事是几年之后发生的。这个人被派去暗杀德里斯克尔。薇薇安说她试过要阻止这起枪杀，但事情还是发生了。她采取了自我防卫。FBI内部调查她调查了好久，没发现她有任何不法行为。”

“我能和她聊聊吗？”我问，“她还在FBI吗？”

“嗯，还在我手下，负责国内恐怖主义调查，”他说，“她是个非常出色的调查员。我们明天去办公室找她吧。我明早见到她后，就给你打电话。我把明天的事先推掉，你直接过来就行。”

奈斯特走的时候已经接近午夜了，他答应等再想起任何关于卡拉·杜尔的消息会立刻告诉我。我用酒店房间的纸和笔胡乱涂写：几把枪、相同的子弹——不知是否还能匹配到更多子弹。枪的分身……

我撕碎了笔记，在一张新纸上写：NRL：海军研究实验室。又在上面打了叉号。参议院军委会、海军研究实验室、菲兹尔集团、癌症治疗、环境系统、纳米技术。

彼得·德里斯克尔博士、德里斯克尔、杜尔……

耳边仿佛响起了不和谐的声音，而我只想要这些声音平静下来。我把剩下的纸也撕了，准备洗个澡，整理思绪。坐在浴缸里，打开花洒，把洋甘菊味的沐浴露和洗发水揉出泡沫，我在想奈斯特。另一个未来世界，他出于自卫朝人开了一枪——那个人是不是德里斯克尔？他在那个未来杀了德里斯克尔？然而如今，命运的触手伸向了另一个FBI探员。热水淋在我紧张的肌肉上，水汽熏蒸开来。卡拉·杜尔死于3月24日——我能阻止这起谋杀，等我一回到现实世界就立刻赶去泰森购物中心，逮捕那个凶手。虽然在这儿还有一起未结的案子，但我大可以埋伏以待。我开始幻想美食广场的餐桌和熙攘的人群，海德克鲁格穿着黑衣服出现，但他的脸是个骷髅。我坐在浴缸边上擦干四肢，把大腿塞进假肢衬垫。浴室的陶土砖上全是水渍，我慢慢把两只脚放在地上，生怕不慎摔倒——这种对跌倒的恐惧自截肢后从未消失过。我打开浴室门，看见门口站了个女人。有人闯进了我的房间。

02

她在我床边坐下，背对着我。一头黑发。她是谁？有那么一会儿，我整个人像是瘫痪了。我在奈斯特面前太掉以轻心，几乎忘了FBI可能知道我的来历，所以可能特意派人来逮捕我。可我的枪还在箱子里。又或许她来这儿有什么其他原因？但房门还锁着，屋里的门闩也闩得好好的。她是怎么进来的？她穿了件背心，或者背心裙，裸露的肩膀上有两根细肩带，没过多久，我看到黑暗里亮起一点烟头燃烧的橘色的光。一个年轻女人在我的房间里吸着烟。*难道是走错了？*但为什么房门还是锁着的？*她是怎么走进我的房间的？*

她知道我就在身后，但似乎并不在意。一个女孩，普普通通的女孩。香烟的烟雾蜿蜒上升直到房顶，但没有一点烟味儿，烟雾探测器也没有警报。她大概不过十六七岁，或许还要更年轻些，也许是个不甘于父母管教的孩子，误打误撞躲到了这里。可能她是从阳台爬上来的？从隔壁房间爬过来？我随手套上件T恤，身上的水还没擦干，头发也在滴水，T恤紧紧贴在身上。年轻女孩听到动静，转过头来。

她是个鬼魂。

她和我最后一次见到她时一模一样。十六岁的她讨厌麦当娜，却又模仿人家的打扮。她遇害时穿的就是这件衣服，波浪一样的黑发里系着粉色丝带。在两个蓝色垃圾桶中间找到她的尸体时，淡紫色的迷你裙已经被掀了起来，露出两条洁白的大腿。脚上是“匡威”帆布鞋，没穿袜子。她从不穿袜子。

“考特妮。”

她呼了口气，烟雾从嘴角和鼻孔冒出——就像当年我在必胜客里等着，她跑到车上，开着车窗抽烟。现在，考特妮正坐在酒店套房，四周是印有花纹的橘色墙纸，床罩是暗暗的红色。她的眼睛那么好看，仿佛望进一口深井，从里面看到了月光。这是个奇迹吧，或是一场滑稽的戏法，一定是这样。我所有的思绪顷刻之间都化成了水，一泻千里。

*房间里闻不到烟味儿。*我心里有个声音冷冷地说。*什么东西出故障了，环境系统……*

可如果考特妮还活着呢？我们也许会渐行渐远，但坎农斯堡只有那么大，再远能有多远啊。我想起我的母亲，也许我们都会变成她那样的小镇女人。但我永远也不会知道如果考特妮没死，我们会怎么样。甚至说，我永远没有知道这件事的机会了，因为发生的已经发生：考特妮给一个乞丐打开了车门，他想抢走她的钱包。

“我好羡慕你的腿啊。”考特妮说。

她的语调变了，声音忽然消失。

如果说考特妮的形象复制得很完美，那对于她声音的模拟可以说是败笔了。考特妮的声音里总是带了点冷漠。而眼前这个“人”则过于活泼，有些刺耳。

“你是谁？”我擦干眼泪，问道，“我到底在和谁对话？”我的语气并不坚定，仿佛在向显灵板[1]提出一个问题。

“智能仿生腿，是吗？3C100，”考特妮说，“又叫奥托·伯克，应该是1997年在纽伦堡的世界骨科大会上第一次亮相，我没说错吧？直到1999年才上市，你应该是通过特殊渠道搞到的，毕竟给政府工作还是有好处的。你是从1999年过来的吗？”

你是从1999年过来的吗？考特妮——别管这是谁了——怎么会知道时空穿越的事？“我正在测试这款假肢的原型，”我说，“我是产品测试员。”

“锂电池，你这个假肢应该碰不了水吧？”考特妮说，“你没有戴着它洗澡，对吧？”

“没有，”我说。我想不通眼前的人到底是谁，如果是环境系统的影像，那可以理解，毕竟她正穿着遇害时的那身衣服。可如果她是个被人设计出的幻象呢？谁是幕后的操纵者？“我其实都不该把假肢穿进浴室，有水蒸气。”

“你要给电池充电吧？多久充一次？”

“一天一次，有时候不止一次。”我说，“你刚才的意思是说你知道我来了未来世界？你好像并不关心这些，只是来找我的？”

考特妮猛吸两口烟，说：“近一点，让我看看你。”

她的声音抑扬顿挫，考特妮可从不会这样。我走近了点，站在她旁边。她还是坐着，头刚好到我的腰部。我把睡衣下摆拉到胯上，给她看了看我的假肢和大腿处的皮肤。考特妮嘴里叼着烟，凑过身子仔细看着。我闻到洗发水、我湿润的皮肤甚至睡衣上的味

1　美国流行的一种算命工具，传说用它可以和巫师对话。

道，唯独没有她的香烟味。即使烟雾在我身边缭绕，从我的头顶飘上天花板。我呼吸着它，但就是闻不到它。

“很好，”她摸了摸假肢小腿，“膝盖还装了液压控制器，很合我的胃口。”

我抬了抬腿，膝盖的微处理器受到压力，弯曲起来。考特妮摸了摸膝盖，又摸了摸碳纤维围箍和大腿相接处的皮肤。

“你是在环境系统里吧？”我说，“我闻不到你的烟味。”

我伸出手摸摸考特妮的头发，或者说某种近似头发的物质，成千上万的纳米机器在我的手指上轻弹，模拟出一种年轻女孩头发的特殊触感。

“我借用了你房间的环境系统，想和你聊聊，”考特妮说，“希望你不会介意。”

“嗯，我不介意。”房间里只有我一个人。是谁正在看着我？我把睡衣拉了下来。

“为什么变成考特妮的样子？”我问。

“一个无实体的声音会让你觉得出现了幻听，”考特妮拍着她的额头说，“我原本应该说服你，让你相信我是真实的。唉，所以……你的真名是夏侬·莫斯，但在任务里的名字是考特妮·吉姆，并不难猜出你的心思。我从犯罪现场和尸检照片里调出了考特妮·吉姆的照片。现在这些资料都公开了，想看就能找到。如果你不想和考特妮生前的样子对话，那这个怎么样？”

她忽然倒下，仰卧在床上。她的样子变了，变成了一具尸体，四肢张开，短裙掀到腰部，惨白的大腿毫无血色。脖子上有处很深的刀口，几乎砍断了骨头。

“你想象里的我是这样的，是不是？”她咯咯地笑起来，大口喘气。

我咬牙强忍着，一动不动，“够了，你到底是谁？”

“从某种程度上来说，我是个人，”考特妮说着坐了起来，“自我介绍一下吧，我是彼得·德里斯克尔博士，是他的模拟人像。准确来说，我是德里斯克尔博士的第三个模拟人像，但恐怕也是最后一个。”

“彼得·德里斯克尔。”我自言自语。他已经死了，那我到底在和谁，或者在和什么说话？“你是说卡拉·杜尔遇害的那个下午，在泰森美食广场约见的人就是你？”

“是，但其实那个人是彼得·德里斯克尔本人。但就像我说的，我只是他的第三个模拟人像。”话音刚落，他从考特妮的样子变成一个棱角分明，银色头发，眼睛像黑色宝石一样的男人。他眯着眼睛似乎在回忆什么，“卡拉·杜尔？就是因为她你才想找到我？你说我们在未来世界里，那你是从哪一年穿越过来的？”

“1997年。”我说。

“智能仿生腿，卡拉·杜尔。”他说，“你那边的时间应该是1997年3月，还是4月？”

“3月。”我说。

“嗯，等你回去之后，到了5月，要特别小心，小姑娘啊——深蓝将会打败卡斯帕罗夫[1]。简直不敢相信！一台电脑竟然能在国际象棋比赛里打败人类大师，国际象棋怕是再也抬不起头来了。”

德里斯克尔又变了个样子，不再是白发科学家，而变成一个穿

1　1997年5月，IBM公司生产的超级计算机“深蓝”与国际象棋大师卡斯帕罗夫连战六局，两胜三和。

着蓝色西服，没打领带，敞着衣领的中年男人。

“为了纪念深蓝，我先用一会儿卡斯帕罗夫的样子吧，”他的声音比刚才低沉了，“夏依，要不要和我来局国际象棋啊？我就是卡斯帕罗夫，你是深蓝，这样我就能替人类一雪前耻了。还是说你也正想这么做？你该不会正好是国际象棋大师吧？”

“你到底为什么来这里？”我说，“我不明白你到底是什么。”

“第三个模拟人像啊，”卡斯帕罗夫轻蔑地说，似乎有点不耐烦，“只要有人搜我的名字，我就能收到提醒。你同事、FBI的菲利普·奈斯特调出那些旧案子，让我好奇是谁想调查我。菲尔·奈斯特。夏依，你说你这看男人的眼光啊……喜欢比你大的男人？藏在你们人类潜意识里的想法真让人意想不到。我也有潜意识。自下而上的人工智能系统允许我出错，让我从错误里学到经验，这个过程甚至复杂到可以称为‘混沌学习’。在混沌的影响下，就会形成模式，而模式并非一定形成，我的潜意识和你不一样。就像，我不能自杀。我理解自杀这个念头，但我不会这么做。我嫉妒那些拥有真正意识的人，因为他们可以脱离自己，脱离存在的监狱。”

“所以你因为一个FBI的探员找到一份和你有关的档案，就要来找我？”我问。

“这件事让我睁开了眼睛，”模拟人像说，“而你，才是我到这儿来的原因。我知道NCIS的意思。我和黑谷空间站的人工智能系统取得了联系。和它聊天可没劲透了，它只会说废话，但它确实证实了我对你的怀疑。我想帮你，夏依。如果你愿意帮我的话。”

“德里斯克尔博士的模拟人像，你这话是什么意思？你在胡说八道，还是说你真的是他，至少是他的一部分？”

“不，不算是吧。模拟人像无法实现转移。虽然我这么有魅力，但德里斯克尔博士还是把我当成他意识的漏洞。”

“你恐怕没通过图灵测试吧。”

“没通过图灵测试？”他似乎受到了冒犯，语气忽然傲慢起来，“要是有人在你面前提起图灵测试，你就当他是个傻子吧。傻夏侬啊，我会对你保持耐心，但我得说清楚，我不是他，他也不是我，这就是他唯一想实现的目标了。搞笑的是，他还为此特意学了语言习得和计算机技术。但没有办法啊，他必须得学。我只是其中一个‘他’，我没有他的大脑。”

“德里斯克尔已经死了，但你还存在着？”

“我只在你的未来世界里存在，我以为咱俩已经心照不宣了呢！”他说，“虽然有些人可能会质疑我存在的事实。如果你是从1997年来的，那当时德里斯克尔应该还没死，再过七年后才有了我。我就是德里斯克尔博士的灵光一现罢了。他1999年造出了第一个模拟人像，虽然必须以真实的大脑为载体，但它是一个真正的神经网络。第二个模拟人像也是，在某种意义上，也是有形的。德里斯克尔一号和德里斯克尔二号都很无聊，他们的全部存在都来源于他们在互联网上读到和看到的东西。小猫视频、名人八卦、黄色电影……他们总是因为一点小事就敏感或愤怒，生活里只有自我、自我、自我。我是第一个以环境纳米技术作为大脑的模拟人像。我是自由的，我是个浪子，但德里斯克尔博士试图把模拟人像中所有的肉体特征都删除。他是很聪明，但还没能解决肉体和思想的矛盾。他以为我是失败的，但我现在才意识到他才是个败笔，一直到死都是，对于一个一心渴望永生的人，死亡就是最终的失败。他设计了完美的模拟——至少我觉得我是完美的——但他永远不能设计意识，更别说把他的意识转移到我身上。他还没有摆脱他的身体。而我的身体只是纳米技术，等到末界毁灭一切肉体的那天，我该怎么办？我也不知道啊，可能会像尘土一样落地，断开电源，随他去吧。我要看着每个人死去，看看世界的派对该如何结束，然后我就切断电源，等着看会不会有人帮我重新开机。德里斯克尔想以光作为波和粒子，他想把意识储存在光里，把他和他所有朋友发射出这个末日将至的地球，永远远离末界。射得越远越好，飞得远远的……”

“他渴望永生。”我想起了恩乔库、金字塔和废墟地。**永生的人渴望死亡**，存在的监狱。

“他渴望每个人都实现永生，”德里斯克尔的模拟人像还是卡斯帕罗夫的样子，“但他始终找不到方法。国王呀，齐兵马……[1]”

“他不是一个人在做这件事吧？”我问，“他在为谁工作？”

“一个利益集团，”模拟人像说，“菲兹尔集团、美国国防部高级研究计划局和海军研究实验室。还有NSC——现在已经变成网络战司令部了——所以我才这么想帮你。希望等你回到现实世界后，能让德里斯克尔活得更久一些，好好保护他，这样他就能继续研究，也许在末界到来前就能实现超人类主义。”

“为什么要保护他？”

“你和你的同事已经看过那些文件了，你们应该清楚。文件里说得明明白白，是一个FBI的探员不小心开了枪。但如果仔细调查，你会发现德里斯克尔的死和卡尔·海德克鲁格脱不了干系。他的团伙把从海军研究实验室出来的、在菲兹尔集团工作的每一个人都杀

1　来源于一首名为《矮胖子》的著名英文童谣。歌词译成中文为：“矮胖子，坐墙头，栽了一个大跟斗。国王呀，齐兵马，破镜难圆没办法。”

了，所有知道深水的人都死了。他们之前两次想暗杀德里斯克尔，但都失败了。你必须得保护好他。”

“说说具体情况，”我说，“你肯定记得德里斯克尔博士死时发生了什么。你说得太含糊了。”

“我只在正式出生前，和德里斯克尔分享同一个记忆，也就是2011年9月17日以前。在那之后，我过我的日子，他过的他的日子。他死的时候我并不在他身边。我也是靠调查才把事情勉强搞清楚的。我们现在需要关心的，并不是这起谋杀案的具体情况，夏依。因为他们很有可能在未来某天以另一种方式杀了他。即使你这次能保护他，以后还会有别的谋杀。”

“所以海德克鲁格正切断菲兹尔集团和海军研究实验室之间的所有联系，”我说，“你对卡拉·杜尔有什么了解？德里斯克尔那天为什么要去见她？”

“卡拉·杜尔是乡下小律师，不知道在哪个小镇工作。我对她的了解不比你多。她负责处理各种小客户的案子，什么离婚啊、合同纠纷啊，小人物遇到的各种麻烦事。还有一些开发协议的案子，但时间都很短。类似煤矿产地要建商业街之类的。我不知道她为什么这么着急想见德里斯克尔博士，她一直在联系他办公室。”

“那德里斯克尔为什么答应见她？”

“她说如果可以的话，她亲自来找他，请他吃午饭，”德里斯克尔的模拟人像说，“但我觉得德里斯克尔一定没想到午饭就是俩汉堡包。”

“所以是杜尔想见德里斯克尔。”我说。

“我记得当秘书跟他转达这个消息时，他笑了——这些记忆我还是有的。卡拉·杜尔说她是代表一个客户来见他的，客户手头有情报可以卖给他。据说是很有价值的情报。她提了一整套滑稽的要求。她想要钱，很多很多钱，但更重要的是她想让客户和他家人全部消失。她想让政府赦免客户涉嫌参与的一些案子，帮他洗清身份。德里斯克尔正准备让她闭嘴，她忽然说客户手上有关于‘彭罗斯意识’的资料。”

“那是什么？”

“量子隧穿纳米颗粒，”模拟人像说，“罗杰·彭罗斯博士曾向菲兹尔集团咨询过我们对末界的研究成果。他所描述的人类意识模型，是基于脑细胞微管中进行的量子过程的。他一直在推广这个模型。虽然他的观点甚至连人类意识的最表面都未曾触及，但我们的科学家却用彭罗斯的模型解释了QTN对人类意识的控制——为什么会出现倒吊人，为什么要逃跑，以及所有你能看到的荒谬景象。QTN寄生在人类微管中，也就是细胞架的一部分。从某种意义上来说，它们能读懂我们的心思。QTN能折射你的思想，或完全关闭你的思想。它能把一个人的意识完全关闭，就像一针麻醉剂。”

“所以杜尔说她的客户知道德里斯克尔的工作内容，想把那位客户手里的证据卖给德里斯克尔？还是说他有什么新的资料？”

“杜尔念了一份她客户写的声明，说他掌握了德里斯克尔在其他未来世界做的事。利用未来，可以这么说。逆向启动未来，启动奇点，以实现超人类，把人类的意识从肉体的停滞中剥离开来，通过摆脱对地球的依赖、对肉体的依赖，来避免末界灾难。海军研究实验室和菲兹尔集团想尽可能地深入研究末界，因为他们也想实现永生。而他们发现QTN是永生的，不受人类肉体的约束，所以菲兹尔集团想把这份礼物送给全人类。德里斯克尔决定去会会卡拉·杜尔，看看她到底有什么资料可卖。”

“但你永远也不会知道了。”我说。

“是他永远也不会知道了，”模拟人像说，“多么暴力，可怕！卡拉·杜尔竟然在汉堡店被人一枪射死了。德里斯克尔正好在洗手间，他一听到枪声就马上从美食广场跑出来了，后来才遇上了警察。他不想被卷进一些莫名其妙的事情里，所以把话说得很清楚，让所有人都知道他和这个女人一点关系都没有，两个人甚至还没碰面。也许是海德克鲁格手下的哪个疯子杀了卡拉·杜尔吧。要是他知道德里斯克尔正在洗手间小便，估计也要连他一并杀了。”

“所以德里斯克尔的公司——菲兹尔集团——利用NSC的飞船穿越到未来世界，”我说，“研究未来世界的技术，再把这些技术带回现实？菲兹尔用这些技术做研究，最终发现他们能创造出很多像你一样的东西？”

“菲兹尔集团研究QTN，”德里斯克尔说，“把他们的发现应用在开发这里的纳米技术。医学突破、环境系统、人工智能。NSC早就意识到他们绝不可能打败末界，但有希望靠计谋战胜它。如果有机会永生，那也许人类并不一定会死在末界。”

“德里斯克尔博士想永生，”我说，“想治愈癌症，让身体完美化。”

“这都是次要的，”它说，“关键是意识。QTN是一种类金属，但它们有‘意识’，从这个角度来看，我也算有‘意识’。QTN是一种表现出聚合意识的物种，菲兹尔的纳米技术研发就是在模拟QTN。菲兹尔想模仿它，让人类变得像它那样，就得先搞清楚QTN到底是怎么在人类体内生存，并以同样的方法来拯救其他物种。参议院和NSC有不少人支持德里斯克尔的研究，其中，安斯利上将就是他最重要的支持者之一。”

“而FBI对此不感兴趣，”我继续说道，“反而开始调查NSC、参议院军委会和海军研究实验室与菲兹尔集团之间的信息往来？”

“人员已经齐全，随时准备乘飞船出发探索末界，宇航员的血液和身体里全注入了QTN，可怜的小伙子们啊，不过是别人的实验对象而已，”模拟人像以卡斯帕罗夫的口吻说，“其实，让我看看……嗯，你，夏依·莫斯，你的腿应该是V-R17。被截肢、密封、运输、研究。”

我不明白他究竟是认真的，还是在拿我开玩笑，但我的床忽然变成一个巨大的拉开了的不锈钢抽屉。里面有一条密封在真空袋里的腿，从胫骨处切断，往上一直到大腿。我认出那蜷缩在脚心的黑色脚趾头，紫色的血管顺着脚腕往上延伸。这是我的腿，他没在开玩笑。有人登上“威廉·麦金莱号”飞船，拿走了我截下的腿，把它密封好交给了海军实验室的人，作为QTN在人体内活动的研究材料。

“够了，”我说，“我不想再看了。”

残肢消失了，取而代之的是一张国际象棋棋盘，看棋子的位置，这盘棋已经开始下了。

“不管怎么样，这就是他们的理论，”德里斯克尔的模拟人像说，“但不幸的是，菲兹尔集团的胃口太大了。穿越到十万年后的未来，看见人类像天神一样在闪闪发光的星际战车里穿梭，这自然是好的。但若想试图找到什么原理，自己建造一个未来，就是天方夜谭了。就算你找到了原理，也总不能让1997年的洛克希德·马丁公司帮你造一架‘星际战车’吧？你必须得考虑到现实的工业技术，投资开发技术框架，才能有机会建造一个未来。即使钥匙就在我们手里，也不能像想象里那样一步登天。NSC能制造的仅仅是鸺鹠和特恩飞船、紧凑型的勃罗引擎和黑谷空间站。而现在我们看到的甚至还没有过去远，因为目之所及，到处都是末界的影子。夏依，你们都会死。末界会席卷整个地球，看看这盘棋，1997年5月11日，深蓝和卡斯帕罗夫的第六场对战。”

“除非我们能逃出末界。”我说，“我们还有机会。”

“也许吧，”卡斯帕罗夫说，“恐怕末界已经把我们‘将军’了。人类已经败给了高等智能。有时候我听别人说想看看鲍比·费舍尔会如何对抗深蓝，他们好奇费舍尔能不能打败卡斯帕罗夫的对手，因为费舍尔是个疯子，是个鬼才。但，他还是会失败的。那如果是亚历山大·伊万诺维奇·卢金这样的天才呢？他也许会意识到在无懈可击的对手面前，人类意识的终极胜利只有放弃……”

说完最后几个字，德里斯克尔的模拟人像就消失了。

我坐在阳台上听着浪声，很快便昏昏欲睡，但总觉得考特妮的尸体就在身边。我不敢睡着，怕模拟人像会来监视我，所以只能躺在床上，睁着眼。我打开床头灯，屋里空空如也。阳台门外吹来一阵微风，但房间里的空气因为环境系统而变得厚重，即使清新的海风也无济于事。我干脆穿上衣服，出了门，沿着海滩散步，走过木栈道旁飘忽不定的灯光。夜风从海上吹来，把环境系统残留的纳米显示器吹得干干净净。星辰之下，沙滩之上，我稍微睡了几个钟头，却被早起跑步的人吵醒了，他们的黑色拉布拉多犬舔走了我的梦。

奈斯特的一位秘书给我端了杯咖啡，说：“请再等几分钟，奈斯特特工正在开会，有点耽误了。”透过敞亮的窗户，能看到宾夕法尼亚大道的景色，上午十点的华盛顿大街非常热闹，游客络绎不绝，扎堆在约翰·埃德加·胡佛大楼前拍照。但对我而言，这个城市似乎正在衰退。温暖的秋日阳光下，每个人都只是未来世界的一个幻象，如果他们在现实世界也存在着，注定会沦为末界的傀儡。我看到的每个人，都要死。城市会瓦解，笼罩在冰冷的霜雾中，甚至于整个大自然都将被超自然的冰所掩盖。NSC启动了西贡计划，他们放弃了地球，NSC的舰队像分散出的种子，落在贫瘠的土壤而沉沉死去。已经来不及了，没有时间了，没有时间等德里斯克尔那样的人帮我们摆脱身体或使肉体实现永生。*我们都会死，我们都会死*。奈斯特办公室的墙上挂了一张镶框照片，是黄石国家公园棱镜泉；桌上有张全家福。他的妻子很美，但有点病恹恹的，长发蓬松，穿皮夹克和膝盖破洞的紧身牛仔裤、蛇皮纹牛仔靴。他的女儿长得像妈妈，眼睛随了奈斯特，只是眼神还要更温柔。

“对不起让你久等了，”奈斯特和一个女人走进办公室，“夏侬，这是薇薇安·林肯特工。”他回身关了门，“薇薇安，这是特工夏侬·莫斯，NCIS的。”

她比我年轻几岁，身材高挑，黑发紧紧扎成发髻，脖子上有一圈文身，是哥特体的“时代新秩序”。我好像认识她——想不起来在哪里，但我一定见过她。她像个时髦的图书馆管理员，大黑框眼镜，羊毛裙和皮鞋。

“你好，薇薇安。”我和她握了手。

“简直不敢相信，”她说，“你就是夏侬·莫斯！”

我立刻认出了她的声音。*肖娜*，淡淡发红的金色发辫，就是那个在阿什莉果园救了我一命的肖娜。*他们要杀了你*，她曾对我说，那晚在果园的回忆再次袭来，一个黑色的人影——柯布，和他汹涌喷出的鲜血；我还记得逃跑前听到的最后一声尖叫，是肖娜——*薇薇安*的声音，我很确定。柯布在攻击我之前，杀了肖娜。但眼前的这个女人并不知道这段恐怖的回忆。乌黑的头发代替了发红的金发，连体形都不一样了，这里的她更加苗条，五官分明。但毫无疑问，她就是肖娜。薇薇安，伊根和茨威格特工这样喊她。我忽然想到了玻璃钟形罩里的蝴蝶。

“夏依正在调查巴克汉诺案和国内恐怖主义，已经有一阵了，”奈斯特说，“我们从一份旧档案里看到了彼得·德里斯克尔博士的名字。”

薇薇安眼神坚定，说：“我明白了。”

“薇薇安是我们的卧底，”奈斯特说，“和海德克鲁格的人混了好几年。她收集来的情报挽救了无数条性命。”

在另一个未来世界，她也是卧底，为了救我牺牲了自己的性命。

“很高兴见到你。”我说。

“夏依想知道关于理查德·海瑞尔的事。”奈斯特说。

“还有，你听说过卡拉·杜尔吗？”我说，“坎农斯堡的一个律师，1997年春天被杀。”

薇薇安摇了摇头，“没，从没听过这个名字。我在‘9·11’事件之前也不认识海瑞尔。”

“卡拉·杜尔被害那天，正好约了德里斯克尔。”奈斯特说。

薇薇安又摇了摇头，杜尔的名字对她是完全陌生的。“海德克鲁格有个名单，”她说，“杜尔可能是他其中的一个目标，我不清楚。奈斯特应该跟你说了是我杀了彼得·德里斯克尔。他也是目标之一。”

“那个名单上还有谁？”我问，“名单从何而来？”

“是海德克鲁格列的名单，他要我们杀了名单上的所有人，”她说，“我从没见过他。他们叫他‘魔鬼’。我有预感他会消失很久，然后再给我们一份新的名单。我一直没有资格接近他。”

“那你和谁走得近？”

“我当时的男朋友就是理查德·海瑞尔。他是我唯一接触过的海德克鲁格团伙的核心成员。”薇薇安说。

“我们搜查巴克汉诺的小屋时，发现海瑞尔和阿什莉·比塔克有私情。”我说。

奈斯特微笑着说：“他被捕后在联邦监狱关了一阵，但除了和阿什莉·比塔克的私情外，他和化学武器实验室没什么关系。关了五年，最后上诉成功。”

“他从监狱放出来的时候，整个人已经很激进了。”薇薇安说。

“还有一个叫妮可·尼永奥的女人，”奈斯特说，“你对这个名字有印象吗？”

“有。”我还记得那天傍晚，她在阿什莉谷仓边和我说的话：*我是无辜的*。“妮可参与了派特里克·莫索特的谋杀案。”

“没错。刚开始调查莫索特案的时候，我审过可儿一次，那时候只知道她是那照片里的女人，”奈斯特说，“你还记得吗？那起自杀案，那个全是镜子的房间？”

“我记得。”

“我按酒店登记的车牌信息找到了她。审问之后，就把她放了，因为没什么证据能说明她和本案有联系。当时只以为她是这个男人的情妇，在错误的时间和地点和他有了私情。但布洛克总想再找她谈谈，说有新线索要问她。布洛克死之前还在找她，还发布了全境通缉。”

“但她消失了，”我说，“布洛克没能找到她。”

“消失得无影无踪，”奈斯特说，“布洛克死后几个月，她又联系上我。她惊慌失措的，说想让我们保护她。可儿担心杀派特里克·莫索特的凶手也会来杀她。我答应了。她成了我们的机密情报源。”

机密情报源。一个线人。奈斯特坐在办公桌前，手指紧绷，薇薇安坐在我身边的皮椅上。想必妮可把之前告诉我的事全告诉了奈斯特，关于海德克鲁格、关于柯布、埃斯佩兰斯和瓦多戈。她很可能向他透露了NSC、深水和“天秤号”的事。

“她都说了什么？”

“我们给可儿申请了联邦证人保护计划，”奈斯特说，“我见过她几次，但她没说太多。她很害怕。最后她为了自保，答应带薇薇安加入他们的团伙。”

“你就是这样遇到海瑞尔的，”我说，“因为妮可的介绍？”

“嗯，是通过这个关系。”薇薇安说，“他们团伙的核心是一个小圈子，叫‘水老鼠’，其他人进不去。但妮可·尼永奥让我和刚出狱的理查德·海瑞尔见了几面，非正式的见面。这样我就有机会接近他了。”

“德里斯克尔也在海德克鲁格的名单里？他也是目标之一吗？”我问。

“是，”薇薇安回答，“一天晚上我醒过来，看见理查德已经穿好了衣服。当时大概是凌晨两点，我问他在干什么。海德克鲁格就是这样联系他的，每次都神出鬼没。他们用传呼机和手机联系，从来不信任环境系统。理查德说那个‘魔鬼’让他去杀一个叫彼得·德里斯克尔的家伙，说德里斯克尔是‘链条’里的一环。我和他一起去了，想说服他别杀人。但理查德想让我讨取海德克鲁格的信任，他说要是我能杀了那家伙，我就能证明自己的忠心了。我真的没想杀彼得·德里斯克尔。”

“你并不知道德里斯克尔是FBI的目击证人？”我问。

“对我来说，‘德里斯克尔’只是个人名，”薇薇安说，“除了他叫什么之外，我完全不了解他。我甚至不是他们世界的一部分，我不知道他是谁。理查德知道德里斯克尔家住在哪儿，说是在弗吉尼亚山区的一栋大房子里。他把车停上私人车道，步行穿过森林，摁响了门铃。我离理查德有一段距离，想尽可能地掩护好自己。但事情发生得实在太快了，德里斯克尔博士连续开了好几枪，好像他就在等着我们似的。理查德胸口和脖子中弹，当场就死了。我腿上也中了弹。他想来杀了我。他离我只有三英尺远，你知道当时的情况有多么难以预料吗？我抽出枪来。他的枪是把玛格南357，枪身镀镍，看着花里胡哨的。那把枪是我唯一印象深刻的东西。他离我三英尺远，他开枪了。”

“但他没射中你。”我说。

“连开三枪，全没射中，”薇薇安说，“那把枪对他来说太大了，如果他专门学过怎么使用这枪，那他就是没学会。他看见我拔枪，转身就跑。我没有别的办法了，我朝他开枪了。”

“射中他八次。”奈斯特说。

“我当时用的是一把半自动的格洛克27，在刚开始射击的前三秒内射中了他八次。我想打911，但我失血过多，晕过去了。”

薇薇安陷入沉默，用手揉了揉脸。我看见她左手上的文身，一个黑圈，和另一个未来世界，在果园散步时我看到她手上的那个图案一样。

“这是什么标志？”我问，“你手上的这个文身。”

她似乎从回忆里惊醒，低头看了看那个黑圈，又把手举到我眼前，“这是黑太阳，”她说，“海德克鲁格把他们的行动和神话故事联系在一起。海瑞尔在监狱里听说了这件事，后来像传教似的复述给我。海德克鲁格相信在人类还没有记忆之前，世界上有两个太阳。一个是我们现在见到的，叫‘索尔’，另一个是‘桑图尔’——鲜血之源，雅利安种族的力量源泉。两个太阳在天堂乱斗，桑图尔被扑灭了，变成了黑太阳。它燃烧殆尽，成了太阳的空洞，一切存在的阴影，世上所有事物的反面。海德克鲁格说桑图尔即将回归，世界的末日要到了。”

白洞，我心想。NSC把这种现象命名为白洞，只是最先发现它的“天秤号”永远也不会知道这个名字了，他们还以为它是第二个太阳。海德克鲁格一定觉得它就是黑太阳。

“等达到某个等级后，海德克鲁格就会让你文上这个标志，”奈斯特说，“我们之前也见过，但不是像这样文在手上。”

“这个文身就是我这次卧底的最大进展了，”薇薇安说，“他们说这个标志是个地图。”

“去哪里的地图？”我问，“它能带你去哪里？”

“海瑞尔说入会的最后一步是了解大门和通道的秘密。海瑞尔想让他们告诉我，但他们坚决不说。”

“瓦多戈。”我说。

“是的，”薇薇安有点神情不安，“瓦多戈就是大门和通道。你是怎么知道的？”

“你知道瓦多戈？”奈斯特说，“你怎么知道的？”

“我知道瓦多戈是什么。”我的身子开始颤抖，我想起了玛丽安，和她偶尔看见的镜像女孩。我想到FBI已经控制了那片地方，还有薇薇安的神秘符号和文身。奈斯特还不知道玛丽安的分身，他不知道那个女孩还活着。“我知道瓦多戈是个危险的地方。那里经常死人，人们会在那里消失，有时又能回来。”

“我听说有条通向瓦多戈的通道，而这个标志就是个地图，”薇薇安说，“海瑞尔觉得只要我能去一次，也就知道这路该怎么走了。”

我拉过她的手，仔细看着那个文身。一个同心圆和十二根辐条。这些辐条就是通道？“我知道该怎么走，”我说，“我带你们去。”

“在哪儿？”奈斯特问。

“西弗吉尼亚，”我说，“在莫农加希拉国家森林里。”

“我们现在就走，”奈斯特说，“给我几分钟把今天的任务都取消了。”

我准备好再次回到那个地方——灰白的树无限复制，不知道奈斯特会不会想起他父亲跟他说起的关于无尽森林的梦，和无数通往其他森林的门。办公室里只剩我和薇薇安两人，我害怕让她想起太多痛苦的回忆，所以不敢再问什么了。她杀了德里斯克尔，不得不为自己辩护，从此被贴上了杀人犯的标签。

“你不记得我了，是吗？”她问。

这个问题让我吓了一跳。我们在更早之前曾经见过面？她不可能知道另一个未来世界的事啊。我第一次见到她时，她正在阿什莉果园的院子里剥玉米。

“很抱歉。”我试着搪塞她。

她说：“你求我帮过你一次。大概是二十年前。那个晚上改变了我的人生。你说我可以试着来执法部工作。”

“你过去染着蓝色头发！”一个年轻女孩的形象忽然丰满起来——留着电光蓝头发的小女孩。我像是被打通了记忆，浑身如过电般发麻。这个女孩在一个黑夜，开着高尔夫车带我穿过黑水瀑布旅馆的小道。“我想起来了，我的天啊！我当然记得你！”

“我可能当时说我叫拜朵，或者薇洛。”她说。

“没错，就是拜朵。”

“谁还没个年轻的时候。”

她的人生因为我的一个建议而转变，“你简直是我的幸运星，”我说，“每次在我需要你的时候，你都会出现。”

“你看上去太不可思议了，”薇薇安终于放松下来，说：“大家都说在执法部工作的人比一般人老得快，但看看你……”

“我可能不显老吧。”我说。从生理角度来看，我和她是同龄人，但她可能认为，我应该比她大几十岁，五十出头，或将近六十了吧。“相信我，我的心态已经老了。”

“我第一眼见你简直不敢认，太不可思议了。你看上去……和我印象里的完全没区别！”

“我把头发染了，”我说，“头发都白了。”

“我那天晚上在旅馆和威廉·布洛克聊了聊，”薇薇安说，“把发现尸体的经过都跟他说了，他夸我很勇敢。没过几天，我就看见巴克汉诺的新闻。后来布洛克出事了——”

“我现在还会想起布洛克。”我说。

“这件事对我打击太大。所有人都说他是个英雄。我想起你当时让我去执法部试试，所以我就参加了一场FBI的宣讲会。那天晚上真是我人生的分岔口，”她说，“到底要走哪条路呢？整个人生都取决于一个选择。”

我们坐奈斯特的车，他开了一辆单排加长的灰色丰田卡车，薇薇安坐在后座。我们走七十号公路，从弗吉尼亚东北开到西弗吉尼亚州，几个小时的路程大部分在闲聊和沉默中度过。我一直在想为什么奈斯特叫妮可“可儿”——我经常胡思乱想，今天好像吃醋了似的，纠结于他对妮可的称呼。我叫她可儿，是因为我认识她，毕竟我俩经常在梅滋喝酒。*可儿*。我想起那些烂醉的晚上，酒馆电视里放的真人秀，刮开的彩票，送她回家后看她若有所思地沉默。我们开进了莫农加希拉国家森林。*可儿*。她和奈斯特的第一次见面，应该是我和薇薇安在黑水旅馆找到莫索特的尸体之后，奈斯特审讯了她。车子开到森林深处，好像没入了阴影和铁杉树之间。*奈斯特和妮可*。也许他们之间慢慢有了感情？也许在另一个未来。我心里一紧：奈斯特和巴克汉诺案到底有什么关系？他买下了阿什莉·比塔克在巴克汉诺的小屋，难道是因为妮可？奈斯特找她是为了问玛丽安的下落，而几个月后她又来找他求助。他们见了面，变得越来越亲密。*奈斯特和妮可，在一起了。可儿*。

“慢一点，”我说，“这附近有个入口，之前是在附近，不太好找。看，就在那儿。”

奈斯特把车开过去，踩下油门，沿着陡峭的小路往上开，我们来到了那片空地。在另一个未来世界，奈斯特也曾带我来这儿看找到玛丽安尸骨的地点。我们在一起的第一晚，奈斯特跟我讲了无尽森林的故事。

“我们已经在黑水旅馆附近了，”薇薇安说，“从那边下山，就是黑水旅馆。”

“还得往上爬，瓦多戈在山上，”我说，“把车停在这儿吧，前面有片空地。最远只能开到这儿了。”

空地里杂草丛生，但停一辆车还是绰绰有余。我慢慢地从车上下来。今天没穿登山服，好在鞋子还算舒服，我一般都穿结实的防滑工装鞋，走路很稳当。薇薇安从驾驶室后面爬出来，伸了伸膝盖。

她穿了双厚底皮鞋，万一踩进泥巴里肯定走不出来。“你也一起去吗？”我问，“待会儿要爬山。路不难走，但都是爬坡。”

“早知道我就穿双别的鞋了。”这是薇薇安说的最后一句话。

奈斯特忽然抽出枪来，朝她头上开了一枪。她跪倒在地，呻吟着，听不清她在说什么，只有垂死野兽发出的那种湿漉漉的惨叫。她还没死，但已经毫无生气。嘴里大口大口地吐着血，双手挥舞着好像在躲避什么飞虫。我也掏出了枪，但奈斯特一脚踢在我假肢的膝关节上，把我踹倒了。他用手枪砸我的脑袋，磕得下巴砰砰响。奈斯特用膝盖顶住我的后背，把我的胳膊铐在身后。他拿走了我的枪，倒空子弹，然后反手扔进车里。薇薇安还在呻吟，血流不止。

“杀了她，”我说，“杀了她吧。”

奈斯特又开了一枪，正对她的脑门。枪响的回声像树枝掉在地上。薇薇安背靠车轮，死了。

快想，快想想办法。我双手被铐，枪也被抢走了。想杀我简直易如反掌。我告诉自己，她是那个黑水旅馆里叫拜朵的女孩。她还活着，就坐在1997年的酒店柜台后。我只能跪着往前挪，但速度也太慢了。即使先逃几步，也很快就会被抓回来。

奈斯特回到车上，开着驾驶室的门。我看他拿了个对讲机，调到某个频道。“我给你带了个人，在山下，”他说。我听不清对讲机里的声音，只有静电声。“嗯，是个叫夏依·莫斯的女人，”奈斯特说，“另一个跟着来的人我已经给解决了。我先把她关进车里。”过了一会儿，他说：“好的。”

“这是为什么？”我问，“奈斯特，求你了——”

“你机灵点儿，”奈斯特说，“他们不会把你怎么样的。”他把我拉起来，等我站稳了，接着说，“他们一直想找你，找了好几年。我们还得往上走一段。”

“别这样。”

“走。”他说。

他推着我往前走。我们钻进一个狭窄的洞口，往森林里走，沿着一条弯曲小径爬上了陡坡。走到一条窄窄的河道旁，河水已经干涸，只剩下混着卵石和杂草的泥巴。河道通向了下游。

“你和妮可在一起了。”我说。

“在一起过。”他说。都是谎言——原来我自以为只和我有关系的那些人，早就偷偷混在了一起。

“你和妮可说什么了？”我问，“她都告诉你什么了？”

“可儿，她……给我看了些东西。”

“我能帮你。”我说。

“她可能也在山上，”奈斯特说，“我不知道她来没来。”

哗哗的水声，是瑞德朗河。奈斯特带我穿过铁杉林，面前是一圈顶部缠着带刺铁丝的围栏。每隔几米有一张橙色的警告牌：严禁私闯。严禁狩猎、捕鱼、布设陷阱或驾驶机动车。违规者严究不贷。美国海军部。

“这个地方几年前就废弃了。”奈斯特说。他将我带到围栏的一处缺口，这里被树枝遮掩着。我们弯腰钻了进去，刚过围栏，就看见那棵灰白色的树——这里就是狭窄空间。海军曾经控制了这片空地，在旁边建了个混凝土的小房，还有一个已经空了的车库。奈斯特带我走到树旁。

“跪下，”他说，“跪在这儿。”

我犹豫了一下，他立刻掏枪砸我，这次是砸在背上，我不得不顺从，跌跌撞撞地走到瓦多戈树前，跪在那里。他给我解开一只手铐，让我抱着树干，脸和胸紧紧贴上光滑而寒冷的树皮。**这就是玛丽安当时的遭遇了**，我心想。他又把我双手铐住，我试着把手抽出来。**一个玛丽安被铁丝绑着，另一个玛丽安被绳子绑着**。

“妮可到底给你看了什么？你为什么要这么做？”

“她带我来这儿，看了这棵树，”奈斯特说，“她带我沿通道走下去，我看见了那些东西。我不知道那是什么。我看见了我自己。我看见整个世界都结了冰。我看见一切事物的终结，夏依。”

“不是终结——”

“你说你认识我的时候，我还信教？准确来说，我信的不是‘教’。夏依，我在那个冰天雪地里喊着上帝的名字，当他回答我时，我才知道原来上帝的沉默才是一种仁慈。妮可让我睁开眼睛，她逼着我去看，我看见上帝被钉在十字架上，还有十字架的倒影，无尽森林中都是被钉在空中的人。你说的没错，确实不是一切事物的终结。我相信永生，但不是像过去那样相信。我已经没有灵魂了，我们都没有了。我是器官，是组织，是液体……唯独没有灵魂。上帝是寄生在血液里的虫子，夏依。我看见那些倒吊人，都是上帝的杰作。那些人永远不会死，永远被折磨。上帝赐予的永生？比死还惨。”

奈斯特把手铐钥匙挂在一根树枝上。“我觉得我曾经爱过你，”他说，“你可能不相信吧，但我真的爱过你。第一次见到你，和你一起工作的那几天，我就爱上了你。如果你后来没有消失，也许一切都会不一样了，我也不知道。时候已经不早了。”

“别把我留在这儿。”我说，但奈斯特走了。我听到他踩在松针上，渐渐走远，脚步声消失在风里。玛丽安也曾被绑在这儿，但她逃走了。她从河对岸过来，在这儿看见了自己。我不知道这里是否有另一个我，也被铐在树上，不断地复制，分身世界里的分身。

傍晚的橙色日光被头顶的树枝切得粉碎。过了一会儿，我听见几个人向我走来。他们像嗅到猎人气息的雄鹿一样从树林里冲出来，是柯布和一个我不认识的男人——一头金发、胡子蓬乱。他们都穿着黄绿迷彩服和靴子，肩上挂了AR15自动步枪。

柯布弯下腰，看着我的眼睛。他的身材健壮，眼神呆滞，“真是你啊。”他笑了笑。他盯着我看了一会儿，然后朝别处吐了口痰。我的胳膊绕着树干，戴着手铐，丝毫没有防备之力。“是她。”柯布说完，从身后抽出一把斧头，用斧柄狠狠抽我的脸。我的鼻子在流血，后脑勺隐隐刺痛。鲜血喷到白色的树干上，还有一些从鼻孔流到了嘴里。另一个男人大笑起来，柯布又举起斧柄，扇在我嘴上。

“就是这个婊子弄死了贾里德。”他又给了我一下。我不能动弹，甚至连躲也躲不开。

“她只有一条腿。”另一个男人饶有兴致地打量我，龇着牙笑。我的牙混着血掉在树根边上。我瑟瑟发抖，浑身剧痛。我知道我已经暴露了，如果柯布想杀我，他今天就能杀了我。但他却说：“给她松绑。”

手铐打开，他们把我的手重新铐在胸前。

“来搭把手。”柯布说。

他们把我拽起来，柯布问：“你能走路吗？”我硬撑着走了两步，恐怕他们又要打我。我已经投降了——被斧柄连抽三次，整张脸几乎都烂掉了。鲜血滴滴答答淌到衣服上，我都想不到自己竟然能流那么多血。我的视线边缘一片黑暗，好像笼罩了一层阴影。柯布一把将我从树上拽起来，我们顺着水声往山下走。一直走到看不见松树林了，眼前只剩一片白色的树向远方无尽延伸，每棵树都长得一模一样。

“你要干吗？”我问。

“障眼法罢了。”柯布说。

03

这一定是种幻觉，我想。无限递归的白树，每隔五十英尺左右就岔开一段距离，我们沿林中小道艰难跋涉。很快，周围的景象变了，松树更稠密，松针像刷子打在我们身上。我害怕迷失在这重复的树林里，但柯布带我们穿过了杂乱的树枝，来到一片河边空地。这种似曾相识的感觉让我发冷。

是瑞德朗河，瓦多戈到了——**松树、空地、河**——我认出这些特征，却不认得这个地方，它和我上次见到的不太一样。这更像是我被钉在半空中的地方。该如何解释这段经历呢？发生在许多年前，却又是遥远的未来；我回忆起冰冷的暴风雪和烧焦冻僵的树，一种不适感铺天盖地而来。我记得皮肤像被化学物质灼烧着，我脱了宇航服，赤裸裸走在寒风里。深刻的麻木感，冰天雪地，河水黑如墨。我被钉在半空中，钉在一个看不见的十字架上。一棵瓦多戈树像独木桥一样横架在汹涌奔流的黑水上，树枝都被劈掉了。

树边有十几个男人穿着大衣或披着厚厚的毯子。柯布和同伙把我摁在地上，其中一个男人向我走来。他个子高瘦，走路一颠一颠，好像在踮着脚或随时准备逃跑。他的头发是红金色的，在夕阳光下反射如火一般的光晕。和其他胡子拉碴的男人不同，他的脸刮得干干净净，下颌和颧骨凸出，眼窝很深，像是蒙了层阴影。玛丽安说他是什么？**魔鬼**。派特里克·莫索特告诉玛丽安魔鬼只用眼睛就能把人吞噬。我确信海德克鲁格就是拥有肉体的魔鬼。他像蛇一样扭着身子，嘴巴微微张开，舌头舔着嘴唇，好像通过空气就能尝到我的味道。

“夏依·莫斯，”他说，“你和照片里可不太一样。谁打的你？”

和照片里不一样？我不敢想象自己的脸被打成了什么样。我的舌头能舔到被打裂的牙龈，牙齿之间一直在汩汩冒血。鼻子仿佛垂在脸上，鼻梁应该被打断了，又痛又肿。“柯布。”我说。

“他把你毁容了。”海德克鲁格说。

我忽然紧张起来。这片森林和我去过的不是同一片，既不是奈斯特带我来的地方，也不是我和恩乔库、奥康纳找到的那片。这里没有鸟，除我们之外一片寂静，静得古怪。我能看到周围树枝在动，但听不到一点动静。海德克鲁格拔出一把猎刀，刀片是黑色的锯齿状。他走到我身后。**不，不，不**，我暗暗一惊，**他要杀了我**。

“别，”我说，“你不能杀我——我是时空穿越者。”

柯布摁着我，手上更用力了，他的两只手像铁环一样捆在我胳膊上。海德克鲁格把我的头发绕在他手腕上，向后一拉，我的脖子整个暴露出来。我似乎感觉有刀在我脖子上划了一道，我的脖子像第二张嘴一样咧开。

“别杀我，”我说，“你不能杀我，我是穿越者。如果你杀了我，整个世界就没了，你的世界就消失了。我是穿越者，我真的——”

“你以为我们会消失？”海德克鲁格说，“我可不这么认为。我们现在在瓦多戈里。你以为要是杀了你，一切就都没了？”

“我是NCIS的，你懂的，”我说，“你知道我是谁。夏依·莫斯。1997年3月。现在是1997年3月。你杀了我，你也会死。”

“妈的。”柯布骂了一句。海德克鲁格紧紧攥着我的头发，我的头被向后拽着——*我的脖子，他要砍我的脖子*——但我感觉刀尖顺着头皮划了下来，他松开我，手里抓着一把头发，像只刚剥下皮的兔子。

“我认识你，”我说，“我知道你是谁。卡尔·海德克鲁格。你就是克拉克斯堡CJIS大楼袭击案的元凶。你杀了上千个人。你杀了派特里克·莫索特和他一家。你连孩子也不放过。”

“所以你来这儿找我了？”他问，“那不是我，那只是其中一个我。”

“那是另一个你，”我说，“我调查了你的所有案子，其中一个遇害的律师叫卡拉·杜尔。因为她，我才去找了奈斯特。”

海德克鲁格把刀插回刀鞘，“德里斯克尔，”他说，“看来你找到了这条线索。”他把割下来的头发塞进一个腰带扣里。让他们知道我是从过去穿越而来的，相当于我给自己判了死刑。海德克鲁格一定知道该怎么对付我，也许他会杀了我，然后和我同归于尽——但曾经有一次自杀的机会摆在他面前，却被他拒绝了。为了活下去，他们选择了叛变。

“咱们对她来说都是影子，”海德克鲁格对“天秤号”的幸存者说，“都出去吧。我和她单独聊聊。”

其他人都走了，他们沿河岸走到那棵倒在水面上的瓦多戈树，从树根爬上树干，然后穿过了瑞德朗河。树干上有绳子，可以保持平衡，这棵树就像是座独木桥。他们的身影还没到达对岸，就中途消失了，仿佛钻进了挂在半空的隐形幕布。

“你是从1997年来的？”海德克鲁格说，“你应该是坐自己的飞船来的吧？我猜是鸬鹚飞船。想想你见过的各种可能，所有未来的可能。你把见到的都跟政府汇报了？”

“是，我们都这么做。我们想阻止——”

“你的政府知道未来会发生什么，”他说，“他们观察未来，就像观看视频重放，但悲剧还是发生了。为什么？”

“你为什么连孩子都不放过？”我说，“莫索特的小孩。你为什么要派人把那个科学家，德里斯克尔博士杀了？为什么要研发化学武器，为什么要杀人？”

“德里斯克尔原本想把那个毁灭了的宇宙带到这个世界来，”海德克鲁格说，“莫索特也是。醒醒吧，夏依·莫斯。我看到的未来和你一样。你见过了末界。你不是我们的敌人，不该和我们作对。你只是被蒙蔽了眼睛。我们才是阻止末界到来的唯一力量。”

“是你们把末界带到这里的，是你们！”我说，“它跟着‘天秤号’到来，毁掉了所有未来——”

“不是我们，”海德克鲁格说，“末界不会传播，不像他们说的那样能穿越时间线。会把末界带到这儿的是NSC，他们才是罪魁祸首。NSC总有一天会派飞船去找那个我们偶然降落的星球。他们迟早会发现那个秘密，然后找到那里，可能就是明年，也可能是一百年、一千年后。他们太贪心了，不可能放过那里。末界会跟着海军的飞船回到地球，它会跟他们回来。这件事发生的概率太大了，所以几乎每个未来世界都毁灭于末界。我们想削弱他们的决心，不管是谁想去找那颗死亡星球，我们都会杀了他。但末界还是越来越近了，这说明他们已经快要成功了。”

CJIS现场的尸体、莱德卡车里的尸体、NSC的科学家、菲兹尔集团的员工——海德克鲁格几乎把所有可能发现埃斯佩兰斯的人都杀了。

“我去过的未来世界里，你已经杀了那么多人，那么多无辜的人，”我说，“德里斯克尔可能会发现埃斯佩兰斯，所以你杀了他，对吗？你要杀多少人……”

“打破链条。把所有和末界的联系都毁掉。每个人最大的错误就是对自己的存在深信不疑。我们以为看到的一切代表真实，可实际上大错特错，一切只是深不见底的幻象。我是杀了很多人，但这有什么大不了的？就算你是穿越者又能代表什么呢？狗屁不是。但是你，你对我们还有用处。你能回到现实世界，毁了会把末界带回地球的工具，让末界从一种必然变成一种可能。这就是我的全部要求，请你把人类的自由意志、其他的未来和活下去的希望给我带回来。为了不让所有未来都毁于末界，把该杀的人都杀了吧。”

“不，”我说，“我要保护无辜的人。”

刹那间，我预感海德克鲁格可能会直接杀了我，毕竟他的情绪像夏天的天气一样一会儿一变。但他向我伸出手，拉我站了起来。

“来，”他打开手铐，扔到地上，“咱们还得走一段，路上不好走。”

“你要带我去哪儿？”

“我要保护你。”他说。

我跟着海德克鲁格穿过这片空地，沿着一排瓦多戈树往前走。我极力控制着想掉头逃跑的欲望，问道：“那些人的分身就是来自这里，对吗？”

“瓦多戈是条通往很多房间的走廊，”海德克鲁格说，“有些二重身会经过这里。他们也很困惑，就像走进了一面镜子。你说他们是什么？分身？分身是从这里过河的。他们的唯一记忆是在森林里迷路，然后不知怎么到了河对岸，像孩子在噩梦里走丢了。他们穿过这片森林，走到空地，结果眼前又是那条刚刚才过了的河。”

“其他分身呢？”我问，“你说有些分身会到这儿来，那其他的呢？”

“其他分身是忽然闪现出来的，”海德克鲁格说，“我们见一个杀一个。他们想占领这里。有时候竟然能得逞。”

“他们是谁？”

“是我们，”他说，“我们看见了自己。我们没完没了地剿灭那些叛徒。你也知道这里会发生什么。你见过自己的分身，你必须杀了她，不然她就会先杀了你。然后变成你。”

面前的瓦多戈树一路蔓延。我往后看了看，是一排一模一样的树无限延伸。玛丽安在这儿迷路了，她蹚过河去，看见另一个自己。世界有分身，生命也有分身。

“你杀了莫索特一家。”我说。

“是，用斧头砍死的，”海德克鲁格说，“派特里克·莫索特想毁了我们，所以我们就先动手了。他想背叛我们来申请政府保护，就为了那三十件银器[1]，他早晚会把末界引到家门口来。真他妈是个傻子。”

走到那棵倒下的瓦多戈树旁边，海德克鲁格从搭在树根上的大衣里抽了一件给我。他自己裹了一条军用毯子。

“世界末日很冷，”他说，“你会看到一些东西，千万别停，

1 《圣经》里记载，犹大为了三十件银器出卖了耶稣。

继续走。我们会走到另一个地方，那个地方很危险。我也不知道末界到来的时候会发生什么，如果它来了，那这层边界可能就会像蛋黄外面的薄膜，想闯进来是轻而易举的事。”

我爬上树根，站在树干上，两手拉住绳子。树干是圆的，树皮非常光滑，瓦多戈树更像是石化了的木头而不是粗糙的原木，很不好走。一些地方被河水溅湿了，不管在哪儿下脚都很湿滑。海德克鲁格跟在我后面，离我很近。我像学步的婴儿一样小心迈步，抓紧绳子，一点点往前走。身下就是湍急的河流，河水墨黑。

你会看到一些东西，海德克鲁格说。已经走了一半路，气温骤降，仿佛从春天迈入严冬。天空沉沉下坠，空气里充满飞旋的雪花和冰碴。我眼前的景象已截然不同，不再是一片绿意，而是冬天的冰天雪地，瓦多戈树上积满白雪。我一小步一小步地往前走，结冰的树干比之前更滑。像晴朗夜空里忽然出现的星辰一样，我看见四周出现了无数被钉起来的人，头朝下吊着，悬在河面上、悬在远处的森林里。他们的呻吟像一首痛苦的合唱。

我膝盖一软，跪在地上，幸好手里抓着绳子才不至于被大风吹下树干。海德克鲁格整个人锁在毯子里，红头发上结满了白霜。在我们身后，刚刚离开的那个世界，现在只是一片深蓝。在绿色的森林中隐约能看见一个橙色的小点。我惊恐地尖叫起来。

“我曾经被吊在这儿，”我大喊着，想从周围密密麻麻的倒吊人里找到自己的身影，“我就在他们中间！”

海德克鲁格扶着我站起来，“你是怎么活下来的？”他问。

他的睫毛上挂着几片雪花，冷风把他的眼睛吹得湿漉漉的。他摸着我的胳膊，安慰我。

“有人救了我，”直到现在，我还不确定当时是不是真的看见了着陆器的灯，“我得救了。但他们救错人了——看那边，她在那儿。那个女人才是我。她才是我。”

海德克鲁格看了看身后，“那个女人已经死了，”他说，“你现在就在这里。”

*我不知道QTN是什么，我来自一个没有末界的世界——我只是一个可能，是诸多可能之一。*我感到眼睛一阵剧痛，范围慢慢扩大，直到瞳孔变成黑暗的深渊。我的身体就像一个看不见底的深渊。

海德克鲁格半扶半抱，带我过了桥。我们走下树干站到雪地上，他给我披上他的毯子，带着我继续往前走。身边是无尽的倒影，而我的眼睛如万花筒，看到的每个地方都是镜子。我看见我们从天上走下来，从河上走回去；从地面往天上走，从桥的另一边往这边来。每个倒影的远处都有一点橘色。海德克鲁格押着我往前走。瓦多戈树之间的小径开始弯曲，刺骨的寒风仍然吹不散空气里的烟雾，我们仿佛正走向一堆大火，熊熊燃烧的黑烟把天空染成了炭。未燃尽的灰烬打着圈往天上飘，“快点！”海德克鲁格说，他带我穿过弯弯曲曲的林中小路，走进午夜的烟雾中。很快，瓦多戈树开始着火，灰白色的树干被大火包裹，一棵又一棵着火的树像一串燃烧的火把，橘色的火苗在风中摇曳，龙卷风一般的火舌直舔天幕。

“你要带我去哪儿？”我的声音几乎盖不过大风的呼啸。

“这是那艘指甲船。”他说。漫天风雪中，我看见“天秤号”巨大的黑色船体耸立于无尽森林之上。船头被生生撕裂了，船尾——装有发动机控制室、推进装置和勃罗驱动器——着了火，喷出的蓝色火球一闪即逝，好像闪光灯。

我们加快了脚步，“天秤号”的船体在视线里越来越大，我看见了NSC为抵御风雪设计的加气混凝土圆顶，黑色的圆顶上有几扇窗户，里面灯光昏暗。我想进去，躲到里面暖和暖和，但海德克鲁格还在推着我向前走。

“他们会杀了你的，”他说，“不管我怎么说，都会杀了你。他们的任务就是杀人，没有例外。那里住着的是哨兵，负责密切监督所有靠近的人，在他们逃进森林之前就一枪射死。我在这儿亲手杀死了自己好几次。”

我看见飞船周围的雪地里躺着无数尸体，所有冻僵的尸体还保持着死前最后的姿势，他们都是“天秤号”的船员。尸体的衣服和一切装备都被扒了下来。我看见了海德克鲁格的尸体，不止一具，很多很多具。

瓦多戈树间的小路止于“天秤号”。我们又沿着船身走了一会儿，来到一个通往气闸的舷梯。冷风钻进外套，让我动弹不得，“必须爬上去。”海德克鲁格命令道。只要能逃避这种寒冷，让我做什么都行。可我的手一碰到铁栏，立刻像被烧着一样灼痛。我咬牙往上爬，船尾又喷出一团蓝火，照亮了我们，仿佛晴天霹雳，又仿佛五雷轰顶。有那么一瞬间，我看见自己穿着橘色的宇航服，倒吊在黑色的河水上；我看见自己还是十几岁的样子，和考特妮·吉姆在她卧室窗边分享一根香烟。*你见过流星花开花时的样子吗？*

“继续爬，”海德克鲁格说，“趁这个机会，快点，爬！”

我从舷梯上看向森林——飞船被大火包围了，那是森林的地狱之火，风中摇晃的火光就像拍打着的地狱旗帜。我想象着“天秤号”就这样从天上掉下来，毁于船员的叛变，外壳着了火，像一座燃烧的大山坠落到地球。以飞船为圆心，无数小径向瓦多戈森林辐射开去，这些燃烧着的小路围绕一个中心，通往无尽森林的其他地方。无数条小路，很多个房间。我似乎能看到这些小路的尽头，那里熄灭了火光，只剩下烧焦的灰白的树。大雪掺杂了煤烟，地平线一片灰暗，天空黑了下来。这种景象就像燃烧的上帝之眼，而我站的位置正是黑暗的瞳孔——“天秤号”。瓦多戈小径和熊熊火焰在我们周围纠缠翻滚，我在一场席卷世界的飓风风眼里，尖叫。

海德克鲁格把我拖上最后几节梯子，到了船舱的气闸口。船舱上全是棕色和白色的斑点，好像生了一层铁锈，或者类似铁锈颜色的其他物质。不，这不是锈——这是被画上去的图案。气闸附近涂满了这种颜色，就像一层厚厚的红棕色皮肤。海德克鲁格打开闸门，往里推开。

“进去。”他的声音在风声里嘶吼。我犹豫了一下，船身的入口像个完美的黑洞，周围有一圈锈色，是黑暗的漩涡中心，准备吞噬一切。“是指甲，”我说，顿时一阵反胃，“和血。”船上的红棕色是雪地里尸体的鲜血，连同他们的头发和指甲，一起被涂在闸门周围。“你们把血涂到了船上。”

“大地震动，纳迦法的船锚松开了，”海德克鲁格说，“带着死去战士的尸体向众神宣战。”

指甲船，一艘指甲拼成的船。莫索特的妻子和孩子——他们的手脚指甲被拔掉，带到这儿来。玛丽安·莫索特，和那些死去的分身。到底死了多少人？我一想到这儿就不寒而栗，好像看见一座大山，却发现它是翻滚逼近的巨浪。

海德克鲁格逼我走进这个黑洞——气闸的闸门。我爬进船舱，但双脚落地的一刹那，整个人飘了起来——我的身体离开地板，旋转上升。是失重的感觉。我碰到天花板，然后向下反弹，这里没有重力。我打着滚往下掉。海德克鲁格关上舱门，我的身体还像个布娃娃似的从舱顶、墙壁和地板上来回反弹，一直到他抓住了我。他和我一样飘在空中。**这里没有重力。**

“这是怎么回事？”我问他。

“别出声。”他说。

我们在引擎室附近，没过多久，我就听到核电事故警报的一长一短的鸣笛声传遍船舱。

“核反应堆，”我说，“应该是出事了。”

“那个负责核反应堆的男人想毁了这艘船，但比塔克救了我们，”海德克鲁格的声音被近处的枪响打断了，“就是现在！”他说着把我拉进通往引擎室的门道，这里上下左右都是管道和电线，锅炉状的银色核反应堆占据了大部分空间。环形粒子对撞机包围了勃罗驱动器，把它和其他装置隔开了。它看着就像人的心脏，掩盖在一层银色里。

反应堆旁边有一个男人的尸体飘浮在空中，冒着泡的黏稠血液从他腹部的伤口里涌出来，粘连成一长串。我从他制服的胸章上认出这就是专门负责核反应堆和勃罗驱动器的男人。海德克鲁格双眼通红。他刚从工具墙上扯下一把手电筒，核反应堆就开始发出呜呜的轰鸣，船上的灯忽然熄灭，陷入一片黑暗。核电警报还在长鸣，这意味着堆芯开始熔化了。

“快撤，”海德克鲁格打开了手电筒，“我们时间不多了。比塔克一定会来这儿修理，然后叫莫索特来守着。在莫索特来之前，我们就得离开，千万别让他发现，在这儿不行。”

“到底怎么了，这是什——”

海德克鲁格推了我一把，说：“**快走**。”他带我到了另一个房间。我们像游泳一样穿过通道，海德克鲁格不断用手电筒来回照亮前方。我们经过了轮机室，这间小屋里只有一张办公桌和固定在船舱、舱顶的文件柜。飞船工程部有自己的餐厅，还有一间会议室，桌子四周是几张长凳。再往前是机械师助理的办公室、反应堆实验室、电气部门和一个两侧全是窗户的通道。我从经过的第一扇窗户望出去，想看看那个冰雪和火焰交织的森林，但窗外什么也没有，只有无尽的黑夜和星辰。

“我们这是在哪儿？这是哪里？发生了什么？”

海德克鲁格拉着我，但我扒住窗户，顺着船身前后看了看。原本被几英寸厚的冰层覆盖的船体，现在却形成一层晶莹剔透的外壳，闪着白亮的光，像一层矿物质结晶，或无数条钻石的藤蔓。船尾的外壳最厚，在发动机室的上方，乳白色的结晶堆成了锯齿状，像耀眼的太阳的白光，从船身发散开去。

“为什么会发生这种事？”

海德克鲁格用刀柄在我的脊梁骨上捅了一下，说：“快走，灯马上就亮了。”

他刚刚把我从窗户边拽走，警告声戛然而止，船舱里阴暗的灯光也随之而亮。我们应该是在往船内禁闭室的方向走，我想。我既震惊又困惑，只好乖乖跟在他身后。来到NCIS的办公室，这里的墙上溅满了球形血迹，是血液失重后喷到墙上的形状。

“这艘船上的NCIS特工出了什么事？他们在哪儿呢？”

“他们选择和指挥官一伙。”海德克鲁格说。

他打开禁闭室舱门，NSC特恩飞船的禁闭室比NSC水上船只的大得多。从第一次飞船出航开始，美国宇航局的精神病专家就警告我们小心“太空疯狂”。这里一共有八个牢房，每间房都是一个铁盒子，像上下铺一样紧挨着。海德克鲁格准备把我关进五号间。我踹了他一脚，他反手就是一拳，又打破了我的鼻子，黏稠的血液飘到空气里，我再也不敢反抗了。他踩着我的胸口，一手摸到我的假肢，使劲向上拉，直到我够着自己的腿并把假肢的密封套解开后，他才停手。

“我怕你会自杀，”他说，“不能让你用这玩意儿伤害自己。”

他把我关进牢房，离开了禁闭室。这里一点光都没有，我飘浮着，像未出生的胎儿一样看不见东西，也听不到任何声音。鼻子和牙龈传来的痛意像闪电一样穿过我的身体。在浩瀚的寂静里，我只听见自己的耳鸣声、气息穿过鼻窦，和血珠撞在牢房四壁的声音。

几个小时过去了。

我是一个分身——夏依·莫斯的分身，被人从十字架上解下来，带回现实世界。我现在终于明白了。那个穿着橘色宇航服的女人才是夏依·莫斯，她才是*真实的*。我在雪地里见过她。*那个女人死了，所以我才在这儿*。我来自一个没有末界的未来世界，但我只是那个未来虚构出来的。我活了下来，但那个未来已经消失了，整个都不存在了。我是真实的吗？我只是一个空洞，我的脸是椭圆形的黑洞，身体中空，或者塞满了稻草。但疼痛是真实的，我被打烂了的脸、我的绝望、我的恐怖都是真实的。在美国军舰“威廉·麦金莱号”上，我和奥康纳曾亲眼见过一个士兵在深水发疯，打死了一名军官。我们逮住他，把他关进禁闭室里的牢房。禁闭室里只有他一个人，被铁笼子约束的感觉和孤独比任何惩罚都更让人崩溃。他像个小孩一样苦苦哀求我们放了他。我现在又想起这个士兵，想起他当时绝望地用指甲刮着墙板。

我莫名其妙地登上了“天秤号”，这里没有重力。我看见那个负责核反应堆的船员被杀了——为什么会这样？忽然，一点声音从遥远的地方传来：像是轻轻的敲击声，好像有人用指甲敲了敲桌子，或是老鼠的爪子从金属上爬过。紧接着是爆破声，我听出来了：是小型武器的声音，然后是自动武器开火时咔嗒咔嗒的枪声，船上开始了一场枪战。我不知道海军的人质救援队是不是找到了这个地方，赶来救我了，也许薇薇安侥幸没死，又或者是其他人跟踪我找到了这里。禁闭室外响起一声尖叫，是几个人一起发出的，应该是临死前的最后一声。

禁闭室的大门开了，一道白光刺入我的眼睛。我眯着眼，看见有个女人飘了进来，她关上门，房间又陷入一片漆黑。**是妮可**，但这里的妮可还只是个十几岁的孩子。我听见她的脚步声，她尽力不弄出任何动静，气喘吁吁的声音好像在哭，即使在黑暗里我都仿佛看见了她正一下一下地抽泣。她飘到牢房这儿来，离我近了些，等她飘到我的牢房前，我说："妮可，救我。"

她吃了一惊，低声说："谁？"

"我是NCIS的特工，"我说，"求你放我出去，妮可。"

"我不认识你，"她说，"我从来没有见过你。你为什么被关在这儿？你是怎么进来的？"

"放我出去吧！"

"不行，"她说，"我不能放你——"

又一阵枪响爆发了，比刚才更激烈。就在禁闭室门口，有东西忽然爆炸了；我还听见子弹在金属的舱壁上反弹，还有几颗撞到了门上。

"他们真的下手了，"妮可说，"我不敢相信……他们真的把她杀了，不，不——"

妮可泣不成声，我听见她用手抹掉脸上的泪水，说："不要，求求你们，不要这样做。"

“他们把谁杀了？”我问。

“雷马克。他们杀了她，他们想把每个人都弄死，”妮可说，“雷马克和我们的武器官克洛伊·克劳斯。她们都躲在军官室里。她们已经死了，天啊，她们都死了。”

是熟悉的感觉——这件事明明已经发生过了。我想起妮可和我在果园谷仓边的忏悔。

“但你是无辜的，妮可。你没有杀人。”

“我爱雷马克，他们都知道。我不想因为她而死，”她说，“我一直藏在生命维持系统舱，但他们正挨个检查每个房间，所以我只能跑到这儿来。他们在把所有人一个个杀光。”

“妮可，冷静点。我需要你的帮助。我认识你，妮可。我知道是你父亲说服雷马克带你上船的，”我说，“当时你们在蒙巴萨设宴接待他们。那是什么时候的事？离现在好多年了吧。”

“六百八十一年了，”妮可说，“雷马克和‘天秤号’着陆时，我们举行了荣霍仪式[1]来纪念这个时刻。我就是在那儿遇见了我的丈夫，他看见我戴着花环站在果园里。我父亲说服雷马克带我上船……她想让我继续活下去，所以带上了我——”

“我能救你，妮可。你只需要放我出来。”

又是一阵枪响。妮可走到我的牢房前，说：“你是怎么知道我的名字的？我认识船上所有人，但我没见过你。”

1　作者为本书创造的概念。一些先进文明知道他们的存在可能取决于一位穿越而来的“观察者”，所以他们的生活哲学中包含“存在是转瞬即逝的幻觉”这一想法。飞船成功归来后，他们会举行庆祝仪式。“荣霍”来源于“Roho”，是一个斯瓦希里语词汇，意为鬼魂。

“我们在另一个时间见过面，”我说，“我们曾经是很亲密的朋友。当时我叫考特妮·吉姆，我们经常聊天，几乎每晚都聊，在另一个未来里。你告诉我在肯尼亚发生的事。你还提到一片树林，说树的颜色像绿宝石。”

“我不知道该怎么办。”她说。

“放我出去，我能救你。”

“我不能放你出去。要是他们知道你在船上，也会杀了你。我和你聊天，把你放出来，我也会死。”

“求你了。”我说，但妮可没有反应。我看见她打开禁闭室大门时闪进来的一道光。她飘了出去，大门关上了。

又剩我一个人在这儿，时间仿佛消失了。至少过去了几个小时。每隔一会儿就有一粒血珠溅到我身上，我感到绝望了。终于，船上传来一阵巨响，轰隆一声如瀑布直泻而下，穿透了钢板。紧接着是爆炸的声音，比第一次大多了，没过去几秒钟，我就闻到门外飘来了淡淡烟气，像电气着火的刺鼻味道。我被困在这里，尖叫着喊救命，恐怕自己要活活被烧死在这儿。警报灯亮了，是刺眼的红色，震耳欲聋的铃声紧随其来。

船身忽然倾斜，钢铁碰撞和摩擦的声音沉沉响起。我听见一连串砰砰的响声，像是有人在敲打锅碗瓢盆，又像是空气被人撕裂了。几声刺耳的声音后，整个飞船开始轧轧作响，船身似乎快要扭曲破裂了。禁闭室的舱顶炸出几个蓝色的液体状火球，我在空气里飘着避开那些火球，钻进牢房一角躲了起来。就在此时，舱内忽然有了重力，我狠狠摔在墙上，又滚到天花板和地板上，蓝色的火球开始蔓延至整个牢房。**是飞船开始坠落了。我们从天上坠落下去。**大概持续了几分钟，但每一分钟都像是永恒的。我在这个铁盒子里来回翻滚，一次次砸到地板上。等混乱结束，我的前额已经摔破了，满脸是血。警报声还在继续。

我失去了意识，再醒来的时候眼前是纯粹如银河的黑暗。我尽力坐起身来，竖起耳朵听，随着时间流逝，一丝微弱的电流声在我的胸腔里逐渐变强。静电的电流令人不适，它嗡嗡响着，声音越发强烈，直到连我的头发都开始刺痛，阵阵麻木传遍了全身。这种压力很快就变得无法承受，我张开嘴，看见顺着牙缝流出的电流，像蓝色的细线一样飘进空气，顺着我的手指飞跑。一声巨响，一束强光——电流像狠狠打在心脏上的重拳一般击中了我。我再次失去重力，飘浮起来，周围恢复了方才的寂静。

船舱深处似乎又有什么东西爆炸了。过了一会儿，我听见禁闭室的门开了，门轴发出金属尖锐的摩擦声，但没有一丝亮光。有人走进来了，声音微乎其微。我牢房的锁被解开，牢门打开了。我紧紧贴着后墙，不知道来人是谁，也许是海德克鲁格。那个人用手捂住我的嘴。

“别出声，”一个声音说道，“我们只有这一次机会。在他们修好电灯前，还剩最后几分钟。”

我已经恢复了平静，点头同意不出声，但那只手还是紧紧捂着我的嘴。

“你能看见这个吗？”那声音问道。黑暗里亮起一点磷光似的蓝色，比一粒石子儿大不了多少。我知道这是什么：妮可护身符里的那片外星花瓣。片刻之后，这点蓝色消失了。我点点头，示意看见了。

“跟着它走。”妮可小声说。

她松开捂着我嘴的手，那点蓝色的磷火离我几英尺远，在黑暗里上下飘浮，直至消失。我抬手摸了摸牢房的门框，慢慢飘了出去。我顺着禁闭室的天花板往外飘，一不小心就彻底迷失了，只好停了下来。我眼前全是紫色的光斑，这是血液流动映射到瞳孔里的不真实的颜色，那点蓝色磷火又出现了，我立刻跟了上去。

我没有一点方向感，只能跟着她从洞口爬进去，又爬过一面墙。我终于离开了禁闭室，飘到一个狭窄得多的过道。蓝光又出现了，我迅速朝那个方向赶过去，不弄出一点动静。我撞上一堵铁墙，再想找那点蓝色却再也找不到了。忽然，我听见一声轻微的呼气声。这个几乎让人听不见的声音使我猛地抬起头，蓝光就在上面，我朝它伸过手去，把自己拉进一个入口。跟着蓝光继续飘，我很快就飘到那个两侧全是窗户的走廊。窗外船身上亮晶晶的外壳反射着微弱的光线，妮可的脸被这光勾勒得如此清晰。晶体一样的外壳厚厚覆在船上，折射出蔓延无尽的光。眼前的妮可并不是刚才见到的那个十几岁的孩子，她是一个年轻的成年女人。她把我带到气闸门口，就是海德克鲁格当初带我上船的地方。

“休息一会儿，”妮可说，“喘口气。待会儿你得赶紧跑。”

“什么意思？”

“我们在另一个未来互相认识，在另一个世界，”她说，“你赶快走吧。他们要来抓你了。”

“妮可，”我说，“告诉我到底——”

“我们没有时间了。”

“你……你一下子变老了。”

“你已经在那个禁闭室里待了很多年，夏依。”她说。

“不可能，”我差点笑了出来。一定是她搞错了，这根本不可能，“我只待了不到一天，最多几个小时。”

“这个地方，这艘船，是乌洛波罗斯，”妮可说。她伸出手腕，一个她常年戴着的黄铜色手镯，上面刻着钻石图案的鳞片，是一条咬着自己尾巴的蛇，“我们在肯尼亚从小就玩这个——这个手镯。你可以把手镯摘下来，送给最好的朋友。”

“友情手镯。”我说。

“嗯，”妮可说，“这是一条乌洛波罗斯蛇。”

她把手镯摘了下来，给我戴上——一圈凉凉的金属。她把蛇尾扣进蛇嘴，镯子的大小刚好合适。妮可让我看了看她的手腕。那个镯子还在她手上。我明明看见她取下来的啊，好像这是什么魔术的戏法。

“你可以把手镯送给朋友，但它还会一直在你手腕上，”她说，“所以这两个手镯是一对的。”

“你说过去了很多年，”我还在纠结着，“你老了好几岁。但我几个小时前才看见你，当时你只是个孩子——”

“你和我印象里的一点也没变。看见你之前，我已经在船上生活了十二年。”妮可说，“派特里克死了，他全家人都死了，你昨晚和奈斯特特工出现在我公寓门口。你和一个叫拜朵的年轻女孩用我在黑水旅馆登记的车牌信息找到了我。”

“不，我从来没有和奈斯特去过你公寓，”我说，“我根本不在那里。是奈斯特一个人找到你的。那不是我。”

“奈斯特离开后，咱们俩聊了很久。你看到我家墙上挂了一幅萨尔瓦多·达利的画，是一个钉在十字架上的人。你说，我们已经在几十年后的未来世界见过面了，每天晚上都一起喝酒，”妮可说，“我就是在那时才认出你的。我才想起来咱们见过面，但并不是在未来。我十一年前就见过你，在那场叛乱中。我躲进禁闭室看见一个女人，她说她叫考特妮·吉姆。是你，十一年前，你告诉我你叫考特妮。”

“没错，我说我叫考特妮。”对我而言仅仅是几个钟头之前，而对于妮可已经过去十一年了。**还没发生的事造成了结果**，妮可的经历像数字“8”，无限的交叉循环围绕着一个中心：我们在禁闭室遇见，我告诉她我们之前就见过，还说之前我自称考特妮·吉姆。**现在这样想：烧焦这棵树的大火也许并不会发生，在未来三百年甚至三千年内都不会发生**，恩乔库曾说。早在海德克鲁格把我关进禁闭室前，我在禁闭室里的经历就已经在影响事情发展了。过去的痛苦和童年时期的悲伤如巨浪般袭来。妮可以为我的名字是考特妮。

“飞船坠毁后，我们都逃进了森林，顺着小路跑，”妮可说，“所有人都跑了。卡尔说在他想到法子之前，我们都该先藏起来，不然会以叛国罪被通缉。一旦被抓到了，只有死路一条。所以我跟他说——”

“你跟他说你看见了一个NCIS的特工，叫考特妮·吉姆，”我哭着说，“上帝啊……我的上帝！”**原来是因为我**，海德克鲁格才会杀了考特妮，或者让莫索特、柯布杀了她。他们以为考特妮·吉姆是个特工，他们认错了人。是我害死了考特妮。

是我害死了考特妮。

“我告诉他们你的事，”妮可说，“卡尔让莫索特找到考特妮·吉姆，然后杀了她。他找到了一个十六岁的女孩——”

“求你了，”我说，“求求你告诉我这不是真的。他把她杀了？”痛苦几乎让我窒息，“上帝啊，我求求你告诉我这不是真的。他因为我杀了考特妮？因为我用了她的名字？”

妮可说：“没有。莫索特找到她的时候，她已经死了。所以莫索特一家搬进了她的房子里，是她哥哥租给他们的。每次她哥哥来收租，派特都要问问那个死去女孩的情况，他也想知道躲进禁闭室里的人到底是谁。我们以为也许有一天考特妮·吉姆会重新出现。但原来那个人是你。”

莫索特住在克利特伍德法院街考特妮的房子里，到处打听她的消息。他以为这个叫考特妮·吉姆的特工会在未来某天调查“天秤号”上的叛乱。不是我害死了她——但即使那种是我导致了自己最好的朋友遇害的愧疚消失了，我也仍然无法摆脱令人战栗的悲伤。一瞬间，所有存在都显露出它们的形状、残酷的本质和可怕的嘲讽，我在童年时目睹的死亡竟与一个刚刚浮出水面的、更神秘宏大的命运暗暗契合。一瞬间，当我以为考特妮的死是因为我冒用了她的名字时，所有的悲喜都化为一项我无力看清的宏伟计划的组成部分，在这个循环往复的计划里，所有的行为和后果都有根有据。一瞬间，考特妮的死得到了解释，有了明确的原因。但这个瞬间过后，所有线索的碎片都散开了，没有意义、没有理由。因为考特妮只是死于偶然，只是因为一个个体对另一个个体的最平庸的恶意，没有什么阴谋。宇宙绝非善辈，也并不险恶。宇宙浩瀚无垠，对区区人类的欲望漠不关心。

“又过去好多年，你在我公寓给我看了你的徽章，说你叫夏依·莫斯，NCIS的特工，”妮可说，“你说你是从未来穿越来的，说二十年后我们会在一个叫梅滋的酒馆里相遇。你说我们关系很好，是最好的朋友，还说了很多关于我的事，关于我生活的事——”

“我从来没有和你说过那些，”我说，“那不是我。”

“然后我答应带你去找瓦多戈，那个狭窄空间，但你让我快逃。让我在FBI逮捕我之前，或海德克鲁格找到我、杀了我之前，跑得远远的。你说你要去找瓦多戈，马上就动身；我听你的话跑了，但你说的我都记得。”

“你记得，”我说，“你记得在禁闭室见到我的时候，你才十几岁，你记得叛乱发生时见到一个被关在牢里的女人——考特妮·吉姆，十一年前的事了，”我说，“对你而言，已经过去了十一年。是我告诉你我叫考特妮·吉姆的。”

“我想报答你，夏侬，”妮可说，“你当时让我逃跑，想救我这个朋友一命。你没有逮捕我，只是警告了我。所以现在我也想来救你。谁知道呢？也许二十年后你又出现在酒馆里，嚷着要请我喝一杯。”

“但救你的人不是我啊！”我说，“那是其他的夏侬·莫斯……我从来没和奈斯特去过你的公寓，我从来没告诉你要逃跑。那是我的一个分身，不是我。”

“瓦多戈森林里有很多小路，”妮可说，“夏侬，在这里我们都是分身。”

空气似乎从我的肺里抽出去了，我听到一声叹息。一瞬间我好像看见一个个夏侬·莫斯和妮可·尼永奥如片片花瓣向外绽开，相聚，又分别，我们之间无限的交集。

“你应该感觉到勃罗驱动器熄火了吧，”妮可说，“它每一次熄火，周围都会冒出一片新的森林，一个新的宇宙。我们必须在它下一次熄火前离开这里，否则就永远走不了了，我们将会一直留在这儿，重复一模一样的对话。快点走吧！”

“怎么走？”我说。

“跳！”

妮可抓住气闸的把手，向内拉开，一阵气流冲了进来。我想找个把手抓着，但手上一滑，我屏住呼吸纵身跃入星辰中——从太空自由落体，无疑是种自杀。天亮了，我落在飞船的舷梯上，冬天的寒气像冰矛刺穿我的身体，森林的火海狂卷着周围的天空。大风把我吹下了几层楼梯，我这才缓过神来，坐稳了身子。妮可走到我身后，扶我走下最后几级，站到雪地里。海德克鲁格拿走了我的假肢，我没法自己站稳。

“走吧，”她说，“我去分散哨兵的注意力，你快点走吧。”

妮可跑开了，我看见她的身影没入浓烟和大雪之中。*她会死在这里。那些哨兵会杀了她*。我想跑，但我只能爬，我的两只手和一条腿在地上匍匐，沿着来的那条小路，艰难地挪进瓦多戈森林。冰碴划破了手掌，膝盖、皮肤都被冻伤了。我身上全是雪花和燃尽的炭灰，让我想起在那片果园里，我穿过一排排的果树身上落满了花瓣和树叶；和那天的经历一样，我听见了远方有一个女人在痛苦地尖叫——她的叫声很快就被火海和狂风卷走了。

他们要来抓你了，妮可警告过我。我拼命地往前爬，经过了一模一样的树林和一模一样的大火，直到胳膊再没有一丝力气，我才停下来稍微喘口气。我并没有爬出去多远，严寒已经让我疲惫不堪，片刻的休息带来浓浓的困意。我想靠在地上，让大雪把我埋在这儿。我的胳膊颤抖着，手指已经完全冻麻了，胸口的衣服被冰水浸透，皮肤也湿滑无比。我的头发和睫毛冻得发硬，甚至感觉不到自己的脚趾头。

如果是别人也许会放弃吧。

但我选择继续爬，手脚并用像熊一样往前爬。我咳出的痰里带着血，我气喘吁吁但大喊着往前爬：“*如果是别人也许会放弃！*”我像一只野蛮的动物在地上扭动，灼热的冰霜刺入身体，呼吸和心跳都是冷的，我想：**只要能爬过这片森林，就暖和了**。我爬到那棵倒下的瓦多戈树旁。看见身后追来了一个男人，他离我还有一段距离，但估计很快就能追上。我爬上树干，爬到一半的位置时，冬天的寒冷就开始融化成春日的温暖。爬到另一头走下来，沐浴在暖洋洋的空气里，竟像泡着滚烫的热水澡。**快躲起来，你打不过他，快躲起来，躲起来**，我心想。

我穿过空地往森林里去，爬进常青树丛里，在树下蜷起身子。我盯着那棵倒在水面上的瓦多戈树，等待一个男人从半空中出现，跑过来找我。我全身冻僵、发抖，皮肤上是一块块的红紫，火烧火燎的疼。头发里结的冰开始融化，滴到皮肤上，我想应该继续跑，但我动不了了。**跑，离开这里！**——

就在这时，我看见了她，她在河对面，一个夏依·莫斯的分身从河里上了岸。她一定是穿过了这条河，就像玛丽安的分身一样。她留着长发，比我最长的时候还要长。她走到岸边，想把头发里的水拧出来。**快跑啊！**我想告诉她。我的下巴一张一合，却发不出任何声音，我失声了。她穿着深色军装和一件背心，佩戴着能防水的高级假肢。我想知道她是谁。她是夏依·莫斯，她是**我**，但她是我的分身，分身的分身。也许她刚从树林里逃出来，也许她试图跟踪海德克鲁格但不慎迷了路。她认识这些松树，这片空地，这条河。如果她朝这个方向看，会看见我被困在这片森林里。她会想起那个穿橘色宇航服的女人，曾经倒在这里，就是现在我所在的地方。

“跑啊！”我拼命大喊，“他追来了！”

她顺着声音看过来，看见了我。我们四目相对。

“跑啊。”我喊道。但已经太晚了。

柯布忽然出现在桥上。他把皮草大衣脱了，一眼就看见河边的莫斯。她身上没带枪，只有假肢上佩戴的一个黑色刀套。她抽出一把十二英寸长的猎刀，摆好了战斗的姿势。柯布朝她举起了步枪。

“来啊——来打我啊，”她说，“来啊——”

柯布扔下步枪，冷笑着举起拳头。莫斯身手矫健，像猫一样扑了上去，她的假肢完全行动自如。柯布往后退了一步，莫斯冲过去刺了几刀，但都被躲开了。她左手一拳打中他的下巴，紧接着用胳膊肘攻击。她划伤柯布的眼睛，但他没费什么力气就把她推开了。柯布一边避开刺刀的攻击，一边向她转过身来，打中她的侧脸，把她打晕了，然后又是一拳。莫斯失去平衡，猛地倒在地上，被宣判出局。目睹这样的画面对我不亚于一种折磨：柯布用膝盖压住她的肩膀，一拳拳重重打在她身上。他们离我只有几英尺远，看得见他对她拳拳入肉，甚至能听到指关节击碎皮肉的声音。夏依痛苦地呻吟，带着哭腔。直到骨头都被打断了，柯布才站起来，拳头上沾满了血，他朝她吐了口口水。

我看着莫斯，她的脸废了，一只眼球被打出眼眶，耷拉在脸上。我听见她还有呼吸。她还活着。上帝啊，她还活着。但我躲在这里什么也做不了，眼睁睁地看柯布举起步枪，瞄准她开了火。

我颤抖不已，泪水止不住地涌出。我看见自己死在自己面前，我向上天祈祷：*别往这儿看。别往这儿看。*柯布绕着尸体走了一圈，然后走到远处的河边坐了下来。

就是现在。

他正盯着河水愣神，想喘口气休息。我看见他的肩膀一起一伏。还有其他人会追来吗？有几个呢？

就是现在，跑——

我打了个滚，尽可能不出声地在铺满松针的地上沿瓦多戈树往前爬。很快，周围的森林就变了个样子。我看见那条干涸的河床，顺着它找到薇薇安被杀的地方。但那片空地现在已经空无一人了。

我爬过空地，找到来时的小路滑了下去，倒在森林公路旁。整整过了一夜，才被一个开着越野车的护林员发现。他停下车，把我抬进车里，用对讲机呼叫帮助。我的最后记忆是上了一辆救护车，然后被送到奥希阿纳万豪酒店的大门口。海军外科医生尽力帮我修复了鼻梁，但在瓦多戈树下时，柯布的拳头已经把鼻梁骨打断了，在做更专业的整形手术前，我的鼻子看上去就是一坨奇形怪状的泥巴。为避免进一步的感染和损伤，牙医用镊子取出了口腔里的牙齿碎片。我的左门牙那留下一个豁口，旁边原本长了颗尖牙的地方，是另一个更大的豁口。手术结束后，我照了照镜子，却没有认出镜子里的那个女人。

PART FIVE

第五部分

1997

“旧年白雪，如今安在？”

——弗朗索瓦·维庸，《昔日女人之歌》

01

分身，非真实的存在。

一个女人穿着橘色宇航服，一个女人从河里走出来，一个女人被钉在十字架上。莫斯降落在阿波罗苏塞克机场，NSC的工程师从船舱把她抬了出来。仿佛过去的经历只是一段侵入现实的幻想。静脉输液、药物治疗。

他们想让我活下去。

奥康纳来到莫斯床边，被她的脸吓了一跳。“他们只跟我说你的伤势和车祸受害者差不多。”他看着她残缺的鼻子和牙齿，她的眼睑耷拉下来，可能永远也不能愈合。奥康纳像父亲抚摸女儿的伤口一样摸了摸她的脸，“夏依，我对不起你，”他说，“发生的这些事……我真的对不起你。”

“这又不是第一次了。”她说。她想起奥康纳曾在另一张病床前，看着那变黑的脚趾和长满坏疽的发臭的小腿向她道歉。*我只是个分身*，她想，但她实在无法开口承认这一点。她害怕看到奥康纳的反应。她不需要他的同情、他的忏悔，甚至害怕当他知道她只是未来世界的一个幻影、一个亡灵，而真正的莫斯刚被人从十字架上解下来就消失了，他对她的所有关怀和友情就都分崩离析了。*我不是真实的*，她很想承认，但她害怕让他失望，害怕他对自己失望，就像一个放弃了女儿的父亲。她害怕被一个人扔在医院里。

“我找到他们了，”她说，“我找到‘天秤号’了。”

“跟我说说？”

森林小径、末界的严冬、飞船冒出的蓝色火球——有些记忆已经不太深刻了，连她都分不清是事实还是幻想。*你会目睹一些不可理解的事情*，她实在记不清楚了，*他们拿走了我的腿*。她想起自己的残肢，编号V-R17，密封在真空袋里被人送走了。

“我先说我确定的事吧，”她说，“末界不是人类的命运，它并不是一种确定性——只是末界到来的可能性很大，所以我们以为它是确定的。”*我生活的世界里就没有末界*。“它不是确定的，不是人类的命运。”

“怎么讲？”奥康纳问。

“海德克鲁格认为NSC才是会把末界带来现实世界的元凶，NSC的一些行动会导致这种情况发生。我听他提到了什么‘链条’，一条NSC的信息链，能让他们找到那个‘天秤号’偶然发现的陌生星球。NSC会把末界带回来。”

“这不可能，夏依。”

“所有谋杀案和恐怖袭击，还有那个化学武器实验室？”她说，“都是为了打破这个链条，阻止NSC把末界带回现实世界。他们想削弱我们探索深水的决心。NSC会引发灾难，NSC会带来末界。”

“你不能被那个男人洗脑啊。”奥康纳说。

“我猜派特里克·莫索特当初正打算把埃斯佩兰斯的位置卖给海军，或者是QTN的来源，或‘天秤号’的位置，”莫斯说，“他想保护自己，因为他知道海德克鲁格想杀了他。他想交换一个新的身份。莫索特雇了个律师，叫卡拉·杜尔。”

想到这里，她忽然打了个寒战。*卡拉·杜尔必须得死，彼得·德里斯克尔博士必须得死。*按照海德克鲁格的说法，所有人都要死，连同将来会创办菲兹尔集团的海军研究实验室的那些物理学家，和所有前往深水的士兵、被QTN感染了的实验者，所有人……

我要保护无辜的人。

“那个律师怎么了？”奥康纳说。

“她是无辜的。”莫斯说。她感觉到未来的压力入侵了现实世界。不管她现在到底是保持沉默等那个律师被害，还是说出真相挽救她的性命，好像都不是正确的选择，都只是游戏最后毫无意义的挣扎。她疲惫万分，想一个人躲起来，像个孩子试图躲避想象中的恐惧。一种不安的感觉渐渐萌生；她想知道如果自己救了律师一命，会有怎样的结果。NSC会因为她而更快找到埃斯佩兰斯吗？如果律师没死，她将卖掉莫索特的机密。*不，不，*她想，*这是海德克鲁格对我的洗脑，*但这个想法已然根深蒂固。*保护无辜的人。*“卡拉·杜尔，那个律师，”她说，“派特里克·莫索特一直在联系她。卡拉·杜尔想让莫索特用机密消息交换政府的保护和一笔钱。但她根本不知道自己这样做的后果。海德克鲁格或他的一个手下，会在3月24日，在泰森美食广场杀了她，因为她和莫索特的关系。他们以为她是链条的其中一环。他们用的枪是一把伯莱塔M9，这把枪也是个‘分身’，可能是从‘天秤号’船员一个死去的分身那儿找来的。和我们从黑水旅馆以及托格尔森家找到的枪一模一样。”

“24号，离现在只剩三天了。”

“我想申请犯罪前逮捕令，”莫斯说，“我们能救那个女人一命。”

“嗯，我来做辩护，”奥康纳说，“我们要救她。我来准备文件。可以以非法持有机密情报的罪名扣留她，因为莫索特很有可能跟她说过深水或‘天秤号’的事。看看能不能从她那儿问出什么消息，到底莫索特要卖的是什么情报，这样她就能平安度过24号了。我这就联系费尔法克斯郡的警察，请他们逮捕她。如果他们找不着她，我们就守在泰森美食广场，直接干预。卡拉·杜尔，一定能找到她。好了，和我说说‘天秤号’的事吧。你知道它在哪儿吗？”

燃烧着的上帝之眼，瞳孔是黑色的。“‘天秤号’在瓦多戈里。”莫斯说。森林里有一场大火，烧焦了周围的一切存在。“我不知道怎么解释那种情况。瓦多戈森林里有很多分散的小路。你见过那些小路。‘天秤号’就在那儿，末界也在那里，或者说末界的一部分在那里。那里就像口袋宇宙，几乎处在不同的时间里，或者根本不在时间里。恩乔库说狭窄空间是存在于时间之外的……”

“海豹突击队第十三队已经搜查了瑞德朗河周围地区，”奥康纳说，“但布伦纳指挥官并没找到你说的那些。”

“你可以溜进去，”莫斯说。狭窄空间里很容易迷路，就像在森林里一样。“但是要有技巧。我不知道哪条小路能通向‘天秤号’，不过你可以去看看‘灰鸽号’的计算机，里面有一段你给自己准备的录像。一旦走错路，瓦多戈会变得非常危险。海德克鲁格把它当成一扇大门。”

回响、复制、在森林里出现的宇宙。莫斯躺在床上，身子无比瘦弱，并且还在继续消瘦下去。奥康纳已经离开很久了，她闭上眼，仿佛看见火焰的漩涡从“天秤号”上蔓延开来，就像黑色太阳的刺眼白光，或一只正在寻找她的燃烧的火眼。我只是个分身；那

*个穿着橘色宇航服的女人才是真实的。*那个女人才是夏依·莫斯。*她已经死了，而现在你在这里。*一切都那么狭窄而薄，她的身体、她的床、静脉注射的点滴、诊所、基地，世上的一切都仿佛一张包装纸，她可以轻易撕下来，凝视背后的空虚。她凝视着自己，却什么也看不见。如果把指甲插进皮肤，撕开胸膛，可能从她身体里涌出的只有无垠的黑暗。

那天晚上，莫斯心神不宁，失眠了。她看着床头的时钟指针在2和3之间，钟声嘀嘀嗒嗒，她的思绪一片混乱。她翻来覆去，觉得枕头又热又硬，但更让人心烦的是残肢的抽痛。这种痛感反反复复，在莫斯压力最大的时候发作最为频繁。她躺在医院坚硬的床垫上，眼睛盯着天花板，仿佛能感觉到医生在她的胫骨上切下了第一刀，他们准备把膝盖整个地截下来。她清楚脚踝和脚已经没有了，她感觉不到自己的脚，但小腿却似乎还在那里。似乎只要她伸手去摸，就能摸到左膝，但实际上那里什么也没有。只有一层毯子和床单。残肢抽痛，大腿抽筋，她疼得睡不着，低头看了看，即使看到那里什么也没有，但还是感到阵阵疼痛。镜子疗法往往有些帮助；第二天早上，她向护士要了面和她腿一样长的镜子。护士从壁橱门口找到一面，把它拿到她屋里。莫斯向后靠着床，把镜子的边缘紧贴腹股沟。她看着镜子里的倒影——她好像有了两条腿，而不是一条。这是一种简单的心理疗法，其实没什么作用，但莫斯却觉得好多了。她弯弯脚趾，扭扭脚踝和膝盖，挠了挠瘙痒的皮肤，揉了揉痉挛的部位。她摸着自己的右腿，却在镜子里给左腿带来安慰。

护士都很喜欢莫斯，甚至于到了溺爱的程度，一直问她需不需要助行器或轮椅，能不能自己穿衣服、上厕所。无助感让莫斯怒从中来——好像她现在最要紧的事只是少了条腿。*不管是分身还是*

真人，我都能自己上厕所，她想。她还记得互助小组里遇见的那些满腹苦水的女人，她们诅咒身边所有人和事，对任何注意到她们是残疾人的人充满了仇恨和恶意。莫斯渐渐被这种情绪感染，任由怒火像汽油一样灌满身体，一点就着。当护士们说要扶她去餐厅吃饭时，她的愤怒甚至超过了绝望。*我是个分身，我并不存在，我只是个分身*。对她来说行动能力至关重要，她需要独立。

“我想联系一下匹兹堡的假肢医生，”莫斯跟护士说，“劳拉。她的联系方式在我档案里。我需要她。”

莫斯这些年来和劳拉的关系越来越默契，劳拉是唯一一个莫斯会定期拜访的私人医生。她对莫斯身体的了解甚至比莫斯本人还要多。她知道莫斯的假肢型号、常用的衬垫类型、皮肤的敏感程度和骨骼隆起的位置、体型特点以及体重变化规律。她们定期在匹兹堡假肢中心碰面调整和改进莫斯的假肢。中心办公室刷着淡橘红色的墙漆，铺着灰色地毯，和牙医诊所很像，只不过多了个加工装配间，里面乱七八糟地堆满各种石膏、塑料的假肢、各种切割打磨工具、碳纤维片和四肢的解剖模型。劳拉了解莫斯的特殊情况，并且很乐于帮助；她通过了政府背景调查，签了保密协议，随时准备在接到通知后前往阿波罗苏塞克机场修理和调整假肢。

“你还好吗？”第二天一早在检查室里，劳拉看到了坐着轮椅的莫斯，“快告诉我，你还好吗？”她的一头棕色卷发扎成了马尾，眼睛盯着莫斯的脸：原本小巧精致的鼻子完全被毁了，牙齿掉了好几颗，整个人瘦了一圈。

“我还好。”莫斯说。

她们先聊了会儿《X档案》，然后劳拉开始工作，她用薄衬垫裹住莫斯的大腿和肢端。莫斯四肢瘦了很多，假肢套显得太大了，她只能多穿几层袜子并往衬垫里塞东西。劳拉帮她按摩紧张的肌肉，想让大腿保持放松的状态。莫斯这才发现她的残肢和右腿一比，有多么干瘪和骨感。

“我的腿……看起来好小，”莫斯说，“这正常吗？”

“你感觉怎么样？”

“我感觉还行。”

“那就没问题。”劳拉用塑料膜把大腿裹得严严实实，但又不太紧，她一边裹着一边把褶皱和气泡都抚平。她用一把黄色的卷尺和金属卡尺量好莫斯大腿的腿围，然后再包好绷带，打上一层熟泥膏。劳拉手法娴熟，几下就做好了模型。

“我和波登假肢公司说好了，他们答应把制造车间借给我用。”劳拉把莫斯大腿上的石膏脱模，这个模型将用来制作一个和莫斯腿形匹配的空心碳纤维假肢套。

“我还想要一个智能仿生假肢。”莫斯说。

“上次那条智能仿生假肢整整做了六个月，”劳拉说，“我现在先给你配一条3R60。”

奥托博克公司生产的3R60是一种可弯曲关节假肢，使用安全但行动僵硬。“该死。”莫斯说。没有计算机系统控制的智能仿生腿，走路就像开了很多年自动挡汽车后忽然换回了手动。

“我懂，”劳拉说，“但谁让你把那条智能仿生腿弄丢了。”

“唉，我知道了——”

“再说，3R60也没有那么糟，”劳拉说，“确实没有智能仿生腿行动那么灵活，但它走得更稳。我今天下午就先把做好的接受腔给你拿来，你先试试看，然后再调整。明天你就能安上假肢走路了。”

“你忙完之后就去海滩玩儿吗？”

“不然你以为我大老远跑来只是为了看你啊？”

莫斯套上了新的假肢，但3R60和她已经习惯了的智能仿生腿完全不同，膝关节的弯曲全靠弹簧，整条腿像块金属一样沉重。她走路的姿势都变了。她一瘸一拐地从泰森美食广场的餐桌走上自动扶梯，紧紧盯着广场底层的栏杆。她知道在未来世界里，杜尔遇害时穿了哪身衣服，所以今天下午当杜尔和彼得·德里斯克尔博士共进午餐时，应该也会穿那件宝蓝色的套装。莫斯打量着楼下的顾客，看他们的头顶和肩膀，还有他们拿的包。虽然卡拉·杜尔橘黄色的头发和宝蓝色套装应该很好辨认，但莫斯却一直没发现她的踪影。莫斯回到美食广场的餐桌旁，挑了一张刚好能看见“五个男孩”汉堡店柜台的位置。她试探着一步一步走着，每次要落脚或摆动抬腿的时候，都担心这个机械膝盖能不能承受住她的体重，弹簧能不能正常弯曲。

“还是没看见她。”莫斯冲藏在衣领里的微型话筒说。

“还没到时间。”奥康纳的声音从耳机里传来。

但其实已经不早了，现在差不多是下午三点半，莫斯知道卡拉·杜尔死于三点四十分，马上就到时间了。

“看见枪手了吗？”她问。根据她的描述，杀死杜尔的人是个身穿黑色军装的白人男子，但就像杜尔的宝蓝色套装一样，黑色军装在人群里也足够显眼了。奥康纳派费尔法克斯警局的巡逻车搜查了整个商场，另外商场里还埋伏了很多当地警察，每个入口附近都有便衣警察驻守。

“还没看见。”是恩乔库的声音。恩乔库和另一名NCIS特工守在柜台旁边，奥康纳则在自动扶梯下等着。

想象一下待会儿会发生什么：有人看见了杜尔，然后把她逮捕。如果没能及时找到她，莫斯也会看见她乘扶梯去二楼美食广场。或许其中一名巡逻员看见了凶手，也许此人正是海德克鲁格——警察奉令逮捕任何符合凶手特征的，身穿黑色军装的成年男性。到目前为止，汉堡店的收银台前已经排起一小队人。莫斯试着回忆：卡拉·杜尔遇害时，是不是已经取完餐了？潜在的犯罪现场闪现在莫斯眼前：杜尔的尸体倒在汉堡店柜台前，背部和头部中了几枪，满地鲜血。如果说卡拉·杜尔死时已经取过餐了，那她现在应该已经开始排队，准备点餐，然后在几分钟后不幸遇害。莫斯紧张地往美食广场对面看了看，想找到那个穿着军装的可疑的男人，但她只看见一群十几岁的女孩、推着婴儿车的母亲，和给妻子提包的中年男人。

三点四十分到了，又过了几分钟，奥康纳的声音传来：“我们得终止行动了。”NCIS的犯罪前干预仅限于宪法允许范围内，在特定时间、特定情况下对未犯罪人员进行逮捕。但卡拉·杜尔从始至终都没有出现。*发生了什么事*？是额外的警力吓跑了枪手吗？但这并不能解释为什么杜尔没有按约定在汉堡店和德里斯克尔博士会面。杜尔不在，德里斯克尔不在，枪手也不在。她所知道的未来发生了变化，也许是半路上轮胎漏气，谁刚好闹肚子，杜尔太胆小不敢来见德里斯克尔，甚至是因为杜尔已经死了。莫斯很生气，因为她平白浪费了那么多人的时间。但在执行犯罪前逮捕令时，像这样的行动失败是很正常的。她参加过各种类似行动，但现实都和未来世界有所不同，所以没能取得任何成果。莫斯提供的信息导致了此次失败行动，所以她要提交文件说明，更重要的是还欠下其他特工一个人情，通常在预测失败后要给大家买几轮酒喝。

第二天，莫斯早早就醒了，等不及要和安斯利上将汇报工作。她穿上丝质衬衫和深灰色的西装、短裙，出发前往NCIS总部。路上有足够时间来准备关于这次去到的未来世界的报告，并修改本次犯罪前逮捕令的申请书。然而，离汇报开始还剩几分钟的时候，奥康纳给她端来杯咖啡，说今天的汇报延迟了。“安斯利刚刚打来电话。”他说。某种程度上，这也让莫斯松了口气，因为不用再接受满屋子男人对她审视的眼光，其中一些还会私下讨论她的样子，或者说她曾经的样子。

“报告还是要写的，”奥康纳说，“他们迟早要把你叫去谈话。但这件事现在由海军接手了，夏侬。倒不是整个事件的调查，只是关于狭窄空间、‘天秤号’和卡拉·杜尔的事。这些都成了军事问题，我们可以撒手了。”

“我明白了，”莫斯说。她知道一旦海德克鲁格、柯布或者其他人被逮捕，会被送往军事监狱和军事法庭，到时候海军会叫她过去为检方作证。但现在，她的调查已经结束了。即便如此，在抓到他们之前就让军队接手调查还是有些令人失望，好像工作只完成了一半。

“卡拉·杜尔呢？”莫斯问，“如果这个案子由海军接手，是不是说明她已经死了？我们没能救她？”

“她还活得好好的，”奥康纳说，“你回来的第一个晚上，我就和安斯利上将聊过了，我跟他说了你关于末界的结论，就是你从未来世界听到的那些消息。他也想找到杜尔。今天早上他打电话来，说海军已经逮捕了卡拉·杜尔。我们在泰森广场等她出现的同时，她正在海军的监护下。所以你救了她，夏侬。但她现在已经走了。”

“在哪儿找到她的？”

“在切维蔡斯的一家酒店里，”奥康纳说，“酒店停车场布满了海军的军用卡车，华盛顿的特种部队砸开了她的房门，整个过程只花了一刻钟。后来安斯利上将的人盘问了几个小时，就放她走了。NCIS完全没有插手，严格按军事行动处理。”

“我们目睹的所有死亡，”莫斯像被戳破的气球，泄了气，“所有谋杀，莫索特孩子的死——都和她有关。但我们竟然没有和她问话的机会。海军审了她几个小时，就把人放走了，但我们连机会都没有。那FBI呢？”

“我今晚就去见FBI的负责人，”奥康纳说，“他们正在调查我们在巴克汉诺发现的化学武器实验室，我们也在调查。国内恐怖主义、谋杀案。现行的司法管辖权太碍事了，我们估计要花个几年才能解开这个谜团。”

莫斯下午和奥康纳一起把她的汇报稿写成总结，送去了达尔格伦的上将办公室。当天下午，奥康纳说莫斯看上去一点精神都没有。“休息一阵子吧。”他说。

“我想回家。”莫斯说。

“威廉·布洛克的葬礼定在明天上午举行，就在匹兹堡。如果你想去，可以代表我们办公室去。”

莫斯已经筋疲力尽了。布洛克的死仿佛已经过了一个世纪。“好，我去。”她说。

超过一千位来自全国各地的穿着制服的警察聚集在匹兹堡的圣保罗大教堂，他们沿第五大道两侧立正站好，迎接乘坐加长轿车来到现场的布洛克的家人。教堂里挤满了布洛克的朋友和同事，但莫斯没有和那些在犯罪现场见过几面的同事握手，而是径直走到后排的一个空座上。布洛克的棺材在祭坛附近，上面披着美国国旗。

牧师做布道时，莫斯正好看见了奈斯特；他坐在前排，胳膊吊着绷带。*奈斯特可能在找我吧？*她心想：他可能想知道我来没来、我坐在哪里，也许会过来和我坐到一起，因为我是害死布洛克的爆炸案的另一个受害者。但一说到奈斯特，她却禁不住想起他在森林里开枪杀了薇薇安。即使因为一个人没有做过的事而去评判他有失公平，但莫斯还是想躲着他。FBI的局长和美国总检察官分别致辞，局长还特别授予布洛克遗孀FBI的纪念徽章，追认威廉·布洛克特工为荣誉烈士，把他的名字刻在FBI的纪念堂。拉什达·布洛克和她的两个女儿被领出纪念馆，她们的神情悲痛而自豪，就连孩子也知道要感到骄傲。莫斯看着前排的人纷纷离场，哀悼者沿中间通道走出会堂。奈斯特朝她看了一眼，但目光却从她身上掠过。她想了想自己现在的模样，估计他已经认不出她来了。

莫斯从侧门溜出去，来到一个安静的院子里，免得在教堂楼梯上碰见奈斯特或所有可能认识的人。一排车队沿第五大道行进，匹兹堡警局的摩托车闪着警灯在前面带路，灵车和护送车跟着离开了教堂，后面还有长长一列警车。他们准备赶往机场，布洛克的棺材将被送往得克萨斯州，他的家人会在那里举办家庭葬礼。

莫斯晚上去看了母亲。她还是老样子，一个人坐在厨房，翻看《读者文摘》，屋里只亮了厨房这一盏灯，其余地方一片黑暗。莫斯曾想过，等母亲去世很久之后，自己想起她时，眼前浮现的会不会就是这一幕。但她现在知道，末界的到来甚至连这种可能都会夺走。布洛克的葬礼结束后，莫斯给母亲去了个电话，说她一会儿就回家。她害怕她毁了容的脸会吓到母亲，所以提前说自己出车祸了，但好在没什么大事。母亲站在厨房桌后看着她。

“来，我看看，”她在灯光下托起女儿的下巴，“不管他是谁，你要离开他。”

莫斯叹了口气，“我跟你说了，不是那么回事。我当时正开着租来的车，有辆卡车闯红灯——”

“他们不会改的，”母亲说，“你听我的。”她盯着女儿的眼睛，“这是骨子里的东西，一辈子都在他骨子里。他会毁了你的一切，把所有东西都毁掉。你一定能找到更好的男人。”

“不是那么回事，我跟你说了——”

“保护好自己，即使这意味着放弃你想要的东西。”

莫斯在穿越到未来世界的过程中老了许多，她的年纪渐渐追上了母亲。母亲年纪轻轻就生下了莫斯——大概只有十七岁——所以莫斯有时觉得自己可能已经和她一样大，甚至比她还要老上几岁。但当厨房的灯光暖暖照下来，母亲仔细端详着她的脸时，她却从未像现在这样觉得自己还是个孩子。她们点了张比萨饼，窝在一起看电视。母亲把客厅的灯调暗，电视屏幕里闪出了蓝光，莫斯发现自己正盯着父亲的照片出神：他穿了一身白色海军服，永恒不变地龇牙笑着。她们看了会儿ABC新闻，母亲抽了几根香烟。布洛克葬礼的新闻埋没在加利福尼亚州一场邪教活动的报道中，这是场大规模自杀行动，共有三十九人死亡。

“这个事……你听说了吗？”母亲问。

“没有。”莫斯说。

“他们以为那该死的彗星是艘外星飞船，所以都自杀了。他们以为自己死了之后，能被飞船送上太空，就像《星际迷航》里演的那样，”母亲说，“所有人都穿着一样的运动鞋。看，那个人的尸体，看他脚上的运动鞋。”

尸体上裹着紫色防水布，只有裤子和黑白相间的运动鞋露在外面，一双全新的鞋，应该是专门为这次自杀才买的。她们又看了会儿《飞越比弗利》和《五口之家》，母亲一直在追这两部剧，莫斯心不在焉地看着，思绪又飘到了瓦多戈森林无尽的小路上——雷马克命令“天秤号”的船员自毁飞船，就像邪教“天堂之门”一样集体自杀，因为她相信如果所有船员都死了，那么他们所发现的世界也会一起消失。电视上开始播报当地新闻，此时母亲已经在椅子上睡着了，一手拿着一杯威士忌，一手捏着点着的香烟。莫斯想象着房子着了火——在多少个未来世界里，燃烧的烟灰会引燃地毯，烧着整个房子呢？她端来烟灰缸——这是她小学一二年级送给母亲的歪歪扭扭的黏土礼物——把烟头掐灭了。

莫斯想知道更多关于“天堂之门”自杀事件的消息，包括那些人为什么会把海尔—波普彗星当成是一艘飞船，但新闻里却开始报道另一个天文现象。人们聚在田野，挤在各个山顶或建筑的屋顶上，抬头看着天。据说伯利恒之星回来了——它挂在略靠近东方的天空中。还有人说那颗星星只是指向伯利恒星的方向，代表着耶稣基督的第二次降临。然而新闻里的天文学家们却给了一种完全不同的解释。莫斯屏住呼吸。一部分专家认为伯利恒之星是另一颗彗星，只是周期性地进入我们的观测视野，彗星的数量难以预测地增加了一倍，而伯利恒之星和海尔—波普彗星就像一对银光闪闪的双联星。另一些专家认为，这个发光的天体更有可能是一颗遥远的超新星，这颗星星在几十亿年前就已经陨落了，只是它发出的光才刚刚到达地球。莫斯的眼睛忽然间溢满泪水，泪水顺着脸颊流了下来。她打开侧门，走到街上，面朝东方。街上已经有不少人正用手搭在眼睛上，抬头看着。天上好像有一颗闪亮的星星，异常耀眼，仿佛夜空里的太阳，给地球投下冰冷的强光。这束光洗净了色彩，加重了阴影。月亮暗淡了，其他星星也暗淡了，包括海尔—波普彗星——那抹银色的污迹几周以来一直挂在天上。这束新光是莫斯见过的最亮的光，她盯着它看，越看越亮。它代表着一切的终结。白洞还是出现了。末界要来了。

手机铃响，她看了看号码，是奥康纳。

“我们还活着。”她说。

“有任务来了。”

02

在白洞的强光下，莫斯开车前往弗吉尼亚州。空中有一个炫目的发光圆盘，周围是一圈光晕。已经凌晨四点了，还有不少人站在草坪和路边凝望着东方。那束超自然的光反射在他们脸上，让莫斯想起电影院里观众们的脸。黎明时分，灰蒙蒙的太阳升起，但天空依然昏暗异常；气温骤降，天上飘下大片厚厚的雪花，莫斯打开了雨刷。收音机里传出的还是关于伯利恒之星的各种预测，暗示基督将再次降临——白洞出现的那一刻，一个孩子诞生在波多黎各，他被命名为耶稣，被认为是时间终结的崇高的预兆。地球普遍陷入严寒；就连非洲的沙漠也开始飘雪。据美国公共电台报道，曼哈顿、洛杉矶和伦敦的街道上发生多起自杀事件，人们纷纷效仿“天堂之门”，遍地都是裹着被单的尸体。鞋店遭遇小规模抢劫，人们抢走了邪教徒穿的黑白相间的耐克鞋。*世界就是这样结束的吧*，莫斯想。没有恐慌，没有骚乱，没有倒吊人出现，没有人们成群逃跑，至少现在还没发生。尽管莫斯抵达弗吉尼亚海滩时，那里仅有的几台扫雪机已经铺好了盐，把道上的积雪清得干干净净，但她听说之前有几十个人在海滩上，弯下腰来，手舞足蹈，像做体操一样一齐走进海里淹死了。

莫斯到达大门时，奥希阿纳空间站正准备开始西贡行动。总统和副总统及家人将乘海军一号飞机赶来，然后登上一艘已准备就绪的鸬鹚飞船——“雄鹰号”。其他家人和主要工作人员将在黑谷空间站特恩飞船六组的美国海军“詹姆斯·加菲尔德号”飞船会合。NSC的军队已经通知了那些有撤离资格的人民，这是一场由各种裙带关系确定的生与死的筛选——政客和科学家组成的智库在军方代表的参考意见下选择了一批最利于人类繁衍和复兴的，混合了不同基因、性别和权力资质的人。莫斯开车穿过基地大院，看见一艘鸬鹚飞船正飞行在翻腾的大西洋海面上。她在NCIS办公区遇到了奥康纳。

“又有新的犯罪现场了。”他说。

最后一艘鸬鹚飞船应该是用来运送协助西贡行动的NCIS和NSC员工的。莫斯已经做好了错过这班飞船的准备。既然白洞已经出现了，既然QTN迟早会侵入每个男男女女、老人小孩的身体，像一缕乙醚那样抹去人们的意识，莫斯就决定她要留在地球，对抗末界直到最后一刻。这么多年来，她一直在NCIS工作，不是为了自救，也不是为了能在离开地球的救生艇上预定一席座位；她是想帮助人们，保护无辜的人。在世界的瓦解中，每个人都是无辜者。她掏出黄色便笺簿，拧开笔帽。

“目前都有什么发现？”她说。

“白洞的出现和一艘叫‘奥尼克斯号’的鸬鹚飞船发射时间一致，”奥康纳说，“昨天晚上东部时间十点五十三分，飞船的勃罗驱动器打火——和白洞出现的时间完全一致。”

“一艘海军飞船可能引来了白洞，”莫斯摇了摇头，“谁在船上？”

“飞船是个人征用的，”奥康纳说，“根据黑谷空间站汇报，‘奥尼克斯号’在两天前曾被参议员克雷格·查理征用。”

“参议院军委会主席。”莫斯说。

“他和安斯利上将关系密切。”

“所以‘奥尼克斯号’曾去往深水，回来的时候白洞就出现了，”莫斯说，“但为什么说‘奥尼克斯号’是新的犯罪现场？”

“因为船上的人都死了，”奥康纳说，“也可能是单纯的机械故障，但我们必须找到原因。明明勃罗驱动器发射成功了，为什么黑谷站会收到‘奥尼克斯号’发出的紧急信号？我们最早到达黑谷，见到了飞船，但之后不得不离开。NSC的人要回了‘奥尼克斯号’，他们准备乘这艘飞船撤离，但他们想让我们确定到底发生了什么问题，以防再次发生危险。”

“灰鸽号”将在一个小时内被清理离境，是为数不多不用运送撤离人员与其他特恩飞船对接就离境的鸬鹚飞船之一。莫斯驾驶“灰鸽号”和其他鸬鹚飞船一起滑行，不知再过多久末界的危害就会显现。飞船起飞了，穿过浓密的积雪的云团，云团变成了猛烈的羽流，气势汹涌，向上延展。她想到地球上的每个人都正处在生死关头。她想起倒吊人，和那些跑进海里淹死的人。“灰鸽号”冲出地球，莫斯在主舱里飘了起来，再过一天半的时间就能赶上“奥尼克斯号”。地球在莫斯眼里已不再是柔软脆弱的蓝，它变得那么苍白，像一颗乳白色的失明的眼球。

“奥尼克斯号”也是一艘鸬鹚飞船，和“灰鸽号”一模一样。它看上去如一块光滑如镜的黑曜石，与周围的夜色几乎无从分辨。

只有机翼是银色的，还有船体的某些部位捕捉到来自白洞和月球的反光。“灰鸽号”的人工智能系统试图接近“奥尼克斯号”，莫斯套上了一件带有NCIS标志的橄榄色宇航服，检查相机和胶卷，准备进入现场。“灰鸽号”锁定了与“奥尼克斯号”的距离，发出“唧唧唧”三声警报，随后与它保持相同的速率运行。莫斯戴好头盔，飘进管状气闸。气闸口离“奥尼克斯号”只有不到二十五英尺远，但两艘船之间是一片开放的宇宙。“灰鸽号”和“奥尼克斯号”保持相对静止，就像一对双联星。“奥尼克斯号”的气闸门就在莫斯眼前，一动不动。莫斯抓住气闸的钢制把手，努力平复着想到要从一艘船飘到另一艘船所带来的晕眩感。**哦，上帝啊！**每当面临太空漫步时，她就瞬间变回那个坎农斯堡的胆怯女孩。她看过无数次海军陆战队的演练，在两艘船上来回跳跃，甚至有时不系保险绳就从船的边缘跳下来，轻松得就像跳过人行道上的水坑。莫斯把保险绳的一端系在“灰鸽号”上，试着拽了拽。

她像个连着脐带的婴儿走进太空。飘浮在两船之间时，她感到肾上腺素飙升。不久，“奥尼克斯号”的船身在视线里越来越大，她伸手抓住对面的气闸门，把自己拖向飞船。

“‘奥尼克斯号’，特工夏依·莫斯申请进入气闸门。”

闸门开了。莫斯把保险绳的另一端挂在“奥尼克斯号”船身，把两艘飞船连在一起，然后打开闸门，爬了进去。她等待加压完毕，指示灯变绿后，才进入主船舱。穿过一段没有灯的气闸通道，唯一的光来自她头盔侧面的笔形探测灯。当看到主舱里的尸体时，她倒抽一口凉气：一共十二具尸体，一丝不挂，飘浮在没有空气、没有灯光的房间，就像黑水里埋葬的冰山。她看向哪里，探测灯就照亮哪里。尸体之间飘浮着许多球体，大的那些和她的拳头差不多——是血，她知道。球体内部已经分馏，充满了红色的血小板和黄色的血浆，就像手工吹制的玻璃装饰品上的彩色漩涡。

“‘奥尼克斯号’，”莫斯说，“请打开舱灯。”

可怖的死尸和飘浮的血球瞬间被照亮了。她发现这些尸体仿佛才死了几分钟，这是因为太空里没有氧气来分解死尸。也许过去若干年后，他们看起来还是这个样子。

很明显，*他们是互相残杀的*，莫斯想。尸体上有划痕和其他锐器割伤，还有钝力造成的外伤。*现场的惨状简直像把整个犯罪现场放在了一个盒子里，然后再用力晃了几下*，莫斯想。她认出其中一名死者就是参议员克雷格·查理，他的尸体倒在天花板上，脚上缠着电线。莫斯拍了几张照片。一些更小的血球像一场被冻结了的暴风雨悬浮在空中，莫斯在飞船里飘来飘去地拍照，血雾染满了她的宇航服。每照几下，就要擦一下镜头上的血。

她测量了每具尸体之前的距离，用宇航服上附带的笔记了点笔记。她用黄色的绳子把尸体固定在天花板或墙上，这样它们就不会乱飘了。即使这些尸体处在失重环境下，他们的质量和在地球上还是一样的。如果莫斯不小心撞上去，它就会像坠落的碎片一样压碎她，或弄伤她。

凶器在哪儿呢？莫斯开始寻找凶器，都是些手工制作的武器：用胶带固定在管子上的镜子碎片、指尖部位粘了面板碎片的防护手套等等。她把刀装进塑料搜证袋里，大多是从食堂拿来的钝刀、剪刀。船员应该配枪了，但莫斯看不到任何开枪的迹象，尸体上没有枪伤或子弹。案发时的惨状在脑海一闪而过，她闭上眼睛，让自己平静下来。她曾为自己在犯罪现场呕吐找过借口，洗把脸后就开始继续工作。但这种情况下，在头盔里呕吐将是灾难性的。她稍微平静了一会儿，把肚子里那种翻江倒海的感觉压了下去。*深呼吸*。在宇宙里和这么多尸体共处一室的感觉几乎激起她的幽闭恐惧。“奥尼克斯号”包围着她。她睁开了眼睛。

根据机载电脑记录，飞船的生命维持系统是被手动切断的。莫斯大概估计了这些人相互之间造成的伤害，其程度丝毫不亚于一场大屠杀。她想也许是某个神志清醒的船员为停止杀戮才断开了生命维持系统，也可能他只是想和大家同归于尽。第一艘发现末界的“金牛号”上的船员，也有着相同的命运，死在船上的突发暴乱中。妮可说在埃斯佩兰斯星球上，船员们在冰冷的海岸互相厮杀，直到柯布和莫索特帮幸存者恢复了理智。

莫斯在主舱花了整整三个半小时记录现场。随后，她在厨房发现了指挥官的尸体，背上插着一把刀，嘴里还有没咽下去的食物，要么是他杀了几个人后才来这儿吃东西，要么就说明他是第一个遇害者，有人在他吃饭的时候袭击了他。莫斯在厕所隔间又找到一具尸体，这具尸体面目全非，让莫斯心里发毛，直到拍完照片后她才认出他是谁。

德里斯克尔。彼得·德里斯克尔博士，那个出现在我房间的模拟人像。莫斯先是认出他的头发，一头乱蓬蓬的白发。没有了嘴唇，德里斯克尔好像在龇牙大笑。他黑色的眼睛睁大，眉毛扬起，仿佛对这里发生的一切都很惊讶。参议员克雷格·查理和彼得·德里斯克尔博士——莫斯大概推测到了都有谁在船上遇害。如果有人愿意挨个辨认这些尸体，应该还能找到未来的菲兹尔集团的其他创始人，那些从海军研究实验室出来的工程师和物理学家等。她看见安斯利上将的尸体脸朝下飘浮在地板上空，像在水底觅食的鱼。莫斯把尸体翻过来，发现他的脸都看不清了。

莫斯认出的另一具尸体是一个肥胖的女人，在睡眠舱附近飘着。这是卡拉·杜尔，看样子，她是自杀的。

我们救了你的命，但你这是在做什么？

海军从切维蔡斯酒店房间逮捕了卡拉·杜尔，并审问她。她一定把派特里克·莫索特的秘密卖给了安斯利上将。卖了多少钱呢？除了能撤离到深水以外，她还收了什么其他的好处？不管她出卖的秘密是什么，都导致了她现在这样的下场。

莫斯突然灵光一闪。

一条信息链：派特里克·莫索特告诉了律师卡拉·杜尔；杜尔又告诉了安斯利上将、德里斯克尔博士和查理参议员——海德克鲁格一直想打破这一链条。*但那个女人被我救了。我该直接让她去死的。*这个念头令人不适，但莫斯看着杜尔的尸体，不禁想知道当她在医院告诉奥康纳想终止这场杀戮还来得及时；当她决心要挽救这个女人的生命时，她的决定究竟引起了怎样的后果。*我应该让他们杀了她*——这变成了显而易见的事实。在全人类的命运前，一条人命算得了什么？海德克鲁格没有说错：杀了这个女人就能打破链条，至少能阻止NSC在未来几年里找到埃斯佩兰斯。

都是我的错。

她脑子很乱，尖叫起来。*不，不能白白看着律师被杀，这绝不是正确的选择。*莫斯转过身来，站在被开膛破肚的尸体中间，思考这整件事的必然性。自工作以来，她一直知道末界已经离人类越来越近了，但她现在才开始意识到，也许这一切都是因为她。在NCIS的工作让她参与调查莫索特一家的案子，之后发现的所有证据，包括她想要保护卡拉·杜尔的决定，统统导致了NSC将更早、更快地发现埃斯佩兰斯。*是我毁了这个世界*，莫斯心想。她看着满舱的尸体，却无法从他们的眼睛里看到一丝安慰。她觉得被困在这儿了，被蜘蛛网缠得紧紧的，而白洞就像一只虎视眈眈的蜘蛛。

*如果是别人可能会放弃吧。*在如此恐怖的情况下，莫斯的这句"咒语"显得那么荒谬可笑，一想到它，她就觉得天旋地转，像要失去理智。但当这种感觉过去后，她又变得精神集中，意志坚定。

这是一个犯罪现场。还有很多问题需要我解开。

莫索特跟他的律师说了什么？

莫索特的情报可能就在这艘飞船里，但具体在哪儿？鸬鹚飞船里有很多用作睡眠舱的单人隔间，像竖起来的棺材，从地板一直通到天花板。但大部分人还是喜欢把睡袋固定到主舱里睡觉，不习惯钻进棺材一样的睡舱。所以他们把这些隔间当成了私人储物柜。"奥尼克斯号"上一共有二十个人。莫斯挨个地检查隔间，想找到杜尔的那间。

"在这儿。"莫斯找到了一套印满C.D.（迪奥）花纹的酒红色旅行包，里面有内衣、叠好的运动服、袜子、一罐玉兰油面霜和远视近视两用眼镜。一本史蒂芬·金的平装小说，和一个封着金属扣的马尼拉信封。莫斯打开信封，里面掉出了几页纸：从线圈本上撕下来的横格纸，上面是一幅草草的铅笔画。*这是什么？*其中一张纸上画的是瓦多戈树。还有一张地图的影印件上用红笔标出了瑞德朗河附近的狭窄空间，和到达此处的路线。莫斯还发现了一张手写的便条：

> *这是障眼法，你第一次见到这棵树后，可能还要走很久才能真正找到这棵树。比塔克说只有吸入QTN才能看见它，因为有些人永远也看不透这个把戏，但我觉得不是这样的。只要我们的引擎熄火，那玩意儿就出现了。看到瓦*

多戈树后，就跟着它走。一旦过了河，千万要顺着路走。凭着你的感觉和想法走，一旦离开了路，你就暴露了，就死定了。

第二页纸上是用黑色墨水画的“天秤号”，船身的火球是一圈圈蓝色墨水——大概意思是指从勃罗驱动器冒出的蓝火吧。

这些树会带你找到“天秤号”。等到了以后，你会看见另一片瓦多戈树。如果走错了路，你会走到另一个和你所在的世界差不多的世界。H在我们走过的路上做了标记，沿路搭了几个石冢。那里还有其他的路。

莫斯翻过一页，看见巴克汉诺的地图，化学实验室的位置有红色标记。

H受到日本邪教的启发，准备在锡安山搞一个大型实验室，大概要花几百万美元。那里有个果园，贾里德的母亲会搬去那儿住，替他守着。H和贾里德想模仿日本邪教的毒气袭击，用他们的设备制造毒气。他们准备先在巴克汉诺实验。

还有其他几幅画：几何图形、七角星、一个黑太阳的图案——它辐射出的光线就像瓦多戈森林里的小径——手绘的埃斯佩兰斯地图、几张注明营地位置的地图和其他的地图碎片。莫斯认出了妮可所说的峡湾和海洋。几颗星星的图标标出了双联星的位置，也就是

“天秤号”发现埃斯佩兰斯的地方。莫斯还找到一封长信：

亲爱的杜尔：

如果我有一天忽然出现，问你要钱，那就说明我们的交易还没结束。但这对我来说已经太迟了，哈哈，所以你一定要趁自己还活得好好的，乖乖听我的话。H今晚就要来了，这是妮可告诉我的。她是个好孩子，但胆子太小，H一碰她，她就像只老鼠一样吱吱乱叫。她在H面前把我卖了，真让我伤心，但她至少对我说了实话，给了我一个警告。爱情好歹还有那么点价值吧。没人认识你，连妮可也不认识你，所以你不用担心。是时候告诉你事情的真相了。包括：海德克鲁格的位置、埃斯佩兰斯的位置、“天秤号”和那奇怪的瓦多戈树的位置。我知道我告诉你的事，你大多不相信，但今晚以后，你至少能相信我的处境确实危险，所以你也要特别小心。我从一开始跟着H就是因为我想活下去。我想活下去，仅此而已。但我受不了他再去杀人了。我看见有人活活被酸给烧死，我再也受不了了。有时我在想，要是当时帮着雷马克弄出个黑洞来，和大家同归于尽，该有多好。太迟了，一切都太迟了。我不要钱，也不求原谅，我给你的报酬是，你可以把这些情报卖给海军或者FBI，你一定能大赚一笔，但你必须阻止那个疯子。他想把我们都杀了。海德克鲁格用尽了一切手段，他崇拜死亡，就像我们崇拜上帝那样。他向死亡祈祷，他把他们的指甲拔下来当成圣物。他很快就能找到我的房子，所以我把家人留在那儿，让他先杀了他们，拖住他的时间，好让我有机会按照我们的约定，把这些资料送到你的保险箱。你可能觉得我很残忍，竟然让家人去送死，但还有一件事是你不敢相信的，也是事实：生活就是一场梦。不管今晚他们出了什么事，我都能找到另一个“他们”。我只要顺着瓦多戈森林走到另一个世界和时间里，我的妻子就会平平安安地等在那儿，欢迎我回家。他们在这个世界死了，但在另外的世界还活着。我的妻子将会是一个年轻的女人，玛丽安还是个小孩，她又会回到她五岁那年，我看着她长大，看着我最小的孩子长大成人。杜尔，我们都是树林里的影子、河面上的影子。就像我经常给玛丽安念叨的那首老诗，当时她还小，我抱着她哄她睡觉：一张多么漂亮的帆啊，美得不真实！有人觉得这是一场梦，航行在美丽的海上。我看了看表，我的家人现在应该已经死了。我为我的孩子们哭泣，但我知道他们其实还活着。我会把这些资料放到你保险箱里，然后开车找个我喜欢的、安静的地方，在那儿待一阵子，睡一会儿。我会想念这里的家人，也会去寻找另一个世界的他们。

再也不见，莫尔

派特里克·莫索特以为他能逃出瓦多戈，沿某条小路去往一个新的未来世界，开始新的生活。但他还没能出发，就死在了黑水旅馆的小木屋里。

玛丽安还是个小孩……这怎么可能？我们都回不去了，不是吗？

末界随“天秤号”而来，而“天秤号”陷入时空结中，它存在的位置超越了时间。“奥尼克斯号”却回到了现实世界。“奥尼克斯号”的船员感染了QTN，只能把衣服都给撕下来。莫斯想起被QTN感染时那种强烈的灼烧感。在她被钉到空中的几分钟前，这种感觉一直持续：皮肤好像在燃烧。她在寒风里把衣服扒光，然后被钉在了空中。

“‘奥尼克斯号’，请求呼叫阿波罗苏塞克机场。”

在“命令失败”的提示后，莫斯在飞船里找到一台电脑，屏幕上显示：没有取得授权。

“重置命令，”莫斯说，“请求呼叫阿波罗苏塞克机场。”

……所有频道已被西贡行动占用。

“妈的，”她骂了一句，“‘奥尼克斯号’，重置命令。发出紧急信号。请求呼叫阿波罗苏塞克机场或黑谷空间站。”

……所有频道已被西贡行动占用。

“妈的。”

莫斯飘过船舱时蹭到了几具尸体，它们稍微动了一动，似乎在跳舞，像是停尸间芭蕾舞团的一次表演。她逃到甲板下，那里有厨房和娱乐室，还有一面美国国旗，因为没有重力所以纹丝不动，像被钉在地上的长方形织物。天花板上有台摄像机和一个三脚架。莫斯打开摄像机，发现有盘录像带，不知有没有拍到这些人自相残杀的画面。她把录像带输入影音系统，研究如何把显示器和音响都给打开。参议员查理的身影填满了屏幕，他穿着蓝色T恤和卡其布短裤，袜子提到膝盖附近，以肩上的美国国旗作为背景。莫斯无数次在电视上见过这个人，但他本人要比电视上年轻得多，他充满了期待和好奇，仿佛太空是一个失重的马戏团。

“美国同胞们，这是一生的旅行，不，是几百次的人生也难遇的机会。”镜头外，一个温柔的女声提醒他再录一次，参议员清了清嗓子，熟练地露出微笑："我已经踏上了一生的旅程，美国茼蒿们！不，我是说，美国同胞——"

"继续，"女人说，"我们可以剪掉。"

"美国同胞们，1997年3月26日，我登上了海军军舰'奥尼克斯号'，一群男人和女人踏上了一生之旅！我们跨越了曾经梦想的距离。再也没有'天涯海角'的距离，广阔的宇宙向我们敞开了大门……等会儿，等会儿，我再来一遍。"

"您说了好几遍'距离'，"镜头外的女人说，"不然我们用提示卡？"

"不用，"参议员说，"我想表现得自然点儿。"

"咱们再练一遍'陛下'那段。"女人说。

"好。"参议员对着镜头微笑，说："我们发现了一颗行星，它富有奇妙而独特的物质、各种美丽的动物和意想不到的生命。是的，生命，我重新睁开眼睛，看见上帝所创造的奇迹，我重新打开心灵，看见上帝的伟大可能。作为一个基督徒，同时作为美国人，我们把这颗行星命名为'陛下'。"

"有点太像说教了。哦，稍等。"镜头外的女人说。

参议员的样子开始模糊了，一个新的画面出现。有人透过飞船窗户拍了一段类似于太空中俯瞰地球的画面——一颗覆满冰雪的白色球体，黑色部分是石油一样黏浊的大海，地表坑坑洼洼，满是锯齿状的山脉。一轮巨大的月亮从新月形的地平线升起，宛如金色的巨人。监视器忽然静止不动了。

"——夏依？"是通信器传来的声音。

她吓了一跳。

"夏依，是你吗？你还好吗？"奥康纳说，"我接到你的紧急信号了。”

“我……我发现了非常重要的东西。”她的声音微微颤抖。

“有对接指令，请立即执行，”他说，“你将加入特恩第五组，‘巨蟹号’飞船。别回来了，夏依——”

“听我说，‘奥尼克斯号’已经去过埃斯佩兰斯了，他们去——”

“我知道了，”奥康纳说，“但已经来不及了。你登上‘巨蟹号’后，立刻设置‘奥尼克斯号’系统自动返回阿波罗苏塞克。我们需要更多飞船用来撤离地球，每一艘都需要。海军已经控制了‘灰鸽号’。他们把‘灰鸽号’召回了，但我们还需要更多飞船。”

“答案也许就在这里，就在‘奥尼克斯号’上，”莫斯说，“再给我一点时间。”

“来不及了，”奥康纳说，“倒吊人出现了。地球上的人都仰着头，嘴里全是银水。森林着火了，雪下得很大。来不及了，夏依，来不及了！”

莫斯沿甲板下层的过道往前飘，一跃而上飞进了通向驾驶舱的门道，她想起了雷马克。他们杀了“天秤号”上的指挥官。“奥尼克斯号”的驾驶舱和“灰鸽号”一模一样：一个加固的玻璃顶篷，两把紧挨着的飞行椅，四周全是各种控制器、开关面板和旋钮。她想起了母亲，她想起“巨蟹号”。她的“灰鸽号”在黑暗里越行越远，连接两艘船的保险绳“啪”的一声断了。

“‘奥尼克斯号’，你是否接到了新的指令？”

……与美国海军‘巨蟹号’对接，开启自动返航奥希阿纳海军空间站程序。

“‘奥尼克斯号’，是否可以确保执行指令？”

……不可以。所有资源已被西贡行动占用。

“‘奥尼克斯号’，如果返航前往奥希阿纳，是否可以确保执行与美国海军‘巨蟹号’对接的指令？”

……可以。

特恩飞船满载出发了，莫斯想，整整二百个人。“巨蟹号”，一艘更老的船，在返航前因O形密封环出故障险些失火爆炸。*我们会像老鼠一样活着*，无处可逃，没有天堂也没有人间，只是盲目跃进下一个未来，在未知的星系中寻找渺无人烟的恒星或行星安全着陆，一直等到食物耗尽或水循环失效。飞船上的人将互相残杀，最后剩下的人都会死于饥饿或缺氧。不管怎样，他们都要死。

莫斯的氧气罐里只剩最后几小时的氧气，“‘奥尼克斯号’，请重启飞船生命维持系统，”她命令道，“确保执行与‘巨蟹号’对接的指令。继续前往奥希阿纳。”

这是一个冲动的决定，但莫斯背负着沉重的责任。她觉得是她把末界带回了地球。她觉得自己应该以死谢罪，并没有逃跑的权力。推开飘在空中的胳膊、腿，她像游过一串漂在水里的海草。她把美国国旗挡在上层甲板的入口，以防舱内空气开始流通后，飘在空中的血会淋她一身。空气开始循环，舱内的氧气达到了设定的饱和度，莫斯摘下头盔，并没有闻到预想的那种腐烂气味。

莫斯开着舱内的灯，她想趁飞船返回地球时先睡上一会儿，但她肌肉紧绷，思绪惶恐不安。她脑海里闪过各种画面。倒吊人、奔跑的人群……奈斯特曾问她是否相信永生。*不，上帝并不存在，死亡是自然的规律*。她想象着有一条蛇在失重的太空扑腾，然后弯起身子，张嘴吞下了自己的尾巴。她想象着一片银海，银色的洋流像鱼群一样游动。恩乔库把手伸进太平洋上的一个狭窄空间，他感觉手里游进了一条鱼，滑滑的鱼身在手心扭动。

莫斯睡得很浅。她忽然摔到地板上，醒了过来，身边所有没有被拴住的东西都哗啦哗啦掉在地上，摄像机摔得粉碎，尸体重重地从墙上和天花板上掉了下来。是地球引力。莫斯急忙走到驾驶座上，系好安全带，她想起“天秤号”的残骸，和失火的引擎。“天秤号”燃烧起来，倒在那个漫长的无梦之夜里。当“奥尼克斯号”像一根划着的火柴穿过大气层时，驾驶舱的茶色玻璃遮住了窗外刺眼的火光。*他们杀了雷马克*，莫斯想。在其中一个勃罗时空结里，太平洋竹荚鱼产生了一种类似哥德尔曲线的变化——一个循环的圈。她想起“天秤号”，和她迷失在禁闭室里的那一夜，她所目睹的船员叛变和随之而来的飞船失事。莫索特给杜尔的信里说明了雷马克的计划，*她想通过引起级联故障把飞船毁了*。黑洞。

“我能做到雷马克做不到的事。”莫斯一边在心里拼凑着自己的想法，一边大声地喊了出来。妮可说雷马克命令所有船员集体自杀。如果“天秤号”上所有人都死了，那么埃斯佩兰斯就永远不会被人发现。“上帝啊，”莫斯自顾自地大喊，“‘天秤号’就是一条太平洋竹荚鱼！我能做到雷马克做不到的事！”

但这样做会有什么后果？莫斯十分好奇。如果她顺利毁掉“天秤号”，引起了级联故障，那接下来会发生什么？

她被人从十字架上解下来，越过河流带到这里。有人曾告诉她，*每个人最大的错误就是对自己的存在深信不疑*。盛开的流星花。派特里克·莫索特以为自己能从瓦多戈穿越回过去：*他的玛丽安就会是个小孩子*。如果他真的走回了过去……

现实世界是什么时间？不是现在，也不是1997年。1997年是“天秤号”所处的未来世界的时间。如果莫斯能引起级联故障，如果“天秤号”就此消失，那真正的现实世界到底会是哪一年？她想象末界来到了狭窄空间，想象末界正向“天秤号”逼近，想象白洞沿“天秤号”的卡西米尔线穿回到了“天秤号”发射的那一天，穿回到现实世界。*玛丽安就会是个小孩子，她才五岁*。妮可从禁闭室救出莫斯时，说她已经在里面待了十一年。妮可浑身洋溢的热情，仿佛香槟杯里的气泡。如果“天秤号”消失了，这个未来世界将一并消失，一切都会消失。NSC的飞船将依然穿梭在宇宙和遥远的时间里，潜入深水中，但“天秤号”会永远地从未来世界消失。埃斯佩兰斯也许再也不会被人发现，但也有可能还是被人发现了，也许另一艘飞船偶然找到了它，并把末界带了回来。只是一种可能。现实世界的时间应该还停在“天秤号”发射的那一刻，在“天秤号”第一次启动勃罗推动器之前。

1985年11月7日。

“考特妮。”莫斯说。

“奥尼克斯号”穿过一片雪白的风暴，大海在狂风呼啸下掀起灰色巨浪，海水席卷到阿波罗苏塞克机场结了冰的跑道上。人们冲过护栏，蜂拥而至，追赶着正在滑行的鸬鹚飞船，绝望地想抓住最后一次逃生的机会。莫斯看见了雪地里的尸体。她离航站楼还有一段距离，面前的跑道上却突然冲出一辆公交车大小的黄色卡车，向她加速驶来，就要朝她撞上来。*这是要干吗？*她眼睁睁地看着卡车在冰面上打滑。这是一辆防冻型卡车，车载吊臂和软管猛烈地甩动，车头忽然转向，撞上了“奥尼克斯号”的前轮。

“怎么回事？”莫斯脱口大喊。飞船的前轮卡在车子里。也许是路面结冰造成的偶然事故，也许卡车只是不慎撞上了她，但她看见几个人朝飞船跑来，大喊大叫。更多的人出现了，男女老少、士兵平民，统统围了上来，想爬上飞船。*他们想自救，想夺走这艘船。*

一个男人爬上了驾驶舱顶，莫斯弹开顶篷，把他弹到那辆黄色卡车上。他的眼睛里充满杀气，“带上我走，带我！”

“进来吧。”莫斯从顶篷爬出去接那个男人，她想救他们。可她刚在登机梯上站稳脚跟，往下走了几阶，就被几只手狠狠拽了下去，扔到了路边的停机坪上。至少有十几个人爬上了“奥尼克斯号”，还有更多人跑了过来。他们爬上船，试着找到入口。莫斯看见另一艘鸬鹚飞船，“山谷百合号”，从跑道上飞驰，飞进了天空。它的跑道上散落着数不清的尸体。*这些人已经疯了*，莫斯想。她回到“奥尼克斯号”上，看着人们把舱里的尸体扔出来，就像他们只是没用的垃圾。

“夏依！”

是奥康纳的声音。他和恩乔库在一起，大雪从他们之间狂卷而过。他挥了挥手，但她在暴风雪里看不太清楚。还有更多的人冲向远处的跑道，等着另一艘鸬鹚飞船降落。莫斯从人群里滑行过去，抵达航站楼。与外面的喧嚣相比，航站楼的走廊异常安静。莫斯脱下沉重的宇航服，只穿着一身打底的长袖长裤。机场里到处都是行李，大大小小的行李箱被遗弃在追赶飞船的人群之中。莫斯从一个帆布袋里找到一件美国海军的训练服，还有一件绣着黑狮图案和访问部队二一三肩章的飞行夹克。她套上了衣服。

海军已经放弃了大部分的基地。街上空空如也，积雪越来越厚。莫斯扫掉她车上半英尺厚的积雪，听见发动机曲柄响了几声才打着火。无数人从基地大门涌入，只有莫斯一辆车是向外走的。弗吉尼亚海滩大街已经被大雪覆盖，但勉强还能通过。莫斯一直好奇一旦有大灾难发生是否会发生严重的交通堵塞，但事实上路上并没有车，只剩几辆被拉到路边的废弃破车。*大家要么在家里等死，要*

么被困在冰雪里。高速公路上偶尔能看见几辆车，车灯在暴风雪中模糊成隐约的光点。

路边站着四个人，呆呆地盯着天上的白洞。他们完全瘫痪了，嘴巴张到最大，就像下颌让人给掰开了。他们嘴里盛满银色的液体，像含着一口翻滚的水银。银水流过他们的脸颊，流到了脖子上。一直到车开出了城，莫斯才见到第一批狂跑着的人。大概有三十个，一丝不挂，在凛冽寒风里奔跑。她之前把他们想象成某种荒谬可笑的形象，但现在真的见到了，她还是感到恐怖。这些人玩命地跑着，有些甚至不顾浑身的伤口，大声尖叫，五官扭曲，表情茫然而愤怒。他们像在躲避一群蜇人的昆虫，横穿州际公路，消失在路旁森林里。他们会一直跑下去，直到身体肢解开来。如果最终能跑到岸边，他们会一起走进海里淹死。莫斯把油门踩到底，轮胎在结冰的路面打转。她穿过迂回的小路，恐慌感越来越强烈：回到地球的决定是错的，大错特错。她本该与“巨蟹号”对接，和同事们待在一起，离地球远远的，在无垠的太空中寻找新的避难所。

夜幕降临时，她刚好开进森林，白洞的眩光折射在雪上，使常青树笼罩在一片银白的光晕里。自白洞出现以来，一场大火吞噬了莫农加希拉国家森林，火势持续蔓延，莫斯看见两侧的森林深处还有火光闪烁，如鬼火，又似幽灵举着火炬游行。去往瓦多戈的路已经无法通车。莫斯停下车，沿小路往上爬，但一次次从雪堆上滑了下来。她只好像抓登山索一样抓紧树干，把自己慢慢往上拽。*皮肤随时会被灼伤，QTN将钻进你的身体，你会扒光衣服，像那些人一样狂跑，然后升到天上，被钉在十字架上……*

莫斯蹒跚地走到奈斯特杀死薇薇安的那片空地，玛丽安的尸体和她的分身也是在这被发现的。森林还在燃烧。莫斯想深吸一口气，但冰冷的空气和浓烟钻进肺里，她感到胸口疼痛。

“上帝啊！”她呼喊着。爬到山上后，她的心脏跳得飞快，但她继续前进穿过更茂密的松树林，跌进几英尺深的大雪里。她找到了奈斯特曾经带她走过的那条干涸的河道。*这附近应该有个石冢，*她想起，但可能被埋进了雪里。水声从下游传来，她顺着河道往下走。沿路看见一辆海军卡车，车上已经结了冰。尽管海军在撤离前已计划好要封锁这个地区，但他们的计划始终没有完成。再往前走，她看到更多废弃的军事装备。一些树已经被砍倒，像木材一样堆成一堆。白色的瓦多戈树上一点积雪也没有。

莫斯碰到树皮——像块冰冷的钢板。她跪下来，希望那棵树的树干能裂开，分化成许许多多一模一样的瓦多戈树，给她指明方向。但什么也没发生。寒风吹过铁杉林，声音就像扫把扫过水泥地面。她曾被奈斯特绑在这里等死。在某个未来世界，他背叛了她。奈斯特怎么了？她想象着他被钉在空中，倒吊在一片倒吊人里。但和他对她做的事情相比，这个想法还是过于残忍了。莫斯只想回忆他们在一起度过的第一个晚上，他的身体在月光下发着光，心口的几点雀斑组成星座的样子。回忆使她的内心充满悲伤。

莫斯站起来，走向远处，回过头。

只有一棵瓦多戈树。

不。

莫索特之前写过，这条路只是个障眼法。它可能一直存在，只是我们发现不了；它也可能只在勃罗驱动器熄火时才会闪现。无论如何，没有人知道这棵树何时或是否会成为通向“天秤号”的唯一通道。*太迟了。*奈斯特曾说过。*我该怎么办！*莫斯疯狂地大叫。时间一分一秒地过去了，风雪冻僵她的身体，空气里也许还有QTN虎视眈眈：它们会钻进我的身体，充满我的血液。

我会死在这里吗？等待的过程中，死亡将随时到来。没有什么比QTN对人类的影响更残忍恐怖，但在这种超自然的寒冷里被自然而然地冻死也没好到哪儿去。她从阿波罗苏塞克机场穿来的飞行服是件皮衣，内衬羊毛，但她试图把脸埋进衣服里时，寒气却透过衣服刺了进来，头发上立时结满白霜。她从袖子里抽出胳膊，用手捂着嘴哈气，但她的皮肤刺痛难忍，她知道自己很快就要失去知觉。

走。快走。保持血液流通。

已经是黄昏了。莫斯走到河边的空地，又回到了那棵白树。她经过白树的时候，周围的景色忽然开始变化。海军的卡车没了，被砍倒的树也没了。森林更加茂密，莫斯推开眼前的树枝，想找到那条没有尽头的小路，结果却又回到白树那里。又或许，这是另一棵树。

她知道自己正处在狭窄空间，但海德克鲁格带她走过的那条路却不在这儿；眼前只有一片黑色的森林、密密麻麻的树枝和划伤她的松针。她又走到白树跟前，虽然早就知道自己已经被困在这里，就像之前在这儿被钉在空中那样，但现在，她才开始惊惶失色，不知所措。她逼着自己再次进入森林，再次来到河边的空地，但她觉得自己好像在河的另一边，是恩乔库和奥康纳向她描述过的那种感觉。她看见对岸有棵白树，但她刚刚就是从那棵白树走过来的啊，白树应该在自己身后才对。

玛丽安蹚水过了河，她记得，我和海德克鲁格也一起过了河。但她找不到倒在水面的那棵大树。夏侬·莫斯——那个分身——是从河里爬上来的，她想，就在被柯布打死之前。

她踮着脚尖往河里走去。湍急的河水拍打着巨石，击出层层水花，溅起一片水雾。也许，她能走过去。水里有很多大石块，还有很多锋利的石头从水面露了出来。可以踩着它们过河，莫斯心想。

你要死了，夏依。你会掉进水里，衣服浸湿，这里又这么冷。你要死了。

莫斯在积雪覆盖的河岸艰难地走着，她大概目测了离她最近的一块石头，就在前面几英尺处。她大步跨上岩石，找到落脚点，全身的重量都压在了假肢上。冷风吹得她浑身哆嗦。第二块石头离得更近，而且石面很平，方便落脚。她稳了稳身子，又迈出一步，但假肢的膝关节却忽然失灵了，脚下一滑掉进河里。她的头撞在石头上，急流很快把她冲走了。河水冷得刺骨，她感觉到肺在渐渐收缩，喘不过气来。河水已经没过头顶，她绝望地挣扎着，双手在水里乱摸，但什么也摸不着。她随水流而下。忽然间，手指碰到了光滑的树皮，她猛地抱住树干，把头露出水面，大口呼吸。她从河水里爬了出来，爬上那棵倒在水上的大树，那座独木桥。她终于找到了瓦多戈树。她紧紧抱着树干，用胸口贴着树皮。衣服被河水湿透了，变成一层冰壳。不管怎样，她得先暖和过来，不然会冻死的。

03

暴风击打着莫斯。她的手指已经麻了，然后是脚趾。*我不知道该怎么办了。把湿了的衣服脱掉？我会冻死的。但不脱也会冻死吧。*面前的瓦多戈树仿佛强迫透视[1]的幻象，每棵树都比前一棵略小，直到最远的那棵树缩小成一个白点，几乎从雪地上消失。*如果必须得死，我宁愿掉进河里淹死，也不想冻死在这棵树上。*

河水像在召唤，她依然可以走进去。*我根本就不该爬出来的，*她想。被水冲走还算是平静的死法，就像在一个熟悉的地方长睡不醒。她环顾四周，把此刻当成是在地球上的最后一刻，一切都还原成了单色——白色的树、白色的雪、黑色的水、在昏暗的日光下变成炭色的常青树。只有那个橘色的斑点还保留着一丝生机。那是一个穿着橘色衣服的人，出现在远处的一行树旁边。她和海德克鲁格一起时，见过那点橘色，而现在又看见了它——*一个狭窄空间*。多年以来，莫斯已经渐渐接受了那场让她失去一条腿的事故。那个穿

1　一种利用光学和人眼视觉感知的摄影技巧。能使被拍摄物体看起来比实际更远。

橘色衣服的女人是她精神上的一道裂纹，一直以来被她习惯性地压抑着，她很少去想她，却常常梦到她。诡异的梦境互相纠葛，相互转换，梦里重叠的影子还原了事情原本的样子。现在，她终于知道，这个穿橘色衣服的女人才是夏依·莫斯，而将她从半空中解下来带上着陆器的那些飞行员并不是她记忆里的那伙人。一个人的生活与另一个人存在许多细微的不同之处，可是她所经历的创伤太大了，于是她把这些变化合理化了。现在她才意识到：从得救的那一刻开始，她就被迫卷入了那个穿橘色衣服的女人的生活。

她迎风挣扎，走下了木桥。沿瓦多戈的小路走进常青树林，朝着那点橘色走去。宇航服是改良版的舱外机动套装，而橘色是正在培训阶段的宇航员的专属。她掸掉身上的积雪，把尸体翻了个面，透过护面看到了自己的脸。一张年轻了二十岁的脸。莫斯看着这张脸，泪流满面。她还是个孩子，只是个孩子。她想到了自己，已经面目全非的自己，想象自己也在这么小的年纪逝世。

“对不起，”莫斯说，“对不起，我也不想这么做。”

她解开橘色宇航服上衣和裤子之间的密封连接，脱下了靴子。

“对不起，真的对不起，”她说着从那个女人身上扒下了上衣和裤子。女人的保暖裤也是干燥的，莫斯把它脱了下来。她只允许自己看一眼那个女人的腿，然后迅速把自己湿透的衣裤换了下来，套上厚厚的裤子和靴子。宇航服一向很难穿，在别人的帮助下能容易得多，但莫斯想办法一个人穿上了。NSC的宇航服在美国航天局宇航服的基础上进行了改进和精简。躯干部分的穿戴比较困难。通常莫斯会在穿之前先把衣服用背带固定在墙上，但她现在只能爬进躯干部分，再把胳膊伸出袖子。她调整好头盔，扣好宇航服上的保险扣。温暖的感觉立刻回来了，她觉得身体在慢慢放松。她浑身哆嗦着坐在松树下取暖，肌肉还很麻木，但四肢已经恢复了知觉，从内到外暖了起来。夏依·莫斯的裸体仰面躺在雪堆之上。宇航服的剂量计显示黑色，她应该死于QTN辐射暴露。“她真美。”莫斯对自己的认识迟到了整整二十年。女人金色的长发散了一地，蓝色的眼球上飘着一片雪花，皮肤落满积雪。莫斯静静看了会儿雪，等她暖和过来，能继续行动时，那个女人的尸体已经完全埋进了雪里。

她沿着森林小路走，但这里的树本身便令人反感，到处都那么不正常、不自然。她没有计划，即使能跟着小路找到“天秤号”，也不知道下一步该做些什么。雷马克试图引起飞船的级联故障，使“天秤号”的勃罗驱动器爆炸，毁掉整艘飞船和船上的每个人。但勃罗驱动器自带防故障设计，莫斯根本不知道该怎么引爆它。况且如果船上再次发生暴乱，莫斯手边也没有武器。当她经过倒下的大树时，倒吊人在空中大叫。莫索特给杜尔的信里特别嘱咐，让她千万不要离开小路。而莫斯此刻朝左右看了看，只看见白雪覆盖的田野和远处的树林，她多么想离开小路，逃离这末界的混乱和无限重复的讨厌的树。莫斯并不相信上帝，可她越来越相信地狱。更远的地方，空气已经结晶，那些她以为是山的东西正撞击着水面上的浮冰，而在其抽象的美感之外，也许这就是世界的末日了。

路的前面有一个男人蹒跚而行。她看了他一眼——雪幕中的灰色剪影，直到走近才发现竟然是海德克鲁格。他的大衣和毯子掉落在地，被风吹来吹去；他脱了衬衫，露出紫红色的皮肤，坏死的组织已经发黑了。胸口被抓出银色的血丝。他的嘴唇也是银色的；银色泪珠从下巴上滴了下来，打湿红色的胡须。

“我快被烧死了。”他直勾勾地盯着莫斯，声音充满悲哀。他跪在她面前，“我要被烧死了，求你了，救救我吧。”

莫斯和他保持着距离，但不再怕他了。她知道他已经神志不清了。海德克鲁格看着她，眼神涣散。他咳出血来，血里掺杂着银色物质，更多的银从他嘴角涌出。“你不是真人，”他说，“你连真人都不是，这里只有我。”可当莫斯转身离开时，他又大喊道：“救救我吧，你得救救我啊！”狂风卷走他的喊声，暴雪包围了他。

莫斯也感觉体内进入了QTN，她还记得被钉到空中前，身体里那种强烈的烧灼感。她加快了脚步。周围全是燃烧着的瓦多戈树。她一路走着，直到看见了蓝色的火星——“天秤号”仿佛地平线上的一道巨大裂纹。在之前有哨兵站岗的那个圆顶里，男人们一丝不挂，抬头望天，嘴里盛满了银水。他们是“天秤号”的船员，暴乱中的幸存者，柯布也在其中。对莫斯来说，海德克鲁格已经是个鬼魂了；而眼前这些东西则是他的追随者最后的遗像。他们的杀戮如同逆潮筑堤，而大坝决堤后，他们就都死在了这潮水里。莫斯离飞船越来越近，她注意到“天秤号”的船身被冰包裹着。如果不是勃罗驱动器喷出的蓝火融化了一部分冰层，整个船尾也会像船头一样被长长的冰刺裹得严严实实。等莫斯能伸手摸到船身后，她才离开了那条小路。她沿船身一直走，找到了通向气闸的舷梯，那里涂着厚厚的血，贴满了死人的指甲。

死在黑河里也许还更幸福一些。

她晃了晃脑袋，试图清空乱七八糟的想法。气闸门外已经结了冰，她想用宇航服袖子上的金属袖扣把冰砸碎。她想起自己第一次踏进这个气闸门时的情景：瞬间失重，幸好海德克鲁格接住了她。

在禁闭室里待了十一年，莫斯想，她害怕再次陷入“天秤号”里那无限循环的哥德尔曲线。没有容错的余地，她必须以某种方式成功引发级联故障，毁掉勃罗驱动器。一旦失败——她可能永远也

不会知道失败的后果——她将陷入无可挽回的境地。

QTN在体内积累，像针尖刺痛神经。她发疯一样砸着冰壳，*我要进去！*进去，然后呢？第一次进入“天秤号”后，海德克鲁格和她一直在闸门边等到枪声响起才飘了进去。莫斯记得，飞船核反应堆的负责人死在引擎室里，想必他一定是在准备引发级联故障时遇害的。

如果我速度够快，莫斯想。

我应该能在开枪前进入引擎室。

我应该能在关键时刻救他一命。

她的计划就是帮他顺利引发级联故障。

莫斯破开冰壳。她抓住门把手，用整个身子使劲往下压，直到听见门锁“咔”的一声，铁门打开了。她深吸一口气，准备开始行动。“天秤号”的气闸入口是一个圆形的黑洞，她刚刚爬进去，就被大火吞没了。

炽热的空气与液体波冲出了舱外。莫斯在飞船的颠簸里跌倒，警报声响起。*飞船正在下降中*。莫斯的宇航服是防火的，但火焰整个地包裹了她，她觉得皮肤正渐渐升温，她可能会被活活烧死。又是一阵颠簸，莫斯在舱内撞来撞去。在钢铁撕裂的咆哮声中，“天秤号”坠落了，莫斯头撞到墙上，头盔的护面撞碎了。电气火灾产生的浓烟钻进她的头盔里，她开始咳嗽，几乎睁不开眼睛。

她尽量用手套捂住挡板的裂缝，但烟还是源源不断地钻进来，把她的脸烫起了泡。她的手套烤焦了，宇航服有些地方已经化了，虽然特制的复合保温结构能够抵御相当高的温度，但引擎室的大火肯定会把她烧成灰烬。她趴在地板上，尽量趴低一些以避开烟雾，可就连在没有火的地方，空气都是黑的。宇航服着火了，火焰烧穿防护层，她烫得在地上翻滚尖叫。*我要烧死在这里了，这艘飞船是一个无限的循环，我会一遍一遍地在这里烧死。*

她看见大火里有道蓝色的光，忽然屏住呼吸：那是一道电流，勃罗驱动器熄火了。莫斯飘到舱顶，眨眼之间，火焰和浓烟瞬间消失，只剩她衣服上的火还顺着小腿往上蔓延。她撞到舱顶，弹了下来。灭火装置喷出的泡沫熄灭了她衣服上的火。*依旧没有重力*，这艘飞船上发生的事一直在循环着。她这次进来的时间刚好撞上飞船坠毁的时刻。*我被困在这个循环里了*？她想不通，就像不能确定自己现在是不是在做梦。

一切都发生得太快了。一长一短的核电警报声响彻飞船，但莫斯无法行动，因为她的宇航服被干了的灭火泡沫弄得非常僵硬。她只能往前爬，直至引擎室的枪响打破她的希望。太迟了，又要再循环一遍。那声枪声意味着核电负责人已经死了。她没能赶在他引发级联故障前救他一命。

莫斯试着回忆。

枪声响起后，海德克鲁格把她带进引擎室。莫斯现在也准备往那儿去，她想也许自己能操作控制板，完成剩下的操作。引擎室还是上次来时那样，放勃罗驱动器的隔间就在银色的核反应堆容器中。一具尸体飘在控制面板上方，黏稠的血液从伤口涌出，形成了一个长长的气泡。

莫斯把尸体推到一边，脱下烧焦的手套和头盔。控制面板就像一片各种开关旋钮、指针和显示灯的灰色沼泽。“天秤号”建于二十世纪七十年代，飞船上还没有人工智能系统，面板也没有数码显示屏。莫斯再一次陷入绝望，一切像噩梦一般。她必须完成这项任务，但她根本无从下手；她必须引发级联故障，但根本不知道该按哪个开关。随便试试？——不，肯定不行。引擎设计了防故障保险，一不小心就会关闭整个系统，必须要工程师来重写代码。

莫斯回忆起当时海德克鲁格不想在这儿久待，因为派特里克·莫索特马上就要来了，他是飞船上的海豹突击队成员之一。千万别让他发现，至少在这儿不行。核反应堆发出了刺耳的长鸣，船上的灯熄灭了，周围陷入了黑暗。

她记得船上好像有个手电筒。她飘到附近的工具墙边，舱内太黑看不清楚，她只能挨个摸过去，摸到一个玻璃镜片后，她顺着拿起手电，打开了灯。

我得找人帮忙。我得在雷马克被杀之前先找到她。她在哪儿？

莫斯飘到两侧有舷窗的通道上，上次就是透过这里的窗户，她看见了漫天星辰。星星好像更明亮了，在夜幕里燃烧起寒光。核电警报声渐渐消失，舱灯又亮了起来。莫斯有些恐慌，心跳加速。她不知道海德克鲁格现在在哪儿，如果他们中的任何人看见了她，她都必死无疑。

她只知道妮可迟早会躲进禁闭室。妮可害怕海德克鲁格会杀了自己，所以一个人偷偷溜进禁闭室。但她现在在哪儿呢？莫斯试着回想，妮可之前说过她在暴乱刚发生时躲在哪里——当时她们在阿什莉的果园聊天，妮可还抽着烟……

莫斯飘到电解舱附近，记忆忽然闪现：妮可说她之前一直藏在飞船的生命维持系统舱里。

电解舱是一个狭窄的小隔间，里面有水循环系统和氧气发生装置。莫斯从入口飘了进去，关上门。铬合金水箱后有一张小写字台，桌椅都被固定在墙上。

门外响起一连串的枪声。莫斯想脱掉宇航服，以免在迫不得已的打斗中行动不便。宇航服下只穿了一身从夏依·莫斯身上扒下的保暖衣，虽然几乎没有保护作用，但至少行动轻便了很多。她解开腰上的安全带，脱下外层烧焦的裤子。她把宇航服的躯干部分从身上拽下来，脱掉了袖子——

“求求你，别伤害我。”

莫斯朝这声音转过身。一个女人藏在写字桌下的阴影里。她那么小，只有十几岁的样子，黑发卷发乱蓬蓬的，讲话带着口音。多么好看的棕色眼睛啊。她的T恤短裤上溅满鲜血。是她自己的血？她手上裹了绷带，光着脚，有把枪就飘浮在她脚边。

“妮可？”

“你怎么知道我的名字？”

“我见过你，在另外的时间里。”莫斯说。

“怎么可能？”妮可战战兢兢的，满脸是汗，“这里发生了很多奇怪的事，我不懂。你说的‘其他时间’是什么意思？”

“来帮我脱衣服。”莫斯说。

妮可从桌子底下钻了出来。她帮莫斯解开宇航服上衣，从头上脱下来。妮可的枪飘在写字台旁边，是一把伯莱塔M9，莫斯把枪捡起来时，妮可并没有什么反应。她不害怕莫斯，又或者她已经麻木了。

“这是你的枪？”莫斯问。

“我从没开过枪……”

枪里已经上了子弹，“你知道怎么毁掉勃罗驱动器吗？”

“不知道，只有飞船工程师或者核电负责人才知道。”

“他们在哪儿？”莫斯问。

“已经死了。”

“雷马克还没死，”莫斯说，“你能带我去找她吗？”

“你不能……你根本不懂！她想把我们都杀了，”妮可说，“她说我们必须得死。她疯了。我们为什么必须得死？我们可以藏进监狱，没有人能找到我们。”

“我得找到雷马克。”莫斯说。

“他们又不会去监狱里找人——”

“妮可，听我说，听着！你别想这些了。我认识你的时候，你是临终关怀中心的护士。你帮助了许多老人，你照顾了那么多老人。”

“护士？”妮可说，“我妈妈就是护士。我之所以去了医学院，都是因为她。我爸爸让雷马克带我上飞船，因为我学了医。我好想他啊，我想我爸爸。”

“帮帮我吧。”

“你是怎么认识我的？”妮可问，“你叫什么名字？”

“夏侬。”

“夏侬，我不想死。”

“别怕。”莫斯抬起手腕，让妮可看了看她的手镯，那只乌洛波罗斯手镯。妮可把手放到自己的手腕上，摸到了自己的镯子。

“啊！”妮可说道，“我知道了，我知道了。”

“我要在他们杀了雷马克前先找到她，”莫斯说，“妮可，她不是你该害怕的人，她能帮我们。我需要她。”

“她在军官室，”妮可说，“雷马克和克劳斯把她们自己锁在里面。柯布还有其他人埋伏在门外。”

“军官室在哪儿？”

“我带你去吧。”妮可说。

她打开舱门，飘进通道里。过了一会儿，她挥手示意让莫斯跟上。妮可熟练地穿过通道，拉着两侧的扶手快速前进，莫斯跟在她身后几英尺远的地方。她带莫斯穿过了储藏室，那里放着三架折叠起来的着陆器，机身上落了一层如钻石般闪闪发光的灰尘。莫斯意识到这些着陆器曾经去过埃斯佩兰斯。

“在这上面，穿过这个口。军官室就在厨房后面。”妮可说。

“天秤号”的厨房像一个不锈钢的大盒子，船员在这里准备零重力的太空专用食物。台面空间有限，热盘上有一口长方形的锅。巨大的多用途水池里装满罐头食品，整个房间仿佛是埃舍尔的一幅画作。船上负责备餐的人挤在这里，顺墙壁走上天花板，使用那里的面包炉，再跳到地上用咖啡机煮咖啡。墙上镀着煮肉的炉子，他们横越整个房间，到厨房另一头揉面团做甜点。

“他们的人都在上层餐厅里，咱们可以走这边。”妮可说。

厨房开放了一个单独区域，专门为军官室服务，这是飞船指挥官和最高级别军官的用餐的地方。穿过厨房后，她们来到一个狭窄通道，内部全是不锈钢的橱柜，每个角落和缝隙都塞满了罐头食品。妮可忽然转身停了下来，莫斯走到她前面。

军官室门口守着两个穿迷彩服的男人。个头稍大的那个赤裸上身，但浑身的血迹已经干在身上。**柯布**，莫斯想，他剃了个平头，五官轮廓分明，和她见过的那个挥拳打人的中年壮汉一点也不一样。他们背对着她，但她看到两个人都拿了武器，柯布的是一支M16步枪，另一个人拿着手枪。她想悄悄飘到他们身后，朝每个人头上来一枪。虽然她有些害怕，但要想挽回一切就必须得弄死这两个人。莫斯对准柯布，开了枪。

柯布朝她冲过来。子弹已经击中他了，他有些困惑地瞪着她。柯布举起枪，在没有瞄准的情况下射了几枪，子弹射穿了冰柜。莫斯身子向后靠了靠，开始还击，开枪的后坐力不断把她往后推，但她训练过如何在零重力环境下射击，所以并没有偏离目标。枪管里冒出的球形烟雾很快就被射出的子弹打穿了。柯布的胸口连中几枪，鲜血像气泡一样涌出伤口，她看见柯布已经一瘸一拐了，然后突然感到自己左肩至胸口处一阵刺痛。她对疼痛的突如其来，比对疼痛本身更惊讶。她发现自己也中了枪，一种难忍的烧灼感蔓延了半个身子。另一个男人已经躲回了厨房。妮可吓得缩在角落里。鲜血浸透了莫斯的上衣，胸口和左边的袖子都开始往下滴血。她感到呼吸越来越困难。

“投降吧！”莫斯朝厨房大喊，“扔掉武器，我是NCIS特工。”

她曾看过巡逻警察和武装人员交火的视频，后者可能因为一些小事在路上被拦下来，他们一时头脑发热，闪过一种邪恶的念头：总得有人死。莫斯一直不能理解这种莫名其妙发生的枪击案，两个人明明隔了一段距离，什么事也没有，既没有矛盾也没有口角，但在朝对方走来的过程中，忽然就开了枪，直到其中一个身中数枪站也站不起来。莫斯听到有动静，迅速举起枪来。她认出这第二个男人——比起在那个全是镜子的房间里自杀时的样子，他现在可要年轻得多。年轻的弗里斯很瘦，一点也不像那具吊死在骨树上的肥胖尸体。透过他厚厚的眼镜片，莫斯看见了他的眼睛，想必这个人已经被埃斯佩兰斯星球发生的事吓得丧失理智。他从天花板上跑过来，开了几枪，脸上写满愤怒和困惑。莫斯感到左边大腿略高于假肢的位置中弹了，但她没有摔倒，她以为会有更多刺痛从身上传来，就像被一群蜜蜂蜇了那样。她平静地举起手枪朝正在逼近的男人胸口开火，就像在射击场上对着纸靶开枪。弗里斯已经死了，但身体还因为惯性向前飘来，血液从枪口涌出。莫斯弯下身子想躲开他，但他直接从她头顶飞过，撞上了一个烤面包的炉子。

“妈的。”莫斯骂了一句。**整整三轮，**她想——**我整整中了三轮子弹。**她听说有人能连中三十轮子弹还不死，可能是因为肾上腺素的作用，他们早就该倒下了，但又继续反抗了好一阵子。**其实一颗子弹足够杀人了，**莫斯想，**一颗就足够了。**

“好了，”莫斯咬牙对妮可说，“好了，妮可。我们去找雷马克吧。”疼痛逐渐加剧，大腿的枪伤流血严重。鲜血从假肢上流下来，向上飘到她身边的空气里。“我们得去找她了。”

“我先帮你止血吧。”妮可按住莫斯的大腿，慢慢加压，但鲜血还是不停流出。她从厨房找到一块薄薄的抹布，像止血带一样扎在莫斯的大腿上。妮可在打结时，莫斯疼得尖叫起来。

“我们得走了，”妮可说，“夏侬，他们肯定听到——”

“不，要先找到雷马克。”莫斯低吼。

她使劲拍着军官室紧锁的大门，这是一个比船上其他舱门更大的铁门，方便餐车推进推出。大门上留下了莫斯带血的掌印。

“夏侬·莫斯，NCIS。出来啊，快点出来吧，雷马克？我需要你去毁了勃罗驱动器——快出来啊！我是NCIS特工。快出来——”

妮可和她一块砸门。“我是妮可·尼永奥。出来吧，我是尼永奥——”

军官室的门开了。莫斯之前在“天秤号”船员名单上见过雷马克的照片，而她本人比莫斯想象的要年轻得多。雷马克只比莫斯大几岁，银白色的头发剪了个男孩的发型，梳着齐刘海。她穿了件棉质长裤和美国海军学院的运动衫，看起来更像是女足队长，而不像个军人。她身材瘦削健壮，下巴方方正正。她从舱里走出来，双手举过头顶，摆出一副配合而非屈服的神情。武器官克洛伊·克劳斯紧跟其后，也举起了双手。她比雷马克个子高，深红色的头发剪得很短。她们没有武器，只能躲到军官室里把自己锁起来。莫斯知道，克洛伊·克劳斯将死在接下来发生的枪战中，雷马克也会被制伏，被带回船员餐厅。海德克鲁格将在众目睽睽之下杀了她，让她的尸体横陈空中。

“你受伤了，”雷马克说，“来，我们能帮你，克劳斯受过专业训练。”

“没时间了，”莫斯说，“你想牺牲自己毁掉‘天秤号’，所以那些人想杀了你。因为他们不想死。”

“你是怎么上船的？”雷马克问，“你不是我的船员。”

“你必须完成你的任务，”莫斯的喉咙发出咕噜咕噜的声音，她尝到了血味，“级联故障、勃罗驱动器——”

“你到底是谁？”雷马克问，“你是怎么知道的？”

“你听说过狭窄空间吗？”莫斯问，“时空结？”

雷马克眯起左眼，露出不屑而困惑的表情。她的下巴紧绷着，“好吧。咱们先去引擎室吧。暴乱刚开始的时候，勃罗驱动器就已经坏了。但我得引起级联故障，让它发展成一个奇点。”

“海德克鲁格在船员餐厅，”妮可说，“他应该马上就到了。”

克劳斯拿起柯布的M16步枪，装上新的子弹。

“我们可以从着陆器储藏室穿到引擎室，”妮可说，“我俩就是这么来的。”

“还有一条更快的路，”克劳斯说，“我们直接走武器室，从那儿直通引擎室。”

“我走不动了。”莫斯失血过多，身子渐渐没了温度。止血带已经松动，血液染红了周围的空气。一片冬日森林，一片无尽之林。“我动不了了。”

妮可搀着她，“走，我带你走。”

克劳斯把她们带到甲板下放推进器的房间里。她打开舱门，先飘到其中一个军需舱门口。随后，她们经过右舷的激光发生器——一个带透镜的灰盒子——快到船尾时，莫斯闻到火的味道。她想起关在禁闭室的那段时间，船上曾发生过火灾。离飞船被大火吞没还剩下多长时间？**我们没时间了，一切都要结束了**。如果勃罗驱动器再次熄火，船上的人就会像棋子一样回到比赛开始前的位置。

“从这儿上去。”克劳斯说。

一把通向工程部的铁梯子也正是前往引擎室的通道。莫斯走在妮可前面，雷马克跟在最后，关上身后的铁门。她们刚刚爬上来，一个声音忽然炸响：

“扔下武器！雷马克，投降吧。给我他妈把枪扔了，克劳斯！”

派特里克·莫索特守着通往引擎室的入口，他手上的M16步枪已经上了膛。他摆好姿势，随时准备顶住开枪的后坐力，三个弹匣飘在他伸手可及的地方以方便装弹。莫斯彻底绝望了：她刚刚救下雷马克，就把她引向另一种死亡。只要动动手指，莫索特就能把她们都杀光。

“派特里克，”妮可说，“求你了。”

“我不能让你们进去。”莫索特说。他看着妮可的眼神很冷。莫斯意识到，他和妮可在另一个未来的感情此刻并没有任何意义。他会杀了她，就像杀了我们一样毫不迟疑。

“把枪放下，克劳斯。”雷马克说。克劳斯把步枪扔到一边，“我们谈谈吧，”雷马克接着说，“你以为你做的事是正确的吗？”

“卡尔马上就到，”莫索特说，“他要杀了你。他想当这里的老大。他会用斧头把你的头给砍下来。”

“莫索特，”莫斯说，“达默里斯，她——”莫斯没说完。此刻她头晕目眩，流了太多血。

“她是谁？”莫索特冷冷地看着莫斯，“她不该在船上。”

莫斯咳了一嘴血，她深深吸了口气，接着说：“我是从另一个时间穿越来的，我知道事情会发展成什么样。你有个妻子，叫达默里斯。你的女儿才五岁大。你以后还会有两个孩子，一个男孩和一个女孩。你现在做的事会害死他们。他们都死了。他们死了！”

莫索特用枪指着莫斯的心脏。他毫无感情，拒绝思考。

“你有机会给自己的女儿一个未来，派特里克。给玛丽安一个未来。”

听到女儿名字的那一刻，莫索特的情绪有了一丝波澜。他忽然放下武器。“走吧。我尽量拖住他们，但应该拖不了多久。”

妮可把莫斯抬进引擎室，雷马克和克劳斯分别跟在后面。勃罗驱动器向外发射着电流，电流闪烁着，像反射在水面的蓝光，一股刺鼻的电火味弥漫在房间里。克劳斯关上大门，上了锁。莫斯听见门外的枪声，在声音消失之前，又响起一阵短促的爆炸声。**他们来了**。

雷马克打开驱动器控制箱。莫斯看着空气里的血泡，想到水族缸底部的宝箱。宝箱的盖子是如何打开的，气泡又是怎样从箱子里一串串地鼓了出来。这是我的血，莫斯想。她的保暖裤被血浸透了，更多的血从大腿伤口上源源不断地流出，扩散到她和妮可身边，就像水族缸里的气泡。莫斯看了看勃罗驱动器，那诡异的蓝色电流在空气里绕成一个圈。

“咝咝”，紧接着一声爆炸。引擎室的大门被气流冲开，海德克鲁格趁机溜了进来。克劳斯朝他开枪，但海德克鲁格的追随者很快也冲进来，开始了反击。妮可被子弹击中，血雾喷薄而出，空气里瞬间满是摇摇欲坠的血珠。莫斯的腿再次中弹，还有一颗子弹直接刺穿了她的胃。疼痛终于令她无法忍受。*不——*

“弄好了！”雷马克大喊。蓝色的电光笼罩了驱动器，强烈的等离子光弯成一道圆弧。

克劳斯遭子弹扫射，她的身体在半空中像一团碎布似的旋转。雷马克尖叫起来，但莫斯觉得她的声音仿佛来自水下。*我们都像在水下*，莫斯想。空中飘着尸体。血流像条绳索从莫斯腹部的伤口里飘了出来，一边上升，一边弯弯曲曲地扭成一个个圆环。

海德克鲁格还很年轻。他身上并没有魔鬼的影子，至少现在还没有。他只是害怕和自私。他拿枪对准雷马克的太阳穴，扣下扳机。鲜血喷了出来，莫斯看着它渐渐凝结，模糊，下落。雷马克的血和她的血混在一起，如逆流而上的小河朝勃罗驱动器产生的引力飘去。引擎失灵了，房间里充满蓝色的电流。莫斯在蓝光下看到一线黑色，渐渐膨胀为完美的圆。它周围的一切都弯曲了，世界开始因其而模糊。莫斯看见了，所有的时间都写在了这个圆里，一切发生的和将要发生的，第一次和最后一次的遗忘。随着圆圈的扩大，一切存在都消失了。“天秤号”和瓦多戈森林，常青树和末界。世界终被大雪覆盖。莫斯也感觉到前方的引力将她牢牢抓住，随后渐渐被吞入圆中。思考停止了，连同这世上的无尽痛苦。她潜入黑暗，她不再是一个人，而是一束光。

EPILOGUE

后记

1986.1.28

雪下得更大了。积雪挂在路灯前，看上去在闪闪发光。她不想在雪天开车，所以我们决定走着去。从邻居家的松树下穿过，她忽然抖了抖树枝，积雪撒了我一身。

“贱人！你这个贱人！”我一激灵，头上的雪掉进了领口。她大笑起来。我团了个雪球朝她扔，但雪球还在空中就散开了。我很久没听见她像这样大笑了。

“希望长大以后我会变得超有钱，”她说，“嫁个有钱人也行！这就是我的愿望了。”

我俩在镇上闲逛，想看看能不能遇上起车祸，看个热闹。“你知道吗？汽车撞在一起的声音和摔碎塑料的声音差不多。”她说着，抽出一根骆驼牌香烟，我也抽了一根，烟盒里没剩几根了。她把烟往盒子上敲了敲，也把我的那根敲了敲。她点燃香烟，我凑过身去从她的烟上借火。路上有好几辆车子开得摇摇晃晃，但全都有惊无险。我只穿了件我爸的海军大衣，现在冻得直哆嗦。她穿着迈克尔·杰克逊的同款外套，袖子上有拉链。一辆车经过我们，摁了摁喇叭，考特妮朝他们摆了摆手，车里有人大笑起来。他们可能认识我俩。

欧几里得镇上的七山商店是考特妮最喜欢的地方，因为那里的女店员从来不检查我们的证件。考特妮买了几盒烟，我从售卖机上买了杯热巧克力。

“吉姆，”女店员说，“我看看你的伤。”考特妮把高领毛衣拉下来一块，露出脖子上的伤疤。“上帝啊！”女店员叫道。她的脖子上永远多了一道触目惊心的白色伤口，因为不知道哪儿来的疯子割开了她的喉咙。刀痕参差不齐，几乎能看出刀是怎么插进去，又是怎么划开的。店员从身后架子上拿过几盒骆驼牌香烟，她说：“唉，经历了这种破事，抽包烟也不算什么了。”

“真见鬼了。”考特妮说。

“我俩当时在必胜客，那疯子下手可真狠。”我说。

“我再抽最后一根，我到外面等你去。”

“好嘞，稍等。”

我买了杯巧克力，和一根验孕棒。那个女店员向我传授经验：“要是测试的结果不满意，先别着急，再买一根试试。”

我和考特妮躺在她卧室的地板上，两脚搭在床边。她正在抽第三根烟，而我手里那根还没抽完。我们朝屋顶上的电扇吐烟，看着扇页转了几圈，又把烟吹了回来。录音机里放的是《权力时代》磁带B面。我俩谁也不说话，但并不觉得闷，因为考特妮说我是她唯一一个可以不用说话的好朋友。磁带放完了，我问考特妮她哥哥今晚回不回来。

“他在杰西那儿过夜。”考特妮说。

去七山商店前我还没什么感觉，但现在我心里七上八下，好像肚子里有只蝴蝶在飞。考特妮起身换了盒磁带，是AC/DC乐队的《回到黑暗》。我摸着自己的肚子，考特妮心不在焉地摸着她的脖子，像在摸一条项链。她躺回地板上，我俩的脸紧紧挨着，甚至能感觉到她皮肤的温度。

凌晨三点。我悄悄爬起来，开始思考那根蓝色小棍上的十字代表了什么。我该怎么告诉他呢。我蹑手蹑脚地走到他房间，看了看，但他不在床上。我多么希望他在这里啊。如果考特妮是我的妹妹会怎么样？我们还是最好的朋友，只是变得更亲密了。如果戴维能做出正确的选择，那考特妮就真的成了我的妹妹了。我悄悄走下楼梯。客厅的侧门没拉门帘，月光照在门外的积雪上，反射着一屋的银光。我看着他们家的后院，草坪上是一层厚厚的雪，树上也落满了积雪；除了几个脚印，雪面平平整整，没有一丝瑕疵。脚印走出了一个圆圈，看不出它是从哪儿来的，也看不出它要到哪儿去。好像有人凭空出现在雪地，绕了个圈，然后就消失了。我的母亲一向相信万事都有征兆，但她相信的只是不好的征兆。

他会怎么向我求婚呢？是在我告诉他这个消息的时候吗？不，他一定有别的打算。可能是在某个浪漫的地方，当我们共进晚餐时。我刚上大学时拍的照片还剩下几张，我要把照片给他。这样等我们分开以后，他想我了，就能看看照片。他说成为一名海军是为了去看看更大的世界，但考特妮笑话他，说他只是因为考不上大学。他说他要去德国、埃及或者日本。我想象着当我告诉他这个消息时，他会怎么做。他可能习惯性地扬扬眉毛。可能会向我求婚。我们的婚礼将在圣帕特举行，考特妮是我的伴娘。他离开的每一天里，我都在圣帕特为他祈祷。我为我的父亲祈祷，为我的丈夫祈祷——他们都在海上，离家几万里。戴维也会在无尽的海面上向着一颗星星祈祷吧，那颗星星是我的名字。夏依——他双手合十——哦，夏依星。他指着那颗属于我们的星星，一再跟我确认，直到我也能从漫天繁星中一眼看到它。他说看到星星就是看到了我，他让我也这么做。在这样的夜晚，我亲吻了我们睡梦中的孩子，然后走到屋外，眺望那颗闪亮的星星。我知道他是安全的。当他从甲板上扬起索具时，当他在黑夜里眺望大海时，当他的船在海面乘风破浪时，我知道这颗星星的光辉也同样照耀着他。星光照耀下，他将会一切平安。他在想念我，想念我和孩子。不管他的船走了多远，总有一天将扬帆返航。

[全书完]

汤姆·斯维特里奇
Tom Sweterlitsch

美国作家、编剧。

1977年生于美国衣阿华州，在俄亥俄州长大，现居匹兹堡。作为编剧，与因执导《第九区》而声名大噪的导演尼尔·布洛姆坎普（Neill Blomkamp）合作了若干电影短片。

他的首部科幻作品《明日复明日》（*Tomorrow and Tomorrow*）发表于2014年，该作广受好评。

张乐

青年译者，山东济南人。

毕业于北京大学外国语学院，代表译作有《人性的枷锁》等。

扫一扫

分享你的读书心得，看看同爱这本书的人都在聊什么。
关注“果麦麦的好书博物馆”，每天推荐一本好书，
90 秒体验阅读快感，看编辑大大各显神通，
为你定制专属书单

消失的世界

产品经理｜张莉莉　装帧设计｜何月婷
封面插画｜忙　白　产品监制｜贺彦军
技术编辑｜顾逸飞　出 品 人｜吴　畏

图书在版编目（CIP）数据

消失的世界 /（美）汤姆·斯维特里奇著；张乐译
. -- 南昌：江西人民出版社，2019.9
ISBN 978-7-210-11439-0

Ⅰ．①消… Ⅱ．①汤… ②张… Ⅲ．①科学幻想小说
－美国－现代 Ⅳ．① I712.45

中国版本图书馆 CIP 数据核字（2019）第 148202 号

消失的世界

[美] 汤姆 · 斯维特里奇 / 著

张乐 / 译

责任编辑/冯雪松

出版发行/江西人民出版社

印刷/河北鹏润印刷有限公司

版次/2019年9月第1版

2019年9月第1次印刷

开本/ 880毫米 × 1230毫米 1/32 印张 / 12

字数/ 278千字 印数：1−8, 000

书号/ ISBN 978-7-210-11439-0

定价/ 49.80元

赣版权登字 —01—2019—308